영원의
사자들

1

영원의 사자들 1

ⓒ정은궐 2020

초판1쇄 인쇄	2020년 9월 10일
초판3쇄 발행	2020년 10월 12일

지은이	정은궐

펴낸이	박대일
편집	이문영 · 박지해 · 임유리 · 신지연 · 곽현주
교정	박준용
마케팅	임유미 · 손태석
표지 디자인	형태와내용사이
본문 디자인	박현주

펴낸곳	파란미디어
출판등록	2004년 9월 14일 제313-2004-00214호

주소	03992 서울시 마포구 동교로23길 14 국제빌딩 6층
전화	02.3141.5589 영업부 070.4616.2012 편집부
팩스	02.3141.5590
전자우편	paranbook@gmail.com
카페	http://cafe.naver.com/paranmedia
페이스북	http://www.facebook.com/paranbook

ISBN	978-89-6371-818-7(04810)
	978-89-6371-817-0(전2권)

영웅신의
사자들

1

정은궐
장편소설

파란

차례

I
나비 꿈

1

나비였다. 투명한 나비였다. 그렇다고 빛깔조차 품지 않은 것은 아니었다. 더러 희미하게 노란빛을 띤 것도 있었고, 파란빛도 있었고, 초록빛도 있었다. 검은빛, 하얀빛도 있었다. 여러 빛깔이 섞인 것도 있었지만 하나같이 전부 투명했다. 그래서인지 차가운 바람이 눈송이를 휘몰고 지나가도 나비의 날갯짓은 건드리지 못했다. 하나둘 피어오르듯 나타난 나비들은 어딘가를 향해 나풀나풀 날아가고 있었다.

사람이었다. 투명한 사람이었다. 모든 빛깔이 뜯겨 나간 듯한 머리카락을 가진 남자였다. 더러 희미하게 하늘빛을 띠는 듯도 했고, 눈을 머금은 구름빛을 띠는 듯도 했지만, 이 또한 그의 몸과 함께 전부 투명했다. 하지만 나비처럼 아름다운 남자였다. 비록 그와의 거리가 멀었어도, 얼굴이 입술까지 끌어

올린 넥워머에 절반가량 가려졌어도 그렇게 느껴졌다. 어쩌면 그를 향해 날아드는 나비들이 아름다웠기 때문일 수도 있다. 그를 에워싸고 시시각각 모양을 달리하는 나비 떼의 군무가 아름다웠기 때문일 수도 있다. 그저 꿈에 불과했기 때문일 수도 있다.

투명한 남자가, 아름다운 남자가 걸었다. 이번에도 이전과 다름없는 꿈이었다. 검은 긴 코트의 옷깃 하나, 색이 없는 머리카락 한 가닥 날리지 않고 유유히 걷는 남자. 그래, 그랬다. 이 남자는 언제나 꿈속에서 나비를 거느리고 천천히 걸었다. 나비도 그를 휘감고 돌며 따라 날았다. 아아, 또 보이겠지. 어김없었다. 그의 구둣발 아래에 펼쳐진 수많은 시체. 짓밟는 건 아니었다. 투명한 만큼 무게감도 없었기에 시체 위를 지나갈 뿐이었다.

그의 뒤로 여러 동강으로 나뉘어 뒹구는 원통들이 있었다. 비행기였다. 장난감이 아니었다. 아니, 장난감일지도 모른다. 그렇기에 저토록 참혹하게 부서질 수 있는 거지. 맞다. 이때쯤 동강 난 비행기의 일부분에서 폭발이 있었다. 붉은 불꽃, 시커먼 연기가 덩어리져 나오다가 투명한 남자를 삼키면서 퍼져 나갔다. 그 폭발은 더 많은 나비를 토해 내었다. 마치 폭발의 파편처럼 퍼지던 나비들이 일순 멈추었다. 주변의 모든 것은 시간의 흐름대로 움직이는데, 나비들만은 얼어붙은 듯 고정된 모습이었다.

남자가 화염 속에서 걸어 나왔다. 그가 긴 팔을 들어 손끝을

까딱였다. 그러자 멈췄던 나비들이 또다시 그를 향해 일제히 날아가 에워쌌다. 나비들은 더 많아져 있었다.

딩동.

무거운 다리를 움직여 비디오폰 앞에 섰다. 화면을 확인한 영원은 자동 오픈을 누르지 않고 현관으로 나갔다. 현관문에 층층이 설치된 자물쇠들. 최신식의 지문 인식 도어록만 있는 게 아니었다. 구식의 열쇠 도어록이 두 개 더 있었고, 그 위에 체인형, 고리형의 걸쇠가 연거푸 설치되어 있었다. 영원은 잠금을 하나하나 풀고 문을 열었다. 여전히 걸쇠 두 가지는 걸린 상태였다. 조금 열린 문틈 너머에서 민아가 손가락 V를 까딱거리며 방긋 웃었다.

"작가님, 저예요. 어시1."

초인종을 누르고 문이 열리기까지 긴 시간이 걸렸지만 재촉하는 일은 없었다. 익숙해졌기 때문이다. 영원은 다시 문을 닫고 걸쇠들도 마저 푼 뒤에 현관문을 45도가량 열어 사람을 안으로 들였다. 민아가 안으로 들어오면서 바로 닫으려는 문을 급히 잡았다.

"경민이 오고 있어요. 지금 곧 도착할 거예요."

"잠깐이라도 문 잠가."

"진짜 곧 와요. 아, 봐요! 저기 오잖아요."

영원은 현관 밖으로 고개를 빼지도, 눈길을 주지도 않고 고개를 숙였다. 불안한 기색이 역력했다.

"작가님, 작가님! 문 닫지 마세요!"

문이 한 번 닫히면 다시 열리기까지 또 시간이 걸린다. 그 귀찮은 과정을 알기에 두 사람은 조급했다. 달려온 경민이 문을 잡고 활짝 열어젖혔다. 갑자기 공간이 오픈되자 화들짝 놀란 영원이 뒷걸음으로 두어 발 물러났다. 민아가 경민의 등짝을 힘껏 때렸다.

"야, 어시2! 예고도 없이 그렇게 문을 확 열면 어떡해! 작가님 놀라셨잖아."

그러면서 경민을 안으로 밀어 넣고 들어와 문을 닫았다.

"잠깐 기다렸다가 같이 오면 좋았잖아요. 선배가 잘못했지."

"금방 따라올 줄 알았지. 남자가 느려 터져선, 쯧쯧."

"엘리베이터가 한참 만에 내려왔다고요."

경민이 고개를 꾸벅한 뒤에 '죄송합니다.'라는 입 모양을 했다.

"괜찮아. 이제 이 정도는 끄떡없어. 요즘은 외출도 어렵지 않게 하는걸."

영원이 의기양양하게 턱을 앞으로 쭉 내밀었다. 하지만 손은 턱과는 달리 잠금장치를 하나하나 돌려서 잠그고 있었다.

"와! 우리 작가님, 완전 잘난 척. 최근엔 일주일에 한 번씩 외출하셨죠? 그럼 더 잘난 척하셔도 돼요."

민아의 경쾌한 콧소리에 영원이 멋쩍은 듯 손가락 두 개를 세워 보이며 말했다.

"아, 아니야. 아직은 이 정도……."

"일주일에 두 번은 절대로 아닐 테니까, 2주에 한 번인가요?"

영원이 고개를 끄덕였다. 그래도 내심 스스로가 뿌듯한 표정이었다. 말이 좋아서 2주에 한 번일 뿐, 실상은 그 외출도 세 블록 떨어진 병원에 가는 것이 전부였다. 민아도 알고 있었지만, 거실로 들어가면서 용기를 북돋워 주는 말을 해 주었다.

"2주에 한 번이 어디예요. 근처 병원으로 옮기고 정말 좋아지셨어요. 작가님같이 외출 싫어하는 분한테는 큰 병원보단 가까운 병원을 선택한 것이 신의 한 수였네요."

영원은 거실로 들어가려던 발을 멈추고, 자신이 잠가 놓은 잠금장치들을 보면서 말했다.

"원장님 실력도 좋아. 엄청 꼼꼼하시고. 병원 대기실엔 언제나 아줌마들이 득실거려. 단골이 많다는 거지."

망설이는 손을 뻗어 다이얼 부분을 잡았다. 하지만 차마 돌리지는 못하고 손을 떼어 냈다.

"잘생겼다면서요?"

"응?"

"저번에 원장님 젊고 잘생겼다고 하지 않으셨어요?"

"아! 그랬지. 잘생기셨어, 엄청."

다시 도어록의 다이얼 부분을 잡았다. 이번에는 과감하게 시계 반대 방향으로 돌려 잠금을 풀었다.

"그래서 아줌마 환자가 많은 거 아닐까요?"

영원의 눈과 입이 커졌다. 굉장히 타당성 높은 말이었다. 그래서 웃음을 터뜨리며 고개를 크게 끄덕였다. 자동으로 잠기는 지문 인식 도어록만 제외하고 모든 자물쇠를 풀었다. 그리고 걸쇠 두 가지 중에 체인형도 풀었다. 잠시 주춤거리긴 했지만, 현관에서 멀어지는 데 성공했다.

"우리 작가님도 분발하셔야겠다. 그런 잘생긴 의사 선생님을 고작 2주에 한 번 영접한다니. 저 같으면 사흘이 멀다 하고 들락거……."

거실을 가로질러 작업실로 꾸며 놓은 방으로 막 들어서던 민아의 수다가 멈췄다. 먼저 작업실에 들어왔던 경민이 눈짓으로 영원의 책상 위를 가리켰다. 《동물의 상징체계》, 《꿈의 해석》 등과 같은 책들이 쌓여 있었고, 각양각색의 나비 그림과 그와 관련된 이미지들이 어지럽게 널려 있었다. 민아는 그제야 영원의 얼굴을 자세히 살폈다. 턱 아래까지 내려와 있는 다크서클과 붉은 실핏줄이 도드라진 눈이 보였다. 또 잠을 못 잔 게 분명했다.

그러고 보니 조금 전, 현관의 자물쇠를 전부 돌려 채웠다. 예전에는 그게 당연했다. 그런데 병원에 다시 다니기 시작하면서 상태가 조금 나아져, 어시스턴트인 민아와 경민이 집에 들어왔을 때만큼은 자동 잠금만 하고 구식 자물쇠까지 돌려놓지는 않았다. 쉬운 일은 아니었지만, 노력하려고 애쓰는 부분이었다. 비록 그 뒤에 다시 풀어 놓기는 했지만, 잠깐이라도 전부 잠그려고 했다는 건 심리 상태가 불안하다는 의미였다. 이렇게 된 원인은 아마도 어젯밤 악몽을 꾼 탓일 것이다. 그리고 책상 위의 상황을 보건대, 나비가 등장하는 악몽일 확률이 높았다. 나비 자체는 악몽이 아니었다. 진짜 악몽은 나비와 함께 나타나는 장면, 바로 비행기 추락 사고였다.

나영원. 그녀가 7살이었을 때, 세상을 떠들썩하게 만든 비행기 추락 사고가 있었다. 승무원과 탑승객 등 200여 명이 죽고, 고작 네 명만이 살아남은 참혹한 사고였다. 그 네 명의 생존자 명단에는 나영원이 있었다. 그리고 200여 명의 사망자 명단에는 그녀의 부모가 있었다.

민아와 경민은 마주 붙여 놓은 자신들의 책상에 가방을 내려놓고, 눕혀져 있는 액정 태블릿의 전원부터 켰다. 그러면서도 영원의 책상 위를 힐끔거리며 서로 걱정스러운 눈빛을 주고받았다. 이를 감지한 영원이 대수롭지 않은 투로 말했다.

"아무것도 아니야. 그림 그릴 자료 찾아보느라 꺼내 놓은 거야. 내 웹툰 쪽 필명이 뭐니? '나비one' 아니니. 이쯤에서 내 시그니처를 넣고 싶어서. 어떤 모양, 어떤 컬러의 나비가 좋을까?"

"배경이 아직은 봄이니까 핑크 느낌이 뿜뿜 나는 나비가 좋겠죠?"

말은 이렇게 하면서도 영원이 잡고 있는 건 그림이나 사진 이미지가 아니었다. 꿈 해석과 관련된 책이었다. 시그니처니 뭐니 하는 건 핑계일 뿐이라는 증거였다.

"작가님, 꿈에 보이는 이미지와 관련해 의사 선생님과 상담해 봤어요?"

"직업병 같은 건데 뭐 하러 그런 것까지 얘기해."

살다 보면 인간은 각종 이미지에 끊임없이 노출된다. 그중에서 나비는 단연 으뜸으로 흔한 아이템이다. 컬러, 대칭과 같은 미적인 측면에서나, 애벌레에서 변태를 거쳐 완전히 다른 생명체로 변신하는 생물학적인 측면에서나 나비만큼 매력적인 것도 드물기 때문이다. 상징적인 측면에서도 동서양을 막론하고 긍정의 아이콘일 수밖에 없다. 변신의 능력은 불멸을 상징하고, 죽음과 타락으로부터 깨어나는 아름다움을 상징한다. 또 물체에서 생체로의 탈피를 상징하며, 사후 영혼으로의 변형을 상징한다. 그래서 살아 있는 진짜 나비는 드물게 보더라도, 매체에서 이미지로 사용되는 나비들은 수시로 우리의 눈에 들어와 뇌 속에 각인된다.

일반 사람들도 그러한데, 만화를 직업으로 삼고 있는 무리에게 노출되는 나비의 빈도수는 더욱 높지 않겠는가. 그러니 나비 꿈이 그리 이상한 것은 아니라고 영원은 생각했다. 진짜 꿈이라면 말이다. 그런데 영원의 꿈에 나타나는 그 장면은 그녀가 7살 때 실제로 본 기억으로 인식하고 있었다. 영원은 그 기억을 차폐 기억, 즉 고통스러운 기억을 감추기 위해 의식적으로 참을 만한 것으로 대신한 기억이라고 생각했다. 그렇게 생각하지 않으면 안 되었다.

차디찬 겨울 속의 그날, 어린 소녀는 너무 많은 시체를 보았다. 성한 데라곤 어디 하나 없는 시체투성이였다. 폭발 뒤 화염에 휩싸여 불타고 있는 시체, 의자에 앉은 채로 안전벨트를 빨랫줄 삼아 팔과 다리를 늘어뜨리고 빨래처럼 주렁주렁 매달린 시체, 부서진 비행기 파편에 꽂힌 시체, 내장이 쏟아져 나온 시체, 앉은 자세 그대로 척추가 뒤로 꺾인 시체, 잘렸어도 여전히 꿈틀거리는 주인을 알 수 없는 손목까지. 그리고 몸의 마디마디가 죄다 뒤틀린 아빠의 시체와, 엄마의 옷을 입은 몸통과 그 옆에서 따로 뒹굴고 있던 엄마의 머리……. 어린 소녀가 감당하기에는 너무도 참혹한 기억이었다. 그래서 투명한 나비들과 남자를 상상으로 만들어 그 뒤로 숨은 것이리라.

"꿈이야, 꿈. 하하. 다들 나비 꿈은 꾸지 않아?"

"어……, 그리고 보니 전 한 번도 꾼 적이 없는데요?"

"웹툰 작가인데도?"

"그게 나비와 뭔 상관인데요?"

"나비 그림 잔뜩 그리고 난 밤에도 안 꿔?"

"네. 작가님은 나비 그림을 그려서 꿈을 꾸는 게 아니라, 나비 꿈을 꾸고 나면 잔뜩 그리시잖아요."

"나비 꿈을 안 꾸는 사람은 없을 텐데……."

영원과 민아가 동시에 경민을 쳐다보았다. 둘 중 한 명의 손에 붙으라는 눈빛이었다.

"전 꿈 자체를 잘 안 꿔요. 꿈은 꾸는데 깨면 기억 못 하는 거라고들 하지만."

민아는 다시 영원을 보면서 물었다.

"그 책에선 나비 꿈을 어떻게 해석해요?"

"음, 나비는 정신적인 계몽, 창조성에 대한 각성, 성적인 자각 등을 상징한대. 영 틀린 말도 아닌 것 같아. 내가 만화를 그리니까 창조성에 대한 각성도 맞는 것 같고, 서른 살이 넘도록 모태솔로인 걸 보면 성적인 자각도 맞는 것 같고. 어찌 됐든 모두 좋은 의미야. 어느 책에도 나비를 나쁘게 해석한 건 없어. 아주 좋은 길몽이지."

"성적인 자각을 느끼기엔 엄청 늦은 나이죠. 10대도 아니고. 혼자 책만 뒤적거리지 마시고 의사 선생님께 터놓고 말해 보세요. 그런 상담도 안 할 거면 굳이 병원 가서 왜 비싼 돈을 쓰나요?"

"원장님이 잘생겨서 가는 거야."

"퍽이나 그 목적이시려고. 그보다, 미혼이래요?"

"몰라."

"그런 대화는 안 해요?"

"사적인 대화를 왜 해? 의사와 환자 사이에."

"잘생겨서 가시는 거라면서요. 그럼 당연히 물어볼 수도 있지. 어떤 스타일인데요?"

"대충, 안경 쓴 냉미남? 죽음의 냄새가 짙은 비밀캐?"

민아의 머리에 무언가가 떠올랐다. 그래서 부리나케 책상 위에 놓인 프린트해 둔 캐릭터 설정집을 집어 들고 뒤적거렸다. 그중 안경 쓴 남자 고교생 그림을 펼쳐 보이며 물었다.

"혹시 이번 남주들 중에 이 세 번째, 얘의 모델로 사용하신 건 아니죠?"

"뭐, 조금."

설정집에는 교복 차림이건 사복 차림이건 모두 공통적으로 장갑을 착용하고 있는 모습이 그려져 있었다. 민아는 장갑 쪽으로 그어진 화살표 아래에 적힌 글자를 눈으로 읽었다.

결벽증. 부실 용품은 물론, 탈까지 공용 거부. 자체 제작한 개인 소장용만 사용.

"설마 이 장갑과 결벽증 등의 설정은 가져온 거 아니죠?

"아, 뭐, 조금. 원장님이 항상 라텍스 장갑을 끼고 있어서."

"정신과 의사가 결벽증이라고요? 자기 병을 자기가 못 고쳐요? 실력 좋은 거 맞아요?"

"결벽증은 내 추측이야. 장갑까지만 똑같이 적용."

민아가 설정집을 보면서 다시 물었다.

"혹시 '이심오'라는 이 이상한 이름도 설마?"

영원이 고개를 끄덕였다.

"이건 조금이 아니라 아예 캐릭터를 그대로 갖고 온 거잖아요."

"원장님은 성인, 우리 세 번째 남주는 고교생. 완전 다르구먼, 뭘."

"완전 다르긴요! 원장님이 보면 자기를 모델로 했단 걸 바로 알겠는데요."

"웹툰 같은 거 안 보게 생겼어. 모르셔."

"그건 순전히 작가님 생각이시고. 자기 환자 작품 정도는 살필 수도 있죠. 오장육부가 아닌 정신을 치료하기 위해 다니는 병원인데."

"내 필명 얘기 안 했어. 자세히 물어보지도 않더라. 그래서 안심하고 조금 빌려 왔어."

"작가님! 솔직하게 말씀해 보세요. 요즘 병원에 곧잘 다니시는 목적, 치료가 아니라 캐릭터 관찰 때문이죠?"

영원이 슬그머니 책을 덮고 책상 위를 더듬었다. 찾는 것도 없으면서 대답을 피하기 위한 시늉이었다.

"어휴! 만화가들은 왜 죄다 이 모양이지?"

민아는 기억해 냈다. 만화계에 전해 내려오는 슬픈 전설을. 때는 바야흐로 그리 오래전도 아닌 어느 옛날, 이 땅에는 되풀이되는 마감 지옥을 숙명으로 짊어진 여인들이 살고 있었다. 이름하여 순정만화가. 오죽하면 마감을 죽음의 선을 넘나든다는 뜻의 데드라인이라고 하겠는가. 이 죽음의 선을 넘지 않기 위해, 책상 앞에서 머릿속의 캐릭터 외에는 남자를 만날 수 없었던 그녀들은 노처녀로 변해 갈 수밖에 없었다.

이를 국가의 시름이라 여긴 편집부에서 미팅을 주선하는 일이 발생했다. 실로 미스터리한 일이 아닐 수 없다. 어쩌면 그일을 주도한 사람이 만화가의 본능을 모르는 생초짜 편집자였을 수도 있고, 편집부 전체가 악령의 저주로 사고가 마비되어 촉발된 사건이었을지도 모른다. 아무튼, 만화가들은 귀신도 도망갈 정도로 기가 센 데다 괴짜들뿐이라는 악소문 탓에 편집자들이 무릎 꿇고 다니며 어렵사리 남자들을 모았다. 어렵게 모으다 보니 다양한 사람들로 구성이 되고 말았지만 성사가 되긴 했다. 이 부분은 만화계의 7대 기적 중 하나로 일컬어진다.

대망의 미팅 날, 여자 만화가들은 얼굴에 홍조를 띤 채 일제히 진격의 질문을 쏟아 냈다. 남자들에 대한 개인적인 질문이 아니었다. 이 남자 저 남자를 옮겨 다니며 노트까지 꺼내 꼼꼼히 기록한 건 남자들의 직업에 관한 것이었다. 결국 남자들이 목이 쉬어 도망갈 때까지 취재, 혹은 취조만 하다가 끝났다는 믿거나 말거나 미팅 사건.

민아가 두 주먹을 불끈 쥐고 일어나 소리쳤다.

"안 돼! 난 절대로 그렇게 늙어 죽을 수 없어! 작가님! 관심인지 취재인지는 다들 알아요. 그러니까 남자를, 그것도 잘생긴 남자를 볼 때는 남성으로만 보세요, 제발. 관찰도 취재도 하지 말고, 만화 캐릭터화시키지도 마시고요."

"나를 여성으로 봐 주지 않는 남자를, 뭐 하러 남성으로 보고 에너지 낭비를 하겠니."

의욕이라고는 찾아볼 수 없는 어투였다. 민아는 그것이 자신의 미래가 될 것 같아서 불안해졌다.

"에너지 낭비 좀 하세요! 그 에너지를 뱃살로 쌓아 두는 것보단 훨씬 건설적이니까."

영원이 자신의 뱃살을 건성으로 잡았다가 이내 집중해서 다시 잡아서 살펴보았다. 제법 두툼했다.

"어째서 비계들은 이렇게나 생명력이 왕성할까? 이 정도 두께면 짝사랑이든 뭐든 해야겠는걸. 내 주제에는 상상 연애가 더 나으려나?"

여전히 의욕 없는 목소리였다. 만화계에서 대대로 구전되는 또 하나의 전설! 만화계에 발을 들이는 순간부터 감염된다는 공포의 바이러스, 만화가의 몸에 기생하며 연애 세포만 찾아서 사멸시킨다는 연애 치사율 74.8%인 전염병의 존재. 이것은 결코 우스갯소리가 아닐지도 모른다고 민아는 생각하고 말았다.

"작가님! 그 옷 좀 갈아입으세요. 아무리 집 안에만 계신다고 해도 며칠째 그 추리닝은……."

"오늘 아침에 새로 갈아입은 거야."

"네? 어제도 네이비 컬러, 이거였잖아요. 똑같은데?"

영원이 손가락으로 어깨부터 소매 끝까지의 흰색 줄무늬를 훑어 보이며 말했다.

"잘 봐. 어제는 두 줄, 오늘은 세 줄. 디자인이 파격적으로 달라."

"낡고 촌스러운 건 똑같아요."

영원이 즐겨 입는 옷은 트레이닝복이었다. 작업용 앞치마도 하지 않았다. 편하다는 것이 가장 큰 이유였다. 그래서 새로 갈아입은 트레이닝복조차 군데군데 먹물과 물감 따위로 얼룩덜룩했다. 헤어스타일은 어떤가. 외출도 싫어하거니와, 헤어숍은 더더욱 무서워하는 인간이 아닌가. 그러니 긴 생머리에서 바뀌지를 않는다. 지나치게 길어지면 묶기 적당한 길이로 가위질도 직접 했다. 그나마도 언제나 똥머리로 말아 올려 연필과 펜대로 꽂아 놓았다. 연예인들의 예쁜 똥머리가 아니다. 말 그대로 지저분한 '똥' 머리다.

영원은 부엌으로 갔다. 커피를 마시기 위해 커피포트에 물을 올렸다. 불꽃이 직접 보이는 가스레인지는 없다. 인덕션으로 바꾼 지 오래되었다. 이마저도 잘 사용하지 않는다. 커피 잔에 끓인 물을 따르는데 갑자기 초인종이 울렸다. 경기하듯이 놀란 탓에 뜨거운 물이 커피 잔 옆으로 여기저기 튀었다. 영원은 커피포트를 손에 든 채로 그 자리에 굳었다. 택배 기사가 누른 초인종인 걸 아는데도 꼼짝할 수가 없었다.

"겨, 경민아."

경민이 달려 나왔다.

"네! 제가 받을게요."

대답과 동시에 현관문을 열고 택배를 받았다. 택배 기사의 목소리가 들렸다.

"나영원 씨 맞으시죠? 총 다섯 개입니다."

배달이 오면 주로 경민이 받기 때문에, 택배 기사는 나영원이란 이름의 주인을 경민으로 알고 있었다.

"네, 고맙습니다."

경민이 여러 개의 택배 상자를 안으로 들여놓고 현관문을 닫은 뒤에야 영원이 겨우 말했다.

"무, 물을 쏟아서 당황하는 바람에 나가는 타이밍을 놓쳤어."

영원은 오늘 택배를 직접 받을 계획이었다. 물품을 주문할 때부터 다짐을 했었다. 택배를 받는 것도 치료의 일종이기 때문이다. 어젯밤 꿈만 아니었으면 가능했을지도 모른다. 아니, 핑계다. 결국은 이 간단한 시도도 실패한 것이다.

영원이 행주로 물을 닦는 동안에 민아도 나와서 상자들을 부엌 식탁으로 함께 옮겼다. 택배가 다섯 개인 오늘은 그럭저럭 양호한 날이라고 할 수 있다. 장보기도 모바일로 하는 영원이었다. 직접 나가서 무언가를 사는 일은 없었다. 그녀가 쇼핑몰에서 물건을 고를 때 가장 먼저 확인하는 것은 택배사였다. 여러 택배 기사가 오가는 것을 두려워했다. 그래서 택배사를 통일해야 했기에 제품의 평가보다 더 중요하게 체크하는 부분이었다. 민아가 택배 상자 하나를 개봉하고는 기뻐서 소리쳤다.

"우와! 이 식빵, 온라인몰도 오픈했어요? 줄 서서 겨우 사는 건데."

"온라인몰도 오픈 시간부터 열심히 새로고침 눌러 줘야 주문 가능해. 그 어려운 걸 내가 해냈다. 다행히 택배사도 같은 곳이었어."

이런 것까지 택배로 받을 수 있게 되었으니, 영원이 외출을 하지 않아도 살아갈 수 있는 것이다. 그녀의 병은 택배 왕국인 대한민국이 키운다고 해도 터무니없는 억지라고는 못 하리라.

또 다른 상자에서는 과일이 나왔다. 과일도 종류별로 온라인에 단골스토어가 있었다. 주로 직접 재배, 산지 직송이다. 품질은 복불복 게임이라고 생각하고 안 좋은 것이 와도 그냥 먹었다. 그래도 대형 쇼핑몰보다는 비교적 실패율이 적은 편이다.

나머지 세 개의 상자에서 나온 것은 웬일로 전부 옷이었다. 민아는 얼마 전에 예쁜 옷 좀 사 입으라고 닦달했던 자신의 말을 떠올렸다.

"작가님, 제 말 듣고 주문하셨나 봐요?"

"응. 이젠 집에서도 좀 예쁘게 입으려고."

민아는 펼쳐 놓은 옷을 하나 집어 들고 힘없이 말했다.

"근데 왜 또 죄다 추리닝일까요?"

"추리닝 아니야."

"아니면요?"

"이거 애슬레저룩이야. 패셔니스타의 최신 필템."

"똑같은 옷이라도 몸매가 되는 애들은 애슬레저룩, 몸매가 안 되는 애들은 추리닝. 작가님은……, 자체 판단에 맡길게요. 그래도 옷 자체는 뭐, 다 세련되고 예쁘네요."

"그치?"

경민이 냉장고에 과일을 챙겨 넣다 말고 고개를 갸웃했다. 그의 시선이 낡고 촌스럽다는 영원이 입고 있는 옷과, 세련되고 예쁘다는 새 옷 사이를 오고 갔다. 아무리 봐도 그의 눈에는 똑같이 생긴 옷이었다.

초인종이 또 울렸다. 민아가 나가려다가 잠시 영원의 기색을 살폈다.

"마트 배달이죠?"

"아니야. 오늘은 마트 배달 없어."

영원이 주춤거리면서 비디오폰 앞으로 갔다.

"누구세요?"

— 유에이치입니다.

해외 배송이었다. 그러고 보니 며칠 전 직구로 구입한 물건이 있었다. 해외 쇼핑도 모바일로 거뜬한 시대였다. 이 지구촌은 영원이 살기에 최적의 장소였다. 민아가 걱정스럽게 물었다.

"제가 대신 나가 드려요?"

"내가 나갈 거야. 할 수 있어."

영원은 크게 숨을 들이켠 후 현관문을 열었다. 택배 기사는 상냥했다. 그래도 그가 수취 확인 사인을 받으려고 단말기를 내밀었을 때는 움찔했다. 무사히 서명을 마치고 상자를 건네받은 뒤, 현관문을 닫고 잠갔다. 그리고 걸쇠까지 걸고 들떠서 들어왔다.

"했어! 내가 사인까지 다 했어."

어려울 게 전혀 없는 일이었다. 대부분의 평범한 사람에게는 말이다. 하지만 영원을 알고 있는 민아와 경민은 함께 뿌듯해했다. 민아가 이 집에 오기 시작한 건 2년 전부터, 경민은 1년 6개월 전부터였다. 이 집으로 들어오기까지도 만만치 않은 여정이었다. 애초에 고용주인 영원은 어시스턴트가 꼭 필요한 상황이었는데도 거부하고 있었다. 그런데 피고용인인 민아는 꼭 영원한테서 만화를 배우면서 일하고 싶었다. 긴 설득 끝에 민아의 고집은 결실을 보았다. 그만큼 영원 역시 다급한 상황이기도 했다.

이 집에 들어왔다고 해서 정상적인 인간관계가 바로 이뤄지지는 않았다. 영원은 겁먹은 고양이처럼 언제나 숨어 있었다. 식사도 같이 하지 않았다. 민아는 이 집에 와서 메모에 적힌 대로 혼자 일하다가 가곤 했다. 경민의 고용도 민아의 부탁을 수락해 준 거였다. 지금처럼 함께 작업실에서 일하면서 이렇게 농담도 하고 웃고 떠들기 시작한 것은 5개월 전, 병원에 다시 다니기 시작하면서부터였다. 남들에게는 어렵지 않은 일을 한 영원이 그들에게 기적처럼 느껴지는 이유였다. 조금만 더 열심히 병원에 다니면 평범한 생활도 가능하지 않을까 하는 기대에 부풀었다.

"뭐예요?"

민아의 목소리 톤이 올라가 있었다. 영원이 겉박스를 열고 속에 들어 있는 박스를 꺼냈다. 그리고 열었다. 신발이 들어 있었다. 트레이닝복 패션을 선호한다고 해서 신발도 그런 취향은 아니었다. 영원은 신발 취향만큼은 뛰어났다. 다양한 종류의 다양한 디자인이 그녀의 신발장에 가득 있었다. 방금 연 박스도 큐빅이 블링블링하게 박힌 스킨톤 로퍼였다. 실버 큐빅은 나비 모양으로 박혀 있었다.

"대박! 우리 작가님 나비는 엄청 좋아하셔. 오죽하면 화장지에도 나비 그림이 있을까."

"그건 사고 보니 우연히 있었던 것뿐이야. 이거 안 예뻐?"

"안 예쁘긴요. 이건 진짜 대박 짱! 짱!"

민아가 엄지손가락을 연거푸 세워 보였다. 경민의 눈에도 이건 색다르고 예뻤다. 그래서 같이 엄지손가락을 치켜세웠다.

"정가 때는 접근도 못 했는데, 파이널 세일에 추가 할인 코드까지 떴지 뭐야. 안 살 수가 없었어."

"이런 건 바로 오픈해야죠. 작가님, 오늘 병원 가세요. 이거 꼭 신고요. 여기에 맞는 옷도 좀 입고, 네?"

"예약이 안 되어 있어서……."

"아니면 지금 당장 요 앞에 놀이터라도 다녀오실래요?"

"아……, 오늘은 일이 많아서 그건 좀……."

"외출기피증인데 슈즈 마니아라니, 이보다 안타까운 일이 있을까 모르겠네요."

영원은 사진보다 실물이 더 마음에 들어서 기분이 좋았다. 그래서 대꾸도 즐겁게 했다.

"외출기피증 대신에 이왕이면 집구석성애자라고 해 줄래? 긍정적인 단어 사용이 정신 건강에 좋아."

영원이 새 로퍼를 현관으로 가지고 가서 발을 넣어 보았다. 신발은 인터넷 구입 시 실패율이 높은 품목이다. 그런데 영원은 실물을 보지 않고도 구입하는 스킬이 늘어 이제 여간해선 실패하지 않는다. 이번에도 딱 맞았다. 영원은 아름다운 새 로퍼를 신고 여전히 굳게 걸어 잠근 현관문을 보았다. 신발은 그녀에게 평범한 일상에 대한 염원이 담긴 물건이었다. 언젠가는 이 신발로 현관문을 박차고 세상 밖으로 나가고 싶다는 간절한 염원……

2

염라국의 사자청.

"안녕하십니까! 오늘부로 갑1팀 을3파트에 배속받은 신입, 병9입니다!"

갑1팀의 저승사자들이 일제히 병9를 쳐다보았다. 그들 중 한 명이 다가와서 인사를 했다.

"반갑다. 내가 파트장인 을3 사자다. 용케도 '윤회 포기 각서'에 서명을 했군, 하하하."

저승사자로 채용되기까지는 까다로운 절차가 있었다. 우선 죽은 지 300년이 지난 영혼이어야 하고, 사자사관학교를 수석으로 졸업하지 않으면 안 된다. 그러고 나서도 수천수만 년, 그보다 더 긴 몇 겁의 세월이 흘러도 두 번 다시 이승의 그 무엇으로도 환생하지 않겠다는 서약, 즉 윤회 포기 각서에 서명하지 않고서는 염라국 사자청의 저승사자는 절대 될 수 없었다. 병9도 거기에 서명하는 것이 다른 그 무엇보다 가장 힘들었다.

병9는 직속상관인 을3과 다른 선배 사자들에게 일일이 인사를 한 뒤에야 비로소 사무실 전체를 둘러볼 수 있었다. 저승사자들이 근무하는 사무실은 광활하게 탁 트여 있었다. 팀별로 구획을 나눠 뒀다고는 해도, 가슴팍까지 올라오는 가림막이 전부였기에 시야를 막는 건 없었다. 나눠진 하나의 구획에는 총 열세 개의 책상과 의자가 질서정연하게 들어차 있는데, 그것이 한 팀당 인원수였다.

저승의 사자는 이승에 누설된 대로 크게 시직, 일직, 월직으로 나뉜다. 연직도 있긴 하지만, 저승사자로서의 업무를 하지 않는 데다 사자청에서 근무하지도 않기에 없는 것과 다르지 않다. 시직에게는 번호 앞에 병丙이, 일직에게는 을乙이, 월직에게는 갑甲이 일률적으로 부여된다. 시직과 일직은 전부 이승에서 육체를 버리고 저승으로 넘어온, 즉 죽은 인간의 영혼들이다. 반면 월직은 이들과는 완전히 다르다. 우선 인간의 영혼이 아니다. 태초부터 저승에서 자신의 육체를 가지고 살아온 존재다. 시직과 일직이 영혼만 있다면, 월직은 육체와 영혼이 전부 있다는 뜻이다. 이곳 저승에서는 차이가 별로 없다. 하지만 이승에 나가게 되면 그 차이는 극명하게 나타난다.

능력 면에서는 더 큰 차이가 있다. 그러다 보니 일의 종류도 다르다. 시직은 경력이 짧은 사자들로서 주로 살 만큼 살았거나, 자신의 죽음을 수긍하고 쉽게 따라나서는 영혼을 담당한다.

한마디로 쉬운 일을 한다는 의미다. 일직은 경력이 오래된 사자들로서 갑자기 사고사를 당했거나, 병사였어도 자신의 죽음을 극렬하게 거부하여 도망칠 위험이 큰 영혼을 담당한다. 한마디로 어려운 일을 한다는 의미다. 그리고 월직은 열 명 이상의 떼죽음을 담당한다. 한마디로 힘들고 성가신 단체팀만 도맡는다는 의미다.

그런데 월직은 그 인원이 매우 적다. 저승에 오래 거주를 해도 그들을 만나기란 하늘의 별 따기일 정도다. 이승이었다면 천연기념물이나 멸종위기종으로 특별 관리 대상일 수도 있겠으나, 여기는 저승이라 그런 지정은 없다. 무엇보다 그럴 필요가 없다. 그들은 모두 불멸에 무한히 가까운 존재이기에 개체수가 줄어들 염려가 없기 때문이다.

개체수가 이 지경이다 보니 저승의 웬만한 관청은 전부 인간 영혼들로 구성되어 있다. 월직은 인간 영혼이 할 수 없는 업무가 있는 딱 두 곳에만 근무한다. 한 곳은 사자청, 다른 한 곳은 지옥청이다. 지옥청은 그 특성 때문에 인간 영혼이 근처에만 가도 극심한 고통을 느낀다. 그러니 그곳은 사자청과는 달리 오직 월직들로만 구성될 수밖에 없다. 적은 개체수는 인력 부족을 발생시킨다. 그 절박함으로 인하여 지옥청은 가장 빠르게 이승으로부터 전산시스템을 도입했고, 현재는 지옥청 전체를 스마트존으로 지정하여 운영 중이다.

병9의 시선이 분주한 이유도 그동안 말로만 들었던 월직의 존재를 찾느라 그런 거였다. 사관학교 교장도 월직이지만 실물을 직접 본 적은 없었다. 까마득하게 넓은 사무실에는 시커먼 옷을 입은 사자들만이 책상 앞에 앉아서 모니터를 응시하거나, 스마트폰을 들여다보거나, 삼삼오오 모여 머리를 맞대고 대화인지 의논인지를 하고 있었다.

역시나 사무실에 보이는 사자들은 모두 남성이었다. 저승사자를 모집할 때 여성을 배제하는 것은 아니다. 오히려 여성 우대 조항을 크게 넣어 놓는다. 그런데도 여성 지원자는 없었다. 윤회 포기 각서 때문이다. 여성의 영혼은 윤회를 포기하지 않는다. 이유는 모른다. 이승의 자살률에 남녀 차이가 있는 것처럼, 삶에 대한 집착이 남성보다 강하기 때문일 거라 짐작만 할 뿐 정확한 원인은 밝혀지지 않았다.

병9는 중구난방으로 뒤섞인 사자들 사이에 드물게 섞여 있는 월직을 구분해 내었다. 듣던 대로 인간과 전혀 다르지 않은 외모였다. 그럼에도 불구하고 구별할 수 있었던 건, 그들만이 가진 칠흑같이 어두운 기운 때문이었다. 피부 색깔은 인간과 비슷하거나 좀 더 백옥 같았다. 하지만 머리카락과 눈썹 등은 작은 빛조차 반사하지 않고 삼키는 짙은 암흑 색깔이었다. 너무도 까매서 이승에는 존재하지 않는 색깔. 그래서 이승의 인간 눈은 검은색으로만 인식하게 된다고 한다. 하얀 피부와 짙은 머리카락, 거기에 길쭉길쭉한 몸매 덕분인지 그들의 외모는 하나같이 출중하게 느껴졌다. 소문대로였다.

병9가 갑1팀에서 따로 떨어져 있는 큰 책상을 보았다. 그곳이 팀장인 갑1 사자의 자리인 듯했다. 갑1, 월직 중에서도 으뜸인 저승사자. 지금 두근거리는 원인의 대부분도 그를 직접 만난다는 설렘에서 비롯된 것이다.

"가, 갑1 사자님은 안 계신가요?"

"곧 오실 거다."

"지, 진짜 실재하시는 분 맞죠?"

조심스러운 병9의 표정을 접한 을3이 웃음을 터뜨렸다. 사자청 밖에서는 갑1이 신화 같은 존재여서 실재하지 않는다는 괴소문이 나돌았던 것이다.

"하하하, 나도 그 소문 들은 적 있어. 실재하……."

"비상! 비상!"

멀리서부터 다급하게 외치는 소리가 들렸다. 겁에 질린 소리임이 역력했다. 모두가 놀라서 시끄러운 쪽을 쳐다보았다. 비상계단이 있는 곳에서 한 사자가 뛰어오면서 외치고 있었다.

"모두 대피……."

그는 말을 마치지 못했다. 뒤따라 나타난 어떤 남자가 입을 틀어막았기 때문이다. 적인가? 사자청이 습격을 당한 것인가?

"동작 그만! 모두 한 발짝도 움직이지 마라!"

쩌렁쩌렁하게 울리는 목소리였다. 마치 언령 공격이라도 받은 것처럼 사무실에 있던 모든 사자가 제자리에 멈춰 섰다. 남자는 굉장한 괴리감이 있는 반면에, 아주 낯설지도 않은 모습이었다. 병9는 괴리감의 이유부터 알아차렸다. 의복이었다. 이곳의 사자들은 갑, 을, 병 상관없이 모두 검은색 안전복을 입고 있었다. 안전복이란 이승의 평범한 옷처럼 보이지만, 저승에만 존재하는 철 성분을 가공하여 현대식으로 만든 일종의 갑옷이다. 셔츠 한 장조차 안전복이 아닌 것이 없었다. 저승사자에게 안전복은 필수지만, 검은 옷은 필수가 아니었다. 그럼에도 불구하고 모두가 검은 옷인 이유는 안전복의 재료가 검은색이기 때문이다.

그런데 갑자기 나타난 남자는 허벅지까지 내려오는 하얀색 긴 재킷을 걸친 데다, 그 안쪽은 푸른색의 브이 네크라인 상의와 바지였다. 뒤꿈치를 아무렇게나 구겨 신은 신발도 때가 탄듯한 회색이었다. 아무리 사자청에 처음 들어온 병9라 해도 저승의 의복이 아니라는 것 정도는 알아차릴 수 있었다.

이러한 이승의 의복이 왜 낯설지 않은지도 알아차렸다. 생도 시절, 실습으로 이승에 나갔을 때, 병원이라고 불리는 곳에서 봤던 어떤 부류와 똑같은 옷차림. 그 부류는 바로 저승사자로부터 인간의 생명을 지키고자 애쓰던 의사들이었다.

어째서 이승의 의사가 저승사자 외에는 들어올 수 없는 이곳에? 병9는 남자를 유심히 보았다. 저자는 절대 인간이 아니다. 정돈되지 않은 터벅머리, 멀리서도 느껴지는 암흑의 색깔이 인간일 수가 없었다. 암흑의 색깔이 짙을수록 능력이 높고, 그만큼 앞번호라고 들었다. 이 짙은 기운의 강도를 보건대, 이곳에 있는 월직 중에서도 상당히 앞번호인 사자일 확률이 높았다. 그런데 대체 왜 이승의 옷을? 약해 빠진 이승의 옷은 안전복이 될 수 없을 텐데? 짐작대로 저자가 월직이라면 다른 월직들은? 병9가 드넓은 사무실을 훑어보았다. 없었다. 조금 전까지 분명히 이 안에 있었던 월직들이 단 한 명도 보이지 않았다. 을3의 중얼거림이 들렸다.

"하여간 월직사자님들은 이럴 때만 재빠르셔. 눈 깜짝할 사이에 죄다 내빼셨네, 쯧쯧. 앗! 청장님도 배신을……."

병9는 을3을 따라서 한곳을 쳐다보았다. 사무실 한 면에 따로 분리된 청장실 쪽이었다. 그곳은 조금 전까지는 분명 창문의 블라인드가 올라가 있었고, 방문도 활짝 열려 있었다. 평소에는 따로 구분된 개별 공간이기는 해도 안쪽이 훤히 보이는 곳이었다. 그런데 지금은 창문의 블라인드가 완전히 내려가 있고, 밖에서 보이지 않게 틈까지 막아 놓았다. 게다가 방문이 슬그머니 닫히고 있었다. 안에 있는 청장조차 도망치듯 피하고 있는 상황이었다. 사무실에 있던 모든 사자가 배신감에 가까운 감정을 동시에 느끼고 있었다. 병9가 궁금증을 참지 못하고 복화술을 하듯이 소곤소곤 물었다.

"을3 사자님, 저 이승의 옷을 입은 남자는 대체……."

을3도 복화술로 대답해 주었다.

"갑3 사자님."

역시나 짐작대로 월직이었다. 갑3이 입을 틀어막았던 사자를 놓아주면서 소리쳤다.

"시직들은 들어라! 너희들한텐 볼일 없다. 그러니 꺼져도 좋다."

시직들이 눈치를 보면서 슬금슬금 엘리베이터 쪽으로 움직이기 시작했다. 다행히 병9도 시직이다. 분위기를 보면 다른 시직들과 같이 나가는 게 안전할 것 같았다. 그런데 엘리베이터 쪽으로 가려면 저 괴상한 갑3을 지나가야 했다. 쉽사리 움직일 수 있는 상황이 아니었다. 갑1팀의 다른 시직들도 같은 이유로 꼼짝하지 않았다.

"여기 있는 일직들! 자, 이걸 잘 봐라!"

갑3의 등 뒤에서 무언가가 둥실 떠올라 앞으로 나왔다. 나무 토막같이 생긴 물건이었다. 엘리베이터 쪽으로 슬금슬금 움직이던 검은 무리가 잠깐 멈춰 서서 그것을 보았다. 그리고 갑자기 다급하게 엘리베이터로 쏠리기 시작했다.

"뭐, 뭐죠?"

병9가 을3을 보았다. 그의 입에서 탄식이 새어 나왔다.

"오, 마이 갓."

갓God? 저승사자의 입에서 나올 말은 아니지 않나?

"자! 보다시피, 인간의 왼쪽 하퇴부다. 그런데 이것이 죽은 자의 것인지, 아직 살아 있는 자의 것인지는 모른다."

인간의 하퇴부? 병9는 비록 영혼이지만 고개를 숙여 자신의 다리를 보았다. 이윽고 감이 왔다. 병9도 '오, 마이 갓.' 소리가 나오려는 것을 가까스로 삼켰다. 갑3이 이승의 옷을 걸치고 있는 걸 보면, 저 시체 토막도 이승에서 건너온 것이리라. 이게 있을 수 있는 일인가? 여기 사자청은 대체 어떻게 운영되는 거야!

"하지만! 나는 죽은 자의 아랫다리라고 확신한다. 이 다리에 형성된 부패망으로 짐작건대, 최대 20일 전부터 최소 사흘 전까지, 이 기간에 이승의 토.막. 살.해 현장에서 영혼을 데려온 일직은 지금 즉시 내 앞으로 와서 자수해라. 살인 목격자는 너희들 중에 있다!"

월직이 왜 이승에서 벌어진 살인 사건 목격자를 저승사자 중에서 찾는 거지? 이게 용인이 되는 일이야? 아니, 정신없는 상태에서 판단해도 용인이 될 리가 없다. 저승사자가 이승의 일에 관여하면 안 된다는 건 기본 중의 기본이다.

"내가 한 명씩 취조해 볼까?"

갑3의 말 한 마디 한 마디가 숨통을 막는 느낌이었다. 엘리베이터 앞으로 몰리던 시직들의 움직임이 또 멈췄다. 애타게 기다리던 엘리베이터의 문이 열렸다. 그런데 거기에 타지 않고 갑자기 뒷걸음으로 물러났다가, 각자의 자리로 후다닥 흩어졌다. 개미 떼와 같은 움직임이었다.

누군가가 내렸다. 발소리가 들렸다. 기계보다 더 규칙적인 소리였다. 엘리베이터에서 내린 누군가가 이쪽을 향해 걸어오고 있었다. 아! 이번에도 평범하지 않은 남자다. 신비로운 분위기. 베스트까지 갖춘 귀족적인 스리피스 슈트에 하이 네크라인의 턱시도 셔츠, 나비넥타이 대신 목을 휘감은 스카프. 사자청과는 어울리지 않는 남자였다. 염라국과도 어울리지 않았다. 무엇보다 신비로운 건 눈을 드문드문 가린 머리카락이었다. 저승사자의 트레이드마크인 검은색이 아니었다. 흰색도 아니고 하늘색도 아니고 회색도 아닌 묘한 색깔. 이승에는 존재하지 않는 불투명한 무색이라 불리는 색깔이었다. 굳이 이승에서 찾는다면 북극곰 털 색깔과 그나마 가장 가까울지도 모르겠다.

저승사자처럼 생기지 않았지만 월직사자가 분명했다. 아닐 리가 없었다. 병9의 머릿속에서 그동안 주워들었던 월직에 관한 소문 따위는 완전히 사라졌다. 암흑의 색깔과 능력은 비례한다는 규칙도 사라졌다. 한눈에 누구인지 알아볼 수 있었다. 갑1 사자! 그것은 멀리까지 뻗어 오는 소름 끼치는 위압감만으로도 얼마든지 판단할 수 있었다. 병9의 손이 떨렸다. 반가움으로 인한 흥분이 아니었다. 그것은 공포였다.

갑1의 등장은 조금 전까지 넓은 사무실에 팽배했던 긴장감을 희석시켰다. 그가 안쪽을 향해 한 걸음씩 디딜 때마다 시직과 일직들의 안도감은 깊어졌다. 을3의 안색도 겨우 돌아왔다. 갑1이 사체 토막을 앞에 띄운 갑3의 옆을 지나쳐 걸었다. 눈길한 번 주지 않았다. 마치 갑3이 없는 것처럼, 사무실 곳곳에 있는 사자들조차 없는 것처럼 걷고 있었다. 머리카락에 가려져서 뵈는 게 없는 걸까? 갑1이 그냥 지나쳐서 가 버리자 갑3이 대뜸 말했다.

"사람을 봤으면 알은체는 하자."

월직이 스스로를 가리켜 '사람'이라고 지칭하는 것도 이상했지만, 갑3은 말이 안 되는 게 한둘이 아니니 이상하다는 생각도 이제는 무의미하다는 기분이었다. 갑1이 걸음을 멈추었다. 그리고 천천히 뒤를 돌아보았다가, 살짝 고개만 움직인 뒤 가던 길을 갔다. 제스처만 그런 건지 아니면 성격까지 그런 건지는 모르겠지만, 오만함이 물씬 풍기는 동작이었다.

"어이, 갑1 사자! 그렇다고 진짜 알은체만 하나?"

갑1이 팀 구획에 다다르자 갑3은 더욱 소리를 높였다.

"갑1팀, 거기 일직들! 너희들이 이 하퇴부의 가장 확률 높은 목격자다! 다음으로 확률 높은 건 갑2팀의 일직들! 지금부터 내가 한 명씩……."

팀으로 들어서던 갑1이 갑3 쪽을 힐끔 보았다. 갑1의 시선 끝에 무언가가 나타났다. 시선의 끝은 갑3의 발 앞이었고, 나타난 것은 팔로 머리를 감싸고 몸이란 몸은 최대한 구겨 넣은 듯 잔뜩 웅크린 또 다른 남자였다. 여기저기서 탄식의 말이 새어 나왔다.

"하아! 청장님……."

저 쭈구리는 사자청의 수장인 청장이었던 것이다. 청장이 이상한 낌새를 알아채고 팔 틈으로 주변을 살폈다. 분명히 책상 밑에 숨어 있었는데, 갑자기 밖으로 옮겨져 있었다. 모든 사자가 자신을 원망스럽게 쳐다보고 있다는 것도 깨달았다. 청장이 벌떡 일어나 잠시 두리번거리다가 갑1을 발견하고 소리쳤다.

"야! 갑1 사자! 네 짓이지? 이런 짓을 할 수 있는 건 너뿐이 잖아!"

이런 소란과는 상관없다는 듯 갑1은 책상 앞에 앉았다. 오만함은 몸에 밴 습성인 듯했다. 청장이 애걸복걸하며 갑3을 청장실로 끌고 들어가자, 시체 토막도 둥실둥실 따라 들어갔다. 그제야 사무실은 평화를 되찾았다. 병9도 겨우 갑3의 정체를 물을 수 있었다.

"방금 갑3 사자님은 왜 이승 옷을 입고 계신 거죠?"

"아! 현재 갑3 사자님은 따로 계시고, 조금 전 그 어처구니없
는 분은 전 갑3 사자님이신데, 우린 그냥 여전히 갑3 사자님이
라고 불러."

"그럼 그분은 지금……."

"이승에서 괴상한 방법으로 놀고 계셔. 영혼 수거하러 가서
도 가능한 한 안 마주치는 게 상책이야. 그것보다, 갑1 사자님
께 인사부터 해야지?"

을3이 급히 책상 서랍을 열어 뒤적거리더니 작은 병을 꺼내
뚜껑을 열었다. 그리고 그 안에 든 액체를 빗에 묻혀 갑1에게로
다가갔다. 그가 신중하게 한 일은 갑1의 앞머리를 옆으로 빗어
넘겨 고정해 준 것이다.

"아무리 귀찮아도 머리 정도는 혼자서 좀 하십시오."

을3이 빗을 든 채로 보고를 시작했다.

"새로운 병9 신입이 들어왔습니다."

병9가 책상에 붙다시피 하여 큰 동작으로 허리를 숙였다. 하
지만 갑1은 눈만 한 번 깜박여 들었다는 표시만 냈을 뿐 별다른
말은 하지 않았다. 빗을 든 을3이 계속 말했다.

"을1 사자는 며칠 더 쉬어야 한답니다. 정신과 의사가 심리
상담을 권해서요. 다음, 갑4 사자님의 전언입니다. 이번 달에도
이승 환전소를 이용 안 하실 거면, 갑1 사자님 몫만큼 이승 화
폐로 환전해서 넘겨주면 안 되겠냐고요. 그분은 벌써 한도액까
지 다 썼다고……."

병9는 넘어간 머리카락 아래로 드러난 갑1의 눈을 바라보았

다. 짙은 눈썹과 속눈썹. 머리카락과는 완전히 달랐다. 빛을 삼키는 암흑색 그대로였다. 눈동자도 보였다. 그것은 인간의 것과 크게 다르지 않았다. 눈동자는 다른 월직들도 비슷했다. 인공적이리만큼 검은 머리카락과 눈썹이지만, 그들이 인간처럼 보이는 이유는 눈동자의 인간다움 때문이리라.

따르르릉.

갑1의 책상 위에서 울린 고풍스러운 전화벨 소리였다. 을3이 눈을 가리지 않도록 갑1의 머리카락을 다시금 매만져 주면서 전화를 받았다.

"나 을3……."

말이 끝나기도 전에 건너편에서 울먹거리는 소리가 들렸다.

— 월직 지원실인데요, 갑1 사자님이 코트를 흘리고 가셨어요!

갑1은 코트를 걸치고 있지 않았지만, 슈트 차림만으로도 이미 완벽했다. 여기에 코트가 굳이 필요할까 싶을 정도였다.

"그러니까 왜 이따위 겹겹이 껴입는 안전복을 입힌 거냐고! 단추는 또 왜 이렇게 많아?"

을3은 가슴 바깥쪽으로 삐져나온 스카프를 베스트 안쪽으로 정돈해서 넣어 주었다. 말과는 달리 오히려 갑1의 매무새를 바로잡아 주는 걸 즐기는 듯했다.

월직들은 옷 취향이라고는 없었다. 그래서 담당 직원이 입혀 주는 대로 입고 다닌다. 그러다 보니 담당 직원이 교체되면 월직의 스타일도 확 바뀌곤 했다. 이번 갑1의 담당 직원은 지나치리만큼 클래식한 슈트를 선호하는 경향이 있었다.

― 갑1 사자님은 목을 가려야만 되잖아요. 그게 최선이라고요.

"목 폴라 티는 됐다 뭐 하고? 거기에 코트 하나만 딱 걸치면 서로 편하잖아."

― 싫어요, 그런 멋대가리 없는 건! 그건 이승의 최신 패션 잡지에서 봤던 걸 참고한 건데, 그렇게 심혈을 기울여 입혀 놔도 안전복이 갑1 사자님 미모빨 받는다는 소리 듣는단 말이에요.

"인형 옷 갈아입히기는 환생해서 해! 이건 지원실 직원인지 스타일리스트인지 구분이 안 돼."

― 아무리 그러셔도 화물 전용 엘리베이터로 코트 올려 보낼 거예요. 받아서 잘 입혀 주세요. 제가 직접 해 드리고 싶은데, 거긴 우리한테 출입 금지 구역이라.

이곳 사무실은 사자청 내에서도 이승과 가장 가까운 위치에 있기 때문에 윤회를 포기한 저승사자가 아니고서는 접근조차 할 수 없었다. 을3이 전화를 끊고 팀 구획을 떠났다. 분명 자기와 관련된 통화인데, 그걸 알 텐데 갑1은 어떤 반응도 없었다. 아무런 관심이 없는 듯했다. 그저 멍하니 앉아 있는 게 고작이었다. 마치 속이 텅 빈 마네킹과도 같은 모습이었다. 어쩌면 이것이 진짜 월직의 모습일지도 모른다. 너무 인간스러운 다른 월직들이 비정상일지도 모른다. 병9는 막연히 그런 생각이 들었다.

"을1 사자가 안 보이는데?"

갑3이 블라인드 틈으로 청장실 밖을 살피면서 말했다. 이번

살인 사건의 목격자를 을1로 낙점한 듯한 말투였다. 청장이 소파에 털썩 앉으면서 대구했다.

"책상 밑에라도 숨었겠지."

"그건 너나 그런 거지. 피하려면 제대로 피하든가. 갑1 사자한테 끌려 나와선, 쯧쯧."

"시끄러운 건 질색이라 피한 거다. 이왕 이렇게 된 거, 와서 앉아 봐라. 얘기 좀 하자. 왜 일직들을 자꾸 괴롭히냐? 안 그래도 가뜩이나 힘든 일 하는 애들을."

갑3이 청장의 맞은편 소파에 드러누웠다. 둥실둥실 떠 있던 시체 토막도 탁자에 사뿐히 내려앉았다. 악취가 풍기자 청장이 코를 막았다. 여기서는 그나마 덜하다. 이승에서였다면 악취는 더욱 심했을 것이다.

"나는 질문만 했다. 내가 언제 애들 줄 세워 놓고 기합을 주길 했냐, 패기를 했냐?"

"차라리 패는 게 낫지. 몇 그램 되지도 않는 영혼 바짝바짝 말리는 것보단."

청장은 소파 위에 길게 드러누운 갑3을 노려보았다. 주로 몸매 쪽이었다.

"무엇보다 너의 그 근육. 애들한텐 시각적으로도 이미 살해 흉기야."

"진짜 무서운 놈은 잘도 갖고 놀더니만. 옷 입혀 놓은 꼴 보니 인형 취급하고 있던데? 큭큭."

"웃음이 나오냐? 지금 저 딩동거리는 소리 안 들려?"

청장의 책상 위 PC에서 메일 들어오는 소리가 끊임없이 나오고 있었다.

"뭔 메일인데?"

"러브레터겠냐? 너에 대한 항의서지. 너만 다녀가고 나면 내 메일함이 꽉 찬다."

갑3이 청장의 말은 들은 체도 하지 않고 혼자 중얼거렸다.

"을1인데. 분명히 을1 사잔데. 그 자식이 날 교묘하게 피해 다닌단 말이야. 입이 무거워서 쉽게 불지도 않고."

"왜 을1 사자를 콕 집지? 이승에서 소리 소문 없이 발생하는 살인이 하루에 얼마나 많냐? 을1뿐만이 아니라 웬만한 일직들 다 투입돼. 그리고 시직이나 일직이 이승에서 체류하는 시간은 요즘은 끽해야 10분이다. 살해당하는 그 순간은 보겠지. 시신을 토막 내는 장면까지는 볼 수 없어."

갑3이 탁자에 올려 둔 아랫다리 토막을 힐끗 보았다. 그리고 덥수룩한 제 머리를 진짜 인간인 양 벅벅 긁었다. 머리까지 성질 나빠 보이는 곱슬머리다.

"그래, 그렇겠지. 죽인 다음에 토막을 낸 거라면······."

갑3이 벌떡 일어나 앉았다.

"에잇! 요즘엔 왜들 이렇게 일을 잘하는 거야! 언제나 시신만 남아 있어. 영혼 하나, 기억 한 조각 흘려 놓은 꼴을 못 봐. 완전 깨끗해. 망자한테 누가 널 죽였냐고 묻고 싶어도 물을 수가 없어. 옛날에는 길거리에서 한 맺힌 귀신 한두 명은 만났거든? 요즘은 길거리도 깨끗해."

"그건 칭찬인 거지?"

"네 칭찬이 아니고 중앙관제센터 말하는 거다. 그 녀석 짓이 잖아. 강박장애 중증 환자."

때마침 전화벨이 울렸다. 청장이 일어나 책상 앞으로 가서 갑3에게 눈짓을 했다. 양반은 못 된다는 의미였다. 수화기를 들 자마자 귀에 갖다 대기도 전에 고함 소리가 터져 나왔다.

— 개또라이 새끼 거기 있지?

"좀 조용히 말해라. 나 우울 삽화기에 접어들었어."

— 그 자식 또 개구멍으로 들어왔어. 죽여 버린다고 전해!

청장이 어디로 들어왔는지 표정으로 물었고, 갑3은 입 모양 으로 '흥신소'라고 대답했다.

"소동 일으켜서 화난 게 아니고 매뉴얼 안 지켜서 화난 거군. 그놈의 규칙, 규칙."

갑3의 빈정거리는 소리가 전화기 너머로 흘러갔다. 청장은 될 대로 되라며 스피커폰으로 돌렸다. 센터장의 짜증스러운 목 소리가 선명하게 흘러나왔다.

— 입출국 신고는 제대로 하고 드나들어야지! 흥신소는 너 같은 또라이가 개구멍으로 이용하라고 만들어 놓은 공간이 아 니야!

"일직들을 몰래 덮치러 왔는데 입국 신고? 웃자고 하는 소 리지?"

— 뭐, 뭐라고? 하! 기가 막힌다. 청장, 그 자식 좀 패 주라.

청장이 팔을 들어 항복 표현을 하면서 전화기에서 멀어졌다.

그 동작으로 인해 옷소매가 살짝 올라갔고, 팔뚝에 있는 찢어져서 생긴 듯한 흉터가 약간 보였다.

"힘은 우리 중에서 무식하게 제일 센 놈이다. 내가 뭔 수로 이 자식 몸에 손을 대."

— 염력으로 날려 버려!

"그래도 돼? 나도 그러고 싶은 마음이 굴뚝같은데, 여기 다 망가지면 보수하느라 네 골치가 더 아플까 봐 참는 중이거든."

— 으악!

전화기 건너편에서 한동안 발작과도 같은 고함과 주변의 진정하라는 만류가 이어졌다. 이윽고 힘겹게 감정을 누른 센터장이 말했다.

— 갑3 사자, 너 이제 그만 놀고 사자청으로 복귀해라! 솔직히 저승사자인 네가 이승의 국과수 법의관으로 있는 게 말이 돼?

"난 정식으로 허락받고 내려간 거다."

— 허락받고 내려가서 허락받지 않은 일들만 골라서 하잖아!

"나를 법의관으로 쫓아낸 건 시직과 일직들이야."

— 말은 바로 해라. 걔들이 언제 너한테 법의관이 되라고 했어? 수술실에서 칼 들고 있지 못하게 했지.

"억울하군. 내가 들고 있었던 건 칼이 아니라 메스였다고. 메스 중에서도 진짜 조그마한 거. 뇌신경외과도 외과야. 외과 의사더러 수술하지 말라는 건 관두라는 거지. 모두가 합심해서 데모해 준 덕분에 지금은 영혼도 없는 시체만 들여다보고 있다. 원하는 거 다 들어줬잖아. 그럼 된 거 아니냐?"

시위라는 것은 이승의 전유물이라고만 생각했다. 망자를 데리러 갔을 때, 그 좁은 수술실에서 칼, 아니, 메스를 들고 있는 의사 갑3과 맞닥뜨리기 전까지는 말이다.

갑3이 그곳에 있으리라고 상상조차 하지 못했던 일직은 그의 강력한 기운에 의해 저승까지 무참히 튕겨 돌아왔다. 영혼을 수거하지 못했을 뿐만 아니라 심한 부상까지 입었다.

그로 인해 월직을 제외한 모든 저승사자가 사자청 앞에 모여서 머리에 검은 띠를 두르고 주먹을 위아래로 흔드는 초유의 사태가 벌어졌다. 갑3이 영혼을 저승으로 순순히 보내 주며, 수거를 막은 건 실수였다고 해명해도 시위는 가라앉지 않았다.

월직들은 인간의 영혼보다 훨씬 단순한 사고회로를 가지고 있다. 그러니 구체적인 경위 설명은 없어도 갑3이 실수였다고 하면 진짜 실수였다. 시직과 일직들도 알고 있었다. 하지만 다시 수술실에서 만나게 될지도 모르는 갑3에 대한 두려움은 어찌할 수 있는 부분이 아니었다.

결국 갑3은 그들의 요구를 받아들였다. 그리고 그의 본격적인 기행은 그 이후부터 더욱 심화되어 지금까지 이어지고 있었다.

— 혹시 애들이 너 병원에 못 있게 했다고 일부러 꼬라지 부리는 거 아니지?

"내가 그 정도의 사고력만 있었어도 10년간을 고3으로 보내지는 않았을 텐데 말이야."

갑3이 일어섰다. 그리고 시체 토막을 공중에 띄웠다.

"가 봐야겠다. 이거 저승에 오래 두면 안 되거든. 부패가 멈춰서 여러모로 곤란해."

　— 잠깐! 그게 무슨 말이야? 부패? 대체 뭘 가지고 왔…….

　갑3이 수화기를 내려 강제로 통화를 끝냈다.

3

청장이 갑3에게 사정하듯이 말했다.

"제발 부탁이다. 내가 휴가 떠날 때까지만이라도 말썽 좀 안 부리면 안 돼? 1천 년 만에 처음으로 받은 휴가다."

이승으로 돌아가기 위해 문으로 향하던 갑3이 걸음을 멈추고 물었다.

"휴가를 이승으로 간다며? 괜찮겠어?"

"조증일 때는 해 볼 만하다고 생각했는데, 우울증이 시작되니까 미치겠다. 내가 왜 간다고 했지? 대체 내가 왜 그랬을까? 조증일 때는 나 같지가 않아."

"우울 삽화기 때가 너답지 않은 거다. 치료를 겸한 거니까 도망가지 마라. 한 번 실패하면 다시 도전하기 힘들어진다."

청장이 애써 웃는 척하면서 대꾸했다.

"나의 이 양극성장애는 네가 원인 같다. 너만 왔다 가면 우울증이 시작돼."

갑3이 청장실을 훑어보았다. 이승에서 건너온 각종 서책과 카탈로그 등이 쌓여 있었다. 조증 삽화기 때 다른 월직들을 통해 긁어모은 자료들이었다. 벽에는 실사 형태의 관광 안내 지도가 붙어 있었다.

"제주도? 여기 가려고?"

"응, 일단은. 최대한 사람 없는 곳으로."

"나도 제주도 좋아한다. 놀러 가마."

"오지 마. 너 때문에 이승에 더 가기 싫어지려고 하니까. 뭐, 이것도 계획대로 됐을 때 얘기지만. 그 녀석이 내 대리로 와 주느냐가 중요해. 나보다 그 녀석이 더 큰 문제잖아."

"지금은 사관학교 교장으로 있다고 했지? 그러고 보니 못 본지 정말 오래됐구나."

"그 녀석은 이승은 고사하고 사자청으로 오는 것조차 고통스러워하니까. 허구한 날 이승에 나가 있는 너하고 만나기는 힘들……."

삐익, 삐익.

갑작스러운 비상 사이렌 소리였다. 그와 동시에 청장의 스마트폰에서 벨이 울렸다.

"무슨 일이야?"

스마트폰 너머로 센터장의 다급한 외침이 들렸다.

— 갑2 사자가 이승에서 못 돌아오고 있다! 넌 아직 청장실

에 있어?

"뭐? 젠장!"

청장이 밖으로 뛰쳐나갔다. 갑3은 시체 토막을 도로 탁자 위로 보내 놓고 뒤를 따라 뛰었다. 그들은 비상계단을 달려 내려갔다.

"영혼 수거는?"

— 기억 추출, 영혼 픽스 다 마쳤단다. 그런데 저승으로 보내지를 못하고 있어.

이승에 망자를 인도하러 갔을 때의 절차에서 월직은 시직, 일직과 큰 차이가 있었다. 그들은 영혼에서 바로 기억을 추출하는 능력이 있기에 육체에서 영혼이 빠져나오자마자 이승에서 기억부터 추출한다. 이에 반해 기계의 힘을 빌려야만 기억 추출이 가능한 시직과 일직은 기억을 지닌 망자를 저승까지 데리고 와야 한다. 갑3이 달리면서 물었다.

"총 몇 명인데?"

— 열한 명.

"갑2 사자가 고작 열한 명을 못 보낸다고?"

스마트폰 너머에서 소리가 사라졌다. 죄인처럼 입을 다문 거였다. 청장이 대신 말했다.

"저번 출장 후, 기력이 완벽하게 회복되기 전에 또 나간 거였다. 열한 명 정도면 괜찮을 거라며……. 나 때문이야. 내가, 내가……."

— 나 때문이다. 이럴 가능성이 있었는데도, 내가 매뉴얼을

더 타이트하게 수정하지 않았어.

청장과 갑3은 입출국장에 도착했다. 이승의 공항 여객터미널, 그중에서도 탑승 구역과 유사한 구조의 공간이었다. 단지 창문 밖으로 보이는 광경이 활주로가 아니라 거대한 강 '삼도천'인 것이 이승의 공항과는 달랐다. 또 게이트마다 비행기가 이어져 있는 것이 아니라, 대부분 2인용이지만 드물게 4인용, 혹은 6인용 캡슐들이 탑승장에서 대기하고 있다는 점도 달랐다. 이승으로 오고 가는 일직과 시직들이 이미 수많은 캡슐을 사용 중이었다. 그중에 게이트와는 상관없이 로비 한가운데에 일일 서포터로 배정된 시직들이 둥글게 서 있는 것이 보였다.

"지금 상황은?"

— 갑2 사자가 더 이상 못 버틸 것 같다. 누가 나가서 전부 데리고 오지 않으면…….

여기에 또 투입할 만한 월직은 없었다. 모두 피로가 누적된 상태였다. 그래서 센터장도 말을 끝맺지 못했다.

영혼에서 기억을 추출해 놓았다고 해도 망자들을 바로 저승으로 보내지 않으면 안 된다. 영혼과 기억은 자석보다 더 강력하게 서로 끌리기 때문에 곧 다시 합쳐질 것이다. 갑2의 기력이 많이 소진되었다면 그 시간은 훨씬 짧을 것이다. 영혼이 멈춰 있는 건 기억이 없는 잠깐의 순간이다. 기억을 되찾은 영혼은 순식간에 저승사자로부터 도망간다. 죽음으로부터의 도망은 모든 영혼의 본능이다. 그리고 포획하지 못하여 이승에 방치되는 영혼은 대체로 악귀로 변하게 된다. 그런 안타까운 상황은 어떻게든 막아야 한다.

"내, 내가 간다."

청장이 앞으로 발을 내디뎠다. 하지만 한 발이 고작이었다. 그다음 걸음이 내디뎌지지 않았다. 숨도 거칠어졌다. 급기야 발작하듯 가슴팍을 쥐고 휘청거렸다.

"헉! 하, 하필 이럴 때 이승기피증이⋯⋯."

사자청의 인력난은 원래부터 월직의 개체수 부족으로 인한 고질적 문제였다. 그런데 이 인력난을 더욱 가중시킨 건 월직들의 정신장애였다. 어느 날부터인가 갑자기 발생한 현상이었다.

청장의 주요 증상은 양극성장애였고, 부차적으로 나타나는 증상은 이승기피증이었다. 센터장의 주요 증상은 강박장애, 부차적인 증상은 청장과 같은 이승기피증이었다. 또 다른 한 명은 사관학교 교장이지만, 이 월직은 제대로 된 진료조차 거부하고 있는 상태였다. 그의 가장 두드러진 증상 역시 극심한 이승기피증이었다. 이승공포증이란 말이 더 어울렸다. 고작 세 명에 불과하다고 할 수도 있겠으나, 총 개체수에 비하면 높은 비율이다. 더군다나 이들은 모두 월직 중에서도 실력이 특출한 앞번호에 해당됐다. 청장은 전 갑4, 센터장은 전 갑5, 교장은 전 갑2.

이승에 드나들지 못한다는 것은 저승사자로서의 업무가 불가하다는 의미다. 이들의 부재는 다른 월직들의 업무 과중으로 이어졌다. 보통은 같은 번호를 공유하는 월직들끼리 500년 정도를 주기로 하여 교대로 휴식을 취한다. 여기는 이승과 달라서 서열이 없다. 편의상 이승의 체계만을 빌려 왔을 뿐, 사자청장이라고 하여 다른 월직보다 높은 직급이 아니다. 인간들처럼 내려가는 일 없이 한 단계씩 승진하여 오직 위로만 오르다가 은퇴하고 죽는 시스템이 아니기 때문이다. 그들은 불멸인 존재였다. 그래서 휴식기에는 이승에 드나들지 않아도 되는 청장 같은 일을 맡거나 여행을 하고, 회복되면 교대해서 활동기 월직으로 돌아가는 방식이다. 직급이란 건 그저 하는 일의 차이일 뿐이다.

월직들은 게으르지도 않고 요령도 부리지 않는다. 권력욕도 존재하지 않는다. 그저 현역 월직으로서, 저승사자로서 업무를 수행하는 것을 가장 큰 가치로 여긴다. 그들이 존재하는 이유이기 때문이다. 그렇기에 이승기피증은 현재 염라국에 닥친 가장 큰 재앙이었다.

"내가 가야 하는데. 내가……."

청장의 의지는 강했다. 하지만 심리가 거부하는 것을 거스르지는 못했다. 그의 호흡이 더욱 거칠어졌다. 들이켜고 내쉬는 것조차 고통스러워지고 있었다. 갑3이 물었다.

"대기 중인 시직들을 보내는 건?"

— 캡슐이 턱없이 부족하다.

영혼 열한 명을 데리고 오려면 시직도 열한 명이 내려가야 한다. 그러려면 열한 개의 캡슐도 비어 있어야 한다. 하지만 캡슐은 항상 풀가동 중이었다. 지금도 마찬가지였다. 보다 못한 갑3이 소리쳤다.

"내가 간다! 준비!"

청장이 그의 허리를 힘껏 끌어안았다.

"안 돼! 넌 지금 안전복도 안 입었잖아."

"우리 몸은 안전복보다 강하다. 필요 없어!"

— 야! 이승에 있는 동안은 저승사자 업무 금지다! 잊었어?

"그따위 규칙을 따질 때냐! 징계는 다녀와서 받으면 되잖아!"

"그건 더 안 돼! 넌 2년 뒤가 복귀야. 이번에 징계받으면 바로 복귀할 수 없어. 일손이 더 부족해진다고!"

"거기까지 알 게 뭐야! 놔!"

갑3은 청장의 팔을 풀고는 멀리 던졌다. 청장의 몸이 날아가듯 밀려, 뒤에 있던 시직과 일직들을 볼링핀인 양 넘어뜨렸다.

— 갑3 사자! 난동 부리지 마!

"위치는? 빨리!"

센터장도 한계에 다다랐다. 중앙관제센터로 들어오는 갑2의 고통스러운 소리가 그의 인내를 바닥내고 말았다.

— 좌표는…….

그때 위에서 시커먼 무언가가 순식간에 아래로 떨어지듯 내려왔다. 그것은 바닥에 가까워져서야 부드럽게 발끝부터 천천히 내려 갑3의 앞을 막아섰다. 슈트 위에 검은 코트까지 챙겨 입은 갑1이었다. 어디선가 작은 물체가 날아와 그의 손바닥으로 들어갔다. 볼링핀처럼 넘어지느라 누군가 실수로 떨어뜨린 이어셋이었다. 갑1이 이어셋을 귀에 걸고 손목의 스마트워치를 터치했다. 그리고 마이크에 대고 말했다.

"이어셋 블루투스 연결 완료. 좌표 보내라."

기계음 같은 감정 없는 말투였다. 그래서 주변의 다급함과는 달리 차분하게 느껴졌다. 청장이 스마트폰으로 말했다.

"센터장! 갑1 사자도 안 돼! 알지? 그에게는 이미 예정된 업무가 있어."

청장의 스마트폰에서 센터장의 목소리가 사라지고 통화 종료가 표시되었다. 갑1이 스마트워치를 확인했다.

"좌표 수신 완료."

동시에 장내 안내 방송이 흘러나왔다. 절도 있는 여성의 목소리였다.

— 패스트트랙을 오픈해 주십시오. 패스트트랙을 오픈해 주십시오.

결국 센터장이 선택한 것은 갑1이었다. 시직과 일직이 드나드는 10여 개의 개찰구, 그중 제일 끝에 설치된 큰 유리문이 열리고 있었다. 하지만 아무 소용 없었다. 갑1이 갑3의 눈앞에서 사라졌기 때문이다. 그것은 출국 절차를 무시하고 바로 이승으로 건너뛰었음을 의미했다. 캡슐은 혼자의 힘으로 삼도천을 건너다닐 수 없는 시직과 일직을 위해 설치한 것이다. 월직들에게는 필요가 없었다.

청장이 겨우 일어서서 갑3 옆으로 돌아왔다. 함께 넘어졌던 사자들도 비척거리면서 일어났다. 직접 공격받은 게 아니라 볼링핀이 되었을 뿐인데도 몸을 가누기가 힘들었다. 갑3에 대한 두려움이 플러스 1 추가되었다. 청장이 침통하게 말했다.

"하필 갑1 사자가 가다니……."

"이번엔 나를 보냈어야 했다."

"아니, 내가 가야 했다. 모두 내 탓이야. 애초부터 내가 이런 더러운 병에 걸리지만 않았어도 지금 같은 상황은 벌어지지 않았을 테니까."

"갑1 사자를 보내지 않았어야 했다는 얘기다! 너무 혹사시키잖아. 그 녀석까지 무너지면 여긴 정말 끝장난다."

저승만 끝장나는 게 아니다. 영혼을 수거하지 못하면 이승은 지옥으로 변할 것이다.

"우리가 이 모양 이 꼴인데, 그나마 갑1 사자라도 정상인 게 어디냐. 그래서 자꾸 의지하게 돼. 미안해도 당장 별수가 없으니까. 하! 이 일을 어떻게 수습하지? 당장 갑1 사자한테 예정된 일부터가 걱정이다."

"갑1 사자에게 예정된 업무라면, 조만간 이승에……."

"넌 지금 이승에 있잖아. 못 들은 거로 해라."

"염려 마라. 난 이승에 있을 때조차 저승사자로서의 본분은 망각하지 않는다."

"그렇겠지. 아무리 너라도."

— 망자들이 곧 도착합니다. 서포터들은 준비해 주십시오.

서포터들이 원을 재정비하면서 자세를 다잡고 섰다. 이승에서 지체한 시간이 긴 만큼 더 긴장했다. 영혼이 한둘씩 그들의 원 안으로 나타나기 시작했다. 기억이 없는 그들은 모두가 얌전했다. 열한 명의 망자가 모두 무사히 저승으로 들어왔다.

잠시 뒤, 갑1이 갑2를 부축한 채 처음에 사라졌던 그 포인트에 나타났다. 갑3과 청장의 바로 앞이었다. 청장이 갑2의 부축을 인계받으려고 할 때였다. 갑2가 가슴 쪽에 사선으로 메고 있던 슬링백이 폭발하듯 찢어지면서 안에서 붉은 불꽃이 공중으로 흩어졌다. 타오르는 불과도 같은 새, 불새들이었다. 망자들의 기억인 이것들은 맹렬한 기세로 열한 명의 자신들을 향해 날아갔다. 컨트롤할 수 있는 건 이것들을 추출해 낸 갑2뿐이었다. 하지만 그는 이미 기력이 소진된 상태라 아무것도 할 수 없었다. 눈 깜짝할 사이에 불새들은 망자들 속으로 들어가 사라졌다.

장내 가득 비상 사이렌이 울리기 시작했다. 그리고 안내 방송이 나왔다.

— 서포터들은 망자를 강제 포박해 주세요. 강제 포박해 주세요.

서포터는 시직들이었다. 죽음을 거부하고 날뛰는 망자를 포박하는 건 주로 일직들이다. 그렇기에 시직들에게 강제 포박은 익숙하지 않았다. 얌전했던 망자들이 갑자기 움직이기 시작했다. 기억이 돌아온 것이다. 포박도 하기 전이었다.

"여, 여긴 어디지? 난 공장에 있었는데……."

"압축 라인에 이상이 있다고 해서 살펴보러 갔는데……."

"밸브 쪽에서 폭발이……."

망자들은 알아차렸다. 자신들을 에워싸고 붙잡기 위해 팔을 뻗치는 시커먼 것들이 저승사자임을. 동시에 그들이 미쳐 날뛰기 시작했다.

"난 못 죽어! 나한텐 만삭인 아내가 있다고! 우리 아이가 곧 태어난단 말이야!"

이렇게 외친 망자가 시직을 뿌리치고 캡슐 쪽으로 달렸다. 이를 감지한 게이트 문들이 일제히 닫혔다.

— 모든 게이트를 폐쇄합니다. 모든 게이트를 폐쇄합니다.

갑작스러운 조치에 오도 가도 못 하고 캡슐에 갇힌 망자도 속출했다. 좁은 캡슐 안에서 사자와 망자의 몸싸움이 벌어졌다. 캡슐 밖이라고 다르지 않았다. 입출국장에는 갑2가 인도해 온 망자만 있는 것이 아니었다. 시직과 일직들이 데리고 온 수많은 망자도 혼재하고 있었다. 이들이 데리고 온 망자들은 모두 기억을 가지고 있었다. 그런 망자들도 함께 날뛰기 시작했다. 일직이 강제로 데려온 망자는 물론이거니와, 여한 없이 살았다며 순순히 시직을 따라왔던 망자들까지 두려움에 휩싸여 도망치려고 했고, 이 과정에서 집단 난투극이 벌어졌다.

어떤 망자는 무작정 창문에 붙어 서서 주먹으로 때리기 시작했다. 유리를 깨고 도망가기 위해서였다. 잠잠했던 창밖의 삼도천도 거칠게 물결을 일으켰다. 이승으로 탈출하려는 망자를 막겠다는 삼도천의 의지였다. 급기야 집채만 한 큰 파도가 창을 때리고 캡슐을 뒤흔들었다. 이대로라면 캡슐이 통째로 물살에 휩쓸릴 위기였다.

— 이승에 나가 있는 모든 사자들에게 알립니다. 잠시 그 자리에서 대기해 주십시오. 망자를 놓치지 않도록 주의하면서 다

음 연락을 기다려 주십시오.

도미노와도 같았다. 몇 명의 망자로부터 시작된 난동이 삽시간에 입출국장 전체를 아비규환으로 뒤집어 놓았다. 안전복을 입은 사자들은 아무 방어복도 없는, 심지어 죄조차 없는 망자들을 때릴 수가 없었다. 악귀로 변질되지 않은 영혼은 가능한 한 다치지 않도록 하는 것이 원칙이었다. 영혼의 부상이 육체의 부상보다 더 상처가 깊고 치료하기 힘들기 때문이다. 그래서 사자들은 뒤엉킨 망자들 사이에서 일방적으로 구타당하고 있었다. 비상 연락을 받고 달려온 일직들이 도착했을 때는 이미 늦은 후였다.

"여기서 한꺼번에 기억을 추출하면……."

당황한 갑3의 의견이었다. 하지만 청장의 뒷말은 절망적이었다.

"어떻게? 사자들과 망자들이 뒤섞여 있는데."

이승에서 망자의 기억을 추출하는 것과는 다르다. 여기는 저승이라 모두가 형체를 가지고 있었다. 같은 성질이기에 섣불리 망자들의 기억을 추출하려 한다면, 사자들의 기억까지 휩쓸릴 수 있다. 그 위험이 너무 컸다. 갑1이 이어셋 마이크에 대고 말했다.

"센터장! 내 말 들리나?"

매뉴얼에 의지하는 센터장이었다. 모든 질서가 무너진 지금, 그의 멘탈도 무너져 있었다.

"센터장! 정신 차려!"

— 어, 어? 갑1? 드, 듣고 있다.

"대용량 압축 백팩 가져다줘. 지금 당장."

— 어떻게 하려고?

"어떻게든 해야지. 일단 백팩부터."

명령은 빨랐다. 주문하자마자 다리가 빠른 시직이 백팩을 품에 안고 달려오고 있었다. 갑1이 마이크에 대고 다시 말했다.

"지금 즉시 모든 사자들을 개찰구 밖으로 대피시켜라."

안내 방송으로 여성의 목소리가 아닌, 센터장의 목소리가 흘러나왔다.

— 모든 사자들은 지금 즉시 신속하게 개찰구 밖으로 나와라! 당장!

개찰구 너머는 저승사자가 아니고서는 접근할 수 없도록 결계를 만들어 놓은 공간이었다. 시커먼 사자들이 일사불란하게 망자들을 떨치고 개찰구 밖으로 뛰어 넘어오기 시작했다. 그와 동시에 백팩이 도착했다. 갑1이 백팩을 받아 들려는 찰나, 청장이 가로채 갔다.

"여기는 이승이 아니잖아. 내가 할 수 있어. 넌 아껴 둬."

청장은 등 뒤로 직사각형의 백팩을 둘러 양쪽 어깨에 메고는 허리 벨트까지 채워 한 번 더 고정했다. 그사이 대부분의 사자가 개찰구 밖으로 나와서 바리케이드인 양 정렬하고 섰다. 여전히 망자들에게 붙잡힌 사자가 세 명 남아 있었다. 갑3이 구겨 신고 있던 신발을 벗어 던졌다.

"난 무식하게 힘만 세니까, 딱 1초만 기다려!"

이렇게만 말해 놓고 개찰구를 뛰어 넘어갔다. 의사 차림의 그가, 그래서 절대로 저승사자로는 보이지 않는 그가 순식간에 망자들 틈을 파고들어 사자만 골라 잡아채 개찰구 밖으로 집어 던졌다. 세 명 모두를 개찰구 밖으로 던져 내는 데 정말 딱 1초만 걸렸다. 그렇다고 사자들한테 있어서 그의 호감도가 플러스되지는 않았다. 갑3이 걷듯이 성큼 날아 원래의 자리로, 청장이 성큼 날아 망자들 가운데로 자리를 옮긴 건 동시였다.

— 사자들은 개찰구로부터 멀어져라!

명령이 떨어짐과 동시에 사자들이 절도 있게 뒷걸음을 했다. 반대로 갑1은 앞으로 걸어 그들 사이를 지나 개찰구에 붙어 섰다. 청장 주변으로 암흑의 빛이 스멀스멀 나왔다. 이윽고 그와 가까운 망자에게서부터 차례로 무언가가 빠져나왔다. 타오르는 불새가 아니었다. 불새는 갑2의 상징일 뿐이다.

모든 저승사자는 제각각 고유한 자신만의 상징이 있다. 이것은 글자가 없던 시대부터 이어져 온 표식의 일종으로, 영혼에서 추출한 기억이 담당 저승사자의 상징 모양으로 저장되는 셈이다. 그렇기에 청장이 추출해 낸 기억은 불새와는 전혀 다른 모양이었다. 그의 상징은 크기도 하고 작기도 한 다양한 색깔의 물고기, 더 정확하게는 비단잉어였다. 모든 망자에게서 순식간에 빠져나온 기억, 즉 비단잉어들이 유유히 헤엄치기 시작했다. 그러자 소란스럽던 망자들이 얌전해졌다. 삼도천도 잠잠해졌다. 입출국장은 그야말로 조용한 물속이었다. 비단잉어가 만든 장관은 착각을 불러일으키기 충분했다.

개찰구 밖에서 피신 중이던 사자들의 입이 벌어졌다. 그들 조차 압도되었다. 다시 한번 '메모리카드 결사반대'를 결심하는 순간이었다.

갑3이 놀란 눈으로 바라보았다. 하지만 그의 시선은 개찰구 밖 사자들과는 다른 방향이었다. 사자들이 공간을 물속으로 뒤바꾼 비단잉어들을 넋 놓고 보는 그 순간, 그는 갑1의 등을 보고 있었다. 비단잉어, 즉 기억은 정확하게 망자들에게서만 빠져나왔다. 망자들 못지않게 많은 사자는 어떠한 영향도 받지 않았다. 청장의 실력이 아니었다. 갑1이 사자들을 방어해 준 덕분이었다.

갑3은 혼란에 빠졌다. 같은 월직에게서 기억 추출을 방어한다는 건 상식 밖의 일이었다. 그런 게 가능하다는 것은 더 충격이었다. 처음부터 갑1은 백팩을 청장에게 줄 계획이었으리라. 그리고 자신은 뒤에서 사자들을 지킬 생각이었으리라. 방어가 가능하다는 전제가 없었다면 이 작전은 사용할 수가 없었다.

비단잉어들이 빨려 들어가듯이 백팩 속으로 사라졌다.

"완료!"

청장의 말이 떨어졌다. 안내 방송은 여전히 센터장의 목소리로 나왔다.

— 밖에 셔틀버스가 집결해 있다. 출국 예정이 없는 시직들은 신속하게 망자들을 탑승시켜라. 모두 임시 수용소로 이동한다.

셔틀버스 정류장은 개찰구를 넘어오기 전, 출구로 나가야 했다. 시직들이 일제히 개찰구를 뛰어넘어 갔다. 지금은 비상 상황이었다. 그래서 조금 전 자신이 담당했던 망자와 상관없이 닥치는 대로 인솔했다. 안내 방송은 연이어 나왔다.

— 출국 예정이 없는 일직들은 현재 대기 중인 캡슐 앞으로 가라. 곧 게이트를 열 것이다. 캡슐에 갇혀 있는 사자와 망자를 서포트해라.

일직들도 개찰구를 뛰어넘어 갔다. 켜진 안내 방송 스피커에서 이승으로 보내는 여성의 목소리도 흐릿하게 들려왔다.

— 이승에서 대기 중인 사자들은 들으세요. 출국이 더 시급한 상황입니다. 힘드시겠지만 조금만 더 버텨 주시기 바랍니다.

저승사자가 이승에 도착하기도 전에 육체에서 영혼이 빠져나오는 상황이 가장 위험하다. 이미 잡아 둔 영혼은 버틸 수라도 있으니까 위급 시엔 뒤로 밀리게 된다. 다시 안내 방송이 나왔다.

— 출국 예정이었던 사자들은 장비를 챙기면서 들어라. 급한 순서부터 출국이다. 탑승하자마자 바로 출발시킬 테니까 잘 듣고 따라 주길 바란다. 을17은 6번 게이트, 을9는……

안내 방송은 계속되었다. 매뉴얼대로 할 때는 센터장이 가장 신속하고 정확했다. 그의 명령에 따라 입출국장은 일사불란하게 움직였다. 하지만 이 상황이 완전히 정리되려면 많은 시간이 필요할 것이다.

갑2는 부축을 뿌리치고 혼자서 힘겹게 의무실로 갔다. 청장은 백팩을 임시 보관소에 봉인하기 위해 달려갔다. 그러자 갑1과, 신발을 챙겨 신은 갑3만 남았다. 그들은 여전히 어수선한 입출국장을 살피고 있었다. 갑3이 말을 툭 던졌다.

"비단잉어는 컬러풀해서 좋아. 내 건 거무죽죽한데."

갑1이 고개를 한 번 끄덕였다.

"방어했지? 그건 어떻게 하는 거냐?"

갑1이 제 손을 물끄러미 들여다보았다.

"어떻게? 그냥 하는 거다."

"방법은?"

"모른다. 너는 못 하나?"

"해 본 적 없거든."

"그럼 닥치면 하겠군. 나도 하니까."

갑3이 싱긋이 웃으면서 말했다.

"그래, 맞다. 갑1이 뭔들 못 하겠나. 옛날부터 뭔 일이 생기면 너한테 부탁하는 게 당연했는데. 치트 키 같은 놈."

두 사람은 계속 입출국장만 쳐다보았다. 대화거리는 사라졌다. 갑3이 갑1을 힐끔 보았다. 조금 전, 일로 움직일 때의 느낌은 사라지고 없었다. 일하고 있지 않을 때의 그는 넋이 나간 사람처럼 생기가 없었다. 시체만 들여다보던 기간도 제법 되었다. 그래서 갑3에게는 영혼이 빠져나간 인간의 육체는 그저 물체로만 느껴졌다. 지금 갑1은 딱 그런 느낌이었다. 영혼이 없는, 그래서 생명이 느껴지지 않는 물체.

"할 말 없나?"

갑1이 명령어 오류가 난 것처럼 멈칫했다. 질문에 대한 답을 찾지 못한 듯했다.

"오랜만에 봤잖아. 그럼 그동안 잘 지냈냐, 이승에서 생활하기 어떠냐, 기타 등등 물어보고 싶은 게 있지 않아?"

"이승에 있었나?"

갑3이 머리를 짚었다. 기가 막혔다.

"중간에 급소환된 적도 있지만, 150년 넘게 나가 있었다. 제발 주변에 관심 좀 갖자. 하긴, 자기 자신한테조차 무관심한 너한테 뭘 바랄까. 우리가 인간들처럼 무리 짓는 게 본능인 종자들도 아니고. 됐다."

"음……, 아까는 뭘 갖고 있지 않았나?"

"사체 토……, 으악!"

갑3이 입출국장을 내팽개치고 달리기 시작했다.

"큰일 났다. 부패가 계속 멈춰 있었을 텐데!"

그가 가고 난 뒤에도 갑1은 정리되어 가는 입출국장에 우두커니 서 있었다. 그의 옆으로 수많은 사자가 바쁘게 지나다녔지만, 그의 시간만 홀로 멈춘 듯했다. 갑1은 입출국장을 지키면서, 창밖의 삼도천과 그 너머 먼 어딘가를 초점 없는 눈으로 바라보았다.

4

윙.

기계 소리? 작은 모터 돌아가는 소리? 소름 끼치는 소리다. 등에 닿는 차갑고 딱딱한 감촉. 이불 위가 아니다. 아! 또 시작되었나? 팔을 움직여 보았다. 꼼짝도 하지 않았다. 제일 끔찍한 그 악몽이 재현되고 있었다. 어깨를 뒤틀어 보았다. 이번에도 역시 가위눌린 듯 꼼짝하지 않았다. 다리조차 움직이지 않았다. 온몸이 어딘가에 묶인 채 눕혀져 있었다.

소리를 내고 싶었지만 여의치 않았다. 입 안 가득 무언가가 들어와 있고 입술은 딱 붙어 있었다. 끈적한 느낌. 테이프인가? 여긴 어디지? 방인가? 창고인가? 사무실인가? 알 수 없었다. 오직 천장만 보였다. 어두웠다. 그래도 어스름하게 보이는 것이 있었다. 천장 벽지가 드문드문 내려앉은 것처럼 보였다. 착각이다. 늘어진 건 벽지가 아니라 천 같은 것이다. 아니, 빛의 반사가 많은 것을 보면 비닐이다. 왜 천장까지 비닐을 붙여 놓은 거지?

기계 소리가 그쳤다. 문이 열렸다가 닫혔다. 철문? 나무문? 알 수는 없지만 여닫는 소리에 비닐 쓸리는 소리가 더해진 걸 봐서는 문에도 비닐이 붙어 있는 듯했다. 문소리와 함께 누군가가 들어왔다. 발소리가 났다. 비닐을 밟는 소리였다. 바닥에도 비닐을 깔았구나. 얇고 바스락거리는 비닐은 아니다. 김장 비닐 같이 둔탁한 버스럭거림이 있는 비닐이다. 아, 맞다! 이 악몽은 이쯤에서 다시 기계 소리가 들린다. 예상은 빗나가지 않았다. 이번에도 어김없이 기계 소리가 가까이서 들리기 시작했다.

사람 손이 눈 가까이 다가왔다. 크기를 봐선 남자 손이다. 손목의 복숭아뼈 아래로 동그란 흉터가 보였다. 어쩌면 담뱃불 자국일지도 모른다고 생각했다. 손이 멀어져 시야에서 사라졌다. 아, 안 돼! 깨어나야 해! 이자가 팔을 자르기 전에 깨어나야 해. 팔을 다 자르면 그다음은 다리야. 깨어나야 해. 싫어!

"아악!"

목에서 소리가 터졌다. 눈을 떴다. 천장이 보였다. 아직도 비닐이 늘어진 천장인가? 어두워서 잘 보이지 않았다. 팔을 움직여 보았다. 왼팔은 움직이는데 오른팔은 마비가 된 듯 아무런 느낌이 없었다. 깨어난 건지 아직도 악몽 속인지 구분이 되지 않았다. 온 힘을 다해 옆으로 굴렀다. 묶여 있지 않았다. 몸이 매트리스 밑으로 굴러 방바닥에 떨어졌다. 일어서고 싶은데 왼쪽 다리가 잘려 나간 듯 움직이지 않았다.

방바닥을 기었다. 팔도 다리도 말을 듣지 않아 벌레인 양 기어야만 했다. 방문이 손에 닿았다. 왼손으로 바닥을 짚고 몸을 일으켰다. 다시 넘어지지 않게 몸을 방문에 기대고 팔을 뻗어 벽을 더듬었다. 이쯤에 있는데. 여기가 악몽 속이 아니라면 있어야 하는데. 딸깍! 스위치가 눌러졌다. 그러자 방 안이 환해졌다.

아무것도 없는 작은 방. 악몽으로 인해 자주 굴러떨어져, 침대를 치우고 매트리스만 깔아 둔 방. 발버둥 치다 여러 번 부서져 없애 버린 스탠드. 안전을 위해 오직 이불만 놓아둔 방. 살아 있는 건가?

영원은 방문에 기대앉아 아직도 움직이지 않는 오른팔을 보았다. 바들바들 떨리는 왼손으로 오른손 손등을 힘껏 꼬집었다. 고맙게도 아팠다. 팔도 꼬집어 보았다. 손끝으로 비트는 족족 전부 다 아팠다. 통증 덕분에 오른손 손가락이 움직이고, 팔도 움직였다.

왼쪽 종아리도 꼬집어 보았다. 이것도 아팠다. 다리도 조금씩 움직여졌다. 힘들게 일어섰다. 왼쪽 다리가 조금 휘청거리긴 했지만 정상으로 돌아왔다. 드디어 악몽에서 깨어났다. 하지만 악몽만 끝났을 뿐이다. 보이지 않는 공포는 여전히 현실에 남아서 영원을 위협하고 있었다.

영원은 방문을 열고 밖으로 나갔다. 거실의 조명 스위치를 전부 켰다. 부엌의 불도 환하게 켰다. 작업실과 화장실, 창고로 사용 중인 방까지 전부 불을 밝혔다. 여전히 온몸이 공포로 떨리고 있었다.

부엌 식탁 위에 둔 약봉지를 집었다. 속은 비어 있었다. 병원에 다녀왔어야 했는데, 외출이 두려워 차일피일 미루고 말았다. 악몽이 떨어지지 않았다. 그것이 악몽이고 지금 여기가 현실임을 아는데도, 공포는 영원의 머리를 지배하고 심장을 쥐어뜯었다. 도망가야 해! 어디로? 여기가 현실인데 이젠 어디로 도망가야 하는 거지? 죽으면 이 공포도 끝나는 건가?

"싫어. 난 죽지 않을 거야. 살 거야. 난 살아야 해."

주문처럼 또 이 말이 영원의 입에서 흘러나왔다. 극한의 공포 속에서도, 죽음으로 빨려 들어가는 우울 속에서도 그녀는 언제나 되뇌었다. 살 거야. 난 살아야 해.

"집중할 거……."

영원이 작업실로 들어가 책상 서랍을 뒤졌다. 떨리는 손으로 붉은색의 USB를 찾아냈다. 그것을 거실 TV에 꽂았다. 마음도 급하고 손도 떨려서 자꾸 어긋나는 바람에 시간이 걸렸지만, 용케 성공했다. 리모컨을 잡았다. 급하게 서두르느라 리모컨을 떨어뜨렸다. 재수 없게 바닥에 부딪힌 충격으로 건전지가 분리되어 거실장 아래로 또르르 굴러갔다.

"아, 진짜!"

바닥에서 10cm쯤 떠 있는 거실장이었지만 손을 넣을 수가 없었다. 아래가 환하게 다 보였지만 용기가 나지 않았다. 이번에는 작업실에서 30cm짜리 자를 가지고 나왔다. 그걸로 건전지를 꺼내서 리모컨에 끼워 넣었다. TV가 켜졌다.

실수해 가며 리모컨으로 이것저것 눌렀다. 파일 번호가 주르르 나타났다. 영원은 그중에서 외우고 있는 한 번호를 눌렀다. 영상이 시작되었다. 오래된 비디오테이프를 디지털 파일로 변환한 영상이어서 선명도는 떨어졌다. 그래도 그곳에는 엄마와 아빠가 살고 있었다. 어린 영원과 함께였다.

영원은 소파에 앉았다. 여전히 떨고 있는 자신의 몸을 웅크려 끌어안고, 이제는 영상으로만 존재하는 세상을 바라보았다.

어린 영원이 제 입술에 손가락을 대고 속삭였다.

— 아빠, 쉿! 들어갈게.

발을 돋우고 불투명한 유리문을 열었다. 그리고 안으로 뛰어들어 갔다. 엄마의 작업실이었다. 현재 영원의 모습과 별반 다르지 않은 엄마가 머리를 연필과 펜대로 틀어 올리고 책상에서 작업을 하고 있었다. 세 명의 문하생들도 사람이 들어온 줄도 모르고 일에 열중하고 있었다. 엄마가 딸을 발견했다. 이어서 비디오를 쳐다보았다. 그녀가 재빨리 고개를 돌리며 손을 휘휘 저었다.

— 으악! 그거 뭐야. 저리 치워. 이 몰골은 찍히면 안 돼!

문하생들의 요란한 소리도 흘러나왔다.

— 우와! 작가님 오셨어요?

엄마가 의자에서 일어나 아빠 쪽으로 왔다.

— 당신은 자기가 마감 끝났다고 여길 들이닥치면 어떻게 해. 여긴 지금 마감 전쟁이란 말이야.

아빠의 목소리가 화면 밖에서 들렸다.

— 영원이가 오자고 졸랐어. 나도 끌려온 거야.

— 아빠! 그거 줘. 영원이도 찍을 거야.

— 아유! 정신없어. 우리 전부 날밤 새웠어. 방해하지 마.

화면이 형체를 알아볼 수 없을 만큼 심하게 흔들렸다. 어린 영원이 기어이 비디오를 빼앗아 든 것이다. 화면의 시선이 확 내려갔다. 어린아이의 손에서 비디오는 심하게 흔들렸다. 그래서 화면도 어지럽게 흔들렸다. 어린 영원이 비디오를 책상 위에 두고, 엄마의 의자에 올라갔다. 잠시 후, 화면이 다시 움직이더니 책상 위의 만화 원고가 나타났다. 그런데 의자 위에서 중심을 잡지 못한 영원이 휘청거리다가 책상 위를 짚었다. 그러면서 실수로 잉크병을 엎지르고 말았다. 화면 가득 검은색 잉크로 덮여 가는 만화 원고가 보였다. 외울 정도로 봐 왔던 영상이었다. 이제 엄마와 같은 직업을 가진 영원은 이 장면에선 언제나 똑같은 말을 하게 되었다.

"으악! 어떡해. 처음부터 그리는 것보다 망친 원고 새로 그리는 게 더 힘든데. 엄마, 미안."

당황한 어린 영원이 아빠를 쳐다보았다. 그래서 화면에도 아빠의 얼굴이 나타났다. 그 표정은 당혹감으로 가득했다. 아빠가 영원에게 달려왔다. 그리고 영원을 비디오째로 끌어안았다.

— 영원아, 대피! 조만간 엄마가 대마귀 군주로 변신을 할 거야. 튀자!

영상은 엄마의 비명 소리를 마지막으로 끝이 났다.

USB엔 이 영상 외에도 꽤 많은 비디오 영상이 있었다. 하지만 그중에 엄마와 아빠의 모습이 있는 건 이 파일뿐이었다. 모든 영상은 어린 영원뿐이었다. 영상 밖에서 들리는 목소리를 통해 비디오를 찍고 있는 사람이 엄마인지 아빠인지만 구분할 수 있었다.

"자기들도 좀 찍지. 내가 보고 싶은 건 어린 내가 아니라 엄마 아빠인데."

공포는 아직도 어깨에 붙어 있었다. 어릴 때 너무 많은 시체를 본 탓일까? 수많은 시체 더미 속에서 잘린 신체들도 목격했었다. 그것이 의식 속에 깊게 자리 잡고 있다가 이렇게 악몽으로 발현되는 듯했다. 시체를 바라보고 있던 관찰자 시점도 무섭지만, 직접 시체가 되는 1인칭 시점은 더 견디기 힘들었다. 영원의 손 위로 눈물방울이 떨어져 내렸다. 눈물을 닦으면서 창밖을 보았다.

"엄마 아빠, 미안해. 나는 여전히 하루하루가 너무 무서워."

민아가 경민이 열어 주는 현관문으로 들어서면서 큰 소리로 안을 향해 인사했다.

"작가님, 저 왔어요! 어시1."

작업실에서 인사받는 소리가 들렸다. 신발을 벗는 민아에게 경민이 제 오른손 손등을 왼손 집게손가락으로 가리켰다. 그리고 엄지로 작업실을 슬쩍 가리켰다. 민아가 미간을 찌푸리며 작업실로 들어갔다. 그녀는 가방을 의자에 던져만 놓고 영원의 옆으로 갔다. 영원은 손가락 부분을 자른 면장갑을 끼고 일하고 있었다.

"작가님, 잠시 검문이 있겠습니다."

"응?"

민아는 영원이 상황 파악을 할 틈도 주지 않았다. 그대로 영원의 손목을 잡고 디지털펜을 빼앗아 내려놓은 뒤, 장갑을 벗겼다. 경민의 눈치대로 손등에 피멍이 있었다. 입고 있던 추레한 트레이닝복 소매도 걷어붙여 올렸다. 군데군데 피멍이었다.

"누가 보면 계모한테 학대당한 아동인 줄?"

민아가 다리 쪽을 보려고 허리를 숙이자 영원이 붙잡았다.

"있어! 다리에도 한두 개 있으니까 확인 안 해도 돼."

영원이 소매를 당겨 내리고 장갑을 주섬주섬 꼈다.

"어젯밤 꿈에 엄청 잘생긴 남자가 나한테 프러포즈를 하지 않겠니? 이게 꿈인가 생시인가 꼬집어 봤더니 이렇게 되었어. 아파도 꿈일 수가 있더라고, 하하."

"우리 작가님은 어쩜 거짓말도 이렇게 재미없게 하실까? 요즘은 7살짜리도 이런 식의 거짓말은 안 해요."

"농담이다, 농담. 그냥 악몽 조금 꿨어."

"요즘 병원 안 가셨죠?"

"스트레스가 원인이지, 뭐."

"오늘이라도 다녀오세요. 제가 예약해 드려요?"

"오늘 일 많아. 너희 쉬는 날에 다녀올게."

영원이 열심히 일하는 척을 했다. 아니, 정말 열심히 일하는 것은 맞았지만 액션이 과해서 '척'이 되고 말았다. 민아가 의자에 앉으면서도 의심스러운 눈빛을 계속 보냈다.

"진짜 갈 거야. 잘생긴 원장님 짝사랑하기로 결심했거든."

"됐네. 사랑을 결심까지 해야 가능한 거 보면. 아니면 잠깐 주무시는 건 어때요?"

"괜찮아. 어젯밤에 푹 잤어."

"누가 봐도 잠 못 잔 얼굴이거든요."

"나이 들어서 그래. 너도 내 나이 돼 봐라. 꿀잠 자고 나도 푸석하지."

"눈 충혈도 엄청나세요."

"스트레스가 원인이라니까. 이번 새 연재 조회 수가 영 시원찮아서."

민아가 응수할 말을 찾지 못하고 입을 다물었다. 조회 수! 현재 영원에게 도래한 가장 큰 문제는 누가 뭐래도 이것일 것이다. 이제 겨우 3화까지 연재했을 뿐이지만 반응이 없었다. 반응은 고사하고 클릭 자체가 저조했다. 현재까지는 무료 오픈이었다. 그런데 이전 유료 연재 작품의 독자들조차 거들떠보지 않는 수준이었다. 심각했다.

"하! 원인은 역시 제목인가?"

"아직까지는 제목이죠, 뭐."

"당연!"

민아와 경민이 동시에 비수를 꽂았다. 영원이 태블릿 모니터에 1화 파일을 열었다. 그리고 제일 첫 화면의 제목을 유심히 들여다보았다. 기존의 프로그램 서체를 빌려 오지 않고 손수 디자인한 로고였다.

"로고가 너무 투박했나? 순정만화답지 않게."

"제목 때문이라니까요. 하긴 로고도 좀……."

빈말이라고는 없는 민아였다. 영원의 고개가 툭 떨어졌다. 어깨는 처질 대로 처졌다. 민아는 책상 위를 작업할 수 있는 상태로 준비해 놓고 일어섰다.

"커피?"

경민이 디지털펜 잡은 손을 번쩍 들었다. 영원은 V 손가락을 들었다. 커피양을 두 배로 넣어 달라는 의미였다. 민아는 스마트폰을 쥐고 작업실을 나갔다. 마침 카톡 메시지가 떴다. 대화명이 '신님'이었다.

〈애 요즘 상태는?〉

민아가 작업실 안쪽을 힐끔 보면서 자판을 눌렀다.

〈좋진 않아용ㅠㅠ 계속 악몽을 꾸시는 듯.〉

부엌으로 간 민아가 한 손으론 주전자에 물을 붓고, 한 손으론 계속 자판을 눌렀다.

〈새 연재 때문에 스트레스가 심하셔서ㅠㅠ.〉

'또 손등과 팔에 피멍…….'이라고 썼다가 지웠다. 이 집에 어시스턴트로 들어올 수 있도록 영원을 설득해 주신 분이다. 이 이상 걱정 끼치고 싶지 않았다.

〈조회 수 안 나오긴 하더라. 걘 제목 뽑는 센스가 그따위밖에 안 된다니? 로고도 걔 짓이지?〉

〈ㅋㅋ작가님 말고 누가 또 있겠어요?〉

〈순정만화라면 제목 로고에서부터 러블리한 맛이 있어야 할 거 아니니. 열혈 스포츠만화인가 했다.〉

〈ㅋㅋ 이번은 배틀물 형식도 들어간다곡ㅋ 지금도 계속 제목만 보고 계심.〉

〈지금 봐서 뭐 하게? 죽은 자식 고추 만지기지.〉

〈땅 파고 들어가 무덤 덮을 기세ㅋㅋ.〉

〈어쩜 걔는 성격도 그 모양인지. 두드려 패서라도 좀 재워!〉

〈넵!〉

스마트폰을 식탁에 내려놓았다. 그리고 커피 잔을 세 개 꺼냈다가 한 개는 도로 넣고 머그잔을 꺼냈다. 다시 카톡이 울렸다. 이번에도 신님이었다.

〈부탁할게.〉

짧은 문장에서 애타는 심정이 느껴졌다. 그래서 힘껏 자판을 눌렀다.

〈노력해 볼게요!〉

영원은 미간에 주름을 잔뜩 잡고 제목을 뚫어져라 보고 있었다. 계속 쥐어뜯은 머리카락은 묶어 놓은 고무줄에서 다 삐져나와 백정 스타일로 변했다. 악몽의 원인이 진짜 새 연재 때문임을 증명하는 듯했다. 눈의 충혈 또한 한층 심해져 있었다. 민아가 작업실로 들어왔다.

"진짜 별론가? '탈 많은 탈춤부', 나쁘지 않은데……. 탈춤 동아리에서 일어나는 사건 사고 스토리라는 것도 부각되고. 하아! 임팩트가 진짜 없긴 없다. 'S부속고 탈춤부'로 할 걸 그랬나?"

민아가 머그잔을 영원의 책상 위에 놓으면서 물었다.

"'S부속고'는 왜 포기하셨어요?"

그러고는 경민에게 커피 잔을 건네고 자기 자리에 앉았다.

"제목에 쓸 만큼 강렬한 단어는 아니잖아. 'S'나 '부속' 이런 글자가 들어가면 어찌 됐든 명문고라는 이미지는 풍기지만……."

"전 굳이 제목에 '탈춤부'를 넣겠다고 그렇게 고집하실 필요가 있었나 싶어요. 아무리 주 배경이 탈춤부라고 해도요. 저는 '잘못 들어왔어'가 더 좋았는데."

영원이 머그잔을 들어 한 모금 삼켰다가 움찔하며 내용물을 확인했다.

"뭐야, 이 밍밍한 건?"

"따뜻한 우유요. 커피는 눈 좀 붙이고 일어나시면 맛있게 타드릴게요."

영원은 군말 없이 우유를 마셨다. 먹는 건 주는 대로 잘 먹었다. 그렇다고 눈 붙일 의지가 있는 건 아니었다.

"'잘못 들어왔어'라……. 나도 요즘 트렌드에 맞는 서술어 제목이라 끌리긴 했는데."

"거기다가 세상 제일의 몸치인 여주가 실수로 탈춤부에 들어왔다는 스토리가 강조되잖아요."

"그건 부정적인 의미가 들어 있어서 포기했었지. 제목에는 부정적인 말을 쓰면 안 좋아."

"지금 제목도 부정적인 거잖아요."

"'많은'은 긍정이야."

"'탈 많은'은 부정이죠!"

"중의적인 의미라 괜찮아. 가면이 많다는 뜻도 있으니까."

"그 중의적인 의미가 확 와 닿지 않는다니까요."

맞는 말이다. 그래서 이 제목으로 결정하기까지 많은 망설임이 있었다. 영원이 모니터 너머로 목을 쭉 빼고 경민에게 물었다.

"너도 '잘못 들어왔어'가 더 괜찮았니?"

"굳이 제 의견까지 보탠다면, 전 '탈춤부의 왕자들'이었습니다만."

"그건 너무 유치해서 별로라며?"

"유치한 맛에요. 독자들이 왜 클릭하겠어요? 결국은 너무 잘나신 탈춤부의 왕자들을 보는 재미잖아요. 게다가 제목만으로도 순정물, 학원물에 더해서 남주들 위주의 캐릭터물이라는 정체성도 확 살고."

영원의 얼굴에서 오만 가지 생각들이 읽혔다. 주로 부정적인 생각들이었다. 경민이 냉큼 변명했다.

"아, 아니요! 지금 것도 나쁘지 않아요. 개중에는 제일 낫다고 생각합니다. 끌리는 제목은 제각각 다르니까."

"맞아요. 그거 뭐였지? 아! '쉘 위 댄스'. 그 제목 들고 오셨을 때는 '정말 끝이구나. 다른 일자리 알아봐야 하나.' 심각하게 생각했다니까요. 그걸로 안 하신 게 어디예요."

"'다 함께 춤을'도 있었죠. 와! 그건 진짜……."

"악! 그만! 그 과거의 나는 잊어 줘, 제발. 그땐 만화계의 악령이 나의 영혼을 잠식했던 거야. 결단코 내가 아니었어."

"그러니까 최악은 면했다고 생각하세요."

"최선도 아니잖아. 글자가 눈에 들어오는 순간, 마치 홀린 듯이 자기도 모르게 클릭하게 만드는 제목! 120%는 거저먹고 들어가는 그런 제목은 다들 어떻게 생각해 내는 거지? 진짜 신내림이라도 받나?"

"차차 반응이 있겠죠."

"휴! 이번 연재도 제목빨 받긴 글렀어."

영원이 다 마신 머그잔을 들고 일어섰다. 그녀의 자리는 방문과 제일 떨어진 책상이었다. 그렇기에 민아의 등 뒤를 지나야 문으로 갈 수 있었다. 경민은 자신이 작업하던 화면 스크롤을 천천히 내리다가 영원이 밖으로 나간 것을 확인한 후 심각하게 말했다. 소리는 앞사람만 겨우 들을 수 있을 정도로 작았다.

"선배."

"왜?"

"지금처럼 조회 수가 계속 저조하면 어떻게 되는 거죠? 우리 잘리나?"

"그렇겠지? 우리 둘 어시비 감당 못 하실 테니까."

민아도 심각해져 고개를 낮췄다. 그만큼 목소리도 낮아졌다.

"왜? 조회 수 안 오를 것 같아? 제목만 문제가 아니야? 재미없어?"

"아뇨, 아뇨. 재미는 있는데……, 뭔가 불안해요. 근데 그게 뭔지를 모르겠어요."

"난 재미있는데. 작가님 다음 콘티 나오면 빨리 보고 싶고."

민아도 자신의 모니터를 보다가 고개를 갸우뚱했다.

"그래, 뭔가 찜찜한 게 없지는 않다. 그림 그릴 때 흥이 안 나. 이 느낌은 뭐지?"

"전 오히려 그림 그릴 땐 흥이 나는데. 혹시 신님과 문자 나눠 봤어요?"

"응. 그분도 제목, 로고 딱 짚으시던데?"

"그것만요?"

"응, 그것만. 아! 지금 연재는 3화까지 됐지? 우린 13화를 그리고 있으니까……."

신님은 3화까지만 보고 지적한 것이다. 하지만 두 사람의 불안은 13화까지 보고 든 것이다. 같은 시선이 될 수는 없었다.

경민이 방 안을 둘러보았다. 이 집은 방 세 개짜리 24평 아파트였다. 그중에서 제일 큰 방을 작업실로 사용 중이다. 제일 큰 방이어도 좁았다. 면적이 좁다는 의미는 아니다. 세 사람이 각각 책상을 두 개씩 사용하기 때문이다. 그래서 다른 것 없이 총 여섯 개의 책상만이 방에 빼곡하게 차 있었다. 책꽂이조차 없었다. 그나마 이 방을 장식하고 있는 건 벽에 붙여 놓은 대형 사진이었다. 오름이 듬성듬성 있는 제주도 한라산의 풍경 사진. 그것도 액자 없이 스카치테이프로 고정해 둔 것이다.

각자의 책상 두 개는 ㄱ 자로 붙여 놓았다. 책상의 용도는 달랐다. 한쪽 책상 위는 웹툰용 태블릿과 도구들이, 다른 쪽 책상 위는 비스듬히 놓인 나무판 만화대와 잉크, 먹물, 수많은 펜대와 펜, 다채로운 모양의 곡선자, 다양한 길이의 막대자, 화이트

물감, 붓 등이 있었다. 코믹스 만화용 도구들이었다.

웹툰과 만화는 비슷해 보이지만 작업 방법은 완전히 달랐다. 웹툰이 디지털이라면 만화는 종이와 펜의 아날로그라고 할 수 있다. 두 가지 방법을 혼용하는 작가들도 많지만, 영원은 확연히 구분해서 두 가지를 동시에 그리고 있었다. 현재도 웹툰은 포털사이트에 수요일 연재, 만화는 6개월에 한 권씩 종이책으로 출간하고 있다. 그래서 이 작업실에선 일, 월, 화는 웹툰 작업을, 수, 목은 만화 작업을 했다. 민아와 경민이 영원에게 만화를 배우겠다고 고집스럽게 쳐들어온 것도 이 때문이었다.

요즘은 디지털로 작업하는 웹툰은 배울 곳이 많았다. 하지만 잉크와 펜으로 기교를 부리는 만화는 더 이상 배울 곳이 없었다. 어시스턴트를 구하는 곳도 없었다. 펜으로 그림을 그리고 스캔해서 컬러로 웹툰 작업을 하는 작가들도 많았다. 이들에게 배워도 된다. 하지만 영원만이 가진 흑백 정통 만화 기법은 현역 작가 중에는 독보적이었다. 민아와 경민은 이 기술을 그들만의 웹툰에 접목하고 싶었다.

문제는 만화 쪽의 수입이 점점 줄고 있다는 것. 웹툰과의 수입 격차는 최근 들어 급속히 커지고 있었다. 영원도 만화책을 출간하기 위해 웹툰을 그린다는 자조 섞인 말을 하곤 했다. 이런 상태에서 웹툰 쪽의 수입이 줄게 되면 결말은 뻔했다. 어시스턴트 비용을 지급할 수 없으니 둘을 내보내야 하고, 웹툰과 만화 중 하나는 접어야 한다. 혼자서는 두 가지를 병행하기가 불가능하기 때문이다. 현재로써는 웹툰 쪽을 접게 될 가능성이 컸다. 다음에 또 다른 웹툰 작품을 구상하고 연재를 시작하기까지는 긴 시간이 필요하다. 그것도 잘되리라는 보장이 없었다.

"우, 우리는 어찌어찌 살겠지. 요즘 웹툰 회사들도 많이 생겼고, 급구도 많고. 그래도 작가님한테 배울 게 아직 많이 남았는데……. 이제 겨우 친해졌는데."

"작가님은 괜찮을까요?"

두 사람이 나가고 나면 영원은 예전으로 돌아갈지도 모른다. 이제 겨우 함께 작업하고, 같이 식사도 하고, 대화도 나누고, 낯선 사람에게 현관문도 열어 주고, 혼자서 외출도 하게 되었는데 다시 원점이라니. 굶어 죽을 염려는 없다. 배달이 안 되는 메뉴가 없을 만큼 배달이 보편화된 데다, 지금도 영원은 그렇게 살고 있으니까. 하지만 집에서 꼼짝도 안 하고 혼자서 매일매일을 보내게 될 것이다. 혼자 식사할 테고, 대화도 사라질 것이다.

게다가 영원에게는 남들보다 탁월한 능력이 있었다. 악평 중에도 뼈와 살이 되는 것이 있고, 영혼을 갉아먹는 것이 있는데, 후자만 골라서 읽는 재주였다. 지금은 민아나 경민이 호평을 찾아 극약 처방을 해 주고는 있지만, 혼자 남으면 그마저도 불가능해진다. 그녀의 대화 상대는 악평밖에 안 남게 되는 것이다. 드나드는 사람 하나 없이 밀폐된 삶. 상상만으로도 마음이 갑갑해졌다.

"이번 연재 꼭 살려 내야 해. 근데 어떻게 해야……."

영원이 다시 작업실로 들어왔다. 민아의 인상이 구겨졌다.

그녀의 손에 있는 머그잔 때문이었다. 빈 것으로 가지고 나갔던 머그잔에는 시커먼 커피가 한가득 차 있었다. 사약 수준의 농도를 보건대, 커피양이 두 배는커녕 못해도 네 배는 될 것 같았다. 화장실 가는 줄 알았더니 커피 가지러 나갔던 모양이다.

"여러모로 참 갑갑합니다."

영원은 민아를 힐끔 본 뒤에 저장해 둔 파일들을 다시 뒤적거렸다. 악몽의 원인이 스트레스라고? 민아는 그 스트레스가 조회 수, 곧 어시스턴트비일 거라는 생각이 들었다. 그녀도 예전의 삶으로 돌아가기 싫은 거다. 그래서 악착같이 고민 중일 것이다. 생각이 여기까지 미치자 민아의 어깨에 힘이 들어갔다.

"어이, 어시2! 우리 한 컷 한 컷마다 뼈를 갈아 넣어 그리자."

경민의 어깨에도 힘이 들어갔다. 입 안으로만 파이팅을 외쳤다. 영원이 말했다.

"둘 다 어깨에 힘 빼. 힘 들어가면 선 찌글거려. 선 나쁘면 그림 자체가 안 예쁘다. 웹툰이라고 다르지 않아."

두 사람이 동시에 어깨에서 힘을 뺐다. 그리고 조용하게 대답했다.

"예."

5

"아……, 그렇군요. 이승의 음식……, 우리 팀은 힘들군요. 이, 이해는 했습니다."

병9는 실망으로 인해 목소리가 차츰 작아졌다. 염라국에서는 사자청 소속의 저승사자에게만 이승의 음식을 허용하고 있었다. 이것은 다른 관청들과는 확연히 구별되는 파격적인 '복지' 혜택이었다. 그런데 갑1팀은 불가능하다는 설명을 지금 다른 시직 선배한테서 들은 것이다. 병9가 윤회까지 포기하면서 저승사자가 된 동기 중 한 가지가 날아가는 중이었다.

병9에게 닥친 또 다른 문제는 그에게 할당되는 업무가 없다는 거였다. 시직에게는 쉬운 망자 인도 업무가 할당된다. 하지만 일의 종류가 아무리 쉽다고 해도, 비교적 쉽다는 의미일 뿐이다. 장수하고 여한 없이 죽은 영혼이라고 해도 막상 눈앞에 저승사자가 나타나면 돌변하기도 한다. 제 스스로 목숨을 끊은 영혼도 돌변 위험이 높은 쪽이다. 심지어 놓치게 되면 악귀로 변하는 데 가장 짧은 시간이 소요되는 부류가 자살자들이다. 이런 돌변 위험이 월등히 높은 망자들이 갑1팀에 주로 배정되었다. 여기에는 신입의 첫 임무로 적당한 게 없었기에 병9는 책상만 지키고 있는 꼴이었다.

"어이! 드디어 하나 얻어 왔다!"

을3이 팀으로 들어오면서 외친 말이었다. 이에 병9가 벌떡 일어났다. 을3이 신입의 첫 임무에 걸맞은 일을 구걸하러 다른 팀을 돌아다니다가 온 것이다.

"진짜요?"

"을24파트에서 토스해 주기로 했다. 그나마 한 건이라도 구해서 다행이야. 요즘은 10단계짜리 일이 귀하네."

망자의 위험도는 총 10단계로 분류되어 있는데, 그중 10단계가 제일 쉬운 일이다. 을3의 태블릿에서 알림음이 울렸다. 바로 확인했다. 이것은 병9의 스마트폰으로 송신되었다. 드디어 첫 임무다! 병9가 전송된 염라부명장符命狀 파일을 열었다. 파일 번호가 먼저 떴다. 그 아래에는 망자에 관한 것은 아무것도 없었다. 오직 망자가 발생할 시간, 좌표로 표기된 장소, 인원수만 있었다.

옛날에는 망자에 대한 정보도 같이 받았다. 그리고 망자를 따라다니다가 죽는 순간에 데리고 왔었다. 그런데 이 방법은 많은 사건 사고를 일으켰다. 그래서 현재는 사망 예정 장소에서 망자가 될 사람을 기다리는 방식으로 변경되었다. 이 방법은 기술 발달에 힘입은 바가 컸다. 장소와 시간을 정확하게 예측 가능하게 되어, 이승에서 체류하는 시간도 10분 안팎으로 단축할 수 있었다. 망자를 두 시간 동안 따라다녔던 것도 그다지 오래전은 아니지만, 그때와 비교하면 격세지감을 느끼지 않을 수 없었다.

"아직 시간 여유는 있지만, 첫 출장이니까 입출국장에서 미리 준비해라. 중앙관제센터에는 보고해 두마."

"네, 고맙습니다. 열심히 하겠습니다."

병9가 씩씩하게 인사를 하고 달려 나갔다. 그를 보낸 후, 을3이 누군가에게 전화를 했다. 스마트폰 너머로 갑1의 목소리가 들렸다.

— 왜?

"신입의 첫 임무입니다. 팀장의 모니터 의무 참관이 필수여서요."

이것은 돌발 상황을 대비해서 마련된 매뉴얼이었다.

— 알았다. 곧 가마.

병9는 제일 먼저 장비 지급소로 갔다. 신입에게 제공되는 장비들을 챙겼다. 그리고 입출국장에 도착했다. 교육받은 대로 헤드셋을 먼저 착용하고, 손목의 스마트워치와 블루투스로 연결했다. 신입은 베테랑들과는 다르게 카메라까지 장착된 헤드셋을 제공받는다. 모니터를 위한 것이다.

— 하이, 파트너!

헤드셋을 꽂은 귀 쪽에서 경쾌한 여자 목소리가 들렸다. 병9가

깜짝 놀라 주변을 두리번거렸다. 그러다가 깨달았다. 중앙관제센터와 연결이 된 모양이었다.

"아, 안녕하세요?"

— 카메라 각도부터 조절할까요?

병9는 중앙관제센터에서 지시하는 대로 상하좌우로 움직였다. 이 화면은 중앙관제센터로 전송되기 때문에 병9에게는 보이지 않았다. 이 화면을 통해 갑1 이하, 다른 선배 사자들의 참관이 이뤄진다. 물론 이 사실을 병9는 모른다.

— 오케이! 좋습니다. 다음, 염라부명장 확인합니다. 파일 넘버?

병9가 스마트폰으로 파일을 보면서 대답했다.

"파일 넘버 ROK—202X0309—SH23."

— 오케이! 이상 없습니다. 개찰구는 지나십시오. 아직 게이트는 배정 전입니다. 잠시 대기해 주십시오.

병9는 허리까지 올라오는 개찰구에 바코드가 있는 손바닥을 찍었다. 신분 확인과 출국 신고였다. 개찰구의 유리문이 열렸다. 이틀 전 소동 때는 이 모든 과정조차 제대로 이루어지지 않았다. 그래서 그에 대한 사후 정리 업무도 잔뜩 밀려 있었다. 병9는 개찰구를 별문제 없이 통과해서 빈 의자에 앉았다.

많은 사자와 망자가 오고 갔다. 옛날에는 두 명이나 세 명의 사자들이 함께 움직였다. 그런데 이것도 각종 사건 사고를 일으켰다. 게다가 인력 부족의 문제도 있었다. 그래서 중앙관제센터의 직원과 사자가 한 팀이 되어 일을 하게 되었다. 이것도 기술 혁신 덕분이었다. 물론 직원은 사자가 아니기에 윤회 포기 각서에 서명하지 않아도 된다. 대신 사자들에게만 허용된 이곳에는 접근하지 못한다. 오직 목소리로만 서로 통화한다. 그리고 한 업무가 끝나면 다음 업무는 다른 직원으로 교체된다. 한 직원과 계속 만나지 않도록 만든 제도였다. 이것도 각종 사건 사고로 인한 조치였다.

— 병9 사자님, 아시겠지만 이틀 전에 약간의 사고가 있었습니다.

입출국장 집단 난투극 소동을 말하는 것일 터이다.

"네! 알고 있습니다."

— 그때 일로 인하여 캡슐 여러 대가 과부하로 멈춰서 수리 중에 있습니다. 오늘 첫 출장이신데, 변수가 있을 수도 있으니 유념해 주시기 바랍니다.

"네!"

직원이 누구인지는 모르겠지만 베테랑 같다는 느낌이 팍 들었다. 아무래도 사자가 초짜인 걸 감안해 파트너를 경력자로 붙인 듯했다. 병9는 기다리면서 옷과 장비들을 다시금 살폈다. 시대에 따라 형태가 변하기는 했지만, 옛날에는 안전복이 전부 예복이었다. 망자에 대한 예의를 중요하게 여기던 시절의 이야기다. 그런데 이제는 편한 옷이 권장되었다. 갓이나 모자 등도 착용 금지다. 이 또한 각종 사건 사고로 인한 것이다.

병9는 멀리 있는 환전소를 바라보았다. 거기는 월직 전용이다. 규칙은 아니다. 전용과 다름없다는 뜻이다. 이승의 돈은 시직과 일직이 사용하고 싶어도 사용할 수가 없다. 인간 영혼인 이들은 육체가 없기에, 이승에 나가면 투명한 무체화 상태다. 그러니 이승의 물건을 만질 수도 없고, 구입할 수도 없다. 이승의 음식도 마찬가지다. 병9는 계속 주변을 두리번거리면서 게이트 안내를 기다렸다.

"어서 오십시오. 앞에 앉으시죠."

영원은 의사가 가리키는 대로 의자에 앉았다. 책상을 사이에 두고 이심오 의사와 마주 보고 앉는 의자였다. 진료실은 의사 뒤의 책꽂이와 작은 세면대, 책상, 의자 몇 개, 그리고 비상용으로 보이는 문이 전부였다. 소파도 없었다. 심플한 공간이었다. 심오는 키보드를 몇 번 두드리고는 모니터를 보았다. 환자 차트였다. 진짜로 확인하는 느낌은 들지 않았다. 읽는 척하는 느낌이었다. 그렇다고 성의 없다는 느낌은 또 아니었다.

영원은 버릇처럼 그를 살폈다. 진료실 문을 열고 들어오면 똑같은 대사가 들렸다. 토씨 하나, 말 간격 하나 달라지지 않았다. '안녕하세요?'라든지 '오랜만이네요.'라는 말이 먼저 나올 수도 있을 텐데, 한 번도 달라진 적이 없었다. 영원이 의자에 앉으면 키보드를 두드리고, 다시 모니터를 보는 것까지의 순서도 같았다.

"3주 만에 오셨군요."

이 부분은 자주 달라졌다. 영원이 이곳에 오는 간격이 매번 다르기에 그에 대한 대사만 달라지는 것이다. 그가 다음에 물

을 질문도 알고 있었다. '어떠셨나요? 그동안 외출은 몇 번 해 보셨나요?'

"어떠셨나요? 그동안 외출은 몇 번 해 보셨나요?"

영원은 웃으면서 대답했다.

"바빠서 한 번도 못 했어요."

똑같은 패턴 때문일까? 집을 나오기 전, 여기 오는 길거리, 병원으로 올라오는 계단, 낯선 사람들이 득실거리는 대기실, 그 모든 곳에서 내내 안절부절못했던 그녀의 불안이 이 진료실 안에선 잠시나마 차분해지는 기분이었다. 물론 처음에 왔을 때는 극도로 불안함을 느끼긴 했지만.

영원은 심오의 손을 보았다. 웹툰의 남주3은 일반적인 장갑으로 설정했다. 다양한 디자인으로 갈아 끼울 예정이다. 그에 반해 심오의 라텍스 장갑은 언제나 변함없었다. 검은색. 처음에는 검은색 장갑이 의아했다. 보통은 흰색을 사용하기 때문이다. 병원에서는 파란색도 사용한다고 들었다. 그런데 이제는 그냥 납득했다. 검은색 마스크도 유행하는데 장갑이라고 그러지 말란 법은 없으니까. 의사 가운을 입은 모습만 봐서 모르겠지만 최첨단 패션 리더일 가능성도 있지 않은가. 음, 이것도 캐릭터에 좋은 참고가 되겠어.

"일은 정상적으로 하고 계신가요?"

"네. 제대로 하고 있어요."

"일을 정상적으로 한다는 건 병도 그렇게 심각하지 않다는 거니까 긍정적으로 생각하세요. 잘하고 계시는 겁니다."

이 대화도 저번에 똑같이 주고받았다. 영원은 심오의 얼굴을 보았다. 눈이 마주쳤다. 영원에게는 그의 안경이 거슬렸다. 어울리기는 했다. 그런데 안경에서 도수가 보이지 않았다. 이것도 패션으로 쓰고 있는 건가?

"그동안 어떤 점이 제일 힘드셨나요?"

"악몽이요."

"어떤 악몽인지 말할 수 있나요?"

"언제나 똑같아요. 시체를 보거나, 시체가 되는 꿈이요. 사고 후유증이죠."

영원의 정확한 진단명은 PTSD, 즉 외상 후 스트레스장애다. 악몽장애, 공황장애, 불안장애 등 다양한 증상이 공존 발현되고 있지만 모두 PTSD로 인한 부가적인 증상으로 보고 있다. 예전, 대형 병원에 다닐 때는 약물치료만 했다. 그러다가 중도 포기했었다. 그 후는 병원 다니기 전보다 훨씬 악화되고 말았다. 현재 이 병원에선 약물치료와 노출치료를 번갈아 진행 중이었다. 그런데 노출치료는 도통 진도가 나가지 않았다. 여기에는 영원의 의지가 필요했다.

"이것도 정상적인 반응입니다. 노출치료 초기에는 악몽 증상이 증가할 수도 있습니다. 그렇다고 치료 효과가 없는 것은 아니에요. 불안감이 줄어들면 악몽도 차츰 줄어들 겁니다."

"노출치료라는 거, 효과가 있긴 한 건가요?"

"불안 그 자체를 없앨 수는 없습니다. 불안이 없는 인간은 존재하지 않으니까. 상황에 따라 불안감을 적절하게 통제하는 방법을 익히는 과정이라고 생각하세요. 그런데 나영원 씨는 아직 제대로 시도조차 안 하고 있다고 봐도 무방합니다. 설정해 둔 총 10단계에서, 현재까진 그중 1단계인 '외출하기'밖에 안 하셨으니까. 2단계가 '횡단보도를 건너 낯선 길 걷기'였죠? 오늘이라도 당장 시도해 보세요. 마침 약도 안 드셨으니까."

"약은 주셔야 해요. 없으면 안 돼요."

"드릴 겁니다. 걱정 마시고, 그보다 저번에 말씀드린 참고인은 여전히 NO인가요?"

영원이 고개를 저었다.

"여기까지 같이 와 달라고 청할 사람이 없어요. 저와 그나마 자주 보는 어시들은 그들이 저에게 내주는 시간만큼 돈을 지불하는 관계예요. 그들의 시간을 제가 마음대로 내어 달라고 하기 어려워요."

"그럼 잠깐 통화만이라도. 질문은 몇 개뿐입니다. 환자가 스스로를 보는 것보다 주변의 시선이 더 정확할 수도 있거든요. 치료에 도움이 됩니다."

"물어볼 용기가 안 나요."

영원이 다시 고개를 저었다. 이것은 여전히 민아와의 관계에, 그리고 경민과의 관계에 두려움을 가지고 있다는 의미였다.

"알겠습니다. 마음 놓으세요. 더 이상 부담 주지 않을게요. 자! 다 나으면 하고 싶은 거 있다고 하셨죠? 다시 한번 말씀해 보시겠습니까?"

"제주도에 가고 싶어요. 비, 비행기 타고……. 거기에서 저를 기다리는 사람이 있어요."

'비행기 타기'는 그녀의 노출치료 목록에서 9단계에 해당했다.

"외상 경험과 함께 산다면 당신은 현재에 머무르지 못합니다. 과거의 기억으로 인해 미래에 대한 공포와 함께 살게 되니까요. 비행기 사고는 옛날에 이미 일어났던, 지나간 과거입니다. 현재를 살고 싶다면 제 말을 따라 주세요. 제주도, 갈 수 있습니다. 비행기, 타실 수 있어요. 3개월 안에 충분히 가능합니다. 노력만 하신다면."

"오늘……, 2단계 낯선 길 걷기를 해 볼게요. 횡단보도를 건너고, 이제껏 한 번도 가 보지 않았던 길을 산책한 뒤, 집으로 돌아가면 될까요?"

심오가 긍정하듯 웃었다. 감정이 깃들지 않은, 만들어진 미소였다.

"약은 산책 후 집에 가서 드세요. 즐거운 하루가 되실 겁니다."

갑1이 제1시청각실로 들어왔다. 이미 TV 화면으로는 병9의 헤드셋 카메라로 찍고 있는 영상이 중앙관제센터를 거쳐 실시간으로 송출되고 있었다. 모여서 시청하고 있던 여러 사자 중 을3이 먼저 인사를 했다.

"오셨습……."

갑1의 옷차림을 보고 당황한 그는 그만 입을 다물고 말았다. 취향 독특한 담당 직원이 하다 하다 이젠 연미복까지 입혀 놓은 것이다. 그런데 이게 지나치리만큼 잘 어울린다는 게 문제였다. 갑1이 빈자리에 앉으면서 물었다.

"늦었나?"

"아닙니다. 딱 맞춰 오셨습니다. 병9 사자도 이제 막 이승에 도착한 참이거든요."

TV 화면에는 이승의 광경이 펼쳐져 있었다. 산책로와 잔디밭이 있는 작은 공원이었다. 영혼인 병9의 눈으로 보는 장면은 이 화면보다는 빛바랜 컬러사진 같다는 걸 여기 모인 모든 사자는 알고 있었다. 병9에게로 전하는 중앙관제센터 직원의 목소리가 들렸다.

— 지금 좌표 확인하고 최소 면적으로 안전 바리케이드 설정했습니다. 통신 상태 어떻습니까?

병9의 대답도 들렸다.

— 좋습니다.

— 다른 곳에서 급한 캡슐 요청이 있습니다. 잠시 그쪽으로 옮긴 뒤, 다시 보내 드리겠습니다.

화면을 보던 다른 시직이 고개를 갸웃하면서 걱정스럽게 말했다.

"저러면 안 되지 않나요? 아무리 비상 상황이라고 해도 첫 출장인 사자의 캡슐까지 가져가는 건. 사고가 발생할 확률이 가장 높은데."

시청각실의 긴장이 높아졌다. 하지만 갑1은 몸만 여기에 있는 듯 아무런 표정 없이 화면만 보고 있었다. 화면에는 공원 화장실 옆에 쪼그리고 앉은 남자가 보였다. 늙고 지저분한 노숙자였다. 그는 따사로운 햇살을 받으면서 너무도 행복한 표정으로 잠들어 있었다. 이윽고 몸에서 영혼이 빠져나왔다. 망자가 된 노숙자는 즉시 저승사자를 알아보았다. 그래도 도망가지 않았다. 오히려 싱긋이 웃어 보였다. 병9가 얇은 팔찌를 꺼내 망자의 오른쪽 손목에 채우는 장면이 보였다. 옛날에는 포승줄이었고, 근래까지는 수갑이었다. 그런데 지금은 잘 보이지 않는 전자 팔찌 형태로 바뀌었다. 인권 보호를 위한 조치였다.

— 당신을 인도하러 왔습니다.

— 죽었나? 다행이구나, 죽어서. 평생 그리도 춥더니, 마지막의 햇볕은 따뜻했어. 그거면 됐어.

"오, 이런. 병9 사자 마음이 좀 시큰하겠다. 첫 임무인데 편히 잘 살다 오는 망자를 만날 것이지, 쯧쯧."

— 속명 확인합니다.

이 망자에 대한 정보는 직접 대면하지 않는 중앙관제센터에 있었다. 직원이 읽어 주는 대로 병9는 망자에게 말했다.

— 속명, 김동수. 196X년 7월 20일 오후 4시 51분 출생. 출생지…….

— 내가 그때 태어났나? 태어나자마자 버려져서 생일도 모르고 살았는데, 죽어서야 알게 되었구나, 하하. 그래, 출생지는 어디라고?

이것은 확인 절차다. 망자도 모르는 걸 굳이 물어서 시간 낭비할 필요는 없다. 그것이 매뉴얼이다.

— 나머지는 목적지에 가서 확인하도록 하겠습니다.

"오! 제법인데, 우리 신입? 거기선 더 이상 말을 안 하는 게 맞지."

을3의 말이었다. 다른 시직이 말했다.

"근데 캡슐은 왜 아직 안 오는 거죠? 불안하게."

병9도 슬슬 불안해졌는지 카메라가 망자에게 멈춰 있지 않고 주변을 이리저리 비추고 있었다.

"너무 지체되는데요? 이대로 두면 영혼이 변질되기 시작할 텐데."

— 중앙관제센터, 캡슐은 아직 멀었습니까? 얼마나 더 기다려야 하나요?

병9의 물음에 중앙관제센터의 응답이 없었다. 망자는 계속 질문을 했다.

— 그런데 내 이름이 김동수뿐인가? 다른 이름은 없나?

— 그렇습니다.

— 다른 이름이 없다니, 나를 낳아 준 부모는 나한테 이름도 안 지어 주었나 보군. 김동수는 고아원 원장, 그 새끼가 붙여 준 건데.

시청각실의 긴장이 한층 높아졌다.

"어어? 상황이 안 좋아지고 있는데요?"

— 내가 어디서 태어났는지는 알려 주면 안 되나? 궁금해서 그러는데.

'슈렉'의 고양이같이 너무도 가엾은 표정이었다. 카메라가 지저분한 보도블록을 비췄다. 병9가 고개를 숙인 것이다.

"병9 사자, 말하면 안 돼. 그 표정에 넘어가지 마, 제발."

시청하는 사자들의 안타까운 만류는 이승까지 들리지 않았다. 병9의 목소리만 이쪽으로 들렸다.

— 서울시 마포구입니다.

— 여기라고? 내가 멋모르고 떠돌던 이곳이 내가 태어났던 곳이라고? 나머지 주소는?

시청각실의 사자들이 일제히 의자를 박차고 일어나 소리쳤다.

"병9 사자! 망자를 봐! 어딜 보는 거야. 망자를 봐야지!"

— 거기까지는 나오지 않습니다.

이건 거짓말이다. 중앙관제센터에서 조금 전에 읽어 준 건 번지까지였고, 병9도 기억하고 있었다. 뒤늦게 병9도 이상을 감지하고 대화를 차단한 것이다.

— 중앙관제센터, 제 말 들립······.

갑자기 TV 화면이 크게 흔들렸다. 멱살을 잡힌 모양이었다.

— 말해! 말하라고! 너 저승사자 맞지? 그럼 다 알 거 아니야!

카메라에 망자의 얼굴이 잡혔다. 조금 전의 온화함은 사라지고 없었다.

"캡슐은? 아직 멀었어? 중앙관제센터 담당자는 지금 대체 뭐 하는 거야!"

을3이 다급하게 중앙관제센터로 전화를 했다. 하지만 불통이었다. 거기도 지금 난리가 난 듯했다. TV에서 갑자기 쿵 하는 소리가 났다. 그와 동시에 카메라가 망자의 얼굴을 떠나 푸른

하늘을 비추었다가, 옆으로 누운 나무와 옆으로 누운 화장실을 비추었다가, 보도블록에 붙었다. 화면 가득 옆으로 누운 세상이 보였다. 보도블록 위에 옆으로 선 망자도 다리만 보였다.

"헤드셋만 떨어진 거야, 아님 병9 사자가 넘어진 거야?"

망자의 다리가 뒤돌아섰다. 그리고 달리기로 점점 멀어지기 시작했다. 화면이 다시 일어났다. 병9가 넘어진 거였다. 망자가 저 멀리 달아나고 있었다. 다시 화면이 심하게 흔들리기 시작했다. 망자와의 거리가 점점 좁혀졌다.

"큰일이다. 이대로 사람 많은 곳으로 들어가면 끝장이야."

"갑1 사자님! 이거 대책을……."

을3이 뒤를 돌아보았다. 그런데 없었다. 조금 전까지 분명히 함께 있었던 갑1의 모습은 어디에도 보이지 않았다. 을3이 다시 TV 쪽으로 눈을 돌렸을 때는 더 이상 제대로 된 화면이 나오고 있지 않았다. 흔들리고 번져 분간이 되지 않았다. 몸싸움이 일어난 게 분명했다.

"다치면 안 되는데. 살아서도 상처가 많았던 영혼인데, 죽어서까지 상처가 생기면……."

"저 상황에선 상처 없이 잡기 힘들겠는데요?"

병9의 생각도 같았다. 힘으로 제압하면 얼마든지 끝낼 수 있는데, 상처 없이 잡으려다 보니 쉽지가 않았다. 그럴수록 흔들리는 화면은 계속되었다. 모두에게 너무도 긴 시간이 흐른 듯했다. 하지만 병9가 이승에 도착한 이후 몸싸움이 전개되고 있는 지금까지 흐른 시간은 불과 8분밖에 되지 않았다.

갑자기 화면의 흔들림이 멈췄다. 카메라도 보도블록과 화단 중간에서 멈췄다. 화면이 걷는 것처럼 움직였다. 점점 멀어져 망자에게서도 멀어졌다. 병9가 강제로 끌어안고 있던 망자를 놓고 뒤로 물러서는 중이었다. 망자도 움직이지 않고 뒷모습 그대로 서 있었다.

"지금 뭐 하는 거야? 왜 망자를 놓……. 엉?"

망자를 떠난 화면이 90도 정도 돌고 멈춘 곳에는 투명한 갑1이 서 있었다.

"갑1 사자님?"

"가, 갑1 사자님이 왜 저기서 나와? 여기에 우리와 함께 있었 잖아."

"망자는?"

화면이 다시 갑1에게서 떠나 어떤 여자를 스쳐 망자에게로 돌아갔다. 망자는 가만히 서 있기만 했다. 기억을 추출당한 상 태는 아니었다. 기력을 제압당해 잠시 힘이 빠졌을 뿐이다. 갑 자기 다시 화면이 획 돌아갔다. 그리고 화면은 어떤 여자에게 맞춰졌다. 그 여자는 이쪽을 응시하고 있었다. 시선이 화면 정 면과 약간 옆을 오가다가 약간 옆에서 멈췄다. 이번에는 화면 이 갑1과 여자를 번갈아 오갔다. 여자는 갑1을, 갑1은 여자를 보고 있었다. 그렇게 서로 눈을 맞추고 있었다. 그렇게 보였다. 갑자기 다시 화면이 흔들리다가 빛에 휩싸인 채로 툭 꺼졌다.

시청각실 가득 적막이 찾아왔다. 한 사자가 가까스로 입을 열었다.

"갑1 사자님 무체화 상태였지?"

"방금 그 트레이닝복 입은 여자, 살아 있는 인간이었어."

"그런데 그 여자가 우리 쪽을, 아니, 갑1 사자님을 봤어. 병9 사자도."

"어떻게? 보일 리가 없는데……."

"갑1 사자님과 그 여자, 분명 서로 마주 보고 있었어. 본 거 맞아."

사자들은 지직거리는 화면을 멍하니 쳐다보았다. 을3이 웅얼거리듯 말했다.

"이런 상황에서 이런 생각 하는 내가 싫은데……, 만약에 그 여자가 진짜 우리 갑1 사자님을 봤다면……, 웃었을 거야. 근데 안 웃고 있었지?"

"하긴, 인간들 눈에도 잘생겼을 테니까요."

"아니, 그런 의미가 아니고, 오늘 옷차림……. 뒤에 두 갈래로 꼬리가 내려온 연미복이라 우스꽝스러워했을 거라고."

사자들이 일제히 을3을 노려보았다. 진짜 이 상황에서 그따위 생각을 하고 싶냐고 눈으로 묻고 있었다.

10분 전, 영원은 양 갈래 길에서 고민하고 있었다. 그대로 직진하면 집으로 갈 수 있었다. 그리고 우측 횡단보도를 건너면 의사 앞에서 다짐했던 산책이란 것을 할 수 있었다. 낯선 길을 산책하는 것도 무섭지만, 횡단보도를 건너는 것은 더 무서웠다. 영원은 힘겹게 우측으로 돌았다. 그리고 겁먹어 움찔거리는 어깨를 잔뜩 웅크리고 횡단보도 앞에 섰다. 행인이 어깨를 스치고 지나갔다. 부딪힌 것도 아닌데 영원의 어깨는 더 움츠러들었다.

"괜찮아. 날 해치려던 게 아니야. 민아하고도 자주 스치잖아. 그거와 같은 거야."

빨간불이었다. 수많은 차가 소리를 내며 휙휙 지나다녔다. 파란불로 바뀌면 일제히 멈춰 서 줄 것이다. 저렇게 사납게 달리는 차들도 파란불 앞에선 얌전해질 것이다. 영원이 횡단보도 앞에서 느끼는 공포는 일반 사람들이 번지점프대 위에서 느끼는 공포와 다르지 않았다.

"위험하지 않아. 파란불은 사회적 약속이야. 모두가 그 약속을 믿고 파란불에 건너는 거야. 나도 믿을 수 있어."

파란불로 바뀌면 단박에 발을 떼야 한다. 번지점프와 같다. 한번 망설이기 시작하면 다음은 더 힘들다. 노출치료 시도는 약 기운이 없어야 공포와 마주 설 수 있다. 그 공포가 직접적인 위협이 없다는 걸 깨닫기 위해선 마주 서야만 한다. 그래야 나을 수 있다. 약을 먹지 않은 오늘은 기회다. 성공하자!

파란불로 바뀌었다. 사람들이 일제히 건너기 시작했다. 영원도 나비가 장식된 새 로퍼를 힘껏 내디뎠다. 그리고 두 다리로 번갈아 걸었다. 자동차가 그녀를 향해 돌진해 왔다. 마치 덮칠 것만 같은 공포였다. 그녀의 느낌이었을 뿐이다. 자동차는 사회적 약속을 지키며 정지선에 천천히 멈춰 섰다. 영원의 트레이닝복에 그어진 것과 똑같은 두 줄의 노란색 선이 새 로퍼 밑으로 지나갔다. 절반은 왔다. 정지선에 멈춰 서 있는 트럭이 당장이라도 밀고 들어올 것만 같았다. 영원은 주춤하고 물러섰다가 트럭이 계속 정지해 있는 것을 확인하고 다시 걸었다. 횡단보도의 검은색과 흰색이 일렁거렸다.

"조금만 더 가면 돼. 조금만 더. 차들은 나를 해치지 않아."

횡단보도에서 인도로 발이 올라섰다. 성공했다. 이제 곧 봄이 시작되는데 손바닥에 땀이 흥건했다. 영원은 뒤돌아보지 않고 곧장 걸었다. 행인이 많지 않아 걷는 건 어렵지 않았다. 그동안 로드뷰로 이 길을 익혔다. 그래서 이 근처에 있는 작은 공원을 알고 있었다. 거기는 길보다 더 걷기 좋을 것이다. 걸으면 걸을수록 영원은 기분이 좋아졌다. 어깨도 조금씩 펴졌다. 자신감도 생겼다. 어쩌면 의사 말대로 진짜 3개월이면 될 것 같다는 기대감도 생겼다.

"바로 다음 단계를 도전해 볼까? 3단계를 뭐로 정했더라? 아! 지하철 타기. 그것도 할 수 있을 것 같아."

공원에 도착했다. 로드뷰로 본 것과 실제 공원의 모습은 확실히 달랐다. 매일 지나다니는 사람들에게 이곳은 보잘것없겠지만, 영원에게 이곳은 몽골의 대초원과 다르지 않았다. 영원은 공원으로 내딛는 새 로퍼를 보았다. 좋은 슈즈는 좋은 곳으로 데리고 가 준다고 했던가? 이 나비 로퍼가 자신을 이끄는 기분이었다.

"이건 정말 잘 샀어."

영원이 고개를 들었다. 눈앞의 이상한 것들이 그녀의 발을 멈춰 세웠다. 투명하게 비쳐 보이는 남자들이었다. 두 남자가 부둥켜안고 엎치락뒤치락하는 중이었다.

"홀로그램?"

K-pop 스타들 홀로그램이 있다는 뉴스는 인터넷에서 본 적 있었다. 그런데 멀쩡한 청년은 그렇다고 해도, 노숙자처럼 보이는 노인은 스타와는 거리가 멀지 않은가. 두 사람의 몸싸움이 멈춤과 동시에 또 한 명의 뒷모습이 나타났다. 이상한 차림새의 남자였다. 연미복? 요즘에 저런 옷을 입는 사람은 예술의 전당 무대에 서는 사람들 외에는 없을 텐데. 아니, 지금 옷이 중요한 게 아니다! 어째서 사람들이 투명하지? 영화 홍보? 우리나라 기술이 옛날 영화 '백 투 더 퓨처'에 나왔던 첨단 광고도 가능하게 된 건가? 역시 IT 강국인가? 연미복 남자의 훤칠한 뒷모습과 독특한 머리 색깔, 우스꽝스러운 옷차림은 그럴 가능성을 높였다. 그런데 근처에 사람 많은 홍대 거리를 놔두고 인적이 드문 이런 곳에서 광고? 몇 명이 본다고?

청년이 이쪽을 보고 있었다. 영원은 그와 눈이 마주치자마자 연미복 차림의 남자를 보았다. 그가 뒤돌아보았다. 얼굴이 보였다. 아! 꿈속의 그 남자다! 수많은 나비와 함께 있었던 투명한 남자. 비록 옷은 우스꽝스러워졌지만, 나이를 조금도 먹지 않은 그 모습 그대로 영원을 보고 있었다. 또다시 악몽 속으로 들어온 건가? 나비의 남자와 눈이 마주쳤다.

노숙자와 청년이 동시에 사라졌다. 하지만 연미복을 입은 남자는 투명한 채로 남아서 영원을 바라보고 있었다. 그가 천천히 걸어서 영원에게로 다가왔다. 한 발짝씩 가까워질수록 남자의 얼굴도 가까워졌다. 그리고 1m가량을 사이에 두고 멈춰 섰다. 투명한 사람. 그런데도 어째서 무섭지 않고 가슴만 아리는 걸까? 어째서 이 남자의 눈은 슬퍼 보이는 걸까?

아마도 한참을 서로 마주 보고 있었던 것 같다. 그런 기분이었다. 남자의 손이 영원에게로 다가오다가 멈칫했다. 그가 자신도 모르게 뻗어 내밀던 손을 물끄러미 바라보았다. 그러다가 천천히 사라졌다. 영원은 그 자리에 멈춰 선 채로 오래도록 옴 짝달싹하지 못했다. 그녀의 발을 묶은 것은 수많은 감정의 폭풍이었다.

6

"왜 또 이승에 나갔어? 몸 아끼라고 했잖아. 이번엔 이어셋
조차 안 했어?"

입출국장으로 달려와 기다리고 있던 청장이 다짜고짜 따지듯
한 말이었다. 갑1이 빠른 걸음을 멈추지 않고 손을 내밀었다.

"중앙관제센터."

청장의 스마트폰을 달라는 거였다. 거기는 현재 쉽게 연결이
안 되고 있었다. 그래도 청장이라면 센터장과 연결된 상태일 것
이다. 갑1의 예상은 맞았다.

— 미안. 캡슐 한 대가 삼도천으로 추락하는 바람에…….

"됐고! 병9 사자 녹화분 있지? 마지막 인간 여자 캡처해서 흥
신소로 보내. 당장!"

— 뭐? 왜?

"거기 바쁘니까 설명은 나중에."

갑1이 스마트폰을 청장에게 돌려주면서 말했다.

"흥신소를 지금 즉시 저승으로 소환해."

"현재 시스템 문제로 이쪽에 와 있긴 한데, 대체 왜?"

갑1의 걸음이 한층 빨라졌다. 청장도 뛰다시피 뒤를 따랐다.

"무巫의 눈을 가진 여자를 봤다. 관리대장에 없는 인간이다."

"무당?"

"평범한 여자."

"그렇겠지. 진짜 무의 눈을 가지고서 무당 짓을 하면 우리 관리대장에 없을 수가 없지."

긴 복도를 지났다. 이곳 또한 사자들만 다닐 수 있는 영역이다. 커다란 양문이 나타났다. 대칭으로 화려하게 장식된 높고 넓은 문이었다. 이 문은 두 군데에 나란히 있었다. 두 군데 중, 위의 팻말에 '시스템관리 소장실'이라고 된 곳의 문을 노크했다. 문이 양쪽으로 활짝 열렸다. 이탈리아 가구 느낌의 책상과 소파가 있는, 중세 왕실 도서관같이 생긴 사무실이었다. 문의 반대편에는 이곳과 어울리지 않는 회색의 철제문이 있었다.

"어머, 이게 누구야! 귀한 분이 이리 누추한 곳까지 어인 일로 왕림하셨대?"

붉은 머리의 여자가 책상에서 벌떡 일어나 두 팔을 펼쳐 들고 다가왔다. 그녀는 팔을 활짝 펼치는 청장을 지나 갑1을 얼싸안았다. 머쓱해진 청장이 팔을 조용히 원상 복귀시켰다. 갑1이 여자의 팔을 풀어 밀면서 말했다.

"중앙관제센터에서 사진 보냈을 거다. 확인해."

"어머, 이 오빠 봐라? 인사도 없이 바로 용건?"

"오빠?"

갑1이 익숙하지 않은 단어를 되물었다. 붉은 머리 여자가 책상으로 돌아가면서 말했다.

"이승에선 잘생긴 남자는 무조건 오빠라고 부른대. 우리 갑1 사자는 나의 영원한 오빠."

그러면서 양쪽 손가락으로 하트를 만들어 보였다.

"물론 나도 잘생겼다는 게 어떤 느낌인지 모르지만, 인간들의 데이터를 통계해 보면 우리 갑1 오빠가 미남군에 든다는 거야."

붉은 머리 여자는 시스템관리소장이자 지옥청의 갑21 사자였다. 소장 자리를 맡고 있다고 하여 전 갑21이 아니다. 현역이다. 그리고 동시에 이승에서 심부름센터를 운영하여 이승 화폐를 환전소로 조달해 주는 역군이기도 하다. 이승과 저승, 그중에서도 사자청과 지옥청을 오가는 정력의 사자인 것이다. 그래서 그녀의 사무실도 지옥청이 아닌, 이승으로 통하는 이곳 사자청에 있다. 갑21이 PC에서 메일을 확인했다.

"사진이라……. 들어와 있어. 여자네?"

"관리대장에도 없는 무의 눈이다. 신원 조회해 줘."

갑21이 청장을 땡그란 눈으로 쳐다보며 물었다.

"청장 오빠도 같이 갈 거야? 이승의 인간을 조회하려면 이승으로 넘어가야 하는데."

청장이 안색을 바꾸고 뒷걸음질을 했다.

"다녀와. 난 나간다."

"5분이면 돼. 금방 다녀올게, 기다려."

청장이 사무실을 나간 후 문을 닫았다. 왕실 도서관 같던 공간이 스르르 변하기 시작했다. 엄밀히 말하면 공간이 변하는 것이 아니다. 저승에 있던 사무실이 이승의 사무실로 이동하는 순간이다. 소위 사자들 사이에 '개구멍'이라고 일컬어지는 이곳은 입출국장을 거치지 않고 이승을 드나들 수 있는 곳이다. 삼도천을 자유롭게 건너다니는 배라고 할 수 있다.

순식간에 철제 캐비닛과 책상, 군데군데 꺼진 검은색 가죽소파가 있는 이승의 좁은 사무실로 변했다. 허름한 새시 유리창도 생겼다. 저승에서 들어왔던 화려한 양문은 단출한 비상용 외문으로 변했다. 모양만 변한 게 아니라 이젠 열리지도 않는다. 그리고 인간의 눈에 저승의 문은 보이지 않는다. 대신 반대편에 있던 이승의 문, 즉 회색의 철제문은 이곳 이승에서만 열린다.

"바로 찾아볼게. 내가 이승에서 야매로 해킹을 배웠더니, 영어설퍼."

갑21은 두 개의 모니터를 번갈아 보면서 프로그램을 돌렸다. 키보드를 두드리고 모니터를 만졌다. 이곳의 물건은 이승의 것이다. 그리고 지금 현재 여기는 이승이다. 그렇다. 이들은 이승에서도 형체를 가지고 있었다. 인간이 육체와 영혼의 분리형이라면, 월직은 일체형이다. 그래서 이승에서 이들은 무체화와 유체화를 마음대로 오갈 수 있다. 유체화일 땐 평범한 사람의 눈에도 보인다. 만질 수도 있다. 음식도 구입 가능하다. 그래서 저승사자들의 음식 셔틀은 팀장인 월직들의 몫이다.

"갑1 오빠, 이 여자한테 관심 있어?"

"응?"

"청장 오빠한테 통보만 하면 되잖아. 여기까지 따라온 건 오버 아닌가?"

"내가 실수한 부분이 있나 해서."

"우리들이야 그렇다고 하면 그런가 보다 하지. 진짜 그런 거니까. 음, 시간이 좀 걸리네?"

기다리는 동안 갑21이 우두커니 선 갑1을 보았다.

"우리 갑1 오빠는 나만큼이나 머리카락 색깔이 이상하구나."

"이상한 건가? 처음 듣는 말이군."

"물론 우리한텐 이상한 게 아니지. 인간들 개념으로 말한 거야. 인간들은 다른 걸 이상하다고 하더라고."

"아니, 외모에 대한 말을 이렇게 직접 듣는 게 처음이라고."

"인간들은 상대 외모 평가를 인사말로 삼거든. 무례할 만큼. 나도 흉내 내는 거야. 이거 염색도 안 되는 거 알아? 인간 염모제였긴 해도. 다행히 요즘은 죄다 염색을 하고 다녀서 이상하게 보지 않아. 예전엔 이 머리 감추느라 가발을 쓰고 다녔거든. 어찌나 귀찮던지. 오빠도 이젠 가발 쓸 필요 없겠다."

"가발 쓴 적 없다."

"아니, 요즘 그런 컬러 하고 다니는 애들 많아서 이승에 나가도 이상하게 보는 사람은 없겠다고. 옷은 이상하지만. 그건 진짜 다른 게 아니고 이상해. 아! 다 됐다."

갑21이 모니터를 보면서 말했다.

"이름 나영원, 나이 약 33세, 만 32세. 이거 흥미로운데? 이 나이 되도록 용케 안 들키고 살았네?"

"돌아가자."

"참 빡빡하신 분이네. 알았어. 스마트폰 번호, 주소까지 자료 전부 저장하고."

공간이 다시 저승으로 넘어가기 시작했다. 이윽고 이탈리아식 사무실로 돌아왔다. 이렇게 공간의 힘을 빌리는 이유는 지옥청의 월직들은 사자청에 비해 이승에 드나드는 힘이 약하기 때문이다. 대신 고통에는 월등히 강하다. 갑21이 밖을 향해 외쳤다.

"청장 오빠, 우리 돌아왔어!"

문이 열리고 청장이 들어왔다. 갑1이 그에게 말했다.

"확보한 이승 쪽 신원을 속히 옥황국에 신고해."

"갑1 오빠, 실수한 거 맞아?"

갑1이 고개를 한 번 끄덕이고 말했다.

"이 여자, 26년 전 비행기 사고 때도 나를 봤다. 그때 신고를 안 했어. 어렸거든."

그때도 시선은 알아차렸다. 하지만 애써 안 보려고 했었다. 어린아이였기에, 못 본 척하는 게 그 영혼의 삶에 더 도움이 될 것으로 판단했기 때문이다. 하지만 그 후로도 오래도록 머릿속에서 계속 맴돌았던 아이였다. 이유는 알 수 없었다. 그런데 다시 만난 오늘, 그 여자를 향해 걸어갔다. 그 여자가 끌어당긴 건지, 자신이 걸어간 건지 알 수 없는 걸음이었다. 손도 뻗었다. 왜 그랬는지 갑1 스스로도 의아했다. 무엇보다 그 눈빛! 당장이라도 눈물을 쏟을 듯 슬퍼 보였다. 그래서였을까. 가슴이 아렸다. 지금도 그 눈빛이 가슴에 맺혀 있었다.

"7살 이하는 신고 안 해도 상관없지."

잇몸 속에서 영구치가 생성되기 전인 평균 7살 이하는 평범한 눈을 가지고 있어도 이승의 것이 아닌 것도 곧잘 보곤 한다. 뼈가 야물지 못하기 때문이다. 그래서 신고가 필수가 아닐뿐더러 신고해도 관리대장에 넣지 않는다. 이러한 특징 때문에 저승으로 망자를 이동시킬 때도 7살 이하가 섞여 있으면 특히 조심하라는 지침이 있다. 갑21이 말했다.

"진짜 흥미로운데? 그때부터 볼 수 있었는데도 안 들키고 있었단 거잖아. 이런 케이스 또 없을걸?"

청장이 대답했다.

"없지. 게다가 이건 여태 파악 못 하고 있었던 옥황국 측의 명백한 실책이야."

갑1이 볼일이 끝났다는 듯 몸을 휙 돌려 저승의 문으로 갔다. 그러자 갑21이 다급하게 그의 연미복 꼬리를 잡았다.

"잠깐! 그렇지 않아도 사자청에 건의할 게 있었어."

"청장과 얘기해."

"이왕이면 월직들 전부 불러 놓고 의논하고 싶은데 두 명으로 참는 거야."

청장이 갑1의 꼬리를 빼 주면서 둘 사이를 가로막았다.

"갑1 사자 지금 피곤해. 중요한 일 앞두고 있기도 하고. 좀 쉬어야 해."

"잠깐만! 기억 상징들을 메모리카드로 전환하는 문제, 제발 좀 협조해 줘!"

염라국의 시스템 대부분은 현대화 작업이 이뤄져 있었다. 그런데 유독 추출한 기억의 형태만큼은 태고 때부터 변한 적이 없었다. 이것을 메모리카드에 저장하게 되면 공간 절약부터 시작해서 효율적인 부분이 훨씬 많았다. 기술은 축적되어 있었다. 그런데 월직들은 관심이 없고, 시직과 일직들을 비롯하여 전 직원들이 격렬하게 반대하는 탓에 진전이 되지 않는 상황이었다. 이걸 밀어붙이고 있는 건 중앙관제센터장과 시스템관리소장인 갑21이었다. 청장이 대답했다.

"인간 영혼들이 반대하는 한 우리도 어쩔 수가 없어."

"청장 오빠 때문에 반대가 더 격렬해진 거 알지? 왜 그때 입출국장에서 오빠의 상징을 보인 거냐고!"

"그게 내 탓이냐?"

"기억보소소 미어터지고 있어. 조만간 큰일 날 거야."

"갑21 사자, 너의 시스템관리소 직원들부터 설득시켜 봐. 그쪽도 반대가 만만치 않던데?"

할 말이 없었다. 갑1과 청장이 가려고 하자, 갑21이 다시 다급하게 외쳤다.

"하나 더! 사자청의 월직사자 한 명만 이승으로 유학 보내 줘. 전자공학이나, 컴퓨터공학이나, 시스템공학이나……."

"안 돼! 우리 사정 알면서."

"우리 지옥청은 나까지 총 두 명이나 유학 나가 있잖아. 심지어 한 명은 사자청을 위해 일하고 있고."

"우리도 한 명 나가 있잖아."

"우리 인간적으로 법의관 오빠는 빼자. 그 오빠는 실패작이야."

반론할 말이 없었다. 그래도 나름대로 변호는 해 주었다.

"그래도 유학 아이디어는 그 녀석으로부터 시작된 거야."

"이승에서 놀 핑계였지, 뭐. 지금도 봐. 대체 국과수에서 익히는 지식이 우리 염라국의 발전에 무슨 기여를 한다고 그러고 있대? 더 웃긴 게 국과수는 수사권도 없는데 범인을 잡겠다고 나보고도 협조하래. 내가 심부름센터를 하는 거지, 탐정사무소를 하는 게 아니잖아? 내 특기는 불륜 장면 사진 찍기야. 그리고 우리 사고 체계는 인간과 달라서 추리라는 게 불가능해. 그에 반해 우리 지옥청의 갑25 오빠는 얼마나 건실해. 지금 사자청을 위해, 오로지 사자청만을 위해 공부하고, 연구하고, 돈도 벌고……."

갑1은 이미 문을 넘어갔다. 청장도 손을 흔들면서 멀어졌다.

"넌 다 좋은데 수다가 너무 심해."

갑21의 목소리가 멀어져 가는 거리를 메우려는 듯 점점 높아졌다.

"나도 야매로 배워서 자꾸 에러가 나는 것 같단 말이야. 입출국장만 해도 그래. 내가 이승의 공항을 잘못 베껴서 계속 사달

이 나잖아. 이승은 입국장과 출국장을 분리해 놨는데, 내가 그
걸 모르고 섞어 놔서. 오빠들, 응? 누구 한 명 총대 메고 기초부
터 빡세게 배워 오라고 하자, 응? 대신 내가 두 배 세 배 열심히
할게. 몸으로 때우는 건 자신 있어!"

계속 외치고 있는 그녀의 목소리가 문을 닫고 나온 두 명에
게 더 이상 들리지 않았다.

"하! 갑3 자식, 여기저기 민폐야. 아! 나는 여기 예약."

청장이 서서 또 다른 문을 가리켰다. 갑1이 알았다는 듯 고
개를 한 번 끄덕이고 입출국장 쪽으로 갔다. 그 뒤통수에 대고
소리를 높였다.

"넌 정상이라서 좋겠다. 부럽다! 그래도 푹 쉬어야 해! 오늘
은 집에 돌아가, 꼭!"

청장은 '정신의학과의원'이라는 팻말이 있는 문을 두드렸다.
안에서 차분한 남자 목소리가 들렸다.

"들어와."

청장이 문을 열고 들어갔다.

'기억분리실'이라고 적힌 불투명한 유리문 앞에서 병9가 서
성거렸다. 마치 이승의 병원 수술실 앞의 모습과 유사한 곳이
었다. 문 옆으로 긴 복도가 이어져 있는데, 크고 작은 창문들이
빼곡하게 나 있었다. 스마트폰에 '10번 창구'라는 문자가 떴다.
병9는 주르르 이어진 창문 중, 번호 10번이 붙은 곳으로 갔다.
창문을 연 직원이 앞의 선반 위에 회색의 하트가 들어 있는 가

로 30cm, 세로 50cm 정도 크기의 유리 상자를 올려 주었다. 하트는 병9에게 부여된 상징이었다. 병9는 유리 상자 아래에 작게 새겨진 염라부명장 번호를 확인했다.

"제가 인도해 온 망자 맞습니다."

"확인 끝났습니다. 이건 기억보관소로 이동 조치하겠습니다."

영혼에서 추출한 기억은 이렇게 기억상자에 넣어서 기억보관소로 들어간다. 말이 좋아서 보관소일 뿐 쓰레기 하치장과 다를 게 없었다. 인간의 기억은 이곳 저승에서는 쓰레기에 지나지 않기 때문이다. 직원이 닫으려는 창문을 병9가 막았다.

"자, 잠깐만요! 하나만 물을게요. 영혼은 편안해졌습니까?"

"물론이지요. 이렇게 무사히 분리했잖아요. 기억은 영혼을 좀먹는 바이러스죠."

창문이 닫혔다. 기억보관소에 보관된 기억은 열람은 가능하지만, 월직과 일직에게만 허용되어 있다. 시직은 접근 금지 구역이다. 분리한 기억을 쓰레기로 취급한다고 해서 인위적으로 폐기시키지는 않는다. 자연적으로 소멸될 때까지 놓아둔다. 기한은 정해져 있지 않다. 몇 년 지나지 않아 자연 소멸되는 기억이 있는 반면에, 수백 년이 지나도 일부 남아 있는 기억도 있다. 심지어 영혼은 환생을 했는데도 기억은 남는 경우도 있다. 아주 희박한 경우다. 그래서 죽은 지 오래되지 않은 시직은 접근 금지다. 어쩌면 전생의 기억이 남아 있을 가능성도 배제할 수 없기에 그렇다.

예외적인 조치도 있다. 이승의 법의관으로 있는 갑3도 일시

적 접근 금지 명령이 내려져 있다. 이건 그의 기행적 행태로 인해 취해진 조치다. 이전에 갓 죽은 망자, 즉 그가 담당했던 사체의 기억을 열람하려다가 검거된 적이 있기 때문이다.

병9는 터덜터덜 걸어서 사자들의 사무실로 돌아왔다. 아직 아무것도 없는 그의 책상 위에 포스트잇이 붙은 작은 봉지가 보였다.

다른 팀 월직사자님의 선물이다. 첫 임무 마치면 이게 필요할 거야. 꼭 먹도록 해라.

—갑팀 사자 일동

봉지는 이승의 음식인 크래커였다. 선물은 반가웠지만 마음은 여전히 무거웠다. 병9가 봉지를 뜯어 조심스럽게 먹기 시작했다. 육체가 없기에 이승의 음식은 먹어도 에너지로 변환되지 않고 전부 소멸한다. 지방으로 축적되는 일도 없다. 그런데 유일하게 영혼 속에 남는 성분이 있다. 소금, 그중에서도 나트륨이다. 이것은 오래전부터 저승사자나 귀신에게는 독이었다. 그런데 독은 곧 약이 된다고, 이승의 음식으로 섭취한 나트륨은 이들에게 약의 역할을 했다. 나트륨은 영혼 속에 있는 스트레스와 결합하면 밖으로 배출이 되기 때문이다. 눈물이라는 형태로.

집까지 어떻게 돌아왔는지 알 수 없었다. 그토록 힘겹던 횡단보도도, 낯선 길도 분명 지나왔건만, 영원에게는 중요하지 않았다. 함께 보았던 투명 청년도 노숙자도 그녀의 머릿속에 남아 있지 않았다. 영원은 신발을 현관에 벗어 두고 들어와 거실을 서성거렸다. 크로스로 멘 가방은 그대로였다. 가방을 메고 있는 것조차 느끼지 못했다.

"내가 뭘 본 거지?"

알 수 없었다. 비행기 사고 때 보았던 그 나비의 남자가 분명한데, 논리적으로 이해가 되지 않았다.

"생각하자. 생각하자. 나를 납득시켜야 해. 투명한 건 고사하고라도, 아니, 이것도 말도 안 되는 장면이지만, 어릴 때 사고의 고통으로부터 숨기 위해 만들어 낸 남자가 왜 현실에 나타난 거지? 아, 아니야, 이것도! 그건 현실이 아니잖아. 투명한 인간들이 현실이 될 수는 없잖아! 제발 정신 차려, 나영원! 진짜 정신병원에 입원하고 싶어? 정신병원? 아!"

영원이 창고방의 불을 켜고 안으로 들어갔다. 책꽂이를 훑었다. 그중에서 정신의학 관련 책을 찾아 선 채로 뒤적거렸다. 차례에서 원하는 소제목을 발견하고 페이지를 확인했다. 그리고 재빨리 넘겨 해당 쪽을 펼쳤다. 환영과 관련된 정신장애를 기술한 부분이었다. '조현병(구 정신분열증)'이라는 글자가 있었다. 영원이 고개를 세차게 저으며 책을 다시 꽂아 놓고 방을 나왔다. 불을 끄는 건 잊었다.

"저건 아니야. 환영 조금 보였다고 그럴 리는 없지. 환영으로 인식하고 있는 것 자체가 그 병과는 거리가 멀어. 그래, 이건 안과 문제야. 눈에 이상이 생겨서……. 내가 모니터를 너무 많이 보잖아? 눈에 문제가 안 생길 수가 없어. 아, 이것도 아니야. 갑자기 사라졌잖아!"

속이 탔다. 영원은 부엌으로 가서 냉장고 문을 열었다. 마실 만한 게 물뿐이었다. 그거라도 벌컥벌컥 마셨다. 물을 마시다 보니 아직까지 약을 안 먹었다는 사실이 떠올랐다. 가방을 찾기 위해 소파와 식탁을 번갈아 보다가 자신의 몸을 내려다보았다. 약이 든 가방은 거기에 있었다. 가방 지퍼를 열고 약봉지를 꺼냈다. 그중에 한 봉지를 입 안에 털어 넣고 물을 마저 다 마셨다.

"약을 먹었으니 다시 생각하자!"

영원은 다시 거실을 서성거리기 시작했다. 가방은 여전히 크로스로 멘 채였다. 이번엔 지퍼도 열린 상태였다. 걸음을 멈췄다. 영원은 두 주먹을 불끈 쥐고 말했다.

"그래, 욕구불만이야! 연애 결핍으로 인한 욕구불만. 그게 아니고서야 하고 많은 환영 중에, 아, 아니, 환영 아니고 환상! 환영이어선 곤란해. 하고 많은 환상 중에 그런 미남자가 보일 리가 없잖아. 이 세상 미모라고 할 수 없을 만큼 너무 잘생겼어. 너어어어무 잘생겼다고. 욕구불만 맞아. 아, 근데 어디서 봤지? 완벽하게 내가 만들어 낸 생김새는 아닌 것 같고. 난 주로 만화 그림체로 이미지를 인식하니까. 그건 실사였어. 연예인 화보 같은 데서 얼핏 보고 무의식중에 머리에 저장해 뒀었나? 그러다 욕구불만이 목까지 차올라 툭 튀어나온 건가? 와! 나님 눈 높다. 화끈하게 머리 탈색을 한 거로 보면 아이돌인데. 아니야, 아이돌보단 성숙미가 있었어."

중얼거리던 영원의 말이 멈췄다. 서성거리던 걸음도 멈췄다.

전부 다 말이 되지 않았다. 논리적으로 스스로를 전혀 납득시키지 못하고 있었다. 무엇보다 옴짝달싹 못 하게 발을 묶었던 그 감정들은 더 이해가 되지 않았다.

"그 감정들은 뭐였지?"

발바닥 쪽에서 이물감이 느껴졌다. 자리에 주저앉아 발바닥을 확인했다. 용천혈 쪽에 작은 물집이 생겼다. 발톱에도 멍이 생겼다. 신발의 문제가 아니었다. 발의 문제였다. 평소에 신발을 신지 않고 집 안에서만 다니고, 그나마도 의자에 앉아만 있는 생활이 전부이다 보니, 영원의 발바닥 피부와 발톱은 남들보다 얇을 수밖에 없었다. 그래서 신발 신고 잠깐만 외출을 해도 발 여기저기에 생채기가 생겼다. 사용하지 않는 건 약해진다. 어쩔 수 없는 이치다. 단련시키지 않은 자신을 탓해야 한다. 정신도, 마음도.

"그래도 조현병은 아니야. 그건 정말 안 돼……."

집사가 자동차 뒷문을 열어 주었다. 갑1은 가까스로 올라탔다. 뒷좌석에 앉자마자 그는 지친 등을 기댔다. 집사가 운전석에 앉으면서 말했다.

"사자님, 정말 오랜만에 뵙네요."

"오랜만인가?"

"네. 일주일 넘게 사자청에만 계셨습니다."

"그래, 그랬나 보군."

차가 사자청을 등지고 달리기 시작했다.

"청장님이 사흘 동안은 사자님을 사자청으로 모시지 말라고 하셨습니다."

"응."

마지막 한숨과도 같은 대답을 끝으로 갑1은 눈을 감았다. 머릿속에서 얼굴 하나가 자꾸 나타났다가 사라지기를 반복했다. 갑1은 그것이 성가셨다. 고장 난 영상 재생기인 양 끊임없이 되풀이되었다. 제 관자놀이를 주먹으로 툭툭 쳤다. 그래도 그 얼굴이 사라지지 않았다.

"나영원……."

"네? 뭐라고 하셨죠?"

"아니, 아무 말도. 곧장 집으로."

차창 밖으로 막 접어들던 시가지가 갑자기 사라지고 억새풀이 우거진 들판이 지나갔다. 갑1은 집으로 가는 길을 천천히 드라이브하기도 하는데, 이번은 과정을 생략하고 공간 이동을 시킨 것이다. 진짜 피곤한 모양이었다.

작은 길을 지났다. 끝도 없이 계속되는 억새풀 사이로 난 길이었다. 길의 끝, 황량함의 한가운데에 대저택이 나타났다. 담장 없는 한옥이었다. 억새풀 외에는 아무것도 없는 이곳이 이 저택의 정원이자 담장이었다.

차에서 내린 갑1이 돌마당을 지나 돌계단을 올랐다. 그리고 대청마루에 올라섰다. 닫혀 있던 모든 방문이 저절로 열리고, 닫혀 있던 모든 창문, 즉 들어열개문도 저절로 천장으로 올라가 나비 모양의 걸쇠에 얹어졌다. 바닥과 지붕과 기둥만 남고

벽은 사라진 느낌이었다. 바람이 불었다. 자연의 바람은 저승에 존재하지 않는다. 갑1이 일으킨 바람일 뿐이다. 억새풀이 춤을 추듯 흔들렸다.

큰방으로 들어갔다. 이곳의 들어열개문도 모두 천장에 고정되어 있었다. 이곳 또한 황량하여 침대만 없었다면 대청마루와 구별이 되지 않았을 것이다. 갑1은 입은 옷 그대로 정원을 향해 있는 안락의자에 앉았다. 그리고 태엽이 모두 풀려 작동이 멈춘 인형처럼 멍하니 억새풀만 바라보았다.

뒤쪽에서 누군가가 다가왔다. 집사는 아니다. 이곳 저승에서조차 형체를 가지지 못한 어떤 것이다. 여자다. 어떤 여자인지는 알 수 없다. 얼굴도 모른다. 극도로 피곤할 때, 한 번씩 이렇게 느낌만 나타난다. 그녀의 발은 가볍다. 경쾌하다는 말이 어울린다. 웃음소리다. 억새풀을 스치는 바람 소리인지도 모르겠다. 어느 쪽이든 상관없다. 듣기 좋으니까. 이 유혹 소리에 돌아보면 안 된다. 그러면 그녀는 사라지고 만다. 저승에서 아내를 구해 나가던 오르페우스처럼 돌아보면 안 된다. 그녀의 웃음소리를 계속 듣고 싶다면, 그녀의 목소리를 듣고 싶다면 절대로…….

"왜 이제 왔어요? 얼마나 기다렸는데……."

그녀가 뒤에서 갑1의 목을 살포시, 감촉도 없이 끌어안았다. 아무 말도 하면 안 되는데, 그녀의 다음 목소리가 더 듣고 싶다면 가만히 있어야 하는데, 갑1은 실패한 오르페우스처럼 그만 말하고 말았다.

"보고 싶지 않았으니까."

그녀의 느낌이 사라졌다. 그러자 갑자기 눈앞에 끝없이 펼쳐진 억새밭이 낯설어졌다. 이 집도, 자기 자신도 낯설었다. 그 어떤 것도 낯설지 않은 것이 없었다. 갑1이 느릿느릿 중얼거렸다.

"내가 아니야. 나는 내가……, 아니야."

II
저승의 주인들

스니커즈의 끈을 꽉 묶었다. 이번에도 좋아하는 신발로 골랐다. 민아와 경민은 영원이 걱정되어 현관에 서 있었다.

"걱정 마, 잘 다녀올 테니까. 딱 두 시간 동안 지하철만 타다가 올 거야."

"걱정 안 해요. 이건 그냥 배웅."

영원은 뭔가에 쫓기는 사람처럼 현관문을 열고 나갔다. 이전과 달리 조금의 망설임도 없었다.

"다녀와서 체크할게. 혹시 애매한 거 있으면 문자 해."

현관문이 닫혔다. 민아가 기다렸다는 듯이 경민에게 물었다.

"이건 축하해야 할 일인 거 맞지?"

"그, 그렇죠."

노출치료 2단계인 낯선 길 걷기에 성공했다며 일주일도 기다리지 않고 바로 다음 단계에 도전하는 거였다. 어쩌면 기적일 수도 있었다.

"근데 난 왜 불안하지? 작가님, 지난번 병원 다녀와서부터 혼이 완전히 나가 있는 사람 같아."

"저도 불안해요. 슬쩍 보니까 다음 회차 콘티 진도도 전혀 안 나간 것 같던데."

"웹툰은 비축분이 좀 있으니까 괜찮은데, 만화 쪽은 출간일 마감이 얼마 안 남았어. 거긴 우리가 도울 수 있는 부분이 많지 않은데. 이러다간 출간일 가까워져서 계속 밤샘하게 생겼다고. 대체 갑자기 왜 저렇게 열심이신 거지? 뭔가 조급한 사람처럼."

영원은 도망치듯이 걸었다. 언제나 공포가 들어오지 못하게 현관문을 닫고 도어록을 2중, 3중으로 걸어 잠갔다. 그런데 지금은 뒤쫓아 오는 공포로부터 도망을 치고 있었다. 그녀를 끈질기게 따라붙는 것은 조현병에 대한 공포였다. 치료를 더 이상 미룰 수 없었다. 여기서 더 나빠지면 안 된다. 이젠 환영을 보면 안 된다. 그 남자를 또 보고 싶다는 생각을 가져서는 안 된다. 절대로!

어떤 길을 지나는지 돌아볼 새도 없이 지하철역에 도착했다. 대다수의 시민이 익숙하게 이용하는 곳이지만, 영원에게는 아니었다. TV에서 본 것과 민아의 설명을 떠올리며 개찰구로 갔다. 여기를 통과해야 한다는 생각에 식은땀이 흘렀다.

"익숙하지 않아서 그런 거야. 나의 모든 신경세포들아, 위험한 걸로 인식하고 과잉 방어하지 마. 난 괜찮으니까."

다른 사람들이 하는 행동을 되풀이해서 본 영원은 그들을 따라서 지갑을 갖다 대었다. 신용카드에 있는 교통카드 기능을 처음으로 사용하는 거였다. 다른 사람들처럼 걸어서 들어갔다. 아무 일도 일어나지 않았다. 이렇게 쉽게 지나가도 되는 건가? 계단을 내려갔다. 그리고 안전선 앞에 서자마자 마음을 다잡을 새도 없이 지하철이 들어왔다. 내리는 사람은 별로 없었다. 영원이 지하철 안으로 발을 디뎠다. 그녀의 등 뒤로 문이 닫혔다.

— 모든 사자들에게 알립니다. 오후 4시 45분부터 같은 시각 55분 사이, 좌표 SH26 쪽으로 접근 금지를 명합니다. 다시 한 번 안내 말씀 드립니다. 오후 4시…….

입출국장에 있는 모든 사자가 자신의 염라부명장 좌표를 확인했다. SH26만 조심하면 되는데, SH25나 SH27 구역에 해당하는 사자들조차 긴장하여 중앙관제센터와 긴밀한 연락을 주고받았다. 다른 누구도 아닌 갑1이 나가는 일이다. 근처에서 알짱거리다가 저승사자들마저 강한 힘에 휩쓸릴 위험이 있었다.

서포터로 지명받은 사자들도 하나둘씩 집결하고 있었다. 주로 시직들로 구성되지만, 이번엔 인원 부족으로 일직들까지 동원되었다. 병9와 을3을 포함하여 갑1팀 전원도 이들 중에 섞여 있었다. 을1도 휴식을 미루고 나와 있었다. 그런데도 예정된 망자 수에 비해 턱없이 부족했다. 의미 없는 짓인 줄 알지만, 그나마 제일 대형인 6인용 캡슐 세 대도 비상 상황을 대비해 대기 중이었다. 사자청 전체가 초긴장 상태였다.

갑1이 입출국장에 나타났다. 긴 코트의 옷깃을 목 위까지 세워 올리고, 그 위를 머플러로 질끈 묶어 놓았다. 코트 단추도 빠짐없이 채웠다. 이번은 월직 지원실 직원과의 싸움에서 이긴 을3의 솜씨였다. 청장도 함께 나타났다.

— 패스트트랙을 오픈해 주십시오. 패스트트랙을 오픈해 주십시오.

갑1이 이어셋을 귀에 끼우면서 걸었다. 그 옆에서 청장이 걱정스럽게 말했다.

"목적지는 지하철 내부다. 빠른 속도로 움직이는 곳이니까 착지에 신경 써."

"알았다."

"난 너의 이번 일까지다. 그다음은 임시 청장 몫이야."

"오는 거냐?"

"응, 결정 났어. 나도 인수인계 때문에 한동안 계속 나오긴 할 거다. 진료도 계속 받아야 하고. 당장 이승에 나갈 수는 없어서."

"3년이라고 했지? 휴가가 짧군."

"내가 그동안 뭐 한 일 있다고. 3년 자리 비우는 것도 미안하지. 그 뒤, 다 나아서 청장이 아닌 갑4로 복귀할 수 있으면 좋겠다."

갑1이 이어셋을 향해 말했다.

"블루투스 연결 완료. 중앙관……."

— 하이! 파트너, 나다.

"센터장이군."

— 불안해서 내가 직접 지원한다. 불만이면 말해라.

"불만 없음."

갑1이 청장을 남겨두고 패스트트랙의 유리문을 지났다. 다른 사자용 개찰구와 별다른 차이는 없다. 단지 줄 설 필요가 없다는 것 정도다. 그리고 문을 통과하는 것만으로 입출국 기록이 자동으로 되는 차이도 있다. 이것은 월직과 다른 사자들과의 생체 구조 차이로 인해 인식하는 기계도 다르기 때문이다.

갑1이 입출국장의 넓은 광장으로 들어섰다. 그 한가운데 물결의 파장 같은 대리석 무늬 위에 섰다. 그를 중심으로 서포터들이 둥글게 포진했다. 그 원은 상당히 컸다. 갑1이 등 쪽에 사선으로 멘 범백을 점검했다. 크기에 비해 대용량인 신상이라고 장비 지급소에서 내어 준 것이다. 갑1이 이어셋 마이크에 말했다.

"준비 완료."

— 우리도 준비 완료. 무사히 다녀와라.

한가운데에 있었던 갑1이 사라졌다.

영원은 긴장을 놓지 않고 손잡이만 잡고 서 있었다. 한 시간가량을 갔다가, 지금은 돌아오는 지하철로 갈아타고 오는 중이다. 이제 곧 집 근처 정차역이다. 중간에 포기하려던 두려움과 싸워 가며 잘 왔다. 스스로가 기특했다. 하지만 아직 긴장의 끈을 놓아서는 안 된다. 집 안으로 들어가기 전까지는 목표 달성이 아니다.

영원은 두려움에 떨면서도 사람들을 관찰했다. 모두가 스마트폰을 보고 있었다. 일행들조차 서로의 눈이 아닌 스마트폰을 보면서 대화를 했다. 사람들이 붐비지 않는 시간대를 잡긴 했지만, 돌아오는 지하철엔 그래도 사람이 제법 있었다. 가는 길이 이 정도였으면 쉽게 발을 올리지 못했을 것이다. 물론 영원의 기준에서 제법 있는 것이다. 모든 좌석에 사람들이 앉아 있을 뿐, 서서 가는 사람들은 여유가 있는 편이었다.

건너 칸에서 넘어오는 남자가 보였다. 검은색 모자를 눌러쓰고 검은색 마스크를 한 남자였다. 앞뒤로 배낭 하나씩을 메고, 손에도 가방을 들고 있었다. 영원은 가방 때문에 한산한 칸을 찾아 이동 중이라고 추측했다. 그 남자는 영원이 있는 칸의 가운데쯤에 서서 선반 위에 가방을 올렸다. 그리고 잠시 서 있다가 영원의 옆을 지나 다음 칸으로 넘어갔다. 영원은 그가 지나칠 때 버릇처럼 고개를 돌리고 몸을 웅크렸다. 그 와중에도 그가 웅얼거리는 목소리는 들었다.

"다들 날 무시했어. 별것도 아닌 것들이……."

정확하지는 않지만 이런 말이었던 것 같았다. 영원은 다시 선반 위의 가방을 쳐다보았다. 저건 뭘까? 잊고 간 것이 아닌 건 분명했다. 혹시 마약 비밀 거래?

조금 지나 역에 정차했다. 영원도 가방에서 신경을 끊고 미리 준비했다. 이번 역 다음이 영원이 내릴 역이었다. 잠시 정차했던 지하철이 다시 출발했다. 서서히 움직이는 창 너머로 조금 전의 검은색 마스크 남자가 보였다. 그는 어떤 가방도 가지고 있지 않았다. 영원이 선반 위쪽을 다시 보았다. 가방은 아직도 거기에 있었다. 영원은 고개를 갸웃거리며 혼잣말을 했다.

"진짜 마약 거래인가?"

지하철이 영원이 내릴 역에 서서히 진입하기 시작했다. 속도도 점점 줄어들었다. 영원은 내리기 위해 문 쪽에 섰다. 지하철이 거의 멈춰 설 때쯤이었다. 또다시 투명한 남자가 나타났다. 영원이 있는 지하철 칸 안이었다. 환영인가? 진짜 환영을 보는 건가? 갑1과 눈이 마주쳤다. 그도 놀란 눈으로 영원을 응시하고 있었다. 투명한 건 갑1인데, 영원의 눈에는 다른 사람들이 더 투명하게 느껴졌다.

지하철이 완전히 멈추고 문이 열렸다. 승객들은 갑1을 통과해서 지나다녔다. 그래도 두 사람은 서로를 바라보고만 있었다. 지하철 문이 닫히는 소리가 들렸다. 이에 영원이 깜짝 놀라서 문을 쳐다보았다.

"아! 나 내려야 했는데……."

손을 뻗었다. 하지만 이미 문이 닫힌 후였다. 영원이 고개를 돌려 갑1을 다시 보았다. 그는 여전히 사라지지 않은 채 그녀를 보고 있었다. 갑1이 이어셋에 다급하게 말했다.

"내 말 들려?"

— 응. 잘 도착했나?

"지금 즉시 명단 확인해 봐. 나영원."

그의 말은 영원의 귀에도 들렸다. 영원은 더욱 혼란스러워졌다. 환영을 넘어 환청이 들리는 것도 미치겠는데, 이름까지 알고 있다니.

— 그 이름은 없다. 왜?

"한 번 더 확인해 봐. 나영원, 33세, 여자."

— 없어. 전혀 없다고. 왜 그래?

지하철이 서서히 출발하고 있었다. 갑1의 머리는 복잡했다. 무의 눈을 가진 여자다. 그 때문에 자신을 보았고, 내리는 타이밍을 놓쳤다. 운명이 바뀐 것인가? 복잡한 셈법이 남았다. 하지만 당장 거기까지 생각할 겨를이 없었다.

"잠시 좌표에서 이탈한다. 흥신소 대기시켜 놔. 긴급으로."

— 뭐? 뭐라고? 대체 무슨 말이야! 지금 시작하는데 어딜!

갑1이 지하철 통로를 걸어 성큼성큼 영원에게 다가왔다. 손이 먼저 뻗어 왔다. 투명했던 그의 손이 불투명하게 변하기 시작했다. 무체화에서 유체화로 넘어가고 있었다. 뻗어 온 그의 손이 영원의 팔을 잡았다. 감촉이 느껴졌다. 영원도, 갑1도 동시에 느낀 감촉이었다. 영원은 서늘함을, 갑1은 따스함을 느꼈다. 갑1이 영원을 잡아당겼다. 팔이, 어깨가, 가슴이, 그리고 그의 몸이 영원의 몸에 닿았다. 그리고 등 뒤를 감싸 안는 그의 팔이 느껴졌다. 갑1은 영원을 품에 안고 얼굴과 다리까지 완전한 유체화가 되었다.

품에 안긴 것은 아주 찰나였던 것 같았다. 그가 안았던 팔을 풀고 떨어졌을 때 영원은 자신도 모르게 팔을 뻗어 그의 소매를 잡았다. 잡혔다. 생생한 촉감이었다. 거짓된 촉감이 아니었다. 눈에 보이는 그의 얼굴도 더 이상 투명하지 않았다. 회색 구름이 낀 연한 하늘 색깔의 머리카락도, 짙은 검은색 눈썹도,

새하얀 피부도, 많은 감정이 담긴 듯한 맑은 눈동자도 뒤쪽이 비치지 않고 모두 선명했다. 그런데 사라졌다. 눈앞에서 감쪽같이 사라져 버렸다. 투명한 모습조차 없었다. 손에 잡혀 있던 촉감도 사라졌다. 영원의 눈에 보인 건 갑1 대신에 지하철 안전유리에 비친 투명한 자신의 모습뿐이었다. 안전유리를 사이에 둔 지하철 건너편이 보였다. 그녀가 있는 곳은 더 이상 지하철 안이 아니었다.

"여기가 어디……."

콰쾅!

멀리서 아주 육중한 소리가 여러 차례 연달아 들린 듯했다. 그와 동시에 지진이라도 난 듯 발바닥에 진동이 느껴졌다. 천장에서 부스러기들과 먼지가 떨어지고, 눈앞의 안전유리가 산산이 부서져 아래로 무너져 내렸다. 건너편 사람들이 비명을 지르며 계단 위를 뛰어 올라가기 시작했지만, 영원의 눈에는 보이지 않았다. 그녀의 눈에 보인 것은 유리가 비어 버린 곳에 마치 유리에 비친 듯한 투명함으로 나타난 사람들이었다. 뜨거운 열기와 함께 터널 안에서 폭발하듯 튕겨 나온 모양새였다. 투명한 사람들은 터널 안에 더 있었지만, 그 속을 볼 수 없는 영원의 시야에 잡힌 건 네 명뿐이었다.

한 사람은 알아보았다. 영원이 지하철 안에 서 있었을 때 그녀의 앞에 앉아 있던 사람과 똑같은 모습이었다. 그들은 달아나려는 듯 터널의 반대편으로 뛰었다. 그런데 그들의 머리, 혹은 뒤통수에서 무언가가 빠져나왔다. 나비였다. 이번에도 투명한 나비였다. 달아나던 투명한 사람들이 얌전하게 섰다. 그리고 터널 쪽으로 몸을 돌렸다. 투명한 나비가 터널 안쪽으로 날아갔다. 투명한 사람들도 나비를 따라가듯 천천히 걸어 사라졌다. 터널로부터 나오는 매캐한 연기가 시야를 점점 흐리게 했다.

영원의 눈에 산산이 부서진 비행기 잔해들이 보였다. 즐비하던 시체 더미들도 보였다. 그 가운데에 영원이 서 있었다. 기억이 뒤죽박죽으로 섞이고 있었다. 투명한 나비들이 날았다. 지금의 나비인지, 어릴 때 보았던 나비인지 알 수 없었다. 나비가 어디서 나타나는지 보였다. 투명한 사람들에게서였다. 아아, 엄마도 있었다. 아빠도 있었다. 투명한 사람들 속에 아빠와 엄마도 투명한 채로 있었다. 아빠를 불렀다. 엄마도 불렀다. 두려움에 떨며 딸이 부르는데도 엄마도 아빠도 돌아봐 주지 않았다. 차갑게, 아무런 감정도 없는 것처럼 그렇게 나비를 따라갔다. 의도적으로 지워 버린 기억이었다.

"미안해요. 엄마 아빠, 미안해. 내가 잘못했어. 다시는 무서운 꿈 꾸지 않을게. 자다가 일어나 울지 않을게. 그러니까 가지 마. 날 버리지 마. 내가 악몽만 꾸지 않았다면……, 이 비행기를 타지 않았을 텐데. 나 때문에, 나 때문에……."

누군가 영원의 팔을 거칠게 당겼다. 유니폼 같은 걸 입은 사람이었다. 그가 입을 뻐끔거렸다. 말을 하는 듯했다. 하지만 들리지 않았다. 귀가 먹먹했다. 귀 탓이 아니었다. 머리가 텅 비어 아무것도 들리지 않는 거였다. 생각도 할 수 없었다. 그가 손으로 옆을 가리켰다. 저쪽으로 가라는 지시였다. 그가 떠미는 대로 몸을 돌려 걸었다. 먹색 연기에 가려진 흐릿한 시야였지만 계단 앞쪽에 노란색 조끼를 입은 안전 요원이 보였다. 뭐라고 외치며 자기 쪽으로 오라는 손짓을 했다.

세상이 소음 하나 없이 적막했고, 모든 장면이 슬로모션으로 움직였다. 계단을 올랐다. 사람들이 영원의 어깨를 밀치고 앞서 달렸다. 영원은 사람들이 밀치면 밀치는 만큼 뒤처져 걸었다. 한 계단마다 붙어 있는 글귀가 보였다. 에스컬레이터가 아닌, 계단 사용을 장려하는 글귀였다. 영원은 한 계단 오를 때마다 글자를 소리 내어 읽었다.

"당신의 수명이 5초 늘어났습니다. 당신의 수명이 10초 늘어났습니다. 당신의 수명이 15초 늘어났습니다……."

개찰구가 보였다. 사람들은 양옆으로 열린 비상 철제문을 지나갔다. 하지만 영원에게는 그것이 보이지 않았다. 지갑을 꺼내 민아에게서 몇 번이나 배웠던 카드 대기를 시도했다. 그런데 안 되었다. 들어올 때는 쉽게 되었는데. 철제문이 밀리자 사람들은 개찰구를 강제로 나갔다. 영원도 그들에게 떠밀려 강제로 통과했다. 작게 매달려 있던 차단막이 허벅지를 때렸다. 그 충격에 앞으로 꼬꾸라졌다. 어깨에 메고 있던 가방도 툭 떨어졌다. 손에 있던 지갑도 놓쳤다. 지갑이 사람들의 발에 이리저리 채여 돌아다녔다. 그녀는 바닥에 멍하니 앉아 지갑을 따라 눈동자를 돌렸다.

사람들이 빠져나갔다. 지하철역 안이 한산해졌다. 마치 죽음처럼 아래에서부터 끈질기게 따라 올라온 연기는 여전히 시야를 흐리게 했다. 일어났다. 멀리 도망가 있던 지갑을 주워 가방에 넣었다.

"4번 출구······, 우리 집은 4번 출구인데······."

그런데 여긴 무슨 역이지? 들어왔던 그 지하철역 같은데, 다른 곳도 비슷한가? 영원이 휘청거리며 4번 출구를 찾아 걸었다. 그녀가 무의식중에 손에 잡은 건 숄더 끈이었다. 그래서 가방이 바닥에 질질 끌렸다. 4번 출구를 알려 주는 안내판을 따라 걸었다. 에스컬레이터는 멈춰 있었다. 높고 가파른 계단을 올랐다. 다양한 제복을 입은 사람들이 다양한 장비들을 가지고 내려오고 있었다. 그녀는 그들과는 반대로 위로만 위로만 올라갔다. 점점 빛이 보였다. 죽음의 연기를 뚫고 지상으로 올라섰다.

길을 걸었다. 집에서 나오면서 보았던 가게를 지났다. 사람들이 거리로 쏟아져 나오고 있었다. 그들은 스마트폰을 연거푸 눌러 대며, 영원이 떠나온 지하철역 쪽과, 그보다 뒤인 도로 곳곳에 올라가고 있는 검은 연기를 목을 빼고 보고 있었다. 하지만 가까이 가지는 않았다.

영원은 사람들 틈을 걸었다. 비켜 주는 사람도 있었고, 말을 건네는 아줌마도 있었다. 그들의 입 모양은 하나같이 똑같았다. '괜찮아요?' 틀어 올렸던 똥머리가 반쯤 풀어져 산발이 된 데다가, 먼지와 연기가 온몸에 들러붙어 있었기 때문이지만, 영원은 이들의 걱정스러운 물음을 알지 못했다. 스마트폰만 들고 지하철역으로 달려가는 사람들도 한두 명씩 생겨났다. 그들은 모두 공포와 슬픔에 휩싸인 표정이었다.

눈에 익은 아파트가 나타났다. 영원이 사는 아파트였다. 거기도 많은 사람이 나와 있었다. 경비실을 지나가는데, 아파트 입주민인 듯한 아주머니가 손에 스마트폰만 들고 휘적휘적 뛰어나왔다. 슬리퍼를 한 짝만 신어 한 발은 맨발인 데다, 집에서 입고 있던 잠옷 바람이었다. 그녀는 영원을 보자마자 팔을 덥석 잡았다. 영원은 낯선 사람에 대한 공포로 고개를 돌리고 몸을 움츠렸다. 하지만 곧 울 것만 같은 표정인 쪽은 아주머니였다.

"지하철역에서 오는 길이지? 우리 딸, 우리 딸 못 봤어? 오, 오늘 검은색 코트 입고 나갔는데……."

영원의 귀에 들릴 리가 없었다. 처음 보는 아주머니에, 본 적도 없는 딸에, 그 흔한 검은색 코트라니, 들었대도 답해 줄 수 있는 게 아니었다. 아주머니는 영원을 놓아주고 지나가면서 넋 나간 사람처럼 중얼거렸다.

"어, 어떡해. 전화가 안 돼. 우리 애가 집에 오는 중이랬는데, 전화 연결이 안 돼."

영원은 다시 걸었다. 1층 공동 현관 앞에서 질질 끌고 온 가방을 발견했다. 끈을 들어 올려 지하철역에서 주워 넣은 지갑을 찾으려 뒤졌다. 하지만 그 전에 사람들이 몰려 내려와 공동 현관이 열렸다. 영원은 자신에게 쏟아지는 시선을 피해 엘리베이터로 갔다. 그것을 타고 집으로 올라갔다. 무의식중에 길을 걷고, 무의식중에 엘리베이터 버튼을 누르고, 무의식중에 집 현관에 도착했다. 애초에 왜 집을 나섰는지 기억조차 나지 않았다. 그래도 집에 도착했다. 무사히.

지문 인식기에 엄지손가락을 갖다 대었다. 삐릭 하고 잠금이 풀리는 소리가 났다. 하지만 위쪽의 구식 자물쇠를 먼저 열었어야 했다. 열쇠를 찾으려고 다시 가방 지퍼를 잡았을 때였다. 현관문이 열렸다. 그리고 그 안에서 민아의 얼굴이 나타났다. 영원을 확인하자마자 그녀의 얼굴이 일그러지면서 굵은 눈물이 쏟아져 내렸다. 민아가 온 힘을 다해 영원을 끌어안았다. 영원을 안는 손에는 스마트폰이 쥐어져 있었다. 민아의 울음소리가 들렸다. 그리고 그녀의 어깨 너머로 경민이 등을 돌려 눈물을 닦는 것이 보였다.

"왜 울어?"

목구멍에 낀 먼지를 밀치고 겨우 나온 말이었다. 영원이 민아를 떼어 내며 집 안으로 들어가 현관문을 닫았다. 민아는 영원의 머리와 얼굴을 털어 주면서 더 큰 울음을 터뜨렸다. 안심과 걱정이 뒤섞인 울음이었다. 집 안에는 뉴스 소리가 들리고 있었다. 영원이 소리에 끌려 TV 앞으로 갔다. 겨우 끌고 온 가방은 경민이 들어 올렸다. 겉면이 닳아 엉망진창이었다. TV를 보았다. 뉴스를 보았다. 화면 가득 크게 적힌 글자를 보았다.

'속보, 지하철 2호선 폭발 사고. XX역과 OO역 사이.'

영원이 느릿느릿 말했다.

"아……, 폭발 사고였구나. 그래, 내가 저 속에 있었지?"

영원이 겨우 버티고 있던 정신을 놓고 무너지듯 쓰러졌다. 민아가 소리쳤다.

"작가님!"

그리고 옆에 앉아 영원을 흔들었다.

"작가님, 정신 차려 보세요! 어, 어떡해."

경민이 스마트폰을 눌렀지만 연결이 되지 않았다.

"119 연결이 안 돼요. 작가님과도 계속 연결이 안 됐는데. 이 일대 통신 폭주인가 봐요."

"으엉, 연결이 안 돼서 난 정말 큰일 난 줄 알았어. 하필 오늘 같은 날 나가셔서, 으어엉."

펑펑 우는 민아 옆에서 경민이 안절부절못하며 말했다.

"앰뷸런스 어떻게 부르죠? 아! 지금은 불러도 못 오겠구나. 그럼 병원은 어떻게 가죠? 이 근방 병원들 다 난리도 아닐 텐데."

펑펑 울던 민아가 울음을 뚝 그쳤다. 그리고 손가락을 들어 현관 밖을 맹렬히 가리키면서 말했다.

"작가님 병원! 정신과 병원이지만 이 근방이잖아."

"될까요?"

"거긴 될지도 몰라. 어쨌든 현재 다니는 병원이잖아. 아직 문 안 닫았을 시간이니까 빨리 예약부터……."

민아가 눈물을 닦고 일어나 식탁에 올려 둔 약봉지를 집었다. 거기서 전화번호를 찾아냈다.

"스마트폰은 폭주했어도, 유선은 연결될 거야."

거실장 위의 전화기로 병원 전화번호를 눌렀다.

"그거 약국 번호 아니에요?"

"아니야. 전에 작가님이 향정신성의약품은 병원에서 조제해 준다고 그랬어. 아! 연결됐다. 여보세요?"

— 네, 이심오 정신건강의학…….

"우리 작가님이 쓰러지셨어요! 아, 그러니까……, 나영원이라고, 거기 다니는 환자인데……."

— 아, 쓰러지셨다면 119를 부르…….

"지금 119를 어떻게 불러요! 댁들은 뉴스도 안 보세요? 우리 작가님 거기 환자라고요! 오늘 사고 현장에 계셨다고요!"

— 그렇게 말씀하셔도……. 아! 잠시만요.

전화기 너머에서 자기들끼리 수군거리는 소리가 들렸다. 그러다가 다시 차분한 남자 목소리가 들렸다.

— 전화 바꿨습니다. 이심오입니다.

"의사 선생님? 나영원, 그러니까 나이가……."

— 나영원 환자 압니다. 현재 상태가 어떻죠?

"실신하셨어요. 오늘 그 뭐냐, 노출치료인가 하신다고 나가셨다가. 지하철요, 그거 타시겠다고. 그런데 사고 현장에 계셨나 봐요. 사고를 당하신 건 아니고요. 저도 자세하게는 모르겠는데, 몰골이……."

— 지금 당장 모시고 올 수 있나요?

"네? 가도 되나요? 갈게요! 어, 어떻게 모시고 가지?"

경민이 옆에서 말했다.

"제가 업고 갈 수 있어요!"

"지금 가겠습니다! 감사합니다!"

— 기다리고 있겠습니다.

전화를 끊자마자 민아가 소리쳤다.

"목소리 짱 멋있어! 엄청 친절하고. 아! 우리 나가야지."

경민이 영원을 업고 나가자, 민아는 열쇠를 비롯하여 이것저 것 챙겨서 뒤를 따랐다. 마음이 급했지만, 경민이 힘들어했기에 마음만큼 빨리 걷지는 못했다.

서포터 사자들이 형성하고 있는 원 가운데로 망자들이 순식간에 나타났다. 수십 명이 아니었다. 그보다 훨씬 많은 200명이 넘는 숫자였다. 마지막으로 이들 한가운데에 갑1이 나타났다.

"총 221명 입국 완료."

갑1의 보고가 끝나자마자, 게이트 앞에서 대기 중이던 일직들이 6인용 캡슐 세 대에 동시에 올라탔다. 만석이었다. 아직은 부상자이지만, 이제 곧 사망자가 될 망자를 데리러 가는 거였다. 서포터 사자들은 망자의 손목에 있는 팔찌에서 염라부명장 번호를 일일이 확인했다. 그런 후, 임시 수용소에 차례대로 안내했다. 갑1은 대열에서 벗어나 패스트트랙 유리문을 지나왔다. 그의 걸음이 바빴다. 청장이 다가와서 말했다.

"사고 전에 무슨 일이 있었던 거야?"

"넌 여기 남아서 인원 체크 완료되면 나한테 알려 줘. 이따가 얘기해."

이어셋에 센터장의 고함 소리가 들렸다.

― 갑1 사자! 나 지금 정신없으니까 이따가 얘기하자! 대체 왜 그 긴박한 상황에서 좌표를 이탈했는지.

"나야말로 얘기하고 싶다, 이따가. 흥신소 대기해 뒀지?"

― 가 봐.

갑1이 이어셋을 벗어 들더니 장비 지급소에 던지듯이 넣었다. 그리고 범백은 둥실 띄워서 임시 보관소로 넣었다. 그의 걸음은 곧장 흥신소를 향했다. 갑1이 흥신소 문을 열고 들어가자마자 말했다.

"이승으로!"

책상 앞에 앉아 있던 갑21이 놀라서 일어났다.

"갑1 오빠, 또 보네? 근데 왜?"

"이승의 CCTV에 찍혔을 거야."

"어떤 장면이?"

"인간이 절대 보면 안 되는 장면. 가, 어서!"

공간이 변하기 시작했다. 그리고 이들은 이승의 사무실에 도착했다.

"좌표 SH26 근처 지하철역."

갑21이 두 대의 모니터를 번갈아 보면서 지하철 CCTV들을 뒤졌다. 화질은 떨어져도 정확하게는 보였다. 그녀가 소리쳤다.

"오, 마이 갓! 공간 이동? 이거 왜 했어?"

갑1이 책상 쪽으로 가서 갑21이 가리키는 모니터를 확인했다. 화면에 출발하는 지하철이 보였고, 아무것도 없던 자리에 갑자기 여자를 안고 나타난 남자가 보였다. 그리고 남자는 곧바로 사라졌다.

"맞군. 여기서 나를 지워."

"통째로 지우면 되지?"

"함부로 지우는 건 이승의 일에 관여한 게 돼. 나만 지워."

"여자는? 오빠만 지우면 이상하잖아. 아니, 잠깐! 이거 사고 현장 근처지? 요즘은 곳곳에 CCTV가 있어서 망자 데리러 가서는 유체화 안 하는 게 상식 아니야? 바로 경찰들이 뒤져 볼……, 악! 이거 엄청 급한 거잖아!"

"그러니까 긴급으로 대기시켰잖아. 지금 해."

"못 해! 내가 말했잖아, 야매라고! 통째로 지우는 거 아니면 난 못 해. 오빠만 지운다고 쳐. 이 여자는 어떻게 할 건데? 갑자기 나타나는 건 오빠나 이 여자나 똑같다고."

갑1이 한쪽 눈썹을 찡그렸다. 갑21이 그의 지시를 알아챘다.

"설마, 여자가 지하철에서 혼자 내리는 동영상을 만들라는? 오, 노! 무리!"

"방법 생각해 봐."

"인간들은 이럴 때 머리 팍팍 돌아가는데……."

"평소엔 일을 어떻게 하지?"

"당연히 우리 시스템 쪽 직원이……. 아, 있다! 이거 할 수 있는 애가 저승에 있어. 하하하, 난 또 나보고 하라는 줄."

갑21이 파일을 저장한 후, 임시로 화면 방해 전파를 넣어 놓았다. 그리고 저승으로 돌아왔다. 오자마자 메일로 파일을 전송하고 통화를 했다.

"이거, 여자가 혼자서 내리는 동영상으로 만들어 줘. 바로 되지? 응응, 그렇게 하면 돼. 빨리."

갑21이 전화를 끊고 한숨을 내쉬었다.

"바로 된대. 휴! 그나저나 걱정이야. 지금 애도 곧 환생하거든. 절대로 저승에 안 남을 거래. 조금만 더 있다가 가라고 해도 싫대. 인간 영혼들은 이승에 꿀을 발라 놨나? 왜 다들 그 고통스러운 곳으로 돌아가려고 애를 쓰는 거지? 인간들은 알다가도 모를……. 아! 자, 자, 잠깐! 갑1 오빠, 이거 뭐 한 거야? 인간 여자를 왜 옮겼어? 설마 살린 거야? 미쳤어?"

"살린 게 아니고 죽일 뻔한 거다."

"대체 무슨 말……."

갑21이 잠시 말을 멈추고 모니터를 보았다. 그녀의 눈이 커졌다.

"나영원? 이 여자 나영원이잖아. 무의 눈! 또 만났어?"

"우연히 마주쳤다."

"뭐가 어찌 되었든, 이게 누구든, 우린 죽이는 것도 살리는 것도 하면 안 되잖아."

"죽인 것도 아니고 살린 것도 아니야. 플러스마이너스 제로."

"무슨 말이야, 그게?"

"나도 모르겠다."

갑1도 혼란스러웠다. 순간적으로 생각이 아니라 몸이 먼저 움직였다. 본능처럼. 몸이 움직이고 나서야 영원을 살려야 한다는 생각이 들었다. 이것은 상당히 이상한 순서다.

메일 들어오는 소리가 들렸다. 갑21이 대화를 멈추고 수정된 동영상을 확인했다. 갑1도 확인했다. 영원이 지하철에서 내려서 몸을 돌려 지하철 방향을 보고 서 있는 장면까지였다. 갑1은 흔적도 없이 사라졌는데, 혼자 남은 영원의 행동은 자연스러웠다. 내린 후 화면이 요동치기 직전까지 왜 가만히 서 있었는지는 인간들이 알아서 생각할 문제다. 팩트와 팩트 사이의 간극을 상상으로 메워서 완성하는 건 인간들이 더 잘한다.

"됐지? 이승으로 넘어갈게."

공간은 다시 이승으로 넘어갔다. 수정된, 더 정확하게는 조작된 영상이 원래의 영상 위에 덧입혀졌다.

"휴! 급한 불은 대충 껐다. 갑1 오빠, 이제 더 없지? 이 여자한테 설명은 해 줬어?"

"무슨 설명?"

"상황에 대한 설명. 뭐, 무의 눈이니 어련히 알아서 생각하겠냐만."

"나도 뭐가 뭔지 모르겠는데 설명은……. 아니, 지금은 염라국으로 돌아가는 게 더 급하다. 그쪽도 아직 정리가 안 됐다."

다시 저승으로 돌아왔다. 이제 이승에 갈 일은 없었다. 갑1이 스마트폰을 컸다. 바로 청장과 이어졌다.

— 갑1 사자, 여기 전원 체크 완료. 오류 하나 없이 완벽해.

"가장 큰 오류가 있다. 지금 네 방으로 간다."

갑1이 고갯짓으로 인사를 하고 사무실을 나갔다. 갑21은 닫힌 문을 물끄러미 보다가, 책상 위의 전화기를 들면서 중얼거렸다.

"갑1 사자에게 이상이 생기면 보고하랬지?"

하지만 '의정부'라고 적힌 버튼 위에서 손가락이 멈췄다.

"근데 무슨 이상을 보고하라는 거였지? 이 오빠 평소에도 이상하지 않았던 적이 없었던 것 같은데. 음…….."

갑21은 미련 없이 전화기를 다시 내려놓았다. 그리고 경쾌하게 말했다.

"이번은 이상할 게 하나도 없어. 법의관 오빠에 비하면 이상한 축에도 못 끼지. 또 쓸데없이 연락했다고 윗분들 화내실라."

갑21은 시스템과 관련해서 이것저것 조르는 바람에 윗분들한테 찍힌 상태였다. 아직도 조를 것이 무궁무진하게 남아 있기에 이런 사소한 걸로 연락하는 건 마이너스라고 판단했다.

2

이제 계단만 남았다. 병원까지 업고 오느라 힘들어 죽는 줄 알았다.

"경민아, 다 왔어. 조금만 더 힘내."

"다, 다리가 더는 안 떨어져요."

지치기도 했지만 계단에 겁을 먹은 것이다. 여긴 까마득한 에베레스트산이었다. 경민이 겨우 한 계단을 오르는데 위에서 누군가 내려왔다. 하얀 가운을 입은 남자였다.

"나영원 씨?"

가슴 포켓에 이심오라는 글자가 있었다.

"네, 맞아요!"

그는 빠르게 내려와 경민이 짊어지고 있는 영원을 받아서 안았다.

"제가 안고 가겠습니다. 지친 것 같은데, 천천히 올라오세요."

그러고는 공주님 안기를 하고 먼저 계단을 올라갔다. 경민이 홀가분한 몸이 되어 말했다.

"선배, 저 방금 천사를 봤어요. 백의의 천사."

"너는 천사를 봤니? 나는 왕자님을 봤다. 방금 봤지? 작가님을 깃털같이 가볍게 공주님 안기 하고 올라가는 거."

경민이 구부정한 허리를 겨우 펴면서 대꾸했다.

"깃털은 절대 아니에요. 업고 온 제가 알아요."

민아가 그의 뒤통수를 툭 치고 계단을 올라가면서 말했다.

"공주님 안기가 설렜다고, 인마! 깃털이 포인트가 아니잖아."

경민도 따라 올라가면서 말했다.

"듣던 대로, 아니, 우리 작가님의 영혼 없는 잘생겼단 말이 미안할 정도로 잘생기셨네요."

"그치? 난 정말 작가님 이해 안 간다. 나 같으면 이 병원 매일 올 텐데. 작가님의 연애 세포가 다 죽어서 그래. 망할 놈의 연애 박멸 바이러스."

둘이 병원에 힘겹게 들어섰을 때는 심오가 병실에서 나오고 있는 중이었다. 민아가 물었다.

"작가……, 아니, 나영원 환자는요?"

"당장은 걱정 안 하셔도 됩니다. 신체에는 이상이 없어요. 혹시 몰라서 간호사가 지금 채혈을 하고 있습니다. 노출치료 나갔었다면 복용한 약은 없는 것으로 생각되니, 항불안제도 투여할 거고요. 특별한 부상은 없어도 환자 특성상 재외상의 염려가 높아서……."

"재외상이요?"

"정확한 건 환자가 깨어나 봐야 알겠지만, 걱정은 좀 되네요. 그보다 두 분, 환자와 관련해서 저와 얘기 좀 할 수 있을까요?"

"물론이지요! 얼마든지요."

"그럼 잠시 기다려 주시겠습니까? 진료가 좀 밀려서……."

민아는 묘한 기분에 휩싸였다. 그래서 적당히 대답했다.

"아, 네. 우린 어차피 작가님 기다려야 하니까……."

심오가 진료실로 들어가려는데, 병원으로 아주머니 한 분이 들이닥쳤다. 그녀는 의사를 발견하곤 곧장 달려와 매달렸다.

"원장님, 약 좀 주세요! 미칠 것 같아요. 한동안 괜찮았는데, 뉴스가 온통 사고뿐이야. 그것도 이 근처야. 내가 수없이 다니던 길에서 사람들이 어마어마하게 죽었어."

"진정하시고, 괜찮습니다. 환자분은 지금 안전한 곳에 있습니다. 일단 접수부터 하시고 순서 대기해 주세요. 진료실에서 뵙겠습니다."

아주머니는 부랴부랴 카운터에서 접수를 했다. 민아는 그것을 보고 접수를 하지 않은 것을 깨달았다. 아주머니가 대기실에 앉았다가 일어서 정수기의 물을 마셨다. 그러고도 진정되지 않는지 자신의 가슴을 토닥거렸다. 그리고 보니 대기실에 환자가 두 명 더 있었다. 그중 한 명이 진료실로 들어갔다. 민아는 대기실을 훑어보면서 카운터로 갔다.

"나영원 환자도 접수해야 하는데요."

"여기 도착하시기 전에 원장님이 미리 해 뒀습니다. 보호자가 따로 없으시다고요."

민아는 또 들어오는 남자 환자에게 자리를 비켜 주었다. 그도 상당히 불안해 보였다.

"방금 예약하고 왔는데, 지금 바로 진료 되나요?"

"잠시만 기다려 주세요."

민아가 대기실 구석에 앉아 있는 경민의 옆에 앉았다. 경민이 기운 없이 말했다.

"선배, 절망적인 소식이 있는데요."

민아가 멍한 얼굴로 말했다.

"난 희망적인 소식이 있어. 너부터 말해 봐."

"작가님 깨어나실 때까지 우리 집에 못 가요."

"왜?"

"와서 생각해 보니까, 작가님 댁은 작가님 지문이 없으면 못 들어가요. 펜타곤 요새잖아요."

"앗! 깜박했다. 큰일인데?"

"희망적인 소식은 뭔데요?"

"그보다 앞서 너의 의견을 물으마. 남자들 눈에 우리 작가님 어때? 예뻐? 아님, 매력적인 부분 있어?"

"고용주 험담 타임인가요?"

"야! 난 진지해."

"음……, 생얼은 예쁜 편이죠. 나이를 감안하면요. 화장하고 꾸미신 건 본 적이 없어서 모르겠지만, 연봉 센 메이크업 아티

스트와 스타일리스트가 붙으면 드라마틱한 변신이 가능할 것
도 같아요. 그런데 갑자기 왜 물어요?"

"내가 오늘 여기서 왕자님에 이어 그린라이트도 본 거 같
아서."

"에? 또 시작이네. 스토리는 연습장에다 쓰세요."

민아가 경민의 뒤통수를 잡고 밑으로 바짝 낮췄다. 그러고는
겨우 들릴 듯한 소리로 말했다.

"지금 여기 대기실을 봐. 대기 환자 분명 있지? 우리 들어올
때도 두 명이 앉아 있었어."

"그게 왜요?"

"어떤 의사가 대기 환자들 기다리게 두면서 아래층까지 다른
환자 데리러 내려가겠어? 접수도 미리 해 놓고 기다리고. 내가
전화했을 때도 이름만 듣고 작가님인 거 딱 알더라. 그리고 분
명히 미혼이야."

"그건 또 어떻게 아세요?"

"손가락에 반지가 없었어."

"그건 또 언제 봤어요?"

"작가님 안을 때. 듣던 거와 다르게 장갑도 안 꼈던데?"

"결혼해도 반지 안 낄 수 있죠."

"아니야. 이런 일 할수록 없는 반지도 일부러 낀다더라. 게
다가 저기 카운터 직원 표정, 눈에 하트가 있더라니까."

"저런 얼굴이면 유부남이라도 하트 나와요. 남자인 내 눈에
도 좀 전에 계단 내려올 때 원장님 등 뒤로 순백의 천사 날개가

보이더구먼. 그리고 저런 남자가 아직 결혼 안 했다면 게이일 확률이 더 높죠."

"내기할래? 미혼인지 아닌지. 그린라이트인지 아닌지."

"해요! 만약 기혼자에 레드라이트면 뭐 줄 건데요?"

"스타벅스 기프티콘."

"고작? 자신 없나 보네."

"그럼……, 얼마 전에 내 소장품 중에서 네가 갖고 싶다고 했던 한정판 피규어."

"진짜요? 콜! 무르기 없기. 그럼 전 건담 프리미엄 프라모델 한정판. 박스 테이핑해 놓은 거 그대로."

"콜! 그런데 그 정도로 자신 있어? 우리 작가님 영 아니야?"

경민이 미안한지 어깨를 소심하게 으쓱했다. 목소리는 더욱 작아졌다.

"아무래도……, 정신장애 있는 사람은 좀 꺼려지죠. 현실은 그래요. 선배야말로 그만큼 자신 있어요?"

"네가 그렇게 말하니까 자신감이 뚝 떨어진다. 작가님이 다른 환자들보다 심한 편이라 신경 쓴 것일 수도 있는데……."

"작가님한테 좀 죄송해서, 전 원장님이 기혼인 쪽에 더 포커스를 맞춘 거라고 하죠."

"그래도 할래. 난 작가님이 조금은 더 행복해지셨음 하거든. 그 소원을 빌어 볼까 싶어. 나의 피규어를 제물로. 작가님의 정신병에는 사랑이 좋은 치료제가 될 거야."

"사랑은 정신병이랬는데요, 작가님이."

"하! 그게 순정만화가 입에서 나올 소리는 아니지. 당장은 진료실 책상 위에 가족사진이 있는지가 중요…….”

갑자기 입원실 쪽에서 시끄러운 소리가 들렸다. 여자의 비명 소리였다. 영원의 소리 같았다. 간호사가 달려와서 진료실을 두드렸다.

"원장님! 빨리 나와 보세요. 환자분이…….”

진료를 보던 심오가 달려 나와 곧장 영원에게로 갔다. 민아와 경민도 뒤따라갔다.

"내 몸이, 내 몸이 불타고 있어. 아악! 살려 줘! 사람들이 불을……. 꺼야 해. 아아악!”

병실 안에서 자신의 몸을 때리며 날뛰고 있는 건 분명 영원이었다. 민아와 경민은 병실 밖에서 얼어붙었다. 병실 안은 영원을 덮친 공포로 가득했다. 정신장애, 특히 악몽으로 괴로워하는 건 알고 있었지만, 이런 모습은 처음 보는 거였다. 둘에게는 충격적인 장면이었다. 민아는 울음을 터뜨렸다. 심오가 몸부림치는 영원을 더 이상 날뛰지 못하도록 끌어안았다. 날뛰면 날뛸수록 그의 팔에는 더 힘이 들어갔다. 간호사가 물었다.

"이대로 두면 환자분 다칠 텐데, 묶을까요?”

"이불!”

간호사가 침대 위에 있던 얇은 이불을 주었다. 심오는 그걸로 영원의 몸을 감싸고 다시 끌어안았다.

"어떻게 된 거죠?”

"처방해 주신 대로 주사 처치까지는 했어요. 주무시는 줄 알았는데 갑자기……. 끈 가지고 올까요?"

"주사 처치했으면 곧 잠잠해질 겁니다. 이대로 잠시만 있으면 돼요."

영원을 끌어안은 심오를 보며 민아는 더 큰 울음을 터뜨렸다.

"으어엉! 이건 그린라이……, 읍!"

경민이 얼른 입을 틀어막았다. 끈으로 영원의 몸부림을 막는 게 아니라 민아의 입을 막고 싶었다. 영원은 몸에서 점점 힘이 빠지더니, 깊은 잠에 빠진 것처럼 축 늘어졌다. 약 기운이 퍼진 듯했다. 심오가 조심스럽게 영원을 침대에 눕혔고, 간호사는 옆에서 거들었다. 심오가 작은 소리로 말했다.

"이 환자는 손으로 꾸준히 일을 하시는 분입니다. 묶었다가 자칫 다치기라도 하면 일을 못 하게 되고, 그럼 정신장애는 더 악화될 수 있어요."

"예."

심오가 돌아보면서 말했다.

"두 분이 옆에 좀 계셔 주세요. 저도 진료 마저 보고 올 테니까. 두 분도 진정하시고, 여자분은 그만 우세요. 괜찮습니다."

심오와 간호사가 병실을 나갔다. 민아가 눈물을 닦아 가면서 말했다.

"이렇게 심하신 줄 몰랐어. 2년이나 같이 있었는데, 전혀. 그래서 손등과 팔을 그렇게……, 으엉. 이 와중에 그린라이트라서 기쁜 나는 뭐니? 미친년 같아."

"그린라이트 아니래도. 병 악화 안 되도록 예방하는 거라잖아요."

"그래도……, 의사 샘은 잘 만났어, 그치? 아, 난 작가님 얼굴 좀 닦아 드려야겠다. 물수건 만들어 올게."

경민이 영원의 이불을 매만져 주었다.

"대체 어떤 악몽들을 꾸시는 거지? 몸이 불타는 꿈이라니, 꿈이라도 너무 끔찍하다. 꿈을 안 꾸는 건 축복이었구나."

"그 뜻은 그러니까, 나영원이란 인간한테 염라부명장이 생성되지 않았다는 거야?"

— 다시 한번 설명해 볼래? 도통 뭔 말인지 이해가 안 간다.

청장도, 바빠서 스피커폰으로만 참여한 센터장도 똑같은 질문을 반복하고 있었다. 갑1도 똑같은 말을 되풀이했다.

"실수건 아니건, 어찌 되었건 지하철에서 내리지 않은 건 나영원이지?"

"그렇지. 그런 셈이지. 거기까진 이해했어."

"옥황국의 공과격功過格에 기록되는 건 나영원의 행동으로 인한 결과다. 무의 눈이 기능으로 탑재된 인간이라면 그것조차 필연으로 감안하여 계산했겠지. 그럼 내가 이승으로 내려가기 전에, 다른 망자들과 함께 염라부명장이 나왔어야 한다."

"무의 눈이라면 그게 맞지."

"백번 양보해서, 관리대장에 명단이 없는 걸로 보아, 공과격에도 이 부분이 감안이 안 되었다고 치자. 지금까지 옥황국의 공과격에 사망이 기록되고, 우리 쪽으로 이전되어 염라부명장으로 생성, 발급되기까지의 오차 범위는 3초 내외. 나영원이 지하철에서 못 내렸을 때와 내가 센터장에게 명단 확인했을 때의 간극은 5초 이상. 그때라도 염라부명장은 생성되었어야 한다는 거다. 죽고 난 뒤에 생성되는 염라부명장은 없으니까."

"그렇지. 그러면 우리가 데리러 갈 수조차 없게 되니까, 그런 일은 있을 수 없지."

— 네가 살려 줄 걸 예지하고 생성이 안 되었을 가능성은?

"배제는 못 한다. 하지만 내가 살려 준 건 염라부명장이 없었기 때문이다. 있었다면 얘기가 달라졌겠지. 닭이 먼저냐 달걀이 먼저냐의 문제야."

염라부명장이 생성되었다면 정말 살려 주지 않았을까? 갑1은 자신 있게 대답할 수가 없었다. 그때 모든 문제를 짓뭉개고 살리려고 했다. 그의 의지 같지는 않았다. 자신이 아닌 또 다른 어떤 존재가 움직인 느낌이었다. 그렇다면 염라부명장이 생성되지 않은 게 당연한 건가?

"아……, 난 여전히 무슨 말인지 모르겠다. 이런 말도 안 되는 경우는 처음이라."

청장은 우울증이 점점 깊어지고 있는 단계였다. 그래서인지 머리도 깊은 물속에 빠진 것처럼 잘 돌아가지 않았다. 머리를 쓰려고 할수록, 그런데 머리가 잘 돌아가지 않을수록 마음은 더 침울해져 갔다.

— 염라부명장이 없는 상태에서 갑1 사자가 그 인간을 살리지 않았다면 어떻게 되는 거지?

"그건 더 심각한 거 아닌가? 산 자의 목숨을 우리가 인위적으로 빼앗은……, 게 되나? 와! 그렇게 따지면 진짜 큰일 날 뻔했구나. 갑1 사자의 말대로 플러스마이너스 제로. 예정된 명단보다 더 죽지도 않았고, 덜 죽지도 않았어. 아무 일도 없었던 거야."

— 만약에 문제가 있었다면 옥황국의 공과격 시스템 쪽이겠지? 현재로썬 그쪽의 오류일 가능성이 커 보인다.

"그런데 우리 지금 인간들처럼 생각하고 있어. 우리도 이게 되는구나."

— 우리가 되는 게 아니고 갑1 사자가 되는 거야. 우리는 지금 이해도 못 하고 있잖아.

인간과 월직의 또 다른 차이점은 기억하는 방법이었다. 인간은 기억력이 좋지 않다. 월직에 비하면 그렇다는 뜻이다. 인간의 기억이 여러 장 소실된 사진과 같다면, 월직의 기억은 선명한 동영상과 같다. 그래서 인간은 사진과 사진 사이의 내용을 상상으로 연결해서 기억화한다. 이 과정에서 수많은 오류가 생기게 되는 문제점이 있다. 염라국에서 인간의 죄를 심판할 때 기억은 폐기시키고, 오직 옥황국에서 넘겨주는 공과격, 즉 선악의 대차대조표만으로 판단하는 것도 이러한 이유에서다.

이에 반해 월직은 거의 완벽한 기억을 하기 때문에 굳이 상상으로 중간을 메우지 않는다. 그래서 이들은 상상력, 창의력이 덜 진화되었다. 염라국의 모든 제도와 기술도 이승에서 훔쳐 온 것들이다. 글자도 마찬가지다. 스스로 만들어 낸 것은 거의 없다. 이렇다 보니, 돌발 상황이 발생했을 때 이들은 당황하고 벽을 만난 듯 막막해한다. 상상력과 창의력이 부족하다는 건 추리력도 부족하다는 걸 의미하니까.

— 그럼 옥황국의 관리대장에 나영원이란 이름이 올라갔는지 확인만 하면 되나?

"정리가 된 건가? 끝?"

갑1은 대답할 수가 없었다. 이들은 여기까지가 한계였다. 아니, 한계를 넘어선 회의였다. 100년 동안 쓸 머리를 오늘 회의에 다 때려 넣은 듯했다. 이젠 더 이상 문제가 발생하지 않기를 빌어야 한다.

— 옥황국 쪽에서 연락 온 건 없나?

청장이 스마트폰을 뒤졌다.

"어? 메일이 들어온 게 있었다. 정신없어서 몰랐네."

"그쪽도 이번 문제를 감지한 건가?"

"사고 발생 전에 도착한 메일인데? 잠시만……. 스마트폰으로는 엑박만 뜬다. 록 걸었나 본데?"

— 관리대장에 이름 올렸다는 답신 아니야? 근데 록을 왜 걸어?

청장이 소파에서 일어나 자신의 책상으로 갔다. 그리고 전용 PC로 접속했다. 거기서는 청장인증서로 메일이 열렸다.

"음……, 옥황국의 공과격 기록부에서 보낸 회담 요청 메일이다. 안건은 이전에 문의했던 나영원. 응? 산국의 점지부 대표도 참석한다는데? 뭐지?"

삼신할미라고 친근하게 불리는 삼신제석이 수장으로 있는 산국, 옥황상제가 수장으로 있는 옥황국, 염라대왕이 수장으로 있는 염라국. 각각 인간의 남, 삶, 죽음을 관장하는 곳이다. 이 삼국의 대표가 모여 한 인간에 대해 회의를 하자고 요청한 것이다. 정상급들의 회담이 아니라, 비록 그 아래 관청 대표들의 작은 회담이지만, 흔한 경우는 아니다. 그렇다고 생소한 일도 아니다.

— 관리대장 책임 소재 가리는 거겠지. 이번 사고도 문제 삼을 수 있겠다.

"누가 나가지?"

당연히 청장이 나가는 게 맞다. 지금은 사자청이지만 이전 명칭은 사자부府였다. 동급 관청인 셈이다. 그런데 삼국은 서로서로 사이가 좋지 않은 관계로 상대국에 방문하는 일이 거의 없다. 정상급 회담이 아니고서는 여러 절차상의 문제로 이승에서 만나는 게 관례다. 이승기피증이 있는 청장이 갈 수 없는 곳이다.

"하아! 어쩌지? 거절할까? 별문제도 아닌데 메일로 끝내자고 할까?"

갑1이 말했다.

"내가 가마."

— 네가? 굳이 그럴 필요는 없지 않나?

"그럼 네가 갈래?"

센터장도 이승기피증이다. 그래서 조용해졌다.

"나영원 문제를 알고 있는 우리 셋 중에 이승에 갈 수 있는 건 나뿐이다. 내가 갈 수밖에."

"넌 쉬어야지."

"망자 인도하는 일도 아니잖아. 여차하면 흥신소 이용하마. 약속 잡아."

— ……미안하다.

청장은 미안하다는 말을 삼킨 채 고개를 숙였다. 우울감이 생겨나기 시작하면서부터, 휴가 가기 직전까지는 짐이 되지 않으려고 애를 썼는데, 결국 또 제 역할을 하지 못한다는 생각에 자괴감이 밀려왔다. 그것이 그를 더 우울하게 했다. 갑1이 일어나 청장실을 나가면서 말했다.

"내가 발견한 인간이잖아. 두 번, 아니, 세 번씩이나. 내가 가고 싶어서 가는 거다."

진심이었다. 하지만 둘은 위로의 말로 이해했다. 센터장의 스피커폰은 마지막 말을 남기고 꺼졌다.

— 갑1 사자, 옥황국은 특히 조심해라. 그가 찾는 영혼, 아직까지는 우리한테 있다.

진료실에 앉은 영원은 몽롱했다. 약 기운에 취한 상태였다.

"가야 해요. 애들 집에 보내 줘야 해서……."

심오는 이전과 다름없이 책상 앞에 앉아 모니터의 차트를 보면서 말했다.

"오늘 힘든 일 많았던 거 압니다. 그래도 잠깐이라도 진료받는 게 더 좋을 겁니다."

"가야 하는데……."

"오늘 노출치료 나갔었다고요? 3단계던데, 2단계도 클리어했습니까? 어땠었나요?"

"모르겠어요. 집에 가고 싶어요. 일해야 하는데……."

심오는 차분하고 끈질기게 영원을 놓아주지 않았다.

"악몽을 꾸시던데, 어떤 꿈이었죠?"

"제가 시체가 되는 꿈이요. 생각하기 싫어요."

"어떤 식으로 시체가 되나요? 나영원 씨는 지금껏 한 번도 꿈에 대해 구체적으로 얘기하신 적이 없습니다. 그저 시체를 본다, 시체가 된다, 이렇게만 말해 왔습니다. 그런데 오늘 영원 씨를 보고 알고 싶어졌습니다. 언제나 불에 타는 꿈을 꾸나요?"

그제야 영원은 심오를 쳐다보았다. 오늘 처음으로 눈을 마주친 거였다.

"비행기 사고 때, 불에 타는 시신을 봤어요. 그게 꿈에서 1인칭 시점으로 나타났나 봐요. 오늘 지하철 폭……, 사고로 그때의 기억이……."

폭발이라는 단어를 회피했다. 오늘 사고를 기억에서 거부하기 시작한 것으로 보였다.

"그 부분을 더 자세하게 말씀해 보세요."

영원은 입을 다물었다. 이젠 어떤 대화도 하고 싶지 않았다. 오늘따라 원장님이 짜증 났다. 왜 이리 끈질긴 거지?

"저를 다그치지 말아 주세요."

"다그치는 게 아닙니다. 조금이라도 말하면 편해지실 겁니다."

"싫어요. 편해지면 안 돼요. 저는 그래서는 안 돼요. 잊어버리면 안 되거든요. 부모님을 죽인 건 바로 나라는 걸……."

지금 무슨 말을 하고 있는 거지? 약 때문인가? 입에서 제멋대로 말이 술술 나왔다.

"부모님은 비행기 사고로 돌아가신 겁니다. 영원 씨가 비행기를 추락시켰나요?"

"저 때문에 탔어요! 제가 자꾸……, 자꾸……. 한 인간의 죽음에는 여러 요인이 있어요. 많은 우연이 얽히고 얽혀 죽음에 이르러요. 가장 큰 원인은 물론 비행기 추락이겠죠. 하지만 여기에는 그 비행기에 타게 했던 저의 원인도 없다고는 못 해요. 그게 죽음에 이르게 하는 비율 중에 단 1%의 원인 제공이었다고 해도, 전 저를 용서할 수가 없는 거예요. 부모님을 비행기에 태워 놓고 혼자 살아남은 제가……. 그런데 저 자신이 더 싫은 건 그래도 전 살아가요. 살아서 다행이라 여기면서 계속 살고 싶어 해요. 꾸역꾸역 약을 처먹어 가면서. 오늘 사고만 해도 그래요. 그렇게 많은 사람이 죽었는데, 저는 또다시 생각했어요. 살아서……, 다행이라고. 나와 함께 타고 있었던 사람들이었는데……, 나만 살아남아 놓고선, 그런 생각을 하는 제가 경멸스러워서 견딜 수가 없어요."

살아남은 자의 죄의식. 전형적인 외상 후 스트레스장애의 증상이다. 다른 사람들이 죽어서 기쁘다는 감정이 아니다. 나만 살아서 다행이라는 감정도 아니다. 내가 살아서 다행이라는 감정일 뿐이다. 인간은 이 단순한 감정도 구분하지 못하고 괴로워한다. 삶의 욕구, 죽음으로부터의 도망은 인간의 자연스러운 본능인데, 그런 감정마저 자신을 책망하며 스스로 영혼을 갉아먹는다. 단순한 재외상을 넘어섰다. 이건 상당히 골치 아프다. 보통의 인간이 한 번 당하기도 힘든 큰 외상을 두 번이나 경험한 인간이라니.

"영원 씨의 부모님도 영원 씨가 행복하게 살기를……."

"거짓말! 왜 다들 그런 뻔한 말을 하는 거죠? 원장님이 돌아가신 우리 부모님과 얘기 나눠 봤어요? 그분들도 살고 싶었을 거예요. 하고 싶은 일도 많았고, 해야 할 일도 많았어요. 꿈도 많았다고요. 그런데도 돌아가셨어요. 그분들도 어떻게 제가 원망스럽지 않겠어요. 만약에 정말 제가 행복하길 바랐다면 한 번쯤은 귀신으로라도 나타나서 위로해 줬겠죠. 괜찮다며 다독여 주기라도 했겠죠. 이승으로 다시 오기 힘들다면, 돌아가셨던 그날, 나를 버리고 갔던 그날, 나에게 따스한 인사말이라도 건네주었어야 해요. 차갑게 가 버리지 않았어야 해요."

"영원 씨는 부모님이 돌아가셨다는 사실을 자신이 버림받았다는 감정으로 인식하고 있나요? 불가항력적인 사고였을 뿐인데?"

보았으니까. 그날 차갑게 가 버리던 부모님의 영혼을 보았으니까. 약 기운에 취해 너무 많은 말을 하고 있었다. 영원은 더 이상 얘기하고 싶지 않았다. 해서는 안 될 말까지 튀어나올 것 같았다. 환영을 본 사실은 말해선 안 된다. 그럼 현재 외상 후 스트레스장애인 진단명이 다른 것으로 바뀔지도 모른다. 심오도 입을 앙다문 그녀를 보고 더 이상의 진료는 어렵다고 판단했다. 환자에게 스트레스가 될 확률이 높았다.

"저는 오늘에야 비로소 영원 씨와 대화를 한 것 같군요. 영원 씨는 지금껏 제게 약만 받으러 왔었죠. 어떤 얘기도 건성으로 하고. 오늘 처음으로 듣는 얘기들이 많았습니다. 이만 가서 쉬세요. 하지만 꼭 다시 오셔야 합니다. 꼭! 다음에는 노출치료 성공과 관련한 대화를 나눠 보도록 하죠. 훨씬 즐거운 대화가 될 겁니다."

영원이 일어섰다. 심오도 따라서 일어서면서 말했다.

"그런데 영원 씨 어시스턴트분들과 잠깐 얘기 나눠 봤는데……."

깜짝 놀란 영원이 나가다가 말고 돌아보았다.

"걔들이 뭐라던가요? 쓸데없는 말 한 건 아니죠?"

"경계하실 거 없어요. 영원 씨에 대한 자랑만 들었으니까."

사실이었다. 심오는 오늘 엄청난 강적을 만났다. 바로 민아였다. 민아가 흥분하여 어떻게든 영원을 좋게 포장해서 말하는 바람에 제대로 된 상담이 이뤄지지 못했다. 이쪽에서 질문을 해야 하는데 도리어 쓸데없는 질문만 많이 받았다. 대답할 이유조차 알 수 없는 사적인 내용이었다. 그로 인해 심오도 많이 지쳤다.

"대단히 실력 좋은 만화가시라는 거, 전 오늘 처음 알았습니다. 유명하시다고요?"

영원은 부끄러움으로 인해 기어들어 가는 목소리가 되었다.

"우리 바닥은 좁아요. 우리끼리만 서로 조금씩 아는 것뿐이에요."

그러고는 진료실 문을 열고 밖으로 나갔다.

민아와 경민은 모두 퇴근하고 아무도 없는 텅 빈 대기실에 앉아서 영원을 기다리고 있었다. 민아는 들떠 있었고, 경민은 계속해서 잔소리 중이었다.

"작가님에 대한 정보를 왜 그런 말도 안 되는 것만 늘어놓는 거예요!"

"난 없는 말은 안 했어. 마감 펑크 한번 없으니 프로 의식 투철한 것도 맞고, 조회 수와는 상관없이 실력 좋은 것도 맞고, 마니아들 사이에서지만 인기 있는 것도 맞고, 수입도 웬만한 대기업 평균 연봉보다 높은 것도 맞고……."

"그게 작가님 증상과 무슨 상관이라고. 어떻게든 작가님 병에 도움 될 말은 안 하고 쓸데없는 말만 골라서, 쯧. 원장님이 원한 정보는 병에 관한 거였어요."

"아니야, 내심 궁금해했을 수도 있어. 일반 사람들도 웹툰 작가 수입 궁금해하잖아. 근데 진료실에 사진도 없었어. 미혼일 확률 95%."

"정확하지 않아요. 원장님은 대답 전부 피했다고요. 진짜 창피해 죽는 줄."

"내 예감이 틀림없다니까. 봐 봐, 이 텅 빈 병원을. 이 시간까지 작가님을 위해 혼자 남으셨어. 이건 그린라이트야. 빼박!"

"공짜 아니잖아요. 병실 사용료까지 전부 수납했습니다. 작가님 신용카드로, 왕창."

"그건 다른 문제고. 연인끼리도 돈 문제는 확실하게 해야 하거늘."

"하! 곧 죽어도 마이 페이스. 난 절대 만화 하는 여자와는 안 사귄다."

진료실에서 영원과 심오가 나오는 것을 본 민아가 경민의 뒤통수를 툭 때리면서 일어섰다.

"만화 하는 여자들도 너하곤 안 사귀어, 인마!"

영원이 다가오면서 말했다.

"많이 기다렸지? 가자."

"네! 저희보단 원장님이 많이 기다리셨죠, 뭐. 좀 더 이야기 나누시지 왜 금방 나오셨어요?"

영원이 심오를 돌아보았다.

"그러고 보니 진짜 이런 민폐가 없네요. 이 시간까지……."

"괜찮습니다. 어차피 집에 가 봐야 아무도 없는걸요. 물론 친구와의 약속이 캔슬되긴 했지만."

민아가 뒤에서 두 주먹을 불끈 쥐고 외쳤다.

"예스! 건담 다리 한쪽은 확실하게 내 거!"

영원과 심오가 동시에 민아를 쳐다보았다. 민아가 환하게 웃으며 변명했다.

"경민이가 건담 프라모델을 저한테 주고 싶다고 하네요. 하하하, 괜찮다고 하는데도 굳이 준다니까."

심오가 웃으면서 말했다.

"밝은 친구들이군요. 좋은 영향을 받을 수 있겠네요."

"우리 작가님도 평소에는 밝아요. 굉장히 유머러스하시고 속정도 깊으시죠. 사람은 참 진국인데, 이걸 알아보는 남자가 없다니. 약간, 아주 약간 있는 정신장애만 치료되면 세상에 이런 여친도 없……, 읍!"

결국 경민에게 입틀막을 당하고 말았다. 경민이 이를 갈면서 복화술을 했다.

"제발 그만 좀 하세요. 자꾸 이러면 잘되던 커플도 다 깨져요."

민아가 입을 풀고 속닥거렸다.

"너도 그린라이트 같지, 응? 나한테는 그렇게 대답을 빙빙돌리더니, 작가님 앞에서는 혼자 산다고 막 어필해."

"어필 아니잖아요. 누가 봐도 작가님더러 미안해하지 말라고 배려하는 거지. 약속 캔슬된 친구가 여친인지도 모르고."

"아! 물어봐야겠……, 읍!"

민아는 입틀막을 당한 채 경민에게 질질 끌려 나갔다. 영원도 따라서 나가려다가 자신이 신고 있는 슬리퍼를 발견했다. 신발을 신고 오지 않아서 우선 병원 걸로 빌려 신은 거였다.

"슬리퍼……, 빌려주실 수 있나요?"

"일주일 안에 돌려주러 온다면. 남은 게 있을 것 같아서 오늘은 약 처방도 안 했습니다. 약 때문에라도 일주일 안에 내원이 필요하죠?"

"일주일 안……."

"모든 병이 마찬가지지만, 정신장애도 오래 묵힐수록 안 좋습니다. 급성은 빨리 털어야 만성으로 가지 않아요. 오늘 사고는 일주일 내에 오셔서 단기간에 털어 버리도록 합시다."

진료실을 나설 때까지만 해도 여기는 두 번 다시 오고 싶지 않았다. 올 용기가 나지 않았다. 그런데 슬리퍼는 필요했다. 그리고 나와서 이야기를 들어 보니 여러모로 빚을 진 듯하여 마음도 무거워졌다.

"노력해 볼게요."

영원은 인사를 하고 병원을 나갔다. 먼저 나가 있던 민아와 경민에게 말하는 소리가 들렸다.

"택시비 줄 테니까 너넨 짐만 챙겨서 바로 돌아가."

민아의 목소리도 들렸다.

"싫어요. 어떻게 허락받은 외박인데. 전 오늘 작가님 집에서 잘 거예요. 오늘 분량도 다 못 했단 말이에요."

한층 멀어진 경민의 목소리도 들렸다.

"저도 신세 좀 질게요. 차라리 그 택시비로 맛있는 야식 사 먹어요. 저 엄청 배고파요."

"아! 다들 배고프겠다. 미안해서 어쩌니."

"미안하면 야식! 야식!"

"알았어. 뭐 먹고 싶어?"

세 사람의 소리가 완전히 사라졌다. 심오는 병원 문을 잠그고 대기실 불을 껐다. 그리고 진료실로 들어가 불을 끄고 창문 앞에 섰다. 지치는 하루였다. 고개가 절로 저어졌다.

"창작하는 직업군과는 대화하기가 힘들어. 그들의 말은 인간의 언어가 아니야. 한 명도 힘든데 오늘은 세 명씩이나……, 휴!"

아래의 인도로 창작하는 직업군의 세 명이 걸어가고 있었다. 심오는 블라인드 사이로 영원을 지켜보았다.

"돈을 잘 번다고? 그럼 부담 없이 이것저것 검사해 볼 수 있겠군. 이대로 안 오는 건 아니겠지? ……나영원, 넌 나의 귀한 샘플이다. 도망치는 건 곤란해."

3

영원은 TV 앞에서 그만 털썩 주저앉고 말았다. 방금 뉴스에서 보여 준 참고 영상의 한 장면 때문이었다. 비록 모자이크 처리가 되어 있었지만, 지하철에서 내린 건 그녀임이 분명했다. 영상이 다시 나오고 있었다.

— 방금 영상 다시 한번 보실까요? 어제 사고가 난 지하철이 XX역에서 막 출발하는 장면입니다. CCTV 시간을 보세요. 여기서 1분이 지난 후, 이제 폭발 장면입니다. 화면이 심하게 흔들리죠? 그만큼 폭발력이 강했음을 알 수 있습니다. OO역 CCTV도 보실까요? 여기서도 지하철이 출발하는 장면이 있습니다. 이 두 대가 중간에서 지나칠 때 불행히도 폭발이······.

"나와 죽음과의 거리는 고작 1분밖에 되지 않았어."

다시 봐도 화면 속의 그녀는 스스로 지하철에서 내려서 지하철 방향을 향해 가만히 서 있었다. 누가 내려 준 게 아니었다. 분명히, 분명히 제 발로 내렸다. 그렇다면 그건 진짜 환영이었단 말인가. 진짜로 존재하는 남자가 아니란 말인가. 그렇게 생생하게 보였는데, 그렇게 생생하게 들렸는데, 그렇게 생생하게 만져졌는데, 어떻게 그것이 환영일 수가 있고, 환청일 수가 있고, 환촉일 수가 있단 말인가. 영원은 제 손을 보았다.

"내가 분명히 만졌어. 그 남자가 나를 안았었다고! 분명히 그 남자 품 안에 있었는데⋯⋯."

영원은 미친 듯이 일어나 식탁으로 갔다. 약봉지에서 약을 꺼냈다. 그러다가 멈췄다. 그 남자를 다시 만난 건 두 번, 노출 치료 나갔을 때라는 공통점이 있었다. 거기에 한 가지 더, 두 번 다 약을 먹지 않았을 때라는 공통점도 있었다. 약을 안 먹어야 나타나는 남자라니, 정신질환의 일환으로 나타난 남자임을 증명하는 데 이보다 명확한 증거가 또 있을까. 영원은 약을 내려놓았다. 그리고 식탁에서 멀어져 싱크대에 기댔다.

"그 남자가 또 보고 싶어서 안 먹는 게 아니야. 일해야 해서, 약 먹으면 머리가 멍해져서 콘티가 안 나오니까, 그래서 안 먹는 거야. 이번 웹툰 제목이 제대로 안 나온 것도 다 약 때문이야. 그래서야. 그 남자가 보고 싶어서 안 먹는 건 아니라고. 절대 아니야. 난 그 남자가 내가 만든 상상의 인물이라고 인지하고 있어. 그럼 된 거야."

영원은 작업실로 들어갔다. 오늘은 집 전체가 텅 비었다. 어제 수고 끼친 게 미안하기도 하고, 콘티도 제대로 안 되어 있어서 민아와 경민에게는 하루 쉬라고 했다. 오늘까지 콘티는 무슨 일이 있어도 완성하고, 러프까지 마쳐야 한다. 그래야 내일 출근하는 어시스턴트들이 일할 수 있다. 영원은 흐르는 눈물을 닦아 가며 연습장에 칸을 나누고 대화들을 정리했다. 그러면서 홀로 중얼거렸다.

"별의별 정신장애 종합 세트인데, 이젠 하다 하다 조현병까지……."

왜 하필 약속 장소가 이곳 야구장인지는 옥황국의 공과격 기록부 대표를 보고 알 수 있었다. 입은 옷은 이승의 1천 원권 지폐에 있는 하얀색 학창의였지만, 이것과 세트인 복건 대신에 머리에 얹힌 것은 이승의 야구 모자였다.

"이제 곧 정규 시즌 개막이라, 허허허. 오해들 말게. 내가 어느 특정 팀만 응원하고 그러지는 않는다네. 그저 두루두루 지켜보기만 할 뿐, 허허허."

그렇다고 하기에는 전면 중앙에 S 로고가 딱 박힌 파란색 모자는 너무 노골적이었다.

산국의 점지부 대표는 머리털 한 올 삐져나온 데 없이 깔끔하게 올린 머리에 연한 하늘색 스커트 정장을 입고 있었다. 어떻게 보면 깐깐한 시어머니 같아 보였다. 젊은 여성이지만 느낌은 그랬다. 목에 걸린 ARMY 로고가 있는 목걸이만 제외하면 나무랄 데 없는 삼신이었다.

목을 감싼 하이 네크라인 롱코트를 입은 갑1이 개중 제일 소속에 어울리는 이미지였다. 머리카락 색깔만 제외하면 말이다. 선인이 그의 코트 끝을 슬쩍 만져 보면서 말했다.

"염라국의 갑옷 기술은 정말 최강이야. 진짜 인간들 일상복처럼 만들어 놓았군."

염탐으로 짐작한 갑1이 그의 손끝에서 코트 끝을 빼앗았다. 사자청이 '사자'들로 구성된 반면에, 공과격 기록부는 '선인'으로 불리는 천상인들로만 구성되어 있다. 이들은 모두 인간 영혼이 아니다. 점지부도 '삼신'으로 구성되어 있는데, 이들 또한 인간 영혼이 아니다. 명칭과 태생만 다를 뿐 사자, 선인, 삼신 모두 비슷한 개체들이라고 할 수 있다. 인간이 이 주위를 지나다가 이들을 볼 위험은 없었다. 현재 모두 무체화 상태이기 때문이다.

마운드와 2루수 사이, 잔디 위에 갖다 놓은 테이블을 가운데 두고 삼국의 대표들이 앉았다. 선인은 마운드 쪽을 보고 있었다. 그곳에 테이블을 놓고 싶었지만, 굴곡으로 인해 포기한 것이 못내 아쉬운 모양이었다. 삼신이 눈은 마네킹처럼 멍하니 앉은 갑1을 보면서, 말은 선인에게 했다.

"본론으로 들어가지."

"염라국에서 넘겨준 인간 나영원, 관리대장에 없는 무의 눈이라 하여 공과격을 뒤져 보았더니, 없었다네."

갑1의 눈동자가 선인을 향해 멈췄다. 그 어떤 것도 그대로인 채로 오직 눈동자만 움직인 거였다. 선인은 섬뜩함을 느꼈다.

"그러니까 나영원과 관련된 공과격은 아무것도 없었단 뜻일

세. 하여 산국에 자료 요청을 했다네."

인간의 선악을 기록하는 장부인 공과격이 없다는 건, 이승에서 주민등록 없이 살고 있는 것과 비슷한 상황이라고 할 수 있었다. 갑1의 눈동자가 움직여 삼신에게서 멈췄다. 삼신도 섬뜩함을 느끼며 말했다.

"결론부터 말하면 우리 산국 점지부에도 자료가 없었다."

"무슨 뜻이지?"

"이 인간을 점지한 적이 없다는 뜻이다."

갑1의 눈동자가 선인과 삼신을 오갔다. 상황 설명을 요청하는 눈빛이었다.

"미스터리라네."

"우리의 점지 없이 태어난 인간이 세상에 존재한다니. 어떻게 이런 일이 발생했는지, 원. 우리의 축복도 받지 못한 영혼이라니, 끔찍하기도 하지."

점지부의 축복을 받고 태어났다고 해서 축복된 삶을 사는 것도, 축복된 죽음을 맞는 것도 아닌데 생색은 무지하게 낸다.

갑1은 나영원의 염라부명장이 생성되지 않았던 사실을 떠올렸다. 이것과 관련이 있는 게 분명했다. 나영원의 남, 삶, 죽음, 이 세 가지 중에 적어도 한 가지 이상은 오류가 있다는 것이다. 어쩌면 세 가지 전부일 수도 있었다. 삼신이 다시 말했다.

"사자청 대표! 그런데 나영원이라는 인간이 무의 눈을 가진 것은 확실한가? 이 부분도 명확하게 조사할 필요가 있어."

"그 부분은 확실하다."

"알다시피, 옥황국은 이승에 아예 내려오지 않은 채로 자동 시스템에 공과격 기록을 전부 맡겨 두고, 염라국은 이승에 머무르는 시간이 고작 10분 내외. 하지만 우리 산국은 달라. 영혼과 삼신의 일대일 맞춤 서비스가 태아가 만들어지기 이전부터 태어날 때까지, 장장 1년여 넘게 진행되지. 이 기간 중, 우리 삼신 한 명이 영혼 한 명에 붙어 이승에 머무르는 시간은 평균 40주라는 얘기다. 인간들 눈에 보이지 않아서 그렇지, 이승 곳곳에 포진해 있는 건 우리 삼신이야. 그런데 게으른 옥황국이라면 몰라도, 이제껏 우리한테조차 포착이 안 되었다고? 그런 일은 있을 수가 없다."

선인이 발끈했다.

"게으르다니!"

"그럼 신고받고 한 번이라도 이 인간을 찾아가서 조사해 봤어?"

발끈한 게 쏙 들어갔다. 한 번도 찾아가지 않았다. 찾아가 볼 생각조차 하지 않았다.

"그러는 점지부는 찾아가 보았는가?"

"신고받자마자 바로 가 봤지. 내가 직접. 무의 눈은 고사하고 점지부 명단에도 없는 인간이 나타났는데, 안 가 본다는 게 가당키나 하나?"

삼신의 타박을 받은 선인은 민망한지 그저 허허거리고 있었다. 하지만 테이블 밑에 감춰진 손으로 2G 폴더폰을 열어 카메라 기능을 손끝으로 더듬더듬 찾았다. 삼신이 갑1을 보면서 말했다.

"그 인간은 나를 보지 못했다."

"뭐?"

갑1이 깜짝 놀라서 삼신을 쳐다보다가 말고, 테이블 위로 살짝 올라오는 선인의 폴더폰을 재빨리 포착했다. 잠깐의 순간이었다. 선인의 2G 폴더폰이 순식간에 형체를 알아볼 수 없을 정도로 구겨져, 동그랗게 말린 형체로 테이블 위에 올려졌다.

"촬영 금지."

"으악! 이게 얼마나 귀한 건데."

삼신이 짜증스럽게 끼어들었다.

"너희 두 나라는 여전히 쌈박질 중인가? 작작 좀 해라."

"옥황국의 뇌제雷帝가 싸움 걸지 않으면 우리가 맞설 이유는 없다. 공과격 기록부의 대표로 참석하여 뇌제의 첩자 노릇을 하는 게 과연 옳은가?"

"뇌제?"

삼신도 선인을 노려보았다. 옥황국의 뇌제는 번개와 천둥의 신으로 툭하면 인간사에 끼어드는 참견쟁이다. 악행을 저지르는 인간의 잘잘못을 가리기에 앞서 제멋대로 번개부터 내려 단죄를 한다. 게다가 옥황국 최강의 군대가 그의 것이다. 규모 또한 최대다. 그런 뇌제가 자신의 피붙이가 지옥에 떨어진 것 같다며 구해 달라고 비는 인간들에게 마음이 동하거나, 염라대왕의 심판에 이의가 있으면 염라국까지 대군을 이끌고 쳐들어가기도 한다. 소위, 지옥털이를 감행하는 것이다. 그 때문에 뇌제는 염라국에서만이 아니라 산국, 심지어 옥황국에서까지 골칫덩이가 아닐 수 없었다.

"오해일세. 난 그저 여기 사자청 대표의 외모가 출중하여 기념으로 소장하고 싶었던 것뿐일세."

삼신이 말했다.

"우리는 지금 나영원이라는 인간 하나만으로도 골치가 아프다. 다른 문제까지 끌어오지 말자."

선인이 둥글게 뭉쳐진 폴더폰을 소맷자락에 슬그머니 넣었다. 그래도 미안하다는 사과는 없었다. 사과를 하는 순간, 자신이 뇌제의 첩자 노릇을 했음을 시인하는 꼴이므로. 그래서 본론으로 급하게 주의를 돌렸다.

"나영원이란 자가 삼신인 자네를 못 본 것이 확실한가?"

삼신이 고개의 끄덕임으로 대답을 대신했다. 그리고 갑1을 향해 질문을 덧붙였다.

"사자청의 저승사자를 본 것은 확실해?"

"그렇다."

"혹시 현신한 상태에서 본 건 아니고?"

선인의 질문이었다. 염라국에선 유체화라고 하지만 옥황국에선 이를 일컬어 현신이라고 한다. 갑1이 대답했다.

"유체화가 안 되는 인간 영혼인 저승사자도 보았다. 하여, 영혼이나 귀신도 볼 수 있으리라 추정하고 있다."

"무의 눈을 가진 자가 종류를 가려 가면서 보나? 여태 이런 예는 없었는데……. 혹시 못 본 척했을 가능성은?"

삼신이 고민하면서 대답했다.

"못 본……, 척했을 수도……. 잠깐 들렀던 거라……."

삼신이 영원의 집에 방문한 건 지하철 사건이 있기 전, 그녀가 열심히 작업하고 있을 때였다. 삼신이 지켜보는 내내 영원은 책상 앞에 코를 박고 있었고, 함께 있던 인간 둘과 대화를 할 때도 옆의 삼신은 의식하지 않았다. 한 번씩 일어나 작업실 밖을 나갈 때도 삼신을 통과해서 다녔다.

"기이하군. 난 의구점은 다음으로 미루지 않는다."

삼신이 벌떡 일어섰다. 그리고 갑1과 선인에게도 눈빛으로 일어나라는 독촉을 했다.

"뭐 하지, 어서 일어나지 않고? 나영원이란 인간에게 당장 가 봐야지."

"지금?"

"확인부터 끝내고 다음을 이야기해야지. 안 그래?"

선인도 일어섰다. 하지만 갑1은 의자에 앉은 채였다. 이건 상당히 복잡한 상황이었다. 아직 이들에게 지하철 사건에 대해서 말하지 않았다. 나영원의 공과격이 존재하지 않기에 그들은 아직 모른다. 말하지 않은 채로 나영원에게 가야 하는지 쉽게 판단이 서지 않았다.

"사자청 대표?"

"우리를 보는 것은 확실하니 굳이 모습을 더 보이고 싶지 않다. 난 여기서 기다리겠다. 다녀와라."

"하긴, 살아 있는 인간이 저승사자를 봐서 좋을 건 없지. 우리 선인이라면 모를까."

삼신이 선인과 갑1을 번갈아 보다가 말했다.

"과연 그럴까? 내가 인간 여자라면 사자청 대표를 보는 게 더 기분 좋을 듯한데?"

"뭬야!"

삼신이 얼른 말을 돌렸다.

"지금 나영원은 어디에 있지?"

선인은 눈만 깜박거렸다. 공과격이 있다면 바로 알 수 있지만, 나영원을 기록하고 있는 건 없었다.

"어쩔 수 없군. 집에 있는지 가 보자. 거기가 그 인간의 일터인 듯하니. 5분 후에 여기서 다시 보자."

삼신과 선인이 사라졌다. 갑1은 드넓은 야구장 가운데, 테이블 앞에 우두커니 앉아만 있었다. 자신의 말대로, 또 선인의 말처럼 이제는 나영원 앞에 모습을 보일 필요가 없었다. 만날 이유는 더더욱 없었다. 그녀는 아직 살아 있는 사람이다. 문제가 있다면 산국과 옥황국에 맡겨 두고, 염라국은 슬며시 빠지는 게 옳다. 묻어 두고 있다가 그녀가 죽은 이후에 참여하면 되는 것이다.

그런데 이 문제가 해결되지 않은 채로 나영원이 죽으면 어떻게 되는 거지? 누가 데리러 가는 거지? 염라부명장도 생성되지 않는데, 어떻게 알고 데리러 가지? 저승사자를 만나지 못한 영혼은 어떻게 되었더라? 저승사자가 데리러 가지 못한 영혼은 여태 없었다. 지금까지는 그렇게 알고 있었다. 하지만 저승사자에게서 스스로 도망친 영혼은 많았다. 결과는 모두 악귀가 되었다. 나영원은 자신의 의지와 본능과는 상관없이 사후에 악귀가 되는 것인가?

"하! 내가 왜 자꾸 그 여자를 걱정하는 거지? 왜……, 계속 그 여자만 생각하는 거지?"

잠시 후, 영원에게 갔던 삼신과 선인이 돌아왔다. 그들 모두 표정이 좋지 않았다. 삼신이 자리에 앉으면서 말했다.

"우리를 못 봐. 나도, 여기 선인도."

선인도 자리에 털썩 앉으면서 중얼거렸다.

"어떻게 산 자가 나를 못 보는 게지? 저승사자는 보면서? 뭐 이런 개떡 같은 경우가……."

선인이 갑1 쪽으로 슬그머니 다가왔다.

"저기, 이건 아무래도 염라국의 책임이 아닐까 싶은데……."

나영원에 대한 걱정은 갑1에게서 분노로 표출되었다.

"산 자가 어떻게 죽은 자를 관할하는 우리 염라국 책임이 되나! 지금이라도 당장 가서 공과격을 만들어. 그래서 죽을 때 우리 쪽에 통보되도록 해. 반드시! 우리 책임은 그때부터 시작이니까!"

"공과격은 우리 임의대로 못 만드네. 점지부에서 점지했다는 책임자의 증서를 넘겨줘야만 생성이 된단 말일세!"

"염라국에서 모든 죗값을 치르고 정화된 영혼을 넘겼다는 인도장 없이는 우리도 함부로 점지할 수 없고, 점지 증서도 못 만들어! 담당자가 없는데 어떻게 만들어? 우린 전부 일대일 책임

제라고!"

선인이 야구 모자의 챙을 만지작거리며 안절부절못했다.

"와! 미치고 환장하겠네."

앞뒤 상황은 제쳐 두고라도 현재 살아 있으면 옥황국에서 수습하는 게 이치에 맞는 것 같긴 했다. 그가 자신 없는 목소리로 말했다.

"달리 방법이 없는 듯하니, 리셋을 시키세. 나영원의 영혼을 사자청에서 즉시 회수하여……, 컥!"

선인이 갑자기 제 목을 잡았다. 영혼이 갈기갈기 찢어지는 듯한 고통이 그를 덮쳤기 때문이다. 마네킹처럼 앉은 갑1이 눈빛 하나로 선인의 숨을 막은 것이다.

"우린 저승사자지 살인 집단이 아니다. 산 자의 목숨을 사사로이 앗는 일은 하지 않아. 모욕이다."

"시, 실언, 실언했네. 수, 숨이…….."

순간 숨이 풀렸다. 고통은 사라졌다. 선인도 불멸인 존재다. 그런데도 죽음의 문턱을 넘어갔다가 온 느낌이었다. 이 사자는 뭐지? 어떻게 이리도 강한 힘을 가지고 있는 거지? 선인이 겨우 말했다.

"그, 그럼 우리 뇌제께 번개로 죽이라 하여 영혼만 회수하면…….."

이번에는 삼신이 주먹으로 테이블을 내려쳤다. 테이블은 산산조각이 되어 흩어졌다.

"방금 나와 함께 그 인간을 보고 와서 할 소리야? 그 인간에게 악이 있던가? 딱 봐도 선한 영혼이었어. 그런데 뇌제? 악행을 저지른 인간만 단죄하는 뇌제더러 뭐가 어쩌고 어째? 내가 그 말을 뇌제께 친히 전할까? 퍽이나 네 말을 예뻐해 주시겠구나."

"그럼 어떻게 하라는 것이냐! 내 말이 다 싫으면 자네들도 의견을 내 보란 말일세!"

갑1이 테이블 없이 의자에만 앉아서 말했다.

"죽고 죽이는 건 인간들끼리의 몫이다. 우리가 그들의 운명에 관여하는 건 순리가 아니야. 살아가도록 내버려 두고 수습하는 방향으로 해."

"그래, 그게 맞지. 나영원도 이미 삶 속에 있는데 그걸 우리가 어떻게 함부로 해. 그건 산 자에 대한 예의가 아니야. 왜 옥황국은 매번 쉬운 길로만 가려고 하지? 그러니까 게으르단 소리를 듣는 거다."

"워낙 전무후무한 일이라 내가 당황하여 그만 실언을 했네. 미안허이."

삼신이 잠시 고민하다가 고개를 갸우뚱하면서 말했다.

"그런데……, 진짜 전무후무한 거 맞나? 이번처럼 우리가 몰랐던 것은 아니고? 이전에 선례가 있었는데도 우리가 알지 못하고 넘어갔을 가능성은?"

"스톱! 일을 크게 만들지 말게. 만에 하나 있었다고 해도 우리가 지금 무슨 수로 알아내겠는가. 또 쉬운 길로 가려 한다고 비난하지 말고, 나영원부터 수습하세나. 어쨌든 우리 옥황국에서 지금이라도 공과격을 만들 수 있는지 알아볼 터이니. 난 지금 머리가 터질 것 같으이."

"나도 점지 당시 무슨 문제가 있었는지, 혹시 잃어버린 영혼이 있었는지 알아보마. 염라국 쪽도 나 몰라라 있지만 말고, 나 영원이 어째서 우리 천상의 것은 보지 못하고, 저승의 것만 보는지 알아봐라. 이 부분은 너희 몫이다."

"알았다."

갑1이 염라국으로 돌아가기 위해 중앙관제센터와 연락을 취할 목적으로 스마트폰을 꺼냈다.

"오래 살다 보니 별일을 다 겪는……, 으악!"

말하다가 말고 갑자기 선인이 갑1의 손목을 덥석 잡았다. 또 무슨 큰 문제가 생겼나 하여 갑1과 삼신은 긴장했다. 하지만 그는 스마트폰을 보면서 말했다.

"이, 이것은 최근 이승에서 리미티드 에디션으로 출시된 그 최신 폴더블폰?"

그가 다급하게 갑1이 손목에 찬 스마트워치도 확인했다.

"이 시계도 세트다. 버즈도 있나? 이거 무한 클릭질을 해도 못 샀는데!"

선인이 지금껏 보였던 태도 중에 가장 열정적인 모습이 아닐 수 없었다. 삼신은 어처구니없다는 듯 고개를 저었고, 갑1은 귀찮아하며 그를 염력으로 밀어냈다.

"내 몸에 손대지 마라."

"아! 염라국에서 만들었구나. 나도 갖고 싶으이."

"어차피 이승 것은 구입해 봤자 사용도 못 하잖아."

"이승에서 사용하려고 그랬지. 그런데 염라국은 어떻게 이승의 기술을 금방 베껴 낼 수 있는 겐가?"

기술부에 인간의 영혼들이 포진하고 있기에 가능했다. 그에 반해 옥황국은 인간 영혼의 진입 장벽이 높다 보니 기술 업그레이드가 상당히 뒤처져 있었다.

"쳇! 우린 2G폰도 겨우 사용 중인데, 젠장. 재수 없는 염라국 놈들. 기술이건 디자인이건 함부로 막 갖다 쓰고 그러는 거 아닐세! 특허권 몰라?"

삼신이 사라져 가면서 내뱉은 말이 흩어지면서 작은 소리로 남았다.

"씨X! 옥황국 놈들이랑 같이 일 못 해 먹겠다. 마음이 콩밭에 가 있어."

갑1도 사라졌다. 야구장에는 산산조각 나 버린 테이블과 세 개의 의자, 그리고 선인만 남았다. 그의 마음은 여전히 콩밭에 가 있었다.

"이승에서 구입이 어렵다면 염라국에 빌붙어서 하나 얻어 볼까? 어떻게 하면……."

그때 야구장을 가로질러 하얀색 긴 리무진 승용차가 들어왔다. 하얀색에서 빛이 뿜겨져 나오는 걸 보면 이승의 자동차가 아니었다. 그것은 선인의 옆에 정차를 했다. 제일 뒤의 창문이 내려갔다. 거기에 하얀 양복을 입은 팔이 얹어졌다.

"여기까지 행차를……. 보셨습니까?"

"아니, 전혀. 사진은?"

염라국의 월직사자가 이승에 내려오면 옥황국에선 그 일대 전부가 암흑 외에는 관측되지 않는다. 그래서 어떤 사자가 다녀가는지 알 수가 없었다. 선인이 주춤거리며 소맷자락에서 묵직한 둥근 공을 꺼내어 하얀 양복 손 위에 올려놓았다.

　"이게 무엇이냐?"

　"뇌제님의 폴더폰을 사자청 대표가 이렇게……."

　차창 밖으로 나온 뇌제의 손이 망가진 폴더폰을 꽉 쥐었다.

　"어떤 자였느냐?"

　"염라국 놈들은 이름도 없는 데다, 겨우 있는 번호도 절대 까지 않아서……. 짐작일 뿐이지만, 사자청 대표로 나오기는 하였으나, 아무래도 지옥청의 사자 같았습니다."

　"어떤 점이?"

　"사자청의 월직은 머리 색이 짙은 암흑색인데 반해, 오늘 나온 사자는 옅은 머리 색깔을 가지고 있었습니다. 길이도 짧았고."

　"시대가 변했으니 다들 머리카락 정도는 잘랐겠지. 그래도 내가 소식을 궁금히 여기는 사자는 아니로군. 또?"

　"머릿속에서 사건을 처리하는 속도와 사고 체계가 인간에 가까운 거로 봐서 지옥청 사자가 아닐까 생각했습니다."

　뇌제의 손이 펼쳐졌다. 손바닥 위에 둥근 폴더폰이 있었다. 가만히 그것을 쳐다보고 있는 듯했다.

　"지옥청 사자는 사고력이 높은 대신 힘이 부족한 거로 아는데……. 비록 구닥다리 폴더폰이지만, 나의 기가 들어가 있던 물건. 그걸 이렇게 만들었다? 상당히 앞번호 월직이어야 가능할 터. 그런데 앞번호일수록 보다 순도 높은 암흑 색깔인데, 이와는 또 반대라……. 저승의 질서에서 심각하게 어긋나 있는 사자로군. 내가 원하는 사자의 소식은 아니지만, 아주 흥미롭구나."

팔이 안으로 들어갔다. 창문을 닫은 자동차가 천천히 멀어지다가 사라졌다. 선인이 홀로 중얼거렸다.

"가실 거면 나도 태워서 가시지, 쳇."

— 작가님! 저 지금 엄청 재미있는 책 발견했어요.

민아의 경쾌한 목소리가 온종일 적막했던 공기를 흔들었다. 영원은 오랫동안 앉아 있던 책상에서 겨우 몸을 펴고 일어났다. 그리고 손가락 자른 면장갑을 벗어 놓고 통화를 하면서 부엌으로 나갔다.

"잘 쉬고 있어? 내일 빡셀 거야."

— 오늘 외가댁에 왔거든요. 할머니 요양원 보내 드려야 해서 집 정리하느라. 근데 완전 대박 책 발견. 무려 《예지몽 해석법》!

영원이 이제껏 읽었던 책들과는 다른 스타일이었다. 그래서 피식하고 웃음이 나왔다.

"그래?"

— 제가 작가님 꿈 중에 다른 건 몰라도 나비는 알잖아요. 찾아봤거든요.

영원은 민아의 말을 들으면서 냉장고 문을 열고, 뭐 먹을 거 없나 들여다보았다.

— 나비 꿈도 종류가 많은데요, 나비가 날아다니면 사랑이 찾아온대요.

어제 야식으로 먹다 남은 치킨을 꺼내는 영원의 등 뒤, 식탁 너머의 거실 쪽에 투명한 무언가가 나타났다. 저승으로 가던 발길을 돌려 이곳에 찾아온 갑1이었다.

"뭐야, 그게. 하하하."

— 더 들어 보세요. 여러 가지 색깔의 많은 나비를 한꺼번에 보면 작품을 발표하여 많은 사랑을 받고요, 나비가 내 주위를 계속 맴돌면 나를 사랑하는 사람이 근처에 있단 거고요, 나비가 꽃에 앉으면 사랑이 이루어지거나 사랑하는 사람과 성교를 하게 된대요. 짱이죠?

"진짜 예지몽 해석 맞아? 뭔가 이상한데?"

— 진짜예요! 오래된 세로쓰기 책이라서 단어가 좀 구리지만 디테일하게 설명해 놨어요. 내일 제가 이 책 꼭 갖고 갈 테니까 기다리세요. 작가님! 사랑은 가까이에 있습니다. 바로 작가님 곁에. 아자!

영원은 통화가 끊어진 스마트폰을 치킨 박스에 올리고 냉장고 문을 닫았다.

"얘는 어제부터 왜 이렇게 들떴지? 나라 전체가 초상 치르는 분위기인데. 뭐, 산 사람은 살아가야겠지. 국민 전체가 외상 후 스트레스장애에 노출되는 게 더 문제니까."

정작 혼자서 초상집 분위기에 잠겨 있었던 건 영원이었다. 민아의 밝은 목소리를 들으니 위로가 되긴 했다. 영원이 몸을

돌려 치킨 박스를 식탁에 올리고 고개를 들었다. 흐릿한 무언
가가 보였다. 투명한 남자? 분명 지하철의 그 남자가 거실에 흐
릿하게 서 있었다.

4

　아직 완전히 어두워지기 전이었다. 그래도 옆걸음으로 걸어 부엌등 스위치를 켰다. 투명한 남자는 여전히 같은 자리에 서서 영원을 바라보고 있었다. 영원은 부엌을 빠져나가 거실등 스위치를 죄다 켰다. 그래도 남자는 사라지지 않고 눈으로 영원을 좇고 있었다.

　"야, 약을 안 먹어서 보이는 건가?"

　"역시 내가 보이는군."

　남자의 부드러운 목소리. 이렇게 생생하게 들리다니.

　"역시 약이었어. 약이 원인이었어."

　"오늘 나 말고 본 건 없나?"

　"당신 하나만으로도 난 충분히 미쳤어. 여기서 뭘 더 보란 말이야!"

환각을 본다는 불안감이 밖으로 터져 나왔다. 갑1도 영원의 혼란을 알아차렸다.

"몇 가지 물어볼 것이 있어서 왔는데, 오늘은 안 되겠군. 다음에 다시……."

"가지 마! 가지 말아요. 나도 당신한테 물어볼 것이 많아. 나 여기서 더 미쳐도 좋으니까 잠시만 더 있어 줘."

영원의 볼을 타고 눈물이 흘러내렸다. 왜 흐르는지 원인을 알 수 없는 눈물이었다. 너무 많은 원인이 있어서 어느 한 원인을 꼽지 못해 알 수 없는 것인지도 모른다. 두 번 다시 나타나지 않기를 바라기도 했지만, 보고 싶기도 했다. 아마도 지금 흐르는 눈물은 반가움에서 나오는 것인 듯했다. 그가 환영에 불과한 게 슬퍼서 나오는 것인 듯도 했다.

"널 놀라게 하려고 온 것이 아니다. 널 울리려고 온 것은 더더욱 아니다. 널 무섭게 하려고 온 것도……."

"무섭지 않아. 그저……, 환각인 거 알면서도 당신을 한 번 더 보고 싶어서……. 그게 이루어져서……."

갑1이 형체를 나타내었다. 이것은 자신의 의지로 한 것이 아니었다. 자연스럽게 유체화로 변한 것이다.

"아아, 진짜……, 어떡해. 선명해졌어. 나 점점 더 미쳐 가나 봐."

갑1이 다가왔다. 영원이 말했다.

"나한테 당신이 보이면 안 돼."

갑1이 한 발짝 더 다가오면서 말했다.

"그래, 넌 날 보면 안 돼."

"아아, 이 목소리……, 이것도 들리면 안 되는데……."

"그래, 넌 내 목소리도 들으면 안 돼."

갑1은 그녀의 볼에 흐르는 눈물을 손끝으로 닦아 주었다. 서늘한 감촉이 영원의 볼에 닿았다.

"너무해. 이게 환촉이라니."

"나를 환각이라고 생각하고 싶나? 그것이 너에게 안심을 준다면 그리 생각해도 좋겠지."

영원은 자신의 볼에 닿았던 갑1의 손을 잡았다. 만져졌다. 너무도 또렷한 감촉이었다. 두 손으로 꽉 잡아 보았다. 커다란 손이 그녀의 양손 사이에 분명 있었다. 영원은 갑1의 얼굴을 올려다보았다. 큰 키였다. 하이 네크라인의 코트였기에 영원을 내려다보는 갑1의 얼굴은 입술까지 가려져 있었다. 영원이 손을 뻗어 코트 깃을 내렸다. 얼굴이 온전하게 보였다.

"이렇게 생긴 사람이 환각이면 안 되는 거야. 그럼 내 현실은 더 시궁창이 되잖아. 현실로 돌아가기 싫어진다고."

영원의 따뜻한 손이 갑1의 볼에 닿았다. 이에 도리어 당황한 건 갑1이었다.

"마, 만지지 마라."

하지만 영원은 말을 듣지 않았다.

"내 환각이잖아. 그럼 내 마음대로 해도 되잖아."

"환각이라고 생각하는 건 네 마음대로 해도 되는데, 만지는 건……."

영원의 손이 갑1의 가슴 위에 있었다. 그것은 몹시도 이상한 느낌이었다. 오래전에 뇌제의 번개와 맞서 싸울 때도 이런 찌릿함은 느끼지 못했던 것 같았다. 이건 뭔가 잘못되었다. 영원의 손이 갑1의 몸속으로 쑥 빠졌다. 갑자기 다시 투명해진 것이다. 영원이 불만스럽게 말했다.

"자, 잠깐. 이거 왜 이러는 거야?"

영원이 무체화된 갑1의 팔을 잡기 위해 손을 뻗었다. 하지만 이번에도 그냥 통과되었다. 그녀의 눈에 눈물은 더 이상 남아 있지 않았다. 갑1이 뒤로 성큼 물러났다. 영원이 따라가서 잡으려고 해 보았다. 이번에도 허공에 팔을 휘두른 격이었다.

"다시 돌아와! 조금 전처럼 만질 수 있게 해."

"안 만진다고 약속하면."

"와! 환각 주제에 나하고 밀당까지 하네?"

갑1이 고개를 저었다. 약속 없이는 유체화하지 않겠다는 뜻이었다.

"내 환각이면 내 말 좀 들어. 자꾸 그러면 확 다 벗겨 버린다?"

"뭘?"

"옷! 그거 발가벗겨 버릴 거라고. 어차피 환각이면 내 상상의 산물이야. 내 상상 안에서 움직이는 거라고. 그 옷 벗기는 것쯤은 일도 아니야."

갑1은 무체화 상태임에도 불구하고 제 옷섶을 꼭 잡았다. 진짜 벗길지도 모른다는 위협을 느꼈다.

"내가 아무리 환각이라도 그리 무례하게 굴면 못쓴다."

"너나 나한테 무례하게 굴지 마. 내가 약만 먹으면 넌 끝이야, 끝."

"만지는 거 안 돼. 벗기는 것도 안 돼. 물론 벗길 수도 없겠지만."

"잠깐만 기다려 봐. 해 볼 테니까."

영원은 양쪽 손가락으로 관자놀이를 짚었다. 그리고 눈을 감고 정신을 통일해서 기합을 넣었다.

"벗겨져라, 벗겨져라, 얍!"

눈을 떴다. 갑1은 여전히 무체화 상태였고, 검은색 코트는 온몸을 보호하고 있었다.

"쳇! 안 벗겨지는구나. 아직 내공이 부족하군. 조금 더 미쳐야 가능한가?"

갑1의 입가에 웃음이 삐죽 새어 나왔다. 기를 쓰는 여자가 어쩐지 귀여운 느낌이 들었다.

"어? 그러고 보니 구두를 신고 있었네? 아무리 환각이라도 그러는 거 아니야. 여긴 미국이 아니거든."

갑1이 이번에도 고개를 저었다. 옷도 신발도 벗을 수 없었다.

"진짜 고집 센 환각이네. 알았어. 그대로 있어도 돼. 그러니까 좀 전처럼 불투명한 모습으로 돌아와."

"중요한 부분이 빠졌군."

"알았어, 알았어. 안 만질게. 절대 터치 안 한다. 약속!"

갑1이 눈빛으로 한 번 더 다짐을 요구했다.

"그런 매력적인 눈빛으로 뭘 요구하는 거야? 이건 만지라는 거야, 말라는 거야? 나도 참, 이런 남자를 환각으로 만들어 내다니, 기특하기도 하지. 약속할게. 안 만진다고."

갑1이 유체화가 되었다. 어느새 밖은 어두워져 있었다. 그래도 거실의 불이 밝아 그의 모습을 보는 데 지장은 없었다. 진짜 사람과 다르지 않았다.

"나는 이만 가 봐야……."

"어딜 가? 나 아직 약 안 먹었어."

"아까부터 자꾸 약 어쩌고 하는데 그게 무슨 말이지?"

"뭘 모르는 척해. 다 알면서. 어차피 넌 나의 무의식이 만든 거잖아."

"지금 와서 이런 말 하긴 뭐하다만, 네가 안심할 수 있다면 환각이라고 생각해도 좋다고 했지, 진짜 환각이라고는 하지 않았다."

"응, 알아, 알아. 환각은 다 그렇게 말한다더라. 자기가 진짜라고."

갑1이 제 머리를 짚었다. 한숨이 절로 나왔다.

"하아! 아무래도 이 여자와는 정상적인 대화가 어려울 것 같군."

"어쩔 수 없어. 내가 정상이 아닌걸."

영원이 풀 죽은 얼굴로 말했다. 그러자 갑1의 심장이 움찔하는 느낌이었다. 영원이 부엌 쪽으로 걸어갔다. 갑1은 선 채로 그녀의 모습을 눈으로 좇았다. 영원이 냉장고에서 물을 꺼내 컵에 따라 마셨다. 그리고 큰 결심을 한 듯 말했다.

"좋아! 이왕 나타난 환각, 이번 한 번만 같이 놀아 보자. 다음부턴 넌 나한테 못 나타나. 내가 약을 먹을 거거든."

영원이 식탁 의자를 뺐다. 그리고 그곳을 손으로 가리켰다.

"이봐, 환각 씨. 그렇게 서 있지 말고 여기 앉아. 대화하고 싶어. 너와의 대화는 내 무의식과의 대화이기도 하니까."

갑1은 그녀의 말에 동의할 수 없었지만, 대화 정도는 하고 싶었다. 제대로 된 대화가 가능할지는 모르겠지만 말이다. 그래서 군말 없이 식탁 앞에 앉았다. 영원은 냉장고에서 꺼내 놓은 치킨을 다시 갖다 넣었다. 아무리 환각이라고 해도 먹던 걸 내놓기는 미안했다.

"음……, 커피는 마시나?"

"마셔 본 적 없다."

"그래, 못 마셔 봤겠지. 내가 준 적이 없으니까. 내가 윙 하는 기계 소리를 무서워해서 인스턴트뿐인데, 주면 마실 거야?"

"아니."

영원도 식탁을 사이에 두고 갑1과 마주 보고 앉았다. 본격적인 취재 모드였다.

"그런데 우리 환각 씨는 정체가 뭐지?"

갑1은 잠시 망설이다가 대답했다.

"무서워하지 마라. 나는 저승사자다."

영원의 눈이 껌벅거렸다. 그리고 고개를 갸우뚱하다가 갑자기 폭소를 터뜨렸다.

"푸하하하! 저승사자래, 저승사자. 와하하, 아무리 내 직업이 그래도 이건 너무 유치하잖아."

한번 터진 웃음은 멈출 줄을 몰랐다. 온몸을 흔들고, 손뼉을 치고, 탁자를 내리치고, 온 얼굴에 웃음 주름을 잔뜩 잡고, 높은 주파수의 웃음소리를 끊임없이 발산하는 그녀가 갑1의 입가에도 미소를 머금게 했다.

"웃는군. 다행히도."

"아, 어떡해. 너무 웃어서 눈물까지 찔끔 났어, 하하하."

영원은 눈가의 눈물을 털어 내고 웃음을 정리했다. 그러고도 웃음 여진은 한동안 계속되었다.

"그래, 저승사자는 대부분 매력적으로 묘사를 하더라고. 내 머리도 별다르지 않은 거지. 이 뻔한 설정. 이름은?"

"없다."

"아, 맞다. 보통 그렇더라고. 그럼 번호로 부르겠군."

"그렇다."

"몇 번?"

"알려 줄 수 없다."

"아! 내 무의식이 거기까지는 설정을 못 해 뒀나 보다. 보통 환각도 벽에 부딪히면 기밀이라 안 된다거나, 천기누설은 안 된다는 등 핑계를 만들거든. 외계인도 있고, CIA나 국정원도 있고, 우리나라는 특이하게 북한 간첩도 있고, 최영 장군이나 문무대왕도 있고, 또 다른 자아도 있고, 참 다양한데 왜 나는 저승사자인 거지? 나의 무의식이 저승사자를 불러낸 이유가 있을 텐데……."

깊게 생각하지 않아도 이유를 알 것 같았다. 언제나 시체와 생활한다. 그녀의 무의식을 덮고 있는 건 시체들과 죽음과 공포였다. 그러니 환각도 저승사자인 게 개연성이 있다. 게다가 탁자 너머에 반듯하게 앉은 자태. 이런 남자를 만들어 낸 건 너무도 뻔했다.

"그래, 연애 욕구가 너무 강했던 거야. 외로웠던 주제에 눈까지 높았던 거지. 환각 씨의 정체, 충분히 납득했어."

"애석하게도 너의 납득은 잘못되었다."

"무엇이 잘못된 거지?"

"난 진짜 저승사자니까."

영원의 웃음이 다시 터졌다. 갑1의 표정과 말이 너무 진지해서 더 웃겼다. 즐거웠다. 웃어서 즐거워진 건지, 즐거워서 마냥 웃게 되는 건지 알 수는 없어도 지금 이 시간이 좋았다.

"너는 참 밝은 영혼이구나."

영원의 웃음이 뚝 멎었다.

"역시 환각이 맞았어. 난 줄곧 그 말을 듣는 사람이 되고 싶었거든."

"지금 여기는 현실이야. 나도."

영원이 한참 동안 갑1을 바라보았다. 여기가 현실이었으면, 지금의 행복감이 진짜였으면, 눈앞의 남자가 실재였으면 좋겠다는 위험한 생각을 했다.

"증명할 수 있어?"

"없다."

"아니, 그렇게 단칼에 없다고 할 건 없잖아. 아! 저승사자께 반말은 좀 그런가?"

"개의치 않는다. 부르고 싶은 대로."

"외견상으로는 나와 비슷하거나, 대충 서너 살까지는 아래로 보이거든. 음……, 묘하네. 저승사자는 왜 하는 거야? 죽어서 된 거야?"

"난 죽지 않는다. 죽은 적도 없다."

"안 죽었는데 어떻게 저승사자가 돼? 혹시 살아 있는 인간이야? 막 투명해지고 그러는 거 초능력?"

"아니다. 음……, 살아 있긴 하다. 단지 이곳 이승에서가 아닐 뿐."

"아……, 이건 또 애매하네. 참! 지하철에서 나를 살려 준 거 맞지?"

"원상 복귀 시켜 준 거다. 나를 보지 않았다면 넌 원래대로 내렸을 테니까."

"그런데 CCTV 보니까 나 혼자 내리던데? 이건 어떻게 설득시킬래?"

"영상을 조작했다. 내가 찍히면 곤란하니까."

"오호! 개연성 확보. 아무리 환각이라도 이 정도는 설정해야 넘어가지. 아니면 환각에서 깨어나 버리잖아?"

"우린 지금 제대로 된 대화를 못 하고 있는 것 같은데?"

"아니, 잘하고 있어. 덕분에 난 나의 내면을 잘 들여다보고 있으니까."

"너의 내면?"

"응. 내가 말하고 있어. '난 참……, 외로웠구나. 집구석에만 처박혀 있지 말고 연애나 해라.'라고."

이번에는 갑1이 웃었다. 소리가 없어서 미소에 가까웠다. 영원은 자신도 모르게 끌리듯이 상체가 앞으로 나갔다. 탁자가 가로막혀 다가가는 데 한계가 있었지만, 가까워지긴 했다. 갑1의 상체도 앞으로 기울었기 때문이다. 비록 아주 약간이긴 했지만.

"배고프다. 라면 먹을래?"

너무 느닷없는 말이었다. 그래서 갑1은 의아하다는 표정을 지었을 뿐이다. 그런데 그의 표정 때문에 영원은 오해하여 당황했다.

"아, 아니야. 절대 그런 뜻 아니야. 내가 아무리 욕구불만이 팽배해 있어도, 환각하고 어쩌겠다는 생각을 할 정도로 변태는 아니야. 그 정도로 막 나가는 여자 아니라고."

"무슨 얘기지?"

"그러니까……, 뭐, 환각 씨가 내 무의식이니까 속이지 않고, 빼지도 않고 말할게. '라면 먹고 갈래요?'는 섹스어필의 뜻이야."

"나도 라면이 무엇인지는 알고 있다. 하지만 그런 뜻은 생소하군."

"저승사자뿐만이 아니라 외국인들도 생소할 거야. 우리나라 사람들만 알아듣는 은어거든."

"은어, 은유법……, 우리에겐 어렵지."

"원래는 '라면 먹을래요?'가 아니라, '라면 먹고 갈래요?'가 맞

아. 라면 먹고 가라며 집에 데리고 들어와서, 라면 없다고 말하는 게 순서거든. 근데 이미 들어와 있는 사람한테, 집에 잔뜩 쟁여 놓은 라면을 먹자는 건, 내가 지금 몹시도 배가 고프다는 거지. 순수하게 진짜 라면이나 먹자는. 하! 나도 내가 한심하다. 이런 환각 앞에서도 배고픔을 느끼다니.”

“무슨 뜻인지 도통 모르겠군.”

“진짜 배고프다고. 다른 뜻 없이, 액면 그대로 라면 먹자고.”

“먹어라. 난 가마.”

갑1은 앉은 채였지만, 영원은 벌떡 일어나 다급하게 갑1의 손을 잡았다. 탁자 때문에 엉덩이가 뒤로 쭉 빠져 우스운 모양새가 되었다.

“아, 안 돼. 가지 마. 나도 안 먹을게. 아직은 보내 주기 싫어. 조금만 더 같이 있어 줘.”

“난 저승사자다. 지금이라도 좀 무서워하면 안 되겠나?”

“난 사람이 더 무서워.”

“이렇게 만지지 말라는 뜻이다.”

갑1의 손만 무체화로 변했다. 영원의 손은 중력의 영향으로 인하여 밑으로 툭 떨어져 탁자를 짚었다.

“아, 진짜 더럽게 튕기네. 내 환각을 내 마음대로 하겠다는데 그것도 안 돼? 내가 현실에서 아무 남자 손을 막 잡는 게 아니잖아!”

“막 잡고 있잖아. 지금 현실에서.”

“환각 씨 본인은 자기가 진짜 현실이라고 생각해?”

갑1은 자신의 손을 보았다. 무체화에서 유체화로 돌아와 있었다. 가끔씩 비현실감을 느끼기는 했다. 자신이 진짜가 아닌 것 같다는 느낌도 언제나 있었다. 갑1이 손을 내리고 영원의 얼굴을 보았다.

"아니."

껍데기만 남은 듯 텅 빈 표정. 물어보지 말걸. 환각이 현실이 아닌 건 부정할 수 없는 사실인데, 그것이 당연한 건데, 환각조차 스스로를 진짜 현실이 아니라고 말하게 만든 건 왠지 끔찍한 짓을 했다는 생각이 들었다. 영원은 마음이 묵직해졌다. 그녀의 무의식이 존재를 거부당한 것 같았다.

무거운 추를 매단 것처럼 바다 깊숙이 빠져드는 기분에 사로잡혔다. 수많은 악몽 중의 하나. 허리에 무거운 추를 매단 그녀가 손도 묶이고 발도 묶인 채 바다에 던져지는 꿈. 깊은 바닷속으로 하염없이 가라앉아 가던 무거운 공포가 갑자기 생각났다. 영원은 탁자를 돌아 갑1에게로 다가갔다. 그리고 그의 어깨와 머리를 감싸 주었다. 품에 안은 것은 생생한 현실이었다.

"만지지 말라고……."

"나는 지금 나의 무의식을 안아 주는 거야. 내가 가엾어서."

갑1은 무체화로 변하지 않았다. 영원이 안을 수 있는 상태로, 만질 수 있는 상태로 그렇게 있었다. 갑1이 말했다.

"지금은 현실 같다. 이전의 그 어떤 순간보다."

소리가 작아서 마치 속삭임 같았다. 소리가 낮아서 마음이 말하는 것도 같았다. 영원은 조금만 더 그를 안은 채로 있고 싶었다. 그런데 사라졌다. 품 안이 텅 빈 것이다. 환각이 사라졌나 싶어 고개를 드니 갑1은 탁자 너머에 앉아 있었다. 그의 위치가 옮겨진 것이 아니었다. 영원이 원래의 자리로 되돌아와 있었다.

"이건 또 뭐지? 나한테 무슨 짓을 한 거야?"

"만지지 말라고 했다."

"안 만졌어. 난 위로 중이었을 뿐이야. 너를 위로하는 게 곧 나를 위로하는 거야. 치유! 힐링! 내가 나를 좀 안았기로서니 그게 까칠하게 굴 일이야?"

"너의 그……, 가슴이 좀 이상해서."

영원이 두 팔로 제 가슴을 가렸다.

"풍만한 걸 원했던 거야? 그래, 나도 좀 더 크길 원했어, 뭐. 그런데 가슴으로 가야 하는 지방이 배로, 허리로 내려앉은 걸 어쩌라고. 내 무의식이 내 콤플렉스를 자극해도 되는 거야?"

"그런 의미가 아니……."

"아무리 환각이라고 해도 그러는 거 아니야. 성희롱이야!"

갑1이 제 머리를 한 손으로 짚었다.

"하아! 인간과의 대화가 어렵다고는 들었지만, 이 정도인 줄은 몰랐다. 가슴이 아니고, 정확하게는 품. 너의 품에 있으니까 기분이 이상하다는 말이다."

"그, 그래? 기분이 뭐가 어떻게 이상한데? 좋은 쪽이야?"

"무엇보다 네 배 속이 너무 시끄러워. 네 안에 개구리 있다."

가슴을 가리고 있던 두 팔이 배 쪽으로 내려왔다. 그리고 보니 계속 꼬르륵거리고 있기는 했다. 쪽팔림이 몰려왔다.

"배, 배고파서 그래. 진짜 나쁜 놈이네. 나쁜 남자 캐릭터는 유행 지나간 지 오래됐어. 요즘은 다정남, 직진남, 헌신남의 시대야. 애초에 유행과는 상관없이 까칠남 자체가 내 이상형이 아니야. 넌 나의 무의식이니까 다정남으로 콘셉트 다시 잡아."

갑1이 이번에는 양손으로 제 머리를 짚었다.

"무슨 말인지 진짜 못 알아듣겠다. 너는 우리 사이에 대화가 되고 있다고 생각해?"

"돼! 돼! 아주 잘되고 있어. 그러니까 아직 가면 안 돼."

"배 속의 개구리부터 어떻게 해라."

약을 먹기 위해서라도 뭐든 먹어야 한다. 밥 먹고 약도 먹고 나면, 이 남자는 사라지겠지?

"괜찮아. 내가 먹으면……, 갈 거잖아."

"안 갈 테니까 먹어. 인간은 굶으면 죽잖아."

"요즘은 영양 과잉 시대라 몇 끼 굶는다고 죽진 않아. 마침 다이어트도 필요했는데 잘됐네."

"시끄러워서 그런다."

영원은 고집스럽게 식탁 앞에 바짝 붙어 선 채로 움직이지 않았다.

"안 간다. 먹어."

"사람을 앞에 두고 어떻게 혼자 먹어."

"난 사람이 아니다."

"알아, 환각인 거. 그래도……, 진짜 같단 말이야."

갑1이 고민에 빠졌다. 다이어트가 뭔지는 모르지만, 영원이 끼니를 거르게 하고 싶지는 않았다.

"그럼……, 나도 먹으면 되나?"

"먹을 수 있어? 저승사자도 먹어?"

"안 먹어. 그렇지만 먹을 수는 있다."

"지금 그 말은 나랑 같이 먹겠다는 거지?"

갑1이 고개를 끄덕였다. 영원이 들떠서 말했다.

"뭐 먹을까? 배달시켜 먹을까? 뭐가 좋아? 맛있는 거? 비싼 거 시켜도 돼. 내가 다 사 줄게."

"그거 먹자. 라면."

그저 평범하게 한 말인데도 라면은 역시 섹시한 음식이었다. 아니다. 라면이 아니라 이 남자가 섹시한 거다. 영원은 당황하여 싱크대 위의 라면을 뒤졌다.

"나 참, 왜 목소리까지 섹시하고 그럴까? 아! '라'를 발음할 때 입 모양이 야한 건가?"

영원이 라면 두 개를 꺼내 식탁 위에 올려 두고, 전기 라면포트도 식탁 위로 올렸다.

"내가 불이 무서워서 여기다가 끓여. 걱정하지 마. 이게 더 맛있게 돼."

"너는 참 무서운 게 많구나."

영원이 라면포트에 생수를 부으면서 말했다.

"응. 그래서 너를 보게 된 거야. 무서운 걸 회피하다가 회피하다가, 결국 당신한테로 도망쳐 온 격이지."

"너는 나를 본다, 이건 더 확인할 필요 없고. 지하철 전에도 나를 봤지?"

"공원에서 마주친 거? 응, 봤어. 연미복 입은 거. 그 패션은 뭐였어? 아니, 나 자신한테 물어봐야 하나? 대체 당신한테 그런 괴상한 옷을 입힌 나의 심리는 뭐였을까?"

"괴⋯⋯, 흠! 네가 입힌 거 아니니까 접어 두고. 나 말고도 더 봤지?"

"응. 젊은 남자와 지저분한 노인."

"어째서 보는 거지?"

"그러게. 너는 나의 환각이니까 보이는 거고⋯⋯."

"환각 아니라고 했다."

"그래, 아니라고 쳐 줄게. 그럼 그때 그 사람들은 뭐였지? 아! 당신이 저승사자니까 구색 맞춰서 귀신인가 보다."

"뭐, 그런 셈. 또 다른 건 본 적 없나?"

"지하철 때도 그럼 유령을 봤다고 해야 하나? 잠깐이었지만. 그리고⋯⋯, 나비. 투명한 나비."

"그것도 볼 수 있는 건가?"

"나비는 뭐야?"

"알려 줄 수 없다."

"쳇! 그것도 설정이 안 되었나 봐? 이러다간 환각인 게 쉽게 들통나겠어. 분발하셔."

영원이 소리 내어 웃으면서 라면 봉지를 뜯었다.

"그리고 또 본 건?"

"옛날에 비행기 사고 때……."

"알아. 넌 어렸지."

"당신도 날 봤어?"

"물론."

"역시 넌 환각이야. 그 옛날 일을 기억하는 걸 보면."

"우린 기억한다. 그보다 더 옛날 일이라도. 오늘은 뭐 본 거 없나?"

"너."

"나 말고."

"없어. 있어야 하는 거야?"

"있었으면 더 쉬웠을 거다. 골치 아프군."

영원은 끓는 물에 라면 두 개를 넣었다.

"그럼 난 당신이 환각인 걸 증명하는 질문을 하겠어."

갑1의 짙은 눈썹이 꿈틀했다. 환각이 아니기에 그리될 리가 없지만, 이 여자라면 트집을 잡아낼지도 모른다는 불길함이 들었다.

"결혼했어? 아니, 다시 질문할게. 저승사자한테 결혼의 개념이 있어?"

"없다."

"그럼 자식을 낳아서 기른다는 개념은?"

"없다."

"하긴, 죽지 않는다고 했으니 불멸이라는 뜻이고, 그러면 굳이 자식을 남겨야 한다는 조급함도 없겠지. 그럼 성욕도 없겠네?"

"그렇다."

영원이 만족한 듯 손뼉을 쳤다. 그래서 갑1은 불안해졌다.

"이로써 환각이 확실해졌습니다. 짝짝짝! 약 없이도 내가 해냈어."

"왜?"

영원이 냉장고에서 달걀을 꺼내 끓고 있는 라면에 깨서 넣었다. 그리고 파도 꺼내 가위로 잘라서 넣었다.

"내가 칼을 무서워해서 이걸로 하는 거야. 주방용 가위라서 깨끗해."

칼도 무섭다? 이 영혼은 왜 이렇게 무서운 것이 많지? 이렇게나 밝고 깨끗한 영혼인데, 어째서⋯⋯.

"당신이 환각인 이유가 뭐냐면, 우선 당신에 대한 나의 객관적 의견, 잘생겼고, 말은 좀 까칠하지만 기품 있고, 심지어 매력적이야. 이걸 뭉뚱그리면 섹시하다는 거로 정리가 되지. 성욕이 없는데 섹시하다? 이건 개연성이 없어도 너무 없는 거야. 섹시함을 구성하는 가장 중요한 요소는 성욕이거든. 인간이 자신의 유전자를 남기기 위해 얼마나 처절하게 노력하는지 알아? 인간이 진화하면서 부단히 축적해 온 게 그 섹시함이라는 거야. 그게 있어야 제 유전자를 남기는 데 유리하니까. 그런데 성욕도 없는데 어떻게 섹시함을 장착할 수 있어? 돼지 목에 진주 목걸이도 아니고. 개연성이 떨어지는 부분이 가짜. 그러므로 저승사자라는 너의 말은 가짜. 원래 그렇게 생겨났다는 말은 하지 마. 원래부터 그런 건 없어. 모든 생겨난 것에는 그만

한 이유가 있거든. 성욕도 없고, 자식을 낳을 이유도 없는 네가 섹시할 이유는? 없.어. 이로써 당신은 나의 욕망이 들어간 무의식의 산물로 보는 것이 훨씬 개연성이 있는 거지."

조용해졌다. 영원이 의기양양해진 것만큼 갑1이 기죽은 것은 아니었다. 오히려 어처구니없다는 표정을 했다.

"왜 안 사라지지? 환각을 깨부수었는데?"

"가지 말라며?"

"약을 먹어야 되나 보다. 휴, 다행이다. 안 사라져서. 말하면서도 엄청 쫄았어. 사라져 버릴까 봐."

영원은 라면을 두 개의 그릇에 나눠 담아 서로의 앞에 각각 놓았다. 그리고 젓가락과 숟가락도 세팅을 했다. 김치도 적당히 덜어서 가운데에 놓았다.

"당신 쪽에 달걀을 좀 더 많이 넣었어. 라면에 들어 있는 달걀을 주는 건 다 주는 거라고 했어."

영원은 식탁에 마주 앉아 젓가락을 들었다. 갑1도 젓가락을 잡았다. 그리고 아주 능숙하게 젓가락질을 했다. 그의 능숙함은 영원에게 그가 환각임을 뼈저리게 느끼게 했다. 영원이 식탁 끝에 있는 약봉지를 힐끔 보았다. 그리고 옆에 있던 잡지를 잡아 약봉지 위에 덮어서 가리고, 갑1에게로 눈을 돌렸다. 그에게 손을 뻗었다. 갑1이 움찔하여 상체를 뒤로 뺐다.

"만지지 말라고 했다."

"목 위까지 올라온 옷 내려 주려고 그랬다. 먹기 불편해 보여서."

갑1도 불편하기는 했다. 그래서 목을 영원 쪽으로 쭉 뺐다. 누군가의 시중을 받는 게 버릇이었기 때문이다.

"단추는 풀면 안 돼."

영원은 단추는 풀지 않은 채로 목 위까지 올라온 코트 깃을 반으로 접어서 내렸다. 코트 깃 안에도 검은색 레이스 머플러로 목을 칭칭 감아 놓은 것이 살짝 보였다. 그것을 풀어 주려고 손을 댔지만, 갑1에게 손목을 잡히고 말았다.

"됐다. 여기까지."

영원이 젓가락으로 라면을 집다가 말고 갑1에게 말했다.

"그런데 진짜 성욕이 없어? 왜?"

"빨리 먹어. 개구리가 계속 운다."

"우리 설정 다시 하자. 성욕이 있는 걸로. 나의 무의식이 왜 성욕 없는 걸로 설정했는지 도무지 모르겠어. 그럴 하등의 이유가 없어. 그동안 발산하지 못한 나의 욕구불만을 보면 당신은 어마무시한 성욕을 가지고 있어야만 해. 그게 맞는다고. 이전 말은 안 들은 걸로 할 테니까, 넌 지금부터 성욕 있는 거야, 응? 그렇게 하자, 응?"

"먹어라, 제발. 먹고 그 이상한 말 좀 그만하자."

영원의 요구는 라면을 먹는 내내 계속되었다. 갑1은 귀찮아하면서도 영원을 위해 이제껏 먹어 본 적 없는 라면을 먹었고, 이해하기 힘들다고 타박하면서도 그녀의 괴상한 수다를 들어주었다. 그러면서도 그녀 앞에서 모습을 감추지 않았다.

5

사자청 입구 로비를 오고 가던 직원과 사자들이 홍해의 물처럼 쫘악 갈라졌다. 누가 시킨 것이 아니었다. 그곳에 들어서는 어떤 존재 때문이었다. 시대를 까마득하게 거슬러 올라간 듯, 검은색 철판을 조각조각 겹쳐서 이어 만든 옛날의 철비늘 갑옷 차림에 종아리까지 치렁치렁 내려오는 긴 곱슬머리, 거기에 남다른 짙은 암흑의 기운. 사관학교 교장이자 새로 부임한 임시 청장인 전 갑2였다. 불새를 상징으로 하던 현 갑2가 일선에서 물러났기에, 이제부터 이자가 갑2가 되는 셈이다. 소문을 들은 모두가 포스에 밀려 가까이 다가가지 못하고, 호기심과 경외의 눈빛으로 바라보았다.

"여기가 사자부인가? 많이 변했군."

허스키한 목소리였다. 하지만 여성의 목소리였다. 갑2의 걸음은 남달랐다. 허리의 움직임이나 늘씬한 다리의 엇갈림, 그리고 발끝의 섬세함까지. 투박한 갑옷으로도 감출 수 없는 여성스러운 섹시함이 있었다. 갑2는 월직 중에서도 아주 드문 여성 사자였다. 그녀가 근처의 사자 한 명을 우아한 손짓으로 불렀다. 그는 홀린 사람처럼 그녀 앞에 이끌려 갔다. 갑2는 마치속눈썹 연장술이라도 한 듯 짙고 긴 속눈썹을 치켜뜨고, 붉고도톰한 입술로 말했다.

"청장실로 안내해라."

그녀가 뱉어 내는 것은 말이라기보다는 숨결이었다. 일반 직원들은 대부분 갑2를 처음 보지만, 사자 중에는 아는 이들이 많았다. 그래서 주로 얼떨떨하게 쳐다보는 건 직원, 반갑게 인사하는 쪽은 사자였다.

사자청은 이승으로 가는 삼도천과 가장 근접한 곳이다. 그렇기에 저승사자들의 근무처까지 가는 길은 많은 보안을 통과해야만 했다. 이 시스템이 생소한 갑2는 다른 사자들의 도움을받으며 겨우 청장실에 도착했다. 그러면서 수많은 사자를 지나쳤다. 그들 중 시직들은 그녀를 처음 보는 경우가 더러 있었다. 얼마 전까지 사관학교에 있었던 병9조차 실제로 그 모습을 보는 건 처음이었다.

갑2가 청장실 문을 열었다. 그녀를 본 청장은 책상 앞에 앉아 있다가 미련 없이 일어나 소파에 가서 앉았다.

"이제부터 네 책상이다. 난 여기에 앉으마."

"오랜만이군, 갑4 사자."

"애들 헷갈린다. 전 갑4라고 하든지, 청장이라고 불러. 그런데 그 갑옷도 꽤 오랜만이군. 한 1천 년은 되었나?"

"그래, 내가 은둔 생활이 조금 길었지?"

갑2는 제자리에 서서 그리 넓지 않은 청장실을 둘러보았다. 벽에 걸린 제주도 지도가 눈에 거슬렸다.

"왜 이딴 이승의 것을 붙여 놓았지?"

"나도 왜 그랬는지 모르겠다. 조증일 때 한 짓이라. 너 좋을 대로 해. 이젠 네 방이니까."

말이 떨어지기가 무섭게 벽에 있던 제주도 지도는 갈가리 찢어진 채로 떨어져 내렸다. 청장이 소파에 몸을 웅크리고 앉아 힘없이 말했다.

"책과 카탈로그는 놔둬. 내가 가지고 갈 테니까."

갑2가 건너편 소파에 마주 앉으면서 말했다.

"넌 조금 괜찮아졌다더니, 헛소문이었군."

"얼마 전에 갑3 녀석이 다녀가서 그래. 지금 이승에 있는. 그 녀석만 다녀가면 조증에서 우울증으로 전환이 되는 것 같다."

"아! 그 엽기가?"

"요즘은 또라이라고 해. 세월이 지나 단어는 바뀌어도 그 녀석을 지칭하는 뜻은 이상하게 안 바뀌더라. 그 녀석 안 보고 싶어?"

"우리한테 그런 감정은 별로 없지 않나? 감정 체계나 사고 체계가 인간과는 다르니까. 고작 1천 년 못 봤다고 보고 싶은 마음이 들기는 힘들지."

"앞으로는 징글징글하게 부딪힐 거다."

갑2가 서늘한 미소를 지었다.

"그 녀석은 여전하네. 갑1 사자는?"

"지금 일이 생겨서 잠깐 이승 출장."

"그 녀석은 보고 싶군."

"그런 마음이 들기는 힘들다며?"

"그래, 보고 싶다……는 아니지. 그리웠다……가 맞을까? 갑1이 아니라 그를 둘러싼 모든 것이 그리웠어."

"그 얘기인즉슨, 우리 사자청이 그리웠단 거군."

"이곳 사자부, 아니, 사자청과 옛날의 내가 그리웠던 거겠지. 지금의 나는 형편없으니까. 갑2팀 소식 들었다. 팀장 자리 이제부터 공석이라며?"

그녀가 사자청으로 왔다고 해도 임시 청장으로 왔을 뿐, 현역으로의 복귀가 아니기 때문에 갑2의 자리는 공석과 다르지 않았다.

"힘들게 버텼는데, 결국……."

"내가 교대해 줬더라면 이런 일 없었겠지?"

"어디 네 탓만 있겠냐. 나도 공범이다. 다들 간당간당하게 버티는 중이야."

갑2가 자세를 다시 잡았다. 그래도 푹신한 소파와 갑옷은 상극이었다.

"엄청 불편해 보인다."

"소파부터 바꿔야겠군."

"소파는 두고 네 갑옷을 바꿔라. 요즘은 이 얇은 안전복이 그거보다 훨씬 튼튼해."

갑2가 의심스러운 눈초리로 청장의 검은색 코트를 보았다.
청장이 말했다.

"의심스러워도 갈아입어. 너의 그 몸뚱이가 갑옷이나 안전복
보다 더 튼튼하니까 상관없잖아. 월직 지원실 직원들 너 많이
기다렸다. 준비도 열심히 해 놓았나 보더라. 거기서 주는 대로
입어. 성질부리지 말고."

똑똑.

노크 소리가 들렸다. 청장은 대답하지 않고 손짓으로 갑2에
게 떠넘겼다. 갑2가 대답했다.

"누구?"

"갑25."

"들어와."

문이 열렸다. 갈색의 깨끗한 구두가 먼저 들어왔다. 이승의
물건이었다. 그리고 잘 다려진 정장 바지에 단정한 와이셔츠와
넥타이, 그 위에 걸친 하얀색 의사 가운까지 전부 이승의 물건
으로 차려입은 사자가 안으로 들어왔다. 갑25의 의사 가운 포
켓에는 푸른색으로 '이심오'라는 글자가 수놓아져 있었다. 그가
들어오면서 갑2에게 말했다.

"사자청으로 왔다는 소식 듣고 왔다. 잘 왔어."

"덕분에. 앉아."

심오는 쓰고 있던 안경을 벗어 가운 포켓에 넣고 소파에 앉
았다.

"왔으니까 이제부턴 치료에 전념해 줘. 난 어서 해결하고 하루라도 빨리 지옥청으로 돌아오고 싶으니까. 이승은 나와 안 맞아."

"힘들어?"

"나는 인간 영혼과는 궁합이 안 맞아서 말이야. 이번에 갑1 사자가 다녀갔지? 규모상 당연히 그였겠지. 지금 이승은……, 너무 고통스럽다. 살아남은 영혼들이 더 힘든 시간이야."

"네가 생활하기는 어때? 장갑은 효과 있어?"

잠은 이쪽에서 자니까 힘들지 않았다. 하지만 지옥청 월직들은 사자청 월직들과 달라서 이승에서 형체를 유지하기가 힘들다. 홍신소의 갑21은 별문제 없지만, 심오는 신경을 덜 쓰면 손부터 사라져 버린다. 이건 여간 곤란한 일이 아니었다. 그래서 특수 제작한 장갑을 착용하게 되었다.

"다행히. 인간에게는 내 손으로 보이나 보더군."

"미안하게 되었다. 우리 때문에 고생하게 만들어서."

"미안하면 나한테 협조 좀 해 줘. 빨리 완치될 수 있도록."

심오가 미소 띤 입술로 갑2를 노려보면서 덧붙였다.

"특히 갑2 사자, 너."

갑2가 자신 없는 투로 대답했다.

"노력하마."

영원은 꾸벅꾸벅 졸면서도 갑1의 소맷자락을 놓지 않았다.

"가면 안 돼. 나 아직 약 안 먹었어. 약 안 먹……."

간간이 하는 이 이유 모를 약 타령은 잠꼬대일 뿐이다. 이미 영원은 식탁 앞에 앉은 채로 잠이 들었다. 갑1도 알고 있었다. 그럼에도 불구하고 그녀가 원하는 대로 소매를 잡힌 채 앉아 있었다. 굳이 빼고 싶지도 않았고, 뿌리치고 가야 할 만큼 바쁘지도 않았다.

"이 영혼은 도대체 뭐지?"

"약……, 안 먹을……, 거야……."

"약은 또 뭐지?"

갑1은 소매 부분을 무체화시킨 후 그녀의 손에서 빠져나왔다. 그리고 식탁에서 벗어나 집 안을 돌아보았다. 창고방을 먼저 열어 보았다. 책과 자료들, 박스, 옷이 걸린 행거 등 그녀와의 대화만큼이나 엉망진창인 곳이었다. 다음으로 작업실을 보았다. 일하는 사무실이라는 건 알 것 같았다. 벽에 붙어 있는 사진도 보였다. 청장실에 있던 것과 비슷한 사진이었다.

"뭐 하는 인간이지?"

마지막으로 침실을 열었다. 매트리스와 이불 외에는 아무것도 없이 휑한 방이었다.

"여기가 잠자는 방인가? 쓸쓸한 곳이군."

갑1은 방에 선 채로 영원을 데리고 왔다. 그가 안아서 옮긴 것이 아니었다. 볼썽사납게, 누가 보면 공포스럽게 둥실둥실 띄워서 옮겨 온 것이다. 이것이 그녀의 잠을 깨우지 않는 방법이었다. 영원의 몸은 젖혀진 이불 아래, 매트리스 위로 살며시 놓였다. 그리고 그녀의 몸 위로 이불이 스르르 덮였다. 갑1은 떠나기 전 무릎을 굽혀 옆에 앉았다.

"여기는 차구나."

갑1이 손가락으로 영원의 볼을 건드리려다가 멈췄다.

"나도 차다. 너에게 온기를 줄 수가 없어."

손끝의 찬기가 닿으면 깰 것이다. 그럼 또 가지 말라고 떼쓰겠지. 떼를 쓰든 말든 가 버리면 되는데, 이깟 인간의 청 따위야 지나치면 되는 것인데, 이것이 뭐라고 이렇게 돌아가는 발걸음이 무거울까? 이 쓸쓸한 잠자리가 어째서 마음이 메일까? 너무 오랫동안 이승에 나와 있었다. 마음과는 상관없이 이제는 정말 가야만 한다.

갑1이 일어서려고 무릎을 폈다. 그런데 눈물 한 방울이 영원의 볼 위로 떨어졌다. 갑1이 손끝으로 자신의 눈 밑을 닦았다. 그의 눈에서 떨어진 눈물방울이었다.

"아! 인간의 음식에 있는 나트륨……, 나한텐 부작용이 심한데……."

갑1은 국물까지 싹싹 비운 라면에 얼마나 많은 나트륨이 있는지 알지 못했다. 거기다가 김치까지 곁들였다. 평소 나트륨 과민반응으로 인하여 이승 음식을 꺼린 탓에 정보가 부족했다. 역시 먹는 게 아니었다. 한번 쏟아지기 시작한 눈물은 멈출 줄을 몰랐다.

"이런! 나한테 스트레스가 있었나?"

최근 계속해서 망자를 인도한 게 탈이 난 것인가? 그래도 버틸 만은 했는데, 아무래도 오늘 이 여자와의 대화도 원인에 들어가는 것 같았다. 도무지 알아들을 수 없는 이야기들이 그저 즐거운 줄로만 알았는데 스트레스였던 모양이다. 갑1이 영원의 곁에서 깔끔하게 사라졌다.

물속이었다, 갑1이 다시 나타난 곳은. 그는 깊은 물속에 하염없이 잠긴 채로 눈물을 쏟아 냈다. 갑1이 물 밖으로 서서히 밀려나기 시작했다. 이윽고 그가 물침대 삼아 하늘을 보고 누운 곳은 삼도천 위였다. 그렇게 누워서도 한참을 삼도천으로 눈물을 흘려보냈다. 얼마나 지났을까. 코트 안주머니에 있는 스마트폰에서 벨이 울리고 있음을 알아차렸다. 물에 누운 채로 흠뻑 젖은 폰을 꺼내어 폴더블폰을 열었다.

"센터장?"

— 어디서 뭐 하느라 여태 안 오나 했더니, 삼도천 위에서 놀고 있었나?

"잠시 쉬었다."

— 쉬는 건 찬성이다만, 세탁과 목욕은 분리해라.

"용건은?"

— 청장실로 가라. 갑2 사자가 임시 청장으로 부임했다. 인사하고 싶단다.

"알았다."

갑1이 몸을 일으켜 물 위에 섰다. 머리끝부터 발끝까지 물이 흘러 떨어졌다. 그의 얼굴에도 물이 흘러내렸다. 이승으로부터 등을 돌려 섰다. 그리고 저승을 향해 삼도천 위를 성큼성큼 걸었다. 그가 한 걸음 걸을 때마다 그를 적셨던 물이 방울방울 떨어져 나갔다. 머리카락과 옷자락과 신발을 적셨던 물기도, 얼굴의 물기와 눈물까지 한 방울도 남김없이 모두 삼도천에 돌려주었다. 갑1이 삼도천 끝에 다다라 저승에 내려섰을 때는 이전의 그의 모습으로 되돌아와 있었다. 물에 젖기 이전의 모습으로. 텅 빈 인형 같은 모습으로.

청장실 문을 열고 들어오는 갑1을 심오가 유심히 쳐다보았다. 평소에 마주치기 힘든 사자였지만 그래도 몇 번의 인사는 한 사이였다. 그는 참으로 한결같이 거리감 있게 인사를 했다. 사자청의 월직들 대부분이 오랜만에 보는 갑2에게 격렬한 환영 없이 어제도 만났던 것처럼 맹숭맹숭하게 건넨 인사가 고작이긴 했지만, 갑1은 유독 동떨어진 느낌이었다. 인사만이 아니다. 소파에 앉아 대화를 할 때도 일과 관련된 것이 아니면 대체로 멀어진다. 대화에서 분리되는 느낌, 심지어 자기 자신에게서조차 분리되는 느낌이 들었다. 아무도 이에 대해 이상하다고 말하지 않는다. 그는 원래부터 그런 월직사자였다고 모두가 입모아 말하기에. 심오가 일어서면서 말했다.

"난 가서 자야겠다. 이승으로 출근하려면 늦었다."

갑1과 눈이 마주쳤다. 가벼운 눈인사가 전해져 왔다. 이렇게 보면 또 전혀 동떨어진 느낌은 없었다. 다른 사자들과도 인사를 하고 청장실을 나갔다. 심오는 문을 닫기 전까지도 갑1에게서 눈을 떼지 않았다.

심오는 저승의 진료실로 돌아왔다. 편의를 위해 저승에도 마련된 그의 병원은 옆에 있는 갑21의 사무실과는 다르게 심플했다. 큰 책상과 의자 여러 개, 책꽂이, 그리고 탁자를 가운데 둔 기다란 소파 두 개가 전부였다. 벽에 따뜻한 벽난로가 있기는 했다. 물론 시각적인 장식일 뿐이다. 갑21의 사무실과 같은 점은 이곳도 저승의 문 반대편에 이승의 문이 있다는 것이다.

심오의 머릿속은 갑1이 내내 점령하고 있었다. 이승에서는 길을 지나가는 아무나 잡고 진료하지 않는다. 예약하고 찾아와 돈을 지불하는 사람들만 진료한다. 마찬가지로 저승에서도 윗분들에게서 의뢰받은 이승기피증 환자 세 명만 치료하고 지옥청으로 돌아오면 끝이다. 애초에 이 세 명 때문에 알아먹기 힘든 이승의 정신의학을 공부했다. 저승사자로서 업무 능력 최강인 갑1까지 살펴볼 필요는 없다. 그는 윗분들의 의뢰가 아예 없었다. 거론조차 없었다.

"업무에는 이상이 전혀 없다? 이승에서도 정신장애로 진단할 때 그 부분이 중요한 판단 기준이지. 그럼 단순한 성격이 맞겠지? 갑3 사자 같은 기괴한 성격도 있는데."

심오는 머리를 털어 버리고 쉬기 위해 소파에 앉았다. 그러다가 다시 일어섰다. 그가 손가락을 튕겼다. 그러자 공간이 변하기 시작했다. 벽에 있던 벽난로가 사라졌다. 소파도 사라졌다. 공간은 좁아졌다. 그리고 양문이었던 저승의 문이 작아져 외문으로 남았다. 영원의 눈에는 비상문처럼 보였던, 하지만 평범한 인간의 눈에는 보이지 않는 외문이었다. 영원이 드나드는 이승의 진료실로 넘어온 것이다.

"우리 월직들의 가장 큰 단점은 성실하다는 거야. 젠장!"

심오가 이승의 스마트폰을 꺼내 '또라이시끼'라고 저장된 번호로 전화를 걸었다. 채 두 번 울리기 전에 상대 쪽에서 받았다.

— 여어! 우리 사랑스러운 조카. 이 늦은 밤에 무슨 일이야?

심오가 짜증스러운 표정으로 스마트폰을 노려보았다. 듣기 싫지만 어쩌겠는가. 이승에 먼저 나와 있던 갑3을 외삼촌으로, 나중에 나온 심오를 조카로 호적 설정을 한 것을. 게다가 받자마자 말하는 쪽에서도 소름 끼치게 싫어하는 이런 말을 한다는 것은 옆에 듣는 사람이 있다는 사인이었다.

"바쁜가?"

— 지하철 사고 현장에 지원 나와 있다. 네 병원 근처.

"힘들겠구나."

— 몸보다 마음이 힘들지.

옆의 사람을 의식한 말이 아니었다. 갑3의 말은 진심이었다. 폭발과 고열로 인해 유실된 시체가 너무 많았다. 있는 것도 타다 남은 것들로 퍼즐 맞추기 하는 수준이었다. 그나마 시체라도 찾은 건 다행인 축에 들었다. 비행기나 배는 탑승 인원 파악이라도 가능하지만, 지하철은 한계가 있었다. 그래서 행불자를 찾아 달라고 매달리는 가족들과 현재 찾아내고 있는 시신 간의 차이가 컸다.

"마침 근처라면 쉽겠군. 시간 나면 한번 찾아와라."

— 왜?

"우리가 의논 외에 만날 일이 있던가?"

— 그러니까 어떤 의논이냐고.

"여러 가지."

— 알았다. 조만간 들르마.

"그리고 갑2 사자가 사자청으로 왔다."

— ……그나마 다행이군.

통화가 끊어졌다. 심오가 긴 한숨을 쉬었다.

"갑1 사자는 정상이겠지? ……그렇겠지, 아무렴."

쾅! 쾅! 쾅!

"작가님! 대답해 보세요, 작가님! 안에 계시는 거죠?"

요란한 소리가 계속해서 들리는 것 같았다. 문을 두드리는 소리도 있었고, 민아와 경민의 애타는 부르짖음도 있었다. 간 간이 옆집 사람의 고함도 들렸다.

"조용히 좀 해! 여기 혼자 살아?"

영원은 비틀거리면서 일어났다. 눈이 제대로 떠지지 않았다. 신경세포들도 덜 깨어났는지 몸이 계속 휘청거렸다. 영원은 비 몽사몽으로 비디오폰 앞에 섰다. 화면에 민아가 있었다.

"민아니?"

— 작가님! 괜찮으신 거죠?

"잠깐만 기다려. 문 열어 줄게."

영원이 문을 여는 동안 민아와 경민은 옆집 사람들에게 미안 하다며 사과를 했다. 그리고 문이 열리자마자 민아가 잔뜩 골이 난 얼굴로 뛰어들어 왔다.

"초인종을 얼마나 눌렀는데요! 계시면서 왜!"

"대체 몇 신데 너희들이 온 거야?"

"10시 넘었어요. 전화 연결도 안 되고, 진짜. 심장 쪼그라드
는 줄 알았다고요."

"10시? 어떤 10시?"

영원은 여전히 정신을 차리지 못했다. 그래도 거실 가득 햇
빛이 있어서 날이 밝은 것은 알아차렸다.

"아침 10시야?"

"네! 뭐야, 거실 불은 왜 다 켜 놨어요? 부엌 불도?"

"자, 잠깐만……. 나 잔 거야?"

평생 잠다운 잠은 단 한 번도 자 본 적 없는 영원이었다. 그
렇기에 지금의 이 느낌은 너무도 생소한 거였다.

"나 잤어! 잤다고!"

경민이 걱정스럽게 물었다.

"약 많이 드신 건 아니죠?"

"아, 아니, 약은 안 먹었……."

영원이 두서없이 식탁 위의 약봉지를 찾았다. 없었다. 그러
다가 잡지를 발견했다. 그걸로 덮은 게 기억이 났다. 들췄다.
밑에 약봉지가 있었다. 봉지 안에는 며칠 전부터 전혀 줄어들
지 않은 약이 들어 있었다. 약봉지를 왜 가렸더라? 잠에서 완전
히 깨어났다. 남자! 어제 환각이 나타났었다.

"설거지를 안 하셨네요. 지금 제가……."

"스톱! 현장 보존!"

뜬금없는 영원의 외침에 민아는 싱크대로 가던 걸음을 멈췄다.

"너희들 잠깐만 움직이지 말아 줘."

민아와 경민의 발을 묶어 둔 영원은 재빨리 집 안 곳곳을 눈으로 스캔했다.

"한 발짝도 움직이지 마."

민아와 경민이 어리둥절하여 각자의 가방만 끌어안고 섰다. 영원은 제일 먼저 냉장고 쪽으로 갔다. 냉장고를 열었다. 어제 치킨을 꺼내어 식탁에 올린 후에 그를 보았던 것을 복기하기 위해서였다. 그런데 어제 꺼냈다가 다시 넣었던 치킨 박스 위에 스마트폰이 놓여 있는 걸 발견했다. 영원은 우선 스마트폰만 꺼내고 냉장고 문을 닫았다.

"폰을 거기다 두셨어요? 그러니까 계속 연결이 안 되지."

"잠깐, 조금만 더 있어 봐."

영원은 어제 환각이 서 있던 거실 쪽으로 나왔다. 거기에 엎드려 발자국을 찾았다.

"뭐 잃어버리셨어요? 작가님 렌즈 안 하시니까 렌즈는 아닐 테고. 귀걸이도 아닐 테고. 말씀해 보세요. 저희도 같이 찾아드릴게요."

"아냐, 너희는 그냥 가만히 서 있는 게 도와주는 거야."

분명 구둣발이었는데, 벗으라고 해도 벗지 않았는데 어떤 자국도 남아 있지 않았다. 일어서서 식탁을 보았다. 그가 앉았던 의자가 삐뚤게 놓여 있었다. 이건 별 단서가 되지 않는다. 수많은 정신장애 중에서 결벽증이나 정리벽 등의 강박장애만큼은 없는 그녀였다. 그러니 통과다.

이번에는 민아가 거론했던 싱크대 설거지통을 들여다보았다. 그 안에 아무렇게나 던져져 있는 두 개의 라면 그릇과 두 쌍의 수저! 이것은 충분히 이상한 거였다. 쓰레기통을 뒤졌다. 라면 봉지 두 개가 제일 위에 있었다. 다시 싱크대 안을 보았다. 라면 건더기나 국물을 버린 흔적이 없었다. 분명히 기억에는 환각과 둘이서 한 그릇씩 먹었었다.

"작가님, 왜요? 스마트폰 외에 뭐 또 찾으실 거 있어요?"

영원이 제 배를 만지면서 물었다.

"민아야, 이 배 속에 라면 두 봉지가 들어 있는 걸로 보여?"

"배는 모르겠고, 얼굴 부기만 보면 두 봉은 충분히 들어 있을 것 같은데요? 작가님 쌍꺼풀 지금 다 풀렸어요."

영원이 기운 빠져서 말했다.

"아, 그래서 눈이 안 떠졌구나!"

그래, 두 봉지를 자신이 다 먹었다고 생각하는 게 이치에 맞았다. 저승사자라니. 저승사자라니! 무엇보다 저승사자가 찾아왔는데도 살아 있지 않은가. 난생처음 꿀잠까지 자고 일어났다. 어떤 저승사자가 이런 선물을 준단 말인가. 결국 환각이어야 개연성이 맞는 거다.

"됐다. 움직여도 돼. 일할 준비들 해라."

민아와 경민이 의아하다는 눈빛을 서로 주고받으면서 작업실로 들어갔다. 영원은 고무장갑을 끼고 싱크대 앞에 섰다. 어제 그가 사용했던 젓가락과 숟가락을 잡았다.

"젓가락질이 굉장히 익숙했단 말이지."

"뭐가요?"

민아가 다시 나왔다. 커피를 가지러 온 것이다.

"아냐, 아무것도."

민아가 식탁 위의 라면포트를 싱크대 쪽으로 건네주고 컵을 꺼냈다. 영원이 라면포트를 보면서 말했다.

"민아야, 성욕이 없는데 섹시할 수 있을까?"

"성욕이 있는데 섹시하지 않은 우리도 있잖아요. 우리 반대도 있겠죠, 뭐."

영원의 손에서 젓가락이 툭 떨어졌다.

"뼈 맞았다."

"작가님 커피는 안 탈 거예요. 식사가 먼저니까."

"응. 난 세수 먼저 하고 눈부터 떠야지."

"몇 시간 주무신 거예요?"

"글쎄……, 언제부터 자기 시작한 건지 잘……."

영원은 설거지를 하면서 곰곰이 계산해 보았다. 해 질 녘에 그가, 아니, 환각이 나타났었다. 그리고 오랫동안 같이 있었던 것 같다. 남들이 보면 혼자서 웃고 떠드는 모양새였을 것이다. 식탁에 앉아 졸았던 것까지 기억이 났다. 그 뒤에 방으로 들어간 기억은 없었다. 아마도 혼자서 들어갔을 것이다. 이리저리 빼고 아무리 짧게 계산해도 수면 시간이 족히 여덟아홉 시간은 될 것 같았다. 이것은 기적이 아닐 수 없었다. 얼마나 길게 잤는지 보는 수면 시간만이 아니었다. 얼마나 깊은 잠을 잤는지 따지는 수면의 질까지 기적이었다. 그 어떤 약을 먹고도 그런 잠은 자 본 적이 없었다.

"민아야, 단잠이라는 단어가 있잖아. 나 그 의미를 알아 버렸어. 어젯밤 잠은 참 달더라."

"작가님 계속 힘드셨잖아요. 지치셨나 봐요."

"그렇겠지? 그래서 어제……."

무의식이 환각으로 나타나 위로해 주었겠지. 그런데 그것도 위로해 준 거라고 봐야 되나? 환각 주제에 엄청 튕기지 않았었나?

"과정이야 어쨌든 결과가 즐거웠으면 됐다. 내가 행복한 기분이었으면 된 거야. 이제 정말 약 먹자."

"앗! 약은 식사하시고 드세요. 속 다 버려요."

"알았어. 고맙다, 민아야."

영원이 설거지를 끝내고 욕실로 들어갔다. 그곳의 거울에 자신의 얼굴이 보였다. 역시 민아 말대로 라면 두 봉지에 있는 나트륨의 효과가 반영된 거라 믿어 의심치 않게 퉁퉁 부어 있었다.

"평생이 과식 인생이다. 공포도 과식하고, 약도 과식하고, 어젯밤엔 라면까지 과식하고. 라면 두 봉이 뭐야, 두 봉이. 달걀까지 야무지게 넣어 먹고. 내가 강호동이야?"

영원은 찬물에 분노의 세수를 했다. 끊임없이 찬물 찜질을 하고 수건으로 닦았다. 부기는 전혀 가라앉지 않았다. 오늘따라 칙칙한 피부가 눈에 들어왔다. 환각일 뿐인데, 그 남자에게 이런 초췌한 몰골을 보인 게 쪽팔렸다. 그리고 속상했다.

"약 때문에 간이 나빠져서 피부가 칙칙한 거야. 난 언제쯤 약 없이 인간답게 살아 보나."

영원은 어젯밤의 라면 두 봉지에 대한 자성의 시간을 가지기 위해 아침 식사는 생략하기로 했다. 그러니 자연히 약도 생략이다. 영원은 커피만 타서 작업실로 가지고 들어갔다. 아니나 다를까, 민아의 잔소리가 날아왔다.

"왜 또 커피부터……."

"어젯밤에 먹은 라면이 아직도 소화가 덜됐어. 자그마치 두 봉을 한꺼번에 때려 넣었다."

"그러게 한 봉씩 나눠 드시지 한꺼번에 몰아서 드시고 그러세요."

"그리고 지금 머리가 너무 상쾌해. 더럽히고 싶지 않아. 어? 이건 뭐야?"

영원의 책상 위에 작은 선물 상자와 책이 있었다.

"선물이에요. 뜯어 보세요."

"나 생일 아닌데?"

"선물이라고 할 정도로 근사한 거 아니고요, 어제 제 거 사면서 같이 산 거."

포장을 뜯자 안에서 마스크팩 상자가 나왔다.

"이심오 원장님께 가시기 전에 그거 꼭 하시라고요. 보습도 되면서 피부 톤도 개선해 준대요."

"고맙다. 마침 꼭 필요하다고 느끼던 참이었는데."

이번에는 책을 들어 올렸다. 《예지몽 해석법》이라는 제목이었다.

"아! 어제 네가 말한……."

"책 보세요. 포스 있죠?"

상당히 낡은 책이었다. 민아의 말대로 본문은 전부 세로쓰기였다. 발행일을 확인했다. 1970년이었다.

"와! 진짜 오래됐다. 출판사도 생소하고."

"우리 엄마 말씀으로는 요즘도 이런 책 시골 오일장 같은 데서 판대요. 내용은 얼추 비슷하다던데요. 제가 책갈피 끼워 둔데 보세요."

영원이 책을 펼쳐서 읽었다. 다양한 나비 꿈의 형태에 대해 제법 여러 가지 해석을 해 놓았다. 저승사자도 찾아보고 싶었지만, 잠시 책을 덮고 옆으로 밀쳤다. 어제의 일보다, 오늘과 내일의 일이 더 급하고 중요했다.

"민아야, 책 한동안 빌려도 돼? 지금은 읽을 시간이 없을 것 같아서."

"네, 천천히 보세요."

경민과 민아는 벌써 일을 시작하고 있었다. 영원은 빈말이 아니라 진짜로 머리가 맑았다. 그래서 모니터로 이제껏 연재한 부분과, 아직 올리지는 않았지만 지금까지 그려 놓은 부분을 쭉 연달아 읽어 보았다. 그녀의 고개가 갸웃했다. 다시 앞부터 읽었다. 이번에는 웹툰용으로만 사용하는 위로 넘기는 스프링 연습장을 잡아서 펼쳤다. 거기에 긁적거려 놓은 콘티도 꼼꼼하게 읽었다. 그러다가 갑자기 말했다.

"애들아, 잠깐! 지금 작업하는 거 멈춰 줄래?"

민아와 경민이 동시에 태블릿에서 손을 들어 올렸다. 영원이 스프링 연습장에서 콘티 작성해 놓은 것들을 좍좍 뜯어내기 시작했다.

"너희는 거실에 나가서 조금 쉬고 있어."

민아와 경민은 이유를 물으려다 말고, 서로 눈짓을 주고받으면서 일어났다. 그리고 거실로 나가서 작업실을 힐끔거렸다.

"뭔가 예감이 좋은데?"

"작가님은 약 기운 없이 일하실 땐 카리스마 넘치시잖아요. 그렇다고 약 드시지 말라고 할 수도 없고."

"악몽 꾸시는 거 직접 보고 나니까 더 그렇지?"

"솔직히 싱숭생숭하던데요. 전 요즘 뉴스도 보기 힘들어요. 악몽 꿀 것 같아서. 죽은 사람이 저였을 수도 있잖아요. 제가 타고 다니던 지하철인데. 작가님은 그걸 직접 겪었으니. 1분? 와, 진짜 소름! 저도 제정신으론 못 버틸 것 같아요."

"범인도 아직 모른다던데. 그것도 그것대로 끔찍하다."

"너튜브에선 자살 테러로 보는 견해도 있어요."

"그래? 살아 있어도 기분 나쁘지만, 죽었어도 기분 나빠. 그런 놈들은 갈기갈기 찢어 죽여도 시원찮은데."

이번 사고로 사망자 수만 현재 190여 명으로 집계되고 있었다. 하지만 행불자로 신고된 수는 이보다 훨씬 많았으며, 부상자 수 또한 많았다. 여기에 사망자 수는 여전히 늘어나고 있었다.

영원이 거실로 나왔다. 손에는 스프링 연습장과 찢어 낸 콘티, 필기구 등이 있었다. 영원은 그것을 거실 바닥에 내려놓고 두 사람에게 말했다.

"너희들 어디 나가서 놀다 올래? 두세 시간 정도만이라도."

"콘티 수정하시는 거예요? 많이 고쳐요? 저흰 하던 일 계속하면……."

"아니. 아! 내가 신용카드 줄 테니까 백화점 지하에 가서 먹고 싶은 거 사 올래? 저번에 맛집 리스트 캡처해 둔 거 있지 않았어?"

영원은 대답도 듣기 전에 지갑부터 찾았다. 그림 그릴 때 함께 있는 건 어느 정도 가능해졌지만, 콘티 작업은 여전히 혼자 있지 않으면 안 되었다. 그래서 두 사람을 내보내려는 것이다. 영원이 창고방에 걸어 둔 가방에서 지갑을 꺼내 가지고 나왔다. 둘에게 지갑째로 건넸다.

"뭐든 사 와. 내 점심도."

"지하 식품관 골든벨 울려도 돼요?"

"불가능해. 내 카드 한도가 얼마 안 되거든."

"예."

민아와 경민이 가방과 간단한 소지품을 챙겨서 나왔다. 영원이 나가려는 두 사람에게 말했다.

"디저트류 중에 냉동도 섞어서 좀 넉넉하게 사 와. 오는 길에 약국에 들러서 피로 회복제도 사 오고. 한동안 빡세게 달려야 할지도 몰라."

　민아와 경민이 기분 좋게 인사하고 나갔다. 영원은 여느 때와 다름없이 문을 층층이 걸어 잠그고 거실에서 작업을 시작했다. 우선 찢어 낸 콘티들을 순서대로 쭈욱 펼쳤다. 그리고 순서를 바꾸기도 하고, 중간중간 엑스를 긋기도 하고, 한 장을 아예 구겨서 버리기도 하고, 빈 연습장에 새로 칸을 나누고 말풍선과 대충의 러프를 넣어 새로운 스토리를 만들기도 했다. 빈 연습장에 새로운 페이지가 생겨날수록 기존의 콘티 페이지는 구겨져서 던져졌다. 시간이 지날수록 거실 가득, 구겨져서 버려지는 종이들이 점점 불어나고 있었다.

6

을1이 자신의 책상에 앉았다. 1번이라는 번호에 맞게 일직 중에서는 최고의 베테랑이었다. 그런 그가 요즘 힘든 표정에서 벗어나지를 못하고 있었다. 한동안 쉬었는데도 그랬다. 가림막 너머의 갑2팀에 있던 을4가 그를 불렀다.

"어이! 어딜 다녀왔기에 축 처졌어?"

을1이 힘없이 대답했다.

"저번에 데리고 왔던 영혼 살펴보러."

"저번? 회계청으로 이송 안 됐어?"

기억이 추출된 영혼은 재판부로 넘겨지기 전, 옥황국에서 넘겨받은 공과격, 즉 선악의 대차대조표를 가지고 회계청에서 계산한 통계를 먼저 받아야 한다. 이것의 담당은 회계사자들인데, 모두 인간 영혼들로 구성되어 있다. 일반적인 영혼은 사자청의 임시 수용소에서 바로 회계청으로 이송되지만, 예외가 있었다. 바로 이승에서 육체의 상처와 함께 정신의 상처까지 받은 채로 죽은 영혼들이었다. 이들은 재판보다 치료가 더 급했다.

"지금 집중치료실에 있거든."

을4가 뭔가 떠오른 표정으로 다급하게 가림막을 연속으로 때렸다.

"을1, 을2, 을3 사자! 너희들 지금 잠깐 얘기 좀 할 수 있나?"

마침 모두 사무실에 있었다. 하지만 시간에 여유가 있는 사자는 없었다. 사고의 여파 때문에 인도하러 가야 할 망자가 줄을 서 있기 때문이다. 그것은 을4도 마찬가지이긴 했다. 을3이 고개를 살짝 저었다. 곤란하다는 뜻이었다.

"딱 10분도 안 돼?"

"10분이라면……, 오케이."

을4가 고개로 휴게실 쪽을 가리킨 후, 먼저 그곳으로 떠났다. 갑1팀의 일직들도 그를 따라갔다. 을4가 빈 휴게실을 찾아 세 명을 불러들였다. 넷만 있게 되자 그가 말했다.

"저번에 갑3 사자님, 그러니까 지금 이승에 나가 계신 그분이 시체 토막을 하나 가지고 와서 사무실 뒤집어 놓은 일 알고들 있지?"

을1이 놀란 눈으로 말했다.

"그래? 난 모르는 일인데?"

"넌 그때 없었거든. 지금 집중치료실에 있는 영혼 데리고 온 직후여서. 그거, 을1 사자가 데리고 온 그 영혼 시체 토막 아니야? 갑3 사자님이 그때 토막 살해 어쩌고 하셨거든."

을1이 잠시 고민에 빠졌다. 이런 일을 말해도 되는지 판단하기 위해서였다. 데리고 올 영혼에 대해 말하는 건 금기지만, 이미 데리고 온 영혼에 대해 말하는 건 금기까지는 아니었다. 권고 사항일 뿐이다.

"맞나 보다. 집중치료실에 있는 영혼, 너무 심하게 다쳤어. 끔찍하게 죽었거든. 예전에 고문실에서 데려온 영혼보다 더 상처가 깊다. 이 상태로는 30년 안에 재판도 못 받아."

"죽인 뒤에 토막 낸 거 아니지?"

을4의 묵직한 질문에 을1뿐만 아니라 을2와 을3까지 과거의 기억을 떠올렸다. 을4가 먼저 말했다.

"난 2년 전에 봤다. 그래서 시체 토막 봤을 때 딱 생각나더라."

을4도 오랫동안 힘들었다. 그때 그가 데리고 온 영혼도 바로 집중치료실에 들어갔고, 아직도 그곳에 있었다. 그래서 베테랑인 을1이 힘들어할 정도면, 갑3이 가지고 왔던 시체 토막과 관련이 있지 않을까 짐작한 것이다. 을3이 말했다.

"산 채로 토막……, 그거라면 나도 경험 있다. 한 번. 10년 정도 전에."

을2도 무겁게 말을 뗐다.

"난 두 번이군. 두 번 다 범인은 같은 놈이었는데."

을1이 을2를 쳐다보았다. 놀란 표정이었다.

"난 이번까지 세 번이다. 모두 같은 범인. 혹시 우리 넷 다 똑같은 범인한테 당한 영혼들을 데려온 거냐?"

"설마? 난 지금껏 나만 재수 없이 그 범인한테 두 번이나 걸린 줄 알았는데……."

을2의 말을 들은 을1이 말했다.

"제일 처음은 28년 전. 이번에 보니까 범인도 많이 늙었더라. 60대로 보이던데."

60대라는 말에 다른 사자들도 자신이 본 범인과 비교해 보았다. 을4가 말했다.

"내가 본 놈도 같은 범인 같다. 현장이 온통 비닐로 덮여 있고……."

"나도다. 살해 흉기가……."

을2가 범인 흉내를 내어 허리께에 양손을 엇갈려 들듯이 하고, 모터에 흔들리는 듯한 제스처를 했다. 모두가 고개를 끄덕였다.

"같은 놈이 맞는구나. 우리 외에도 더 있을 수 있겠다. 젠장!"

"을1 사자 말대로라면 거의 30년 가까이 범행이 이어져 오고 있는 거잖아? 그동안 한 번도 잡힌 적이 없어? 이렇게나 많은 사람을 죽였는데도? 이승의 경찰들은 다 뭐 하는 거지?"

"그거야 이승의 일이고. 난 세 번째로 겪고 나니까, 다음이 또 있을 것 같아서 두렵다. 우리는 내려가서야 알게 되잖아. 범행 현장인지 사고 현장인지."

잔혹한 죽임을 당한 영혼은 자신의 시체 앞에서 절규한다. 일직들은 눈앞의 범인을 두고도 고통에 발악하는 영혼을 강제로 끌고 와야 한다. 그 과정에서 일직들의 마음도 상처를 입는

다. 이번에도 그랬다. 을1이 염라부명장의 좌표에 도착했을 때, 사건은 진행되고 있었다. 그의 눈 바로 앞에서 잔인무도한 일이 자행되었다. 영혼이 빠져나왔다. 그 영혼은 여전히 절단되고 있는 자신의 육신을 보고 말았다. 영혼은 울부짖으며 발버둥을 쳤고, 을1은 심한 상처를 입은 영혼과 몸싸움을 해서라도 힘들게 저승으로 끌고 와야 했다. 놓쳐서 악귀로 만들 수는 없었다. 그 과정에서 영혼도, 을1도 만신창이가 되었다.

"또 겪고 싶지 않다, 정말로."

모두가 그때의 참상을 떠올리고 있었다.

"갑3 사자님이 이 사건 맡은 건가? 연쇄살인인 거 감 잡으셨나?"

"아예 감도 못 잡으셨으니까 우리한테서 목격자 찾은 거 아닐까? 감 잡았으면 이승에서 목격자를 찾았겠지."

잠시 생각하던 을1이 번쩍 떠오른 기억 하나를 잡았다.

"감 잡으셨다! 갑3 사자님, 다른 건 몰라도 연쇄살인인 거는 감 잡고 계신다."

갑3이 2년 전에 을1에게 이상한 걸 자꾸 물어 왔다. 을4가 데리고 온 영혼을 물어보는 건지 몰랐던 그는 영문을 몰라 무작정 피해 다녔다. 갑3은 별다른 협박을 안 해도 이유 없이 무서운 걸 어쩌겠는가.

"아! 그래서 이번에 이 난리를……."

"제대로 빡치셨겠는데? 그 연쇄살인마는 저승사자, 그중에서도 갑3 사자님의 무서움을 모르겠지? 어? 잠깐만! 이 사건 해결할 때까지 안 돌아오시는 거 아니야?"

그러고도 남을 위인이다. 그렇다고 갑3에게 직접 말해서는
안 된다. 이승의 일에 관여한 것으로 간주되어 규정 위반에 해
당한다. 그러면 끔찍한 암흑의 감옥에 갇히게 될 것이다. 을4가
넌지시 말했다.

"우리가 그분한테 심한 협박을 당해서 불어 버리면 우리 죄
는 아니지 않나?"

갑1팀의 일직 세 명이 동시에 소리쳤다.

"절대 안 돼!"

"그분은 2년 남았다. 그 안에 절대로 죄를 짓게 해서는 안
돼. 반드시 2년 뒤에 복귀시켜서 저승사자로서 일하게 만들어
야 해. 그분이 우리 갑1 사자님 짐을 안 덜어 주면, 쓰러지신 너
희 팀장님처럼 되지 말란 법 없다."

방법이 없었다. 범인의 인상착의를 알고 있는데도 아무 일도
할 수가 없었다.

"이승에 호적 등록해서 나간 사자님들은 인간의 한계 내에서
는 범인 잡아도 되잖아?"

그건 그렇다. 저승사자로서의 능력만 사용하지 않으면 규정을
어기는 건 아니었다. 하지만 이 경계가 모호한 점이 문제였다.

"우리가 규정 내에서 그분께 힌트 줄 방법은 없나?"

을2의 말에 을3이 웃음을 터뜨렸다. 그리고 말했다.

"을2 사자는 그렇게 오랫동안 이곳에 있었으면서도 우리 월
직사자님들을 우습게 보는구나? 그분들 눈치 더럽게 없다. 옆

에서 직접 힌트 줘도 절대로 못 알아차리실 거다."

반박할 수가 없는 말이었다.

"더군다나, 갑3 사자님은 모든 교과서와 참고서를 조사 하나 빠짐없이 완벽하게 외우면서도 고3을 10년씩이나 하신 걸로 유명하지. 문제를 못 푸셔서 말이야."

을3이 밖으로 나가면서 말했다.

"난 출국해야 한다. 이만……."

을1이 다급하게 외쳤다.

"잠깐! 우리 앞번호부터 차례로 정신의학과 사자님께 상담받기로 된 거 있지? 그분께 이 연쇄살인마로 인해 얼마나 힘든지를 집중적으로 얘기해. 우리는 정신 상담을 최선을 다해 받는 거다."

을3은 고개를 끄덕이며 엄지손가락을 올려 보였다. 그리고 휴게실을 나왔다. 그도 예전의 일이 다시금 머릿속에 가득 찼다. 이 범인이 잡히지 않으면 다음에 그 끔찍한 현장에 자신이 내려갈 가능성이 컸다. 범인을 만나고 싶지 않은 것이 아니다. 그렇게까지 상처입은 영혼을 저승으로 비참하게 끌고 오고 싶지 않은 것이다. 그들은 피해자일 뿐 죄인은 아니기에.

"그 범인……, 손목 복숭아뼈 근처에 흉터가 있었지? 상담받을 때 그 부분을 말해도 되나? 어디까지 말해야 문제가 되지 않을까?"

이승에 호적 등록해서 나가 있는 사자들끼리는 교류가 있을 것이다. 대화하다 보면 알게 모르게 새어 나갈지도 모른다. 비록 갑25 사자가 깐깐하고 규정을 잘 지키는 월직이라고 해도 말이다. 저승에 오래 있었던 일직들이 미처 알지 못하는 부분이 있었다. 저승사자에게 의무가 있는 것처럼, 이승의 의사에게도 환자의 비밀을 보호해야 할 의무가 있다는 것을.

민아와 경민이 새로 수정된 콘티를 교대로 읽었다. 민아가 먼저 두 주먹을 불끈 쥐었다.

"됐어! 우리 여기서 안 쫓겨날 수 있겠어."

영원이 어리둥절하여 말했다.

"쫓겨날 걱정까지 할 정도로 수정 전이 이상했던 거야?"

경민도 만족스러운 표정으로 콘티집을 돌려주었다.

"조금 걱정되는 정도였어요. 저희로서는 문제점도 모르겠고. 이 콘티 보니까 알겠네요, 뭐가 문제였는지."

제목 하나만으로 클릭하게 만드는 것도 만화가의 능력이지만, 작화만으로 홀린 듯이 클릭하게 만드는 것도 만화가의 능력이었다. 영원의 경우 제목의 마력은 없을지라도 작화의 마력은 월등히 높았다. 웹툰이나 만화는 소설이 아니다. 스토리로 진행되는 점은 닮았는지 몰라도 작가의 개성이 들어간 작화는 만화를 구성하는 가장 중요한 요소이다. 드라마가 같은 시나리오에 같은 연출이라고 해도 배우가 가진 아우라에 따라 보는 재미가 달라지는 것처럼, 만화도 그림체에 따라 보는 재미가 확연히 달라진다. 작화만 봐도 재미있는 만화, 그것이 영원의 가장 큰 장점이었다. 이전의 콘티에서는 그것을 드러낼 컷이 부족했던 것이다. 도입부에서 스토리를 진행하려는 욕심으로 인해 그림 보는 재미를 압수한 케이스였다.

웹툰의 배경이 되는 탈춤부 내에는 설정상 두 개의 파벌이 존재한다. 한쪽은 사물놀이패, 다른 한쪽은 탈춤패. 남주들이 속한 곳은 언제나 탈바가지로 얼굴을 가리는 탈춤패였다. 반면에 얼굴이 오픈된 사물놀이패는 못생겼다는 설정이다. 이전 콘티의 문제점은 여기서 발생했다. 여주가 탈로 얼굴을 가린 세 명의 남주를 각각 다른 사건에서 마주치게 되는데, 독자들마저 계속해서 탈만 보게끔 설정된 부분이었다. 웹툰을 읽어 나가도 잘생긴 남주는 보이지 않는 순정만화라니. 못생긴 남자와 탈바가지만 보이는 순정만화라니. 이러니 스토리를 떠나 그림을 그리는 민아도, 읽는 독자도 재미가 떨어질 수밖에.

수정된 콘티에서는 남주들이 전부 각기 다른 탈을 벗어 얼굴을 보이는 것까지 들어가게 했다. 물론 여주는 이것을 못 본다. 세 가지의 탈만 기억할 뿐이다. 이전의 콘티가 여주와 독자 모두에게 비밀이었다면, 수정된 건 독자는 알지만 여주에게는 비밀인 셈이다. 그러니 본스토리는 전혀 바뀌지 않았다. 남주들의 얼굴이 화면을 채움으로 인해 느끼게 되는 설렘은 영원같이 뛰어난 캐릭터 작화를 가져야 가능한 연출이었다. 독자들로 하여금 남주와 잘 이어지기를 바라는 마음을 일으키게 만드는 결정적인 계기는 사건이 아니라 얼굴이 되는 것이다.

여주의 분량도 늘렸다. 여주2에 해당하는 여조는 부장으로 요즘 유행하는 걸크러시에, 소년만화에 나올 법한 열혈 액션

캐릭터였다. 동작이 시원시원해서 경민에게는 그림 그리는 재미가 있었겠지만, 이것은 여주를 죽이는 역할이 되고 말았다. 이 부분을 줄이고 여주의 분량을 늘리면서 개그 컷도 늘렸다. 요즘 인기 없는 평범녀에 몸치라는 설정이라서, 만약에 소설로 읽는다면 재미가 떨어지는 여주였을 것이다. 하지만 여기에도 영원의 마력이 들어간다. 작화에서 보이는 사랑스러움은 보는 재미를 높인다. 특히 영원의 개그 컷은 말과 행동까지 귀여운 캐릭터로 업그레이드시킨다. 웹툰이라는 장르이기에 가능한 여주로서의 매력을 가지게 되는 것이다.

"어? 여주2 분량이 줄면서 남주3인 이심오 분량도 줄어드네요?"

"초반에는 아니지만, 10화 이후에는 둘의 썸이 나오니까 그렇게 되더라."

민아가 영원의 손을 꽉 잡으면서 애원하듯 말했다.

"웹툰에서는 이심오가 남주가 아니라서 어쩔 수 없지만, 작가님 마음에서는 이심오의 분량을 키워 주세요."

"걔들은 10화 이후로 전부 넘길 거야. 사이드 디시도 중요하지만, 메인 디시가 먼저다."

민아가 엉뚱한 말을 더 잇기 전에 경민이 질문을 새치기했다.

"이렇게 되면 저희가 도울 수 있는 컷이 줄어드네요?"

"대신 배경 디테일에 신경 써야 해. 그건 너희들 몫이야."

"그런데 수정된 거 이번 연재부터잖아요. 마감이 하루밖에 안 남았는데 가능해요?"

"불가능한가?"

"불가능해요! 절대! 네버! 이번 연재는 만들어 둔 걸로 보내고, 다음 화부터 수정본으로 해요."

영원이 이전의 완성본과 콘티를 번갈아 가면서 확인했다. 그러다가 단호하게 말했다.

"올리고 나서 아니라고 생각할 순 있지만, 아니라고 생각한 걸 올리지는 말아야지. 이전 완성본에서 살릴 부분은 살릴 거니까, 밤을 새우더라도 수정한다."

영원은 두 번의 지체도 하지 않고 바로 책상에 앉았다. 경민도 책상 앞에 앉아서 말했다.

"어제 하루 쉬었더니 기운이 넘치네요. 저도 오늘 밤샘 오케이. 배경 지정해 주세요. 바로 딸게요."

민아도 책상에 앉아 설정집을 뒤져서 변경되는 부분을 체크하기 시작했다. 작업실 안이 순식간에 전투 모드로 전환되었다.

"너는 또 앉아서 자는구나."

영원이 작업실 책상에 엎드린 채로 자고 있었다. 잠깐 눈을 붙인 것이다. 무체화로 나타난 갑1에게는 이런 잠자는 자세가 이상할 수밖에 없었다.

"편하게 좀 자지."

갑1은 영원을 깨우지 않고 비어 있는 민아의 의자에 앉았다. 여전히 무체화 상태였다. 의자가 조금 멀게 느껴졌다. 그래서 의자를 영원의 책상 가까이 옮겨 앉았다. 영원의 책상 위에 쌓여 있던 책과 자료들이 시야를 방해했다. 이것들도 둥실 띄워서 책상 옆의 바닥으로 위치를 옮겼다.

"내가 지금 뭐 하고 있는 거냐."

갑1은 말은 그렇게 하면서도 앉아서 잠든 영원을 바라보았다. 먼동이 터 오고 있었다. 이 방에서도 어스름이 사라져 가고 있었다. 빛이 들어오기 시작하면 이 인간도 깨겠지? 갑자기 방의 커튼이 닫혔다. 조금 뒤 영원의 옆에 있던 스마트폰에서 알람이 울렸다. 아니, 울리려고 했다. 이것도 소리가 나려던 찰나에 꺼졌다. 갑1이 전원 자체를 꺼 버린 거였다.

"여기에 왜 왔더라……. 기껏 자는 걸 보려고 온 것은 아니었을 텐데……. 그런데 왜 안 깨우는 거냐, 나는."

또 스트레스받을까 두려운 건가? 아니면, 마음껏 보고 싶어서인 건가? 그것도 아니면, 할 말이 없어서인 건가? 막상 이 여자가 깨어나서 왜 왔냐고 물어보면 뭐라고 말해야 하는 걸까? 반가워해 줄 것 같지는 않은데……. 또 약 타령 하려나? 갑1의 몸이 유체화로 변했다. 그도 그녀의 책상에 같은 포즈로 엎드렸다.

"깨어나라, 나영원."

속삭이는 소리였다. 깨우려고 내뱉은 말은 아닌 게 분명했다. 아마도 이름을 불러 보고 싶었던 것 같았다. 한참을 그렇게 있었다. 갑1이 천천히 몸을 일으켜 세웠다. 그가 사라져 가면서 말했다.

"아마도 너를 보러 온 것 같다. 이유도 없이."

그가 사라지자마자 영원이 꿈틀하면서 눈을 떴다.

"윽! 내 목."

그녀는 목을 이리저리 움직이면서 상체를 일으켜 스마트폰을 잡았다. 전원이 나가 있었다.

"벌써 배터리가 다 됐나? 아직 어두운데 몇 시지?"

폰을 충전기에 연결하고 전원을 눌렀다. 영원이 폰을 두고 일어서면서 허리를 짚었다.

"에구구, 내 허리. 아이고, 내 어깨. 아, 내 눈."

누워 버리면 못 일어날 것 같아서 엎드려서 잠시 눈을 붙였더니, 허리와 어깨가 자신의 것이 아닌 것 같았다. 눈도 감았다가 뜰 때마다 모래알에 긁히는 느낌이었다. 책상 서랍을 뒤져서 인공 눈물을 꺼내 눈에 넣었다. 그리고 거실로 가기 위해 발을 뗐다. 두어 걸음 걷자마자 발에 무언가가 차였다. 영원은 대충 발을 떼서 넘어가, 민아의 책상을 지나가려고 했다. 이번에는 의자에 부딪혔다.

"왜 이렇게 장애물이 많지?"

작업실 문을 열었다. 밝았다. 작업실을 보았다. 어두웠다. 영원은 원인을 알아차렸다. 커튼이 쳐져 있었다.

"커튼이 왜……."

커튼을 친 기억이 없었다. 거실 벽에 걸린 시계를 보았다. 아침 8시가 넘어가고 있었다.

"7시 반으로 알람 맞춰 놓고 엎드렸는데……."

영원은 작업실 불을 켜고 둘러보았다. 민아의 의자가 에러로 잡혔다. 작업실 문과 영원의 자리 사이를 오갈 때는 민아의 의자 뒤를 지나야 한다. 언제나 그랬다. 그래서 민아가 없을 때는 자연스럽게 의자가 책상 밑에 바짝 넣어져 있다. 어젯밤에 민아와 경민이 퇴근하고 난 뒤에도 영원은 수차례나 오고 갔다. 한 번도 부딪힌 적이 없었다.

발에 차여 바닥에 널브러진 책 더미도 거슬렸다. 엎드리기 직전까지 책상 위에 있었던 것들이다. 자다가 실수로 밀었다고 하기에는 발에 닿았던 형태가 상당히 부자연스러웠다.

책상으로 와서 전원이 들어온 스마트폰을 확인했다. 배터리 잔여분이 87%였다. 배터리 방전이 아니라 저절로 꺼진 거라고 밖에 생각할 수가 없었다. 잠결에 껐을 리는 없었다. 그럴 정도로 깊은 잠을 자는 사람은 아니니까.

"환각 씨?"

영원이 커튼을 활짝 열고 작업실 구석구석을 뒤졌다. 작업실에 딸린 욕실 문도 열어서 확인했다. 아무도 없었다. 거실로 나왔다. 마치 숨바꼭질 술래라도 된 것처럼 집 안 곳곳을 다 뒤져 보았다. 결국 아무것도 찾지 못한 그녀는 식탁 위의 약봉지를 허공에 들어 올렸다.

"당장 나와! 환각 씨, 너지? 안 나오면 이거 왕창 먹어 버린다!"

조용했다. 그 어떤 움직임도 없었다. 공기조차 흐르지 않았다. 허공으로 올라갔던 팔이 힘없이 아래로 툭 떨어졌다.

"한 번만 더 보여 줘. 나 조만간 병원 가서 말할 거야. 환각 본다고. 그러면 너 진짜 못 봐. 가기 전에 한 번만 더 보자. 딱 한 번만 더……."

영원이 약봉지를 식탁 위에 패대기쳤다. 다음으로 그녀가 잡은 것은 약 대신 피로 회복제였다. 그것을 쭉 들이켠 후에 작업실로 들어갔다. 그리고 만화용 책상에 앉아 종이를 펼치고 손가락을 잘라 낸 면장갑을 꼈다. 없는 환각이나 찾고 있을 시간이 없었다. 어젯밤까지였던 웹툰 마감은 겨우 시간을 맞췄다. 조금 뒤 10시가 되면 민아와 경민이 출근할 것이다. 그들이 오기 전에 만화책 쪽 진도를 빼 놔야 한다. 더 이상 스케줄이 꼬이면 그들에게 민폐다. 펜대를 잡았다가 잠시 내려놓았다. 펜대가 닿는 가운뎃손가락이 아팠다. 굳은살이 박일 대로 박였는데도 신경이 사라지지 않는 한 통증과 이별할 수는 없는 모양이었다.

만화책 쪽 작품은 제목이 《훔치고 싶은걸girl》이다. 이것도 제목의 마력은 없었다. 오죽하면 이 작품 1권이 출간되고 난 후, 팬들로부터 제목 지어 주기 운동이 펼쳐졌겠는가. 팬들조차 안타까워했던 제목이다.

이 만화책의 주인공들은 웹툰과는 달리 전부 30대 어른이었다. 여주는 표면적으로는 골동품 가게를 운영하면서 언더커버로 문화재 도둑질을 한다. 알려진 물건들을 훔치는 것이 아니다. 그녀의 타깃은 세상에 알려지지 않은 도난 문화재다. 그래서 여주가 훔쳐도 도난 신고를 할 수 없다. 여주의 목적은 정의가 아니다. 오직 돈벌이를 위해서다.

남주는 비밀에 싸인 클라이언트이자, 콜렉터이자, 악역이기도 하다. 7권까지 출간된 지금도 그의 정체는 공개되지 않았다. 돈 많은 재벌가 뉘앙스는 풍기지만, 이 또한 완전히 드러낸 적은 없다. 그가 입은 옷이나 장신구, 자동차 등으로 어필만 하는 중이다. 그는 여주에게 비밀스럽게 방문하여, 도난 문화재를 훔쳐 달라는 의뢰를 한다. 그만의 정보를 이용해서 알아낸 것들이다. 매번 높은 성공 보수를 제안하고, 반드시 지급한다. 그가 의뢰하는 물건들은 여주를 일부러 위험에 빠뜨리는 노림수가 있기도 하지만, 정작 여주의 목숨이 위태로울 때는 도와주기도 한다. 도와준 뒤에 후회도 하는 이상한 인물이다. 물론 도와준 값은 성공보수에서 차감하는 것도 잊지 않는다.

이번에 훔칠 문화재는 아직 고민 중이다. 훔치는 방법도 빨리 고안해 내야 한다. 그런데 그보다 먼저 이번 연재분에서 결정해야 하는 것이 남아 있다. 남주의 의상이다. 새로 의뢰하기 위해 나타나는 컷에서 그의 매력을 뒷받침할 새 옷을 입히지 않으면 안 된다. 영원이 스마트폰으로 시간을 확인했다. 민아와 경민이 오기까지 한 시간 정도의 여유만 있었다.

"시간도 없는데 괜히 잤어."

바닥에 흩어져 있는 책 중에서 남성 패션 잡지를 찾아서 펼쳤다. 이 만화의 남주를 위해 구입하기 시작한 잡지였다. 머리가 막혔을 때는 이런 자료의 도움을 받기도 했다. 페이지를 한 장씩 넘겨 남자 의상을 찾았다. 잡지를 넘기던 영원의 손이 멈췄다. 갑1이 이 집에 왔을 때 입고 있던 옷의 사진이 있었다.

갑1이 하이 네크라인을 접어서야 목의 머플러가 보였다면,

모델은 하이 네크라인을 펼친 상태에서 머플러를 감고 있었다. 몇 페이지 뒤에는 지하철에서 봤던 옷이 있었다. 갑1이 옷깃을 세우고 머플러를 짧게 묶었다면, 모델은 옷깃만 세우고 머플러는 길게 내려뜨렸다는 차이뿐이었다. 다른 페이지에는 연미복도 있었다. 피아니스트와의 인터뷰 기사 사진이었다.

"여기서 본 거였구나. 이게 무의식에 남아 있다가……."

영원은 잡지를 조금 더 뒤적여서 남주의 고급스러움에 딱 어울리는 슈트를 찾아냈다. 이것도 갑1이 입은 적이 있었지만, 그녀는 알지 못했다. 그 페이지에 포스트잇을 붙였다. 그리고 빈 종이에 샤프로 스케치를 시작했다. 영원이 울먹이면서 중얼거렸다.

"환각의 남자를 보고 싶어 하면 어쩌겠다는 거야. 미쳐도 좀 곱게 미치자, 제발!"

"알았어. 이승에서 조사할 수 있는 선까지는 해 볼게."

갑21이 나영원의 뒷조사를 승낙했다. 공과격 수준까지는 불가능하지만, 어떻게 살아왔는지는 대충 알아볼 필요가 있었다. 갑1은 허름한 이승의 심부름센터 사무실 소파에 앉아 있었다. 영원의 곁을 떠나 곧장 이곳으로 온 것이다. 갑21이 맞은편 소파에 앉아서 말했다.

"나영원은 결국 반쪽짜리 무의 눈이라는 거잖아?"

"그런 셈이지. 둘 중에 하나다. 천상의 것들은 못 보는 눈이거나, 저승의 것들만 보는 눈이거나."

"이건 좀……. 갑1 오빠, 저주 같다는 느낌 안 들어?"

"저주?"

"뭐, 우리들한테야 저승이나 저승사자가 천상이나 선인과 별반 다르지 않지만, 인간의 관점에서 보면 다르거든. 천상은 축복, 저승은 저주. 이런 이분법이 엄연히 존재하잖아."

"그렇군. 나를 보는 게 나영원에게는 저주일 수도 있구나."

이렇게 말하는 갑1의 마음은 씁쓸했다.

"갑21 사자, 옥황국 쪽도 조사할 수 있나?"

"어려워. 그쪽과는 서로 비밀이 많잖아. 전쟁도 많았고, 여전히 견제도 심하고."

"그래도 애써 봐. 옥황국과 관련해서 그런 케이스, 그러니까 천상의 것은 볼 수 없는 저주 같은 게 있었는지. 네 말대로 옥황국 쪽의 저주일 경우, 모르고 있다가 괜히 우리만 덤터기 쓸 수도 있으니까."

"덤터기는 안 되지! 그놈들은 지들 탓일 경우, 꼼수 부릴 가능성이 농후해. 알았어! 그런데 갑1 오빠는 이승까지 왜 나왔어? 저승에서 날 부르면 되잖아."

"나영원 만나러. 그런데 자고 있어서 여기로 왔다."

"오빠도 참. 요즘은 옛날처럼 농사짓는 시대가 아니야. 꼭두새벽에 일어나는 사람보다 아침에 일어나는 사람이 훨씬 많다고. 지금 저승으로 돌아갈 거지?"

갑1은 아무런 말을 하지 않았다. 가고 싶지 않다는 마음이 우선 들었다. 이유는 알고 있었다. 하지만 갑1이 대답할 기회는 없었다. 바로 공간이 변했기 때문이다. 갑21이 이승에서 저승으로 이동시켜 버린 것이다.

"엄청 고맙지? 법의관 오빠는 곤란하지만, 갑1 오빠라면 괜찮잖아? 그리고 이 일은 내가 책임지고 알아볼 테니까 오빠는 그만 좀 쉬어."

"아니, 괜찮……."

"에이! 괜히 사양할 거 없어. 다들 오빠 무리한다고 걱정해. 이승에 자주 드나들어야 할 일 같으니까 내가 해 줄게. 내가 조금만 더 힘들면 되지, 뭐."

갑1이 당황하여 손사래까지 쳤다.

"아니다. 갑21 사자는 맡고 있는 일도 많은데 내가 할 거……."

"시스템관리소는 솔직히 인간 영혼들이 알아서 다 해. 난 형식적으로 있을 뿐이야. 갑1 오빠는 나한테 고마워하기만 하면 돼. 내가 웬만하면 이렇게 배려하고 그러지 않는데, 막 착해지고 싶다? 오빠 팀 애들 닮아 가나 봐. 오빠 팀 사자들은 오빠한테 부담 안 가게 하려고 이승 음식도 안 먹잖아."

"그래서 안 먹는 거였나? 난 관심 없는 줄 알았는데."

이승 음식은 마약과 같았다. 한번 입을 대기 시작하면 끊지를 못한다. 그래서 사 달라고 한 적이 없었기에 시직과 일직들이 자체적으로 멀리하는 줄로만 알았다.

"오빠 정말 눈치 없다. 인간 영혼 중에 이승 음식 안 좋아하는 애들 없어."

눈치 없기는 갑21도 마찬가지였지만, 정작 본인은 알지 못했다. 그저 도움이 된다는 생각에 뿌듯하기만 했다. 갑1이 황망한 마음을 어쩌지 못하고 일어섰다. 눈앞에서 나영원을 빼앗긴 기분이었다.

"그럼……, 고, 고맙다."

이건 자신의 마음과는 맞지 않는 말이지만, 상황에는 맞는 듯해서 막 던진 말이었다.

"뭘, 이 정도 가지고. 내가 조사하는 대로 알려……, 아니다, 이것도 오빠한테 귀찮겠다. 옥황국과도 산국과도 내가 쇼부 볼게. 오빠한텐 전부 해결하고 결과만 알……."

결국 갑1이 폭발했다.

"궁금해! 궁금하니까 조사하는 대로 알려 줘! 나영원의 일거수일투족을 나.한.테. 보고하라고!"

갑21이 놀라서 쳐다보았다. 그러다가 혼자서 납득하고 고개를 끄덕였다.

"이래서 다들 갑1이 갑 오브 갑이라고들 하는구나. 이 책임감, 크! 알았어, 알려 줄게. 그래도 이 사건의 책임자는 나로 해 줘."

"그, 그래. 저승사자를 보는 게 인간한테는 안 좋다고 하니까 나영원 눈에 띄지 않게 조심하고. 놀래지도 말고. 무체화일 때의 우리도 본다는 거 명심하고."

"알았어, 알았어. 갑1 오빠는 귀찮은 거 잊고, 편하게 쉬기만 해. 알지? 나의 배려 잊으면 안 돼."

갑1이 고개를 끄덕였다. 마음에도 없는 동작이었다.

III
자각몽

"푸하하하! 그거 참신한데? 갑1한테, 다른 누구도 아닌 그 갑1 사자한테 이상 징후? 하하하."

갑3이 목젖이 보일 정도로 웃어젖혀도 심오는 흔들리지 않았다.

"진지하게 물어보는 거다. 너 웃으라고 하는 소리가 아니고. 갑1 사자와 나보다는 친할 거 아니냐. 잘 생각해 봐."

갑3이 심오의 진료실 책상에 걸터앉은 자세로 말했다.

"우리? 뭐, 때때로 친하기도 하고, 때때로 데면데면하기도 하지. 나와 너처럼. 우린 인간들과는 다르게 무리 의식이 약하니까."

"약해도 아예 없는 건 아니잖아?"

"동료 의식 정도는 있지. 뇌제가 일으킨 전쟁 덕분에. 그런 내가 봤을 때, 갑1 사자는 개성 혹은 성격이다."

"사람의 성격, 인격을 어느 범주까지 질환으로 놓을 수 있는 가는 아직까지 인간 학자들 사이에서도 논쟁 중이잖아. 우린 인간들의 이론을 빌려서 사용하는 게 전부다. 네가 결론 내지 마."

"나도 성격장애 같나?"

"아니, 넌 그냥 성격이 특이한 거."

"봐, 너도 결론 내잖아. 갑1 사자도 같은 거야."

"너 같은 놈조차 성격장애로 보지 않는 내가 갑1 사자에게서 이상 증상을 발견했다면?"

"만약에 네가 의사의 시각으로 갑1 사자를 정신병적으로 본다면 근거는?"

"전두엽 손상. 그래서 네 의견을 묻는 거다. 법의관이기 이전에 뇌신경외과 전문의인 너에게."

뇌신경학뿐만이 아니라, 갑3은 이런저런 의학을 두루 공부했다. 그가 의학을 좋아해서 그런 것은 절대로 아니었다. 어쩌다 보니, 시대와 상황의 흐름에 따르다 보니 그리된 것이다. 150여 년 전에 이승기피증에 걸린 세 명의 월직들을 치료하는 방법을 인간에게서 배워 오겠다며 이승으로 나왔을 때부터 그의 단추는 잘못 끼워졌는지도 모른다.

처음 배운 것은 지금의 언어로 치면 한의학이었다. 거기서 화병을 다스리는 법을 배웠다. 생소한 부분이라 굉장히 긴 세월이 걸렸다. 그런데 막상 치료를 하려고 하니 그에 앞서 진맥을 하는 부분부터 문제가 발생했다. 죽은 영혼들도 마찬가지지만, 월직에게도 맥박이 없었던 것이다.

"우리도 머리카락이 자라기는 하잖아? 30년에 1cm도 안 길어져서 그렇지. 맥박도 1년에 한 번 정도밖에 안 뛰어서 안 잡히는 거 아닐까?"

갑3의 질문에 심오가 인상을 찌푸렸다.

"밑도 끝도 없이 뭔 소리야?"

"진맥뿐만이 아니라, 한약도 바로 소멸되지. 나트륨 외에는 어떤 성분도 소용이 없어. 최근까지 출시된 그 어떤 의료 기기도 우리 몸을 관측하지 못해. 신종 약물도 영향 제로. 심지어 주삿바늘조차 우리 피부를 뚫지 못하지."

"그러니까 신체적인 병리는 생략하고 증상만으로 판단하자는 거잖아."

"내 말은 그런 튼튼한 우리가 어떻게 전두엽이 손상될 수 있냐는 거다."

"뇌제라면? 뇌제와의 마지막 전쟁이 2천 년 전이었지? 그때 손상을 입은 거라면?"

"너 갑1 사자가 일하는 거 본 적 없지?"

"없지."

서방에선 1차 세계대전과 2차 세계대전 이후 정신병자들이 급격히 불어났다. 지금의 정신의학으로 진단하면 외상 후 스트레스장애일 확률이 높았겠지만, 그 당시는 그런 디테일한 진단은 하지 못할 때였다. 그때 그들을 상대로 시행된 수술이 전두엽절제술이었다.

"네가 왜 전두엽 손상을 의심하는지는 알겠다. 네 말대로 전 두엽절제술을 받은 환자들과 비슷하긴 해. 넋이 나간 듯 주변에 무관심할 뿐 아니라, 감정 표현을 하지 않는 건. 뭐, 이상하긴 하지. 그런데 전두엽절제술을 받은 환자들은 제대로 된 생활 자체를 못 했어. 일은 아예 못 했고."

"갑1 사자도 손 많이 간다며? 월직 지원실 직원들이 그러던데?"

"생활은 돼. 좀 어설퍼서 그렇지만."

"갑1 사자는 집사도 있잖아. 자택에서도 집사가 살뜰히 챙겨야 생활 유지가 된다던데?"

"사자청 월직은 대부분 다 있다. 나도 집사는 있어. 만난 지 200년 넘어서 그렇지. 아! 그 집사는 환생했겠다. 지금은 새 집사가 들어와 있겠군. 집에 안 들어간 지 오래되었더니……."

"그 얘기 자체가 넌 집사가 필요 없단 의미잖아. 갑1 사자와는 달라."

"중요한 건 일을 잘한다니까. 업무 능력만 보면 전두엽 손상은 고사하고, 오히려 전두엽이 우리보다 몇 배는 큰 것처럼 해낸다."

"그 정도로 뛰어난가?"

"성골 중의 성골, 갑 오브 갑. 그게 갑1이다. 괜히 1번이 아니야. 인위적인 가설은 세우지 마라. 가뜩이나 인간들보다 사고 능력 떨어지는 우리다. 생활과 업무가 정상적으로 이뤄지는 환자는 정신장애로 진단하지 않는다. 적어도 인간한테 배운 이

기본은 무너뜨리지 말아야지.”

“그게 정말 성격일 뿐이라고? 그렇게 텅 빈 눈을 하고 있는데?”

“일할 때를 못 봐서 그렇다니까. 다음에 일할 때 한번 봐라. 눈이 번쩍번쩍한다. 머리도 쌩쌩 돌아가고. 우리는 그 녀석 머리 못 따라가. 생활이 어설픈 건 주변에서 지나치게 챙겨 버릇해서 그렇고. 솔직히 신줏단지 모시듯이 너무 애지중지하잖아.”

“성격은 예전부터 그랬나?”

“음……, 우리도 덜해서 그렇지 인간들처럼 희로애락은 있잖아. 외모도 인류의 진화와 함께 서서히 진화해 왔고. 성격도 마찬가지야. 조금씩 달라졌다가 또 어떤 의미로는 원래대로 돌아가기도 하고. 인간들처럼 기분과 성격이 팍팍 변하는 건 아니지만, 우리도 기분에 따라 성격도 더디게 변해. 지옥청은 사자청에 비해 변화가 덜하지?”

“거의 없지. 그러고 보니 갑21 사자도 이승에 드나들면서 조금 변화가 있긴 하더라. 그렇다고 해서 본질이 바뀌는 건 아니지만.”

“갑1 사자도 그런 정도의 변화야. 예전에도 얌전했지. 혼자 사색하는 거 좋아하고. 싹싹할 땐 또 싹싹하고. 누가 부탁하면 잘 들어주고. 부탁하기 전에도 솔선해서 해 주고. 전쟁 나면 누구보다 포악해지고.”

“그러면 진짜 내가 오버였구나.”

“아니, 잘 짚었다. 그 녀석, 그래도 옛날에는 넋 나간 눈은 한 적 없었거든. 나는 지쳐서 그런 거라고 생각한다만.”

"하긴 지칠 만하지."

"정신의학에는 회색 지대가 너무 많아. 흑백이 분명하면 편할 텐데. 우리에겐 특히 어려운 분야다. 미안하게 됐다. 내가 실수하지 않았다면 너까지 이런 고생 안 해도 되는데."

심오는 싱긋이 웃었다. 일직과 시직들은 모른다. 그 당시에는 갑3도 어쩔 수 없었다는 것을. 심오도 갑3 대타로 이승에 나오기 전까지 이해하지 못했다.

모든 학문이 그렇겠지만, 정신의학도 변화무쌍한 분야다. 정신 질환이 뇌 기반의 질환이라는 쪽과 마음의 병이라는 쪽의 대립은 여전했다. 그래서 정신병을 치료할 때 어떤 시대는 뇌를, 어떤 시대는 마음을 더 중요하게 다뤘다.

갑3이 25여 년 전에 의대에서 진로를 결정할 당시, 정신의학의 주류는 뇌신경이었다. 그래서 그는 당연하게 뇌신경외과를 전공한 것뿐이다. 수술실에서 메스를 들고 있었을 때도, 저승사자 갑3의 전용 무기가 검이 아니었다면, 그가 검의 명수가 아니었다면, 그 작은 메스에 일직사자가 과하게 놀라는 일은 없었을 것이다. 운이 나빴다고 심오는 생각했다.

"가 봐라. 진료 시작해야 한다."

갑3이 걸터앉아 있던 책상에서 일어섰다.

"난 오늘 비번인데도 출근한 거라서 모처럼 여유 있었는데. 조카와 점심 약속 있다니까 다들 그러려니 하고."

"조카라니, 미치겠다. 너 그 외모로 낼모레 쉰이라고 하면 믿어 줘?"

"요즘은 동안이 유행이지, 하하하."

갑3은 생각 없이 웃었지만, 국과수 내에서 그의 별명은 '드라큘라'였다.

"내가 40여 년 전에 이승에서 대입 공부할 때는 다들 노안이라고 했었는데, 하하하."

"지금의 주민등록으로 이승에 나와서 40년을, 아, 아니구나, 고3을 되풀이하면서 주민등록 재설정을 계속했으니까 마지막 설정은 30년 정도겠구나. 30년이래도 한결같이 똑같은 얼굴로 살면 들통나기 딱 좋을 텐데."

"인간은 저승사자 안 믿어. 하하하, 절대 의심 안 해. 괜찮아."

갑3의 대학 동기들은 그에게 뭘 먹고 사는지 묻곤 했다. 챙겨 먹는 건강식품도 굉장히 궁금해했다. 그중에 제일 많이 묻는 질문이 머리숱 관리였다.

"그래도 조심해라. 인간 중엔 은근히 판타지를 현실로 믿는 사람들도 많아. 들키면 큰일이다."

아무리 월직이라고 해도 인간의 기억은 죽은 영혼에서만 추출해야 된다. 뇌가 살아 있는 한, 영혼에서 어느 한 부분만 선별적으로 빼내어서는 안 된다.

인간은 자신의 기억 중에 소실된 부분이 발생하면 그 간극을 메우기 위해 뇌가 작동하게 되고, 이것은 정신착란으로 이어질 위험이 높다. 그렇기에 극히 일부라고 해도, 기억이 훼손되면 영혼도 훼손된다. 기억을 임의로 삭제하거나 과장하고 조작하는 것은 인간들이 자신을 지키기 위한 자의적인 활동이어야 한다. 저승사자로서 인간의 영혼을 훼손시키는 건 절대 있을 수 없는 일이다. 정체를 들켰다고 해서 그 기억만 따로 추출할 수는 없으니 언제나 조심하면서 생활할 수밖에 없다.

"근데 정신과는 요즘 밤마다 왜 그렇게 바빠? 이렇게 짧게 왔다 가야 한다니."

"이상하게 밤손님이 부쩍 많아졌다. 원래 불필요하다며 안 오는데 최근에는 인식이 달라졌는지, 하하."

밤손님이란 저승사자들이다. 앞번호 일직들의 상담 예약이 줄을 서 있었다.

"이승기피증 3인방 상황도 이야기해 보고 싶었는데."

"저번에 내가 말한 샘플1 말이야……."

"왜? 문제 생겼나?"

"이번 지하철 사고에 재수 없게 휘말려서 또 외상을 입은 것 같다."

"뭐? 노출치료의 귀한 샘플이라며?"

"진전이 되는 것 같았는데……. 여차하다간 샘플1은 포기해야 할지도 모르겠다."

"그놈의 지하철 사고! 우리도 사고 현장에서 계속 노가다 중인데, 여기저기 민폐구나."

"현재는 증상들만 유사해. 최종 진단명은 달라. 샘플1은 외상 후 스트레스장애거든. 여기 오기 전 다른 병원에서도 그렇게 진단했고. 그런데 이로 인한 외출기피증이 심해서 눈여겨보는 거다."

"웬만하면 포기하지 마라. 증상이 갑2 녀석과 유사한 점이 많아서 아깝다. 신체적 병리 소견이 없는 정신병인 점도 우리한텐 쓸모가 많고."

"그런데 공포를 느끼는 대상이 너무 많아. 비행기 사고만으로는 그렇게 되기 어렵다고 봐. 부모가 죽고 고아로 생활하면서 심한 학대를 받지 않았을까 의심하고 있는데, 환자가 입을 안 열어."

"단일 외상으로 보기 어렵다는 거지? 확실히 복합 외상일 확률이 높겠군."

"임상연구회에 자료 제출해서 인간 의사들 의견을 들어 볼 예정이야. 오늘 샘플1의 예약이 있긴 한데, 그 환자는 나와야 나오는 거라서……. 외출기피증이 심하면 캔슬하기도 하거든."

"거참. 다음엔 샘플1 얘기도 자세하게 듣자."

갑3이 진료실을 나가려다가 여전히 의자에 앉아 있는 심오에게 말했다.

"외삼촌 가는데 배웅 안 해도 돼?"

"그냥 가라. 난 버르장머리 없는 조카가 콘셉트거든."

"다음에 또 오마."

갑3이 진료실을 나오자 여직원들이 상기된 얼굴로 섰다. 간호사도 슬금슬금 밖으로 나왔다.

"벌써 가시게요?"

"네, 수고하세요."

갑3이 딴에는 친절한 척 인사를 하고 나갔다. 그래도 전혀 상냥한 느낌은 들지 않았다.

"누구야? 원장님 친구야? 어쩜 친구 외모도⋯⋯."

"외삼촌이라고 하셔. 그렇게 친하게 지내지는 않는대."

"외삼촌이라고? 왜 저렇게 젊어?"

"나도 잘 몰라. 원장님은 가족 얘기 안 하시잖아."

"아! 늦둥이 삼촌인가 보다."

갑3이 그들의 대화를 귓등으로 흘려보내고 병원을 나왔다. 인간들에게는 굳이 긴 설명을 하지 않아도 된다. 그들은 상상으로 이상한 간극들을 메워 자신들이 납득하게끔 이야기를 새롭게 완성시킨다. 그것이 사실이 아니어도 상관없다. 어차피 자신이 아는 상식 안에서 스스로 납득하지 못하면 사실을 사실로 받아들이지도 않는다.

영원은 거실 소파 위를 물끄러미 쳐다보았다. 민아가 어제 퇴근 전에 골라 놓은 원피스와 파스텔톤의 카디건이 곱게 접혀 있었다.

"내 옷장에 이런 것도 있었구나. 이걸 찾아내다니, 민아도 대단해."

옷 위에 메모가 적힌 포스트잇도 있었다.

이심오 원장님께 꼭 이걸 입고 가셔야 해요. 꼭! 꼭!

영원은 걸치고 있는 트레이닝복 배 부분을 쭉 당겼다. 새로 갈아입은 것이다. 집 근처의 병원 외출복으로 그리 나쁘지 않았다.

"오늘은 환각과 이별하러 가는 날이니까 편한 옷으로 입고 가자."

가방만 덜렁 메고 현관으로 갔다. 거기에도 민아가 골라 놓은 구두가 가지런히 놓여 있었다. 아무리 패션 포기자라고 해도 트레이닝복에 이 구두는 한 몸에 엮을 수 없었다. 민아에게는 미안하지만, 신발장 안에서 신고 싶은 걸로 꺼냈다. 이번에는 나비가 없는 것으로 골랐다. 대신 비즈로 꽃무늬 장식이 된 스니커즈를 신었다. 이것도 화려했다.

병원 슬리퍼를 넣은 쇼핑백을 들고 현관문 앞에 서자 영원은 숨이 차오름을 느꼈다. 정신보다 몸이 먼저 공포를 끌어온 모양이었다. 역시 지하철 사고 이후에 악화된 게 확실했다. 심호흡을 여러 차례 했다. 식은땀이 나기 시작했다. 포기해야 하나? 안 돼. 이렇게 물러나면 예전 꼴 날 거야.

고개를 돌려 식탁 쪽을 보았다. 약을 떠올렸다. 먹고 나가면 편해질지도 모른다. 영원은 고개를 세차게 저었다. 환각 증상을 상담하러 가는 길이다. 그에 맞는 처방을 받게 될 텐데, 지금 약을 먹어 버리면 새로 받는 약을 바로 먹을 수가 없게 된다. 빨리 환각에서 벗어나야 한다. 그 달콤함에 길들여져서는 안 된다. 그러면 최악의 인생을 살게 될 것이다.

있는 힘을 다하여 현관문을 열었다. 이전에도 다녔던 복도인데 생소하게 느껴졌다. 엘리베이터도 숨이 막혔다. 아파트 지상 주차장을 지나가는데 낯익은 아주머니가 차에서 내리는 것이 보였다. 지하철 사고가 있던 날, 영원을 붙잡고 딸을 찾던 사람이었다. 그녀는 검은색 상복을 입고, 머리에 하얀 핀을 꽂고, 힘겹게 부축을 받으며 아파트로 들어가고 있었다.

영원은 몸을 잔뜩 웅크리고 곁을 지났다. 아무도 그녀를 비난하지 않았다. 그 아주머니도 왜 너만 살아 돌아왔냐며 다그치지 않았다. 그런데도 온 세상이 살아남은 그녀를 향해 질타하는 것만 같았다.

"괜찮아. 난 잘 살아남은 거야. 안 죽어서 다행인 거야. 누군가를 죽이고 대신 살아남은 삶이 아니잖아. 괜찮아. 괜찮아……."

영원은 병원을 향해 걸었다. 땅만 보고 걸었다. 많은 사람이 지나갔다. 그런데 차의 클랙슨 소리에 놀라 고개를 들었을 때였다. 행인들 중, 유독 한 사람에게서 짙은 느낌을 받았다. 뭐라고 설명할 수는 없지만, 만화를 그리는 입장에서 봤을 때, 테두리선이 진한 느낌과 흡사했다. 키가 크고, 덥수룩한 머리였지만 잘생긴 남자였다. 옆을 지나는 다른 여자들도 그를 쳐다보면서 걷는 게 보였다. 그와 눈이 마주쳤다. 영원은 얼른 고개를 숙이고 옆을 지나쳐서 계속 걸었다.

갑3은 천천히 걸음을 멈췄다. 그리고 방금 전에 지나간 트레이닝복 차림의 여자를 돌아보았다. 그의 미간이 찌푸려졌다. 갑3은 잠시 생각하다가 주변을 두리번거렸다. 그리고 인적이 없는 골목을 찾아 숨었다. CCTV가 없는 것까지 확인을 마친 그가 사라졌다.

갑3이 다시 나타난 곳은 염라국의 입출국장이었다. 그의 갑작스러운 등장에 입출국장에 있던 모든 사자들은 아연실색이 되었다. 그가 뭔 짓을 하지 않아도 놀라기는 하지만, 지금은 개구멍이 아닌 이곳에 정식으로 나타난 것에 더 놀란 거였다. 장내 안내 방송이 나왔다.

— 야! 갑3, 아, 아니, 전 갑3 사자! 대체 왜 나타난 거야!

갑3은 외투 안주머니를 뒤져 저승폰을 꺼냈다. 전화를 거니 중앙관제센터장이 받았다.

"어이, 공개적으로 쪽팔림을 줘야겠나?"

센터장도 안내 방송은 접고 전화로 통화를 했다.

— 네가 쪽팔림이 뭔지나 알아?

"우리가 그런 섬세한 감정을 어떻게 아냐? 패스트트랙이나 얼른 열어! 부서뜨리고 들어가기 전에."

패스트트랙이 열렸다. 안내 방송이 되레 더 늦었는데, 그나마도 중간에 뚝 끊겼다.

— 패스트트랙을 오픈해 주십시오. 패…….

패스트트랙의 유리문을 지났다. 센터장과의 통화는 끊어지지 않았다.

— 대체 왜 안 하던 짓을 하고 그러지? 더 불안하게.

"그럼 평소처럼 개구멍으로 올 걸 그랬군."

— 용건은 좀 듣자.

"합법적인 일이다."

— 그게 뭔지는 모르겠지만 조만간 금지법 하나 또 생기겠

군. 율법처에서 너 엄청 욕해, 인마. 너보고 법 창시자란다. 워낙 많은 법을 만들게 해서.

"지금 시점에서도 합법이지만, 이번에 내가 다녀가고 나서도 합법이 유지될 거다. 별일 아니거든."

— 네가 그렇다면 그렇겠지. 그나마 다행이군. 그래서 진짜 용건은?

갑3은 여러 갈래의 복도 중에 한 길을 쭉 걸었다.

"염라부명장 확인."

— 뭐? 그게 무…….

"죽은 자! 산 자가 아니고 죽은 지 오래된 망자의 염라부명장 확인! 뭔 말을 듣기도 전에 흥분부터 하고 그래? 넘겨짚는 짓은 인간이나 하는 거다."

— 그간 네가 지은 죄가 많아서 앞서갔다. 오죽하면 우리가 넘겨짚기까지 하게 되었겠나? 그거라면 보고 가라. 난 바빠서.

통화가 완료되었다. 갑3은 염라부명장 보관실을 노크도 없이 확 열고 들어갔다. 직원들이 갑3을 확인하고 경기하듯이 놀랐다. 그가 이런 후미진 곳에 나타나리라곤 상상조차 해 본 적이 없었다. 갑3이 전산시스템 앞의 직원에게 말했다.

"지금으로부터 약 98년 9개월 전, 염라부명장 검색해 봐."

직원이 조심스럽게 눈치를 살피면서 키보드를 두드렸다. 직원이 갑자기 움찔했다.

"저기, 죄송한데, 그 기간은 아직 데이터베이스화가 안 되어서…….."

"그럼 어떻게 확인하지?"

"저쪽 44번 보관실로 들어가셔서 하나하나 직접······."

"앞장서라."

"네? 아, 저는 지금 업무가 마, 많이 밀려서······. 으악!"

직원의 몸이 미끄러지듯이 저절로 움직여 44번 보관실 앞에 세워졌다. 갑3은 빨리 확인하고 싶은 것뿐, 결코 거칠게 하려던 건 아니었다. 하지만 그의 마음은 전달되지 않았다. 갑3은 직원과 함께 보관실 안으로 들어갔다. 까마득하게 넓고 까마득하게 먼 공간 안에 이승의 도서관 자료실 같은 광경이 끝없이 펼쳐져 있었다.

"잘 오셨습니다. 걱정했어요."

심오는 안심하여 웃었다. 다시 와 주다니, 정말 다행이 아닐 수 없었다. 그리고 생각보다 상태가 그리 나빠진 것처럼 보이지 않았다.

"슬리퍼 돌려 드리려고요."

영원은 잠시 망설이다가 다시 말했다.

"그리고 저도 꼭 다시 진료를 받고 싶어서요."

"그럼요. 그렇게 하셔야지요."

"제가 한심해요. 정신력이 약해서 이런 병이나 걸리고. 좀 더 강했더라면······."

"정신병은 정신력이 약하다고 해서 걸리는 것이 아닙니다. 삶에 대한 의지가 없어서 암에 걸리는 게 아닌 것처럼요. 그저 유전적, 사회적, 환경적, 대뇌 구조적, 신경학적 등의 여러 원인이 복합적으로 연결되어 그렇게 된 것뿐이죠. 영원 씨는 절대 약하지 않습니다. 이렇게 병원에도 오셨잖아요."

그 강한 월직사자들도 현재 정신장애를 앓고 있지 않은가. 이 이야기를 영원에게 해 줄 수 있다면 좋겠다는 생각을 했다.

"위로해 주셔서 감사합니다."

"위로가 아니고 사실입니다. 지하철 사고 이후에 잠은 좀 주무셨나요?"

"그러니까……, 잘 잤어요. 엄청 많이 잤고요."

"네? 아……, 정말 다행입니다."

심오는 뭔가 이상하다고 느꼈다. 그 사고를 겪고, 그런 격한 반응을 보인 뒤에 잘 잤다고?

"딱 하루. 그다음 날부턴 다시 마감이라 못 잤고요."

영원은 머릿속이 복잡했다. 어떤 말을 어떻게 꺼내야 할지 갈팡질팡했다.

"약을 많이 드셨나요?"

"아뇨, 그 뒤로 한 번도 안 먹었어요."

"안 먹고 잘 주무셨다고요?"

"네. 그래서……, 약을 안 먹어서 환……."

영원의 가슴속에서 울분이 울컥하고 올라왔다.

"원장님! 전요, 담배도 안 피우고요, 술도 안 마셔요. 마약 종류는 더더욱 안 하고요. 자살 같은 건 생각해 본 적도 없어요. 일을 소홀히 해 본 적 없고, 마감을 펑크 낸 적도 없어요. 그렇게 평범하게 하루하루를 사는 사람이에요. 그러니까 아니에요. 전 아니라고요."

"뭔가 심리적으로 상당히 불안하신 것 같은데, 차근차근하게 뭐가 아닌지 말씀해 보세요."

영원이 주먹을 꽉 쥐고 기어들어 가는 목소리로 말했다.

"조현병……, 아닐 거예요. 그렇죠?"

조현병? 이건 뭔 얼토당토않은 말인가. 그동안 그에 관한 의심스러운 증상은 전혀 없었다. 그건 환자가 더 잘 알 것이다. 혹시 그동안 말을 안 한 건가?

"혹시 조현병으로 의심하셨나요? 그럴 만한 근거라도?"

"환각을 봐요! 중증은 아니라고 해 주세요. 그냥 약간 노이로제 정도다, 아주 경미하다, 환자 축에도 안 든다, 이렇게 말씀해 주세요. 제발요."

충격이었다. 심오는 어처구니가 없어서 영원을 쳐다만 보았다. 그에게 조현병은 필요가 없었다. 그동안 샘플1로 저장해 뒀는데, 버려야 한단 말인가. 그에게 더 충격적인 건 자신의 환자가 호전되기는커녕 더 악화되었다는 사실이다.

"환각이라고 하셨죠? 그걸 봤나요?"

"네, 봤어요. 환영부터 보고, 소리도, 또 촉감도……, 너무 생생하게……."

"저번에 영원 씨 뇌파 검사 때도 의심스러운 점은 없었습니다."

"최근에 보기 시작했어요. 노출치료를 한다고 약을 안 먹으면서부터요."

"지금 드시는 건 항불안제 종류라 환각에는 별 영향이 없을 텐데……. 진짜 환각이었나요?"

"네. 정말 창피한 얘긴데……, 저한테 무슨 욕구불만이 있는 건지, 잘생긴 남자가 나타나요. 그것도 엄청 잘생긴 남자가. 미치겠……, 아! 전 이미 미친 거였죠?"

힘이 풀린다는 게 이런 거구나. 심오는 생각했다. 샘플로서의 가치는 사라졌다. 심오는 환자 차트를 기록하기 위해 키보드에 검은 장갑을 낀 손을 올렸다. 그리고 마음을 다잡았다.

'샘플1이 아닌, 환자 나영원에 집중해야 한다. 나는 지금 이 여자의 담당 의사다.'

"처음 환각을 본 게 정확히 언제였는지 기억하십니까? 대충이라도……."

"정확하게 기억해요. 7살 때 비행기 사고 현장에서요. 그다음은 전혀 안 보이다가, 최근에 다시 보게 됐고요. 처음에는 투명하게만 보였어요. 그런데 지하철 사고 때 형체도……."

심오의 손이 키보드에서 떨어졌다. 그의 놀란 눈이 영원의 얼굴에서 멈췄다.

"환각의 남자가 투명했다가, 형체가 있다가, 정말 미친 거 아는데, 이게 자유자재로 오고 가요. 갑자기 투명해졌다가, 갑자기 형체가 생겼다가, 또 투명해졌다가……. 지하철 사고 때는 저를 구해 주기까지 했……, 아, 물론 제가 환상으로 만들어 낸 상황인 것 같고요. 그 남자가 나타나면 나비도 막……."

심오가 자기도 모르게 자리에서 벌떡 일어섰다. 그리고 소리쳤다.

"네가 어떻게! 어떻게 네가 그걸 본단 말이냐!"

뜬금없이 튀어나온 반말을 서로 알아차리지 못했다. 영원은 어리둥절하여 겨우 말을 이었다.

"그러니까……, 저도 지금 그걸 물어보고 있는 건데, 도리어 제게 그걸 물으시면……."

2

영원이 심오의 이승 진료실에서 진료받고 있던 그 시간에, 갑21의 사무실은 저승에 있었다. 그곳에 갑1이 들어섰다.

"나영원 일이라고? 뭐 알아낸 거 있나?"

갑21이 어깨를 으쓱하면서 말했다.

"이승 쪽 인간 직원들 풀어서 이제 막 진행 중. 그보다 갑1 오빠한테 급하게 알려 주고 싶은 게 있어서. 아주 흥미진진한 거야."

갑1이 선 채로 다음 말을 기다렸다.

"이승에 정신과 의사로 나가 있는 갑25 사자한테 가서 나영원을 물어봐. 나영원 담당 의사가 갑25 사자였어. 아마 그는 많은 것을 알고 있을 거야."

갑1은 잠시도 지체하지 않았다. 바로 몸을 돌려 사무실을 나갔다. 그런데 이곳으로 걸어오고 있는 어떤 자와 문밖에서 딱 마주쳤다. 갑3이었다. 둘 다 급한 상황이었다. 그래서 눈으로만 인사하고 지나쳤다. 갑3도 시비 걸지 않고 지나갔다. 갑1은 '정신의학과의원' 팻말이 있는 저승 진료실 앞에 섰고, 갑3은 갑21의 사무실 안으로 들어갔다.

"어? 법의관 오빠가 저승의 문으로 들어오다니, 웬일이래? 이승의 해가 서쪽에서 떴나?"

"저승 쪽에 찾아볼 자료가 있어서."

"찾았어?"

"아니. 그래서 골치 아파 죽겠다. 지금 바로 이승으로 가자. 네가 검색해 줘야 할 게 있어."

"나도 바쁜데."

"급한 거다."

"알았어. 어차피 나도 이승으로 돌아가려던 참이었으니까."

공간이 변하기 시작했다. 이승의 허름한 사무실로 이동하면서 갑3이 물었다.

"인간 영혼은 대충 몇 년 만에 환생하지?"

"몰라서 물어?"

"알면서 묻는 거다. 확인차."

이승의 사무실로 완전히 변했다. 갑21이 대답했다.

"평균 330년 주기로 환생하지."

"그렇지? 내가 아는 상식도 그렇다. 그럼 죽은 지 60년에서 70년 만에 환생할 확률은?"

"제로에 가깝지. 100년 안에 환생하는 경우는 없어."

영혼이 상처 하나 없이 저승에 와서 바로 재판부로 직행한다고 해도, 최종 판결까지 받는 데 33년이다. 지옥으로 떨어지는 건 두말할 필요도 없고, 아무리 착한 일만 했던 영혼이라도 옥황국에서 한동안 체류해야 한다. 영혼도 쉬어야 하기 때문이다. 거기서 천년만년 있는 영혼은 없지만, 그래도 체류 기간은 제법 된다.

"그렇지?"

"나한테 부탁할 일은?"

"사람 한 명만 찾아봐. 갑25 사자의 병원 근처다. 나부터 찾으면 쉬울 거다. 길에서 지나쳤거든."

"CCTV 해킹이구나? 알았어. 시간 조금 걸릴 거야. 기다려."

갑21이 모니터 앞에 앉아서 작업을 시작하는 동안, 갑3은 낡은 소파에 드러누워서 기다렸다.

"그러니까……, 저도 지금 그걸 물어보고 있는 건데, 도리어 제게 그걸 물으시면……."

"나비까지 봤다고?"

"네, 그것도 환각이라고 인지는 하고 있어요. 투명했거든요."

"남자가 어떻게 생겼다고?"

똑똑.

노크 소리가 들렸다. 그에 개의치 않고 심오는 영원을 다그쳤다.

"생김새! 생김새를 말해!"

"머리카락이 탈색한 것처럼……."

'갑1 사자를 보았다! 이것은 분명하다. 대체 이 인간은 뭐지?'

똑똑.

또다시 노크 소리가 들렸다. 심오의 신경은 거기까지 도달하지 못했다. 대신 영원이 비상 외문, 즉 저승의 문을 손가락으로 가리키면서 말했다.

"저 비상문 쪽에서 계속 노크 소리가 들려요. 아무래도 대답해 주셔야……."

심오가 영원의 손가락과 외문을 번갈아 보다가, 놀라서 뒤로 두어 발 물러났다. 의자가 그의 뒷발에 차여 밀려났다.

"뭐야, 너! 저게 들려? 저 문이 보여?"

"네? 보고 듣는 건 이상 없어요. 환각이 문제……."

똑똑.

그 순간이었다. 갑자기 진료실이 변하기 시작했다. 네 면의 벽이 멀어지고, 천장이 높아지고, 없던 소파들과 탁자가 생기고, 벽난로도 나타났다. 비상 외문이 거대한 양문으로 변했다. 이번에는 영원이 놀라서 벌떡 일어섰다.

"여, 여기 왜 이래요? 뭐가 막 변해……."

그런데 영원보다 더 놀란 쪽은 심오였다. 이 진료실이 살아 있는 사람을 태우고 제멋대로 저승으로 이동한 것이다. 눈에 보이지 않는다고 하여 삼도천이 없는 것이 아니다.

"너 지금 삼도천을 건넜……."

양문이 활짝 열렸다. 그곳에 갑1이 서 있었다.

"어……, 내 환각이……. 이 남자가 내 환각……."

영원이 제 머리를 두 손으로 감싸고 절망했다.

"아! 나 드디어 제대로 미쳐 버렸구나."

영원을 본 갑1이 어리둥절한 눈으로 진료실로 들어왔다. 그 눈에는 슬픔도 있었다.

"여긴 저승인데 어떻게 네가?"

나영원, 죽었나? 아닌데? 분명히 지금 살아 있는 상태인데? 그런데 어떻게 여기를? 이곳은 죽어야만 올 수 있는 곳인데!

갑1이 머리를 정리하기도 전에, 갑자기 양문이 확 닫히고 공간이 좁아지기 시작했다.

갑1이 순식간에 다가와 영원을 힘껏 끌어안았다. 이전의 지하철 사고 때와는 달랐다. 숨이 막힐 만큼 너무 강한 힘이었다. 영원은 넋이 나간 채로 서늘하고 단단한 촉감의 품에 안겨 있었다. 소파가 사라지고 벽난로도 사라졌다. 거대한 양문은 다시 초라한 비상 외문으로 돌아왔다. 이승으로 돌아온 것이다. 안전을 확인한 갑1이 영원을 품에서 놓았다. 영원도 심오도 얼이 빠졌다. 갑1이 차분하게 영원과 시선을 맞추면서 물었다.

"머리 아프거나 어지럽지 않나?"

숨이 막히지 않았냐고 물어보지 않았기에 영원은 천천히 고개를 저었다.

"속은? 매스껍지 않고?"

"그만!"

심오가 외친 소리였다. 그가 안경을 벗어 책상 위로 던지면서 말했다.

"지금 있을 수 없는 일이 연달아 일어났어! 그런데 연달아 발생한 일 중에 갑1 너의 지금 태도가 가장 이상한 일이라고! 세상 무심한 네가 안부를 물어? 머리 터질 것 같으니까 너라도 평소처럼 행동해!"

진료실 안은 그야말로 패닉 상태였다. 누구 하나 제대로 된 사고를 하는 자가 없었다. 갑1이라고 예외는 아니었다. 바깥과 연결된 인터폰이 울렸다. 안에서 외친 소리 때문이었다. 심오가 인터폰에 대고 재빨리 말했다.

"다들 마감하고 퇴근하세요. 여긴 제가 정리할 테니까."

― 하지만 진료실에서 큰 소리가…….

"치료 중입니다. 이 환자도 곧 나갑니다."

― 대기 중인 환자분들은 그럼…….

"심각한 환자 때문에 문제가 발생했다고 양해를 구하고 돌려보내세요."

인터폰을 끊었다. 그러자 영원이 힘없이 말했다.

"역시 제가 지금 심각한 거죠? 이 남자 환각 맞죠? 아니지, 방금 원장님도 이 남자한테 말을 했는데? 근데 이 남자는 왜 다짜고짜 날 끌어안은 거지?"

갑1이 대답했다.

"삼도천이 집어삼킬까 봐 그랬다."

하지만 영원은 무슨 의미인지 알아듣지를 못했다.

"삼도천? 들은 적은 있는데, 지금 그게 무슨 상관?"

심오는 영원의 말은 듣지 못하고 혼자 중얼거렸다.

"그런데 왜 무사히 돌아왔지? 삼도천이……, 돌려보내 줄 리가 없는데……."

영원이 말했다.

"원장님, 제발 지금 저한테 설명 좀 해 주세요. 이 남자 환각 아니었나요?"

"조용! 내 머리도 정리가 안 되는데 무슨 설명을 해! 나영원, 너 정체가……."

심오가 갑1과 영원을 번갈아 보았다. 여기서 뭐든 하나는 정리해야 한다. 심오가 말했다.

"여기서 사람 손들어!"

영원만 손을 들었다.

"진짜 사람 맞아? 그런데 어떻게……. 아, 됐고. 사람 아닌 것들 손들어!"

갑1이 손을 들었다. 그리고 심오도 고개를 숙이며 손을 들었다. 영원의 눈이 심오를 향해 동그래졌다.

"원장님, 이게……, 대체 무슨……. 둘 다 사람이 아니라는 거예요?"

"지금 이 상황은 우리가 사람이 아니라는 것보다, 네가 사람이라는 것이 더 말이 안 되는 거라고!"

"도통 뭐라고 하는 건지 모르겠어요. 이 남자는 자기가 저승사자라고 그랬는데……."

심오가 갑1을 향해 외쳤다.

"저승사자인 거 밝혔어? 언제! 대체 왜!"

갑1이 턱 끝으로 영원을 가리키면서 대답했다.

"무의 눈. 반쪽짜리."

"무슨 말이야? 관리대장에 없었는데! 반쪽은 또 뭐야?"

"지금 조사 중."

"그런 건 이승에 나와 있는 우리한테 제일 먼저 통보해 줘야지!"

"그럴 만한 상황이……. 이따가 자세하게 말해 주마."

"둘이서만 속닥거리지 말아요! 저도 알아듣게 말해요!"

갑1이 영원에게 말했다.

"넌 알 것 없다. 우리가 정리할 일이다."

오만하기 짝이 없는 태도였다. 영원의 머리 뚜껑이 열렸다.

"원장님! 뭐예요, 대체? 설명해 주세요! 원장님 정체도! 사람이 아니면 뭔지 정체라도 알려 주셔야죠!"

"저승사자."

심오의 대답에 영원의 얼은 더 빠졌다. 볼썽사납게 턱까지 떨어졌다.

"이러면 내가 정말 중증 정신병자가 되는 건데……. 아, 알았다! 무슨 상황인지 알았어!"

갑1은 한 번 당해 봤었다. 그래서 고개를 절레절레 저었다.

"원장님도 저와 같이 집단 정신병에 걸린 거죠?"

이럴 줄 알았다. 역시나 대화는 엉뚱한 곳으로 빠졌다.

"와! 원장님, 결벽증만 있는 줄 알았더니, 과대망상까지 있으셨네요. 정신의학 전문의니까 더 잘 아시죠? 자신을 신이나 사회적 지위가 높은 특별한 존재로 과대망상 하는 건 조현병 증상 중 하나라는 거?"

"지금 한 말 전부 괴상하지만, 결벽증은 뭐지? 내가?"

"장갑! 그 검은색 장갑 언제나 끼시잖……."

심오가 장갑을 벗어 손을 보여 주었다. 아니나 다를까, 현재의 높은 스트레스로 인하여 손만 무체화로 변해 있었다. 영원이 중얼거렸다.

"투명하구나. 손만 투명하구나. 나만 미친 거구나, 나만."

심오도 장갑을 다시 끼면서 중얼거렸다.

"투명? 안 보이는 게 아니고 투명하게 보인단 말이지? 진짜 제대로 보는구나. 하긴, 저승의 문도 보였으니, 뭐. 이건 짐작도 못 했다. 어떻게 낌새도 하나 없을 수가……."

갑1이 말했다.

"나영원은 돌아가라. 우리끼리 할 말이……."

영원이 의자에 털썩 앉았다.

"못 가! 상황이 이해될 때까지 절대 못 가! 여기 환각 씨 말고, 원장님이 절 이해시켜 주셔야겠어요. 그래도 원장님이 제 담당 의사잖아요. 지금 이대로 가면 전 미친 것밖에 안 돼요."

"넌 미친 게 아니라, 남들과 다른 눈을 가진 것이다."

심오는 자신이 말해 놓고도 긴가민가했다.

"다른 눈이라면, 그 뭐더라, 아! 신기가 있다는, 그런 뜻? 그 것도 조현병 중의 하나 아닌가요? 전 평소에 귀신을 본 적이 없어요. 비행기와 지하철 사고 때 외에는. 아! 공원에서도. 하지만 딱 그때뿐…… . 아! 내가 외출기피증이어서 볼 기회가…… . 외출을 해도 땅만 보고 다니니까. 그래도 귀신이 찾아오거나 하지도 않았고…… ."

갑1이 거들었다.

"저승의 클린프로젝트로 인해 요즘은 귀신을 보기가 힘들 거다."

"그건 또 무슨 말인지 도통…… ."

"어쨌든 넌 미치지 않았다. 너도 혼란스럽겠지만, 지금 우리도 못지않게 혼란스러운 상황이다. 우선 집으로 돌아가라. 내가 자초지종을 알아보고 설명해 주마. 우리도 정보를 주고받고 머리가 정리되어야 너에게 말해 줄 게 아니냐?"

영원이 심오를 보았다. 심오도 혼신의 힘을 다해 고개를 끄덕였다.

"안 미쳤어. 네 담당 의사인 내가 보장한다. 네가 미쳤으면 나도 미친 거니까. 차라리 나도 지금 미친 거였으면 좋겠다!"

영원이 문으로 가려다가 다시 돌아섰다.

"저승사자라면서요? 그런데 어떻게 의사를 해요? 가짜 의사였어요?"

심오가 벽에 걸린 자격증을 당당히 가리켰다.

"저 전문의 자격증! 내가 의대에서 개고생해서 직접 땄다! 가짜라니! 내가 가짜 저승사자라는 말은 넘길 수 있어도, 가짜 의사라는 말은 넘겨들을 수가 없어! 의대도 정정당당하게 시험

보고 갔다. 수능만 다섯 번! 비록 열 번 본 놈보다는 빨랐지만. 의대들마다 커트라인은 왜 그렇게 높은 거야!"

"아니, 그럼 왜 저승사자가 다른 직업도 아니고 의사를……. 그건 정말 말이 안 되는데요?"

심오가 책상을 넘어가 영원을 문 쪽으로 밀었다.

"지금은 말이 되는 게 없다. 그러니 가라, 제발. 집에 좀 가! 우리끼리 정리할 시간을 달라고!"

갑1이 그의 손목을 잡았다.

"거칠게 다루지 마라. 말로 해."

"갑1 사자까지 진짜 왜 이러는 건데! 평소대로 해, 평소대로!"

"이름이 가빌이야? 외국 이름이네?"

"이름 아니고, 번호!"

"세상에 그런 번호가 어디…….'

갑1도 지쳤다. 이런 세세한 것까지 설명할 정신이 아니었다.

"거칠게 다뤄도 되니까 내보내!"

이렇게 말하며 갑1이 손을 떼자마자 심오는 문을 열었다. 바로 직전, 갑1은 바깥에 노출되지 않도록 무체화로 변했다. 영원은 밀려나면서 말했다.

"저 봐, 저 봐! 투명해졌어. 내가 딱 봤어. 그것도 다 설명해 줘야 해!"

심오는 영원만 밖으로 내쫓고 문을 닫았다. 영원이 밖에서 계속 외쳤다.

"날 갑자기 또 끌어안은 건 아직 제대로 설명 안 했어! 내가 만지거나 안으려고 하면 막 튕기면서 자기는 막 안아? 그것도 설명해 줘야 해! 내일까진 못 기다려. 바로 와야 해! 안 오기만 해 봐. 여기 아침부터 저녁까지 점령해 버릴 거야!"

영원이 문에서 돌아섰다. 카운터 쪽의 여직원 두 명과 간호사가 사색이 된 표정으로 서 있었다. 모두 퇴근 준비를 마친 상태였다. 수납을 위해 직원들에게로 갔다. 그리고 흥분을 겨우 가라앉혀 가면서 신용카드를 내밀었다.

"결제요."

직원 한 명이 부리나케 받아 들고 물었다.

"원장님 처방전 오더가 아직⋯⋯."

"오늘 약 없어요. 진료비만 결제해 주세요."

"아, 네."

직원들은 트레이닝복 차림의 영원을 머리끝부터 발끝까지 훑어보았다. 예쁜 건 신발밖에 없었다. 영원이 그들을 향해 물었다.

"전 보이는 거 맞죠?"

훑어보던 직원이 뜨끔하여 되물었다.

"네? 뭐가요?"

"하긴, 보이니까 대화를 하고 있겠지. 방금 제가 나온 진료실 안에 원장님이 계셨던 거 맞죠?"

"같이 계셨으니까 환자분이 더 잘 아시겠죠. 당연히⋯⋯."

결제가 끝났다. 영원은 신용카드를 받아 들고 진료실을 향해 한 번 더 외쳤다.

"기다릴 테니까 꼭 와! 약속한 거다!"

영원이 병원을 나갔다. 그 뒤로 직원들은 난리가 났다.

"저 둘이 사귀어? 그런 사이였어? 반말까지 하는 사이야? 언제 어떻게 진전된 거야?"

"우리 원장님 취향이 저거였어? 눈 엄청 높은 줄 알았는데."

"갑자기 끌어안았다고 했잖아. '또'라고도 했고. 이거 성추행 아니야?"

"우리 원장님이 그럴 리가 없어. 알잖아, 끈적거리는 눈빛. 여자들은 그런 거에 예민해. 그런데 우리 원장님은 그런 거 전혀 없었어. 우리를 나무토막 쳐다보듯 하잖아. 지나칠 정도로. 안 그래? 나만 그렇게 느낀 거야?"

"너만 느낄 리가 있니? 그런 담백함 때문에 좋아한 건데……."

"여자가 먼저 찝쩍거린 거야. 원장님은 튕겼다고 그랬잖아."

"아! 맞아. 들었어."

"어머. 어떡해, 우리 원장님. 이상한 여자한테 걸렸나 봐."

밖에서 이런 난리가 난 줄도 모르고, 진료실 안에선 갑1과 심오가 기진맥진하여 앉아 있었다. 심오가 중얼거렸다.

"여기 공간 시스템 오류였나?"

"삼도천의 포악함을 모르지 않을 텐데? 시스템 오류라도 삼도천이 용납할 리가 없다. 저승에서 이승으로 탈출하려는 영혼을 막기 위해 존재하는 것이 삼도천이니까."

"그렇지. 삼도천이 살아 있는 사람을, 사지 육신 멀쩡한 사람을 살아 있는 육신 그대로 고스란히 드나들게 할 리가 없지.

잘못 죽은 영혼도 아니고, 생체는 듣도 보도 못했다."

"여태 이런 경우는 없었다. 분명 초유의 사태야."

"지금 여기서 확실한 건 딱 하나다. 갑1 사자의 전두엽은 멀쩡하다는 것."

"뭔 말이야?"

"아무 말이나 한 거다. 잠시만 머리 좀 식히고 대화하자."

"그래."

둘은 대화를 끊은 상태에서 계속 넋을 놓고 앉아만 있었다.

"법의관 오빠, 찾았어."

갑3이 소파에서 일어나 책상 쪽으로 갔다. 모니터 두 개에는 각각 여섯 개씩의 화면이 동시에 재생되고 있었다. 모두가 다른 화면이었다. 그중 한곳을 갑3이 손가락으로 짚었다.

"이 여자! 신원 조회해 봐."

"응? 나영원이잖아!"

"화면만 보고 신원을 알아내다니 시스템관리소 대단한데?"

갑21이 의자에서 벌떡 일어섰다. 그리고 갑3을 노려보면서 소리쳤다.

"뭐야? 법의관 오빠도 나영원이었어? 왜? 왜 또 나영원인 건데? 잠깐! 60년에서 70년 만에 환생 어쩌고 그러지 않았어?"

"응, 그게 내가 100년 전쯤에……."

갑21은 보통 일이 아님을 직감했다. 그래서 본능적으로 소리쳤다.

"입 닥쳐, 갑3 사자! 지금부터 한마디도 하지 마!"

"왜?"

"잠시만 기다려. 누구 좀 부를 테니까. 오면 얘기하자."

여기는 이승이었다. 그래서 저승폰으로는 중앙관제센터 외에는 연결이 되지 않았다. 갑21은 중앙관제센터장에게 전화를 했다. 신호가 가는 동안 갑3이 말했다.

"난 너한테 말해 두고 갈⋯⋯."

갑21이 폰을 귀에 댄 채로 소리쳤다.

"닥쳐! 말하지 말라고! 지금은 듣기 싫어! 같이 들을 거야. 너도 들어 두는 게 좋을 거다."

소리치는 동안 통화가 연결되었다.

— 왜 고함을 지르고 그래? 무슨 일인데?

갑3이 연결된 줄 모르고 계속 말했다.

"뭘 듣기 싫고, 뭘 들어야 한다는 거냐?"

— 또라이 자식 거기 있구나? 또 말썽 부린 거야?

"센터장 오빠, 갑1 사자 어디 있어? 조금 전에 내 저승 사무실에 왔다가 나갔거든."

— 잠깐만, 위치 확인해 볼게. ⋯⋯출국 기록도 없는데, 이승에 있는 걸로 나와.

"아! 정신과 진료실에 있나 보다. 알았어."

— 무슨 일이냐고!

"나중에 설명해 줄게. 지금 급해."

갑21은 저승폰은 끊고 이승폰으로 전화를 걸었다. 심오의 이승폰으로 건 전화였지만 받지 않았다. 끊고 병원으로 다시 걸었다. 아무도 받는 사람이 없었다. 아직 진료 시간이 끝나기 전이었다.

"이상하다. 접수 마감 이후에도 전화는 받을 텐데……."

갑3도 갑21이 왜 이러는지 영문을 몰라 답답했다.

"뜬금없이 갑1 사자는 왜 찾는데?"

갑21이 전화를 끊었다. 그리고 말했다.

"오빠, 지금 이승 쪽 진료실로 가자. 정신과 오빠는 우리와 달라서 진료실 밖으로 거의 나오지 않으니까 거기 있을 거야. 갑1 오빠와 뭔 일이 생겨서 전화를 안 받는 것 같아."

"둘 사이에 생길 일이 뭐가 있어? 그 둘은 뭔가 접점이 없잖아."

"접점이 생겼거든."

"점심때 갑25 사자 만났는데, 별일 없……."

"그 뒤에 생겼거든! 가자! 가서 말해."

갑21이 손을 내밀었다. 갑3이 뭔 손이냐는 듯 뚱한 표정을 했다.

"공간 이동. 우리는 사자청 월직과는 달리 이승에서의 정확한 좌표 이동이 약하잖아. 같이 데리고 가 달라고. 눈치 더럽게 없어."

갑3이 갑21의 손목을 쥐고 심오의 진료실로 이동했다. 거기서 그들이 마주친 건 넋이 빠진 채로 환자용 의자에 앉아 있는 갑1과 심오의 모습이었다. 갑3이 소리쳤다.

"무슨 일이야! 공격당했어? 옥황국 놈들 짓이야?"

심오가 한쪽 눈만 떠서 둘을 확인했다.

"가뜩이나 정신 사나운데 갑3 이놈은 왜 나타났어?"

"내가 더 궁금하다, 왜 잡혀 왔는지. 흥신소 사자한테 물어봐."

"갑21 사자는 또 왜!"

"정신과 오빠가 전화를 안 받아서 직접 온 거야."

"전화받기 귀찮아서. 무슨 용건인지는 모르겠지만, 다음에 듣자."

"중요한 일이야, 엄청!"

"우리 지금 핵폭탄 맞았다. 다른 말 들을 정신 없어."

"우린 법의관 오빠가 핵폭탄 들고 왔는데."

"내가 아무리 또라이라도 핵폭탄을 들고 다니진 않는다."

"이 핵폭탄이 그 핵폭탄이야?"

"자기가 또라이인 줄은 아는군."

갑21이 두 손을 번쩍 들고 소리쳤다.

"잠깐! 모두 조용! 여기서 나영원 알면 손들어!"

속도의 차이는 있었지만 진료실 안의 네 사자 모두 손을 들었다. 그들의 눈이 동시에 커졌다. 그리고 잠시의 정적이 지나는 동안 서로가 서로를 보기에 바빴다. 정적을 제일 먼저 깬 건 갑1이었다.

"갑3 사자가 손을 왜 들어?"

"너희들 전부 다 알고 있었나?"

심오가 갑3을 향해 외쳤다.

"샘플1인 거 알고 있었어?"

"샘플1이었냐?"

갑1이 끼어들었다.

"샘플1은 또 뭐야!"

심오가 말했다.

"그럼 갑3 사자는 어떻게 아는 거야?"

"난 여기 오기 직전에 알았다. 너희들은 그럼?"

짝! 짝! 짝!

갑21이 손뼉으로 패닉 상태의 다른 사자들을 집중시켰다.

"오빠들! 이젠 우리와도 대화할 마음이 들지?"

3

갑21이 제안했다.

"저승으로 건너가서 대화하자. 여긴 좁고 앉을 데도 없어."

심오가 손가락을 튕겼다. 공간이 변하기 시작했다. 이윽고 벽들도 멀어지고 앉을 소파들도 생겨났다. 각자 복잡한 머리로 소파에 가서 앉았다. 그런데 심오가 앉으려다 말고 다시 벌떡 일어섰다.

"그래, 나밖에 안 돼! 이승과 저승을 오가게 할 수 있는 건 이 진료실의 주인인 나뿐이야! 나의 의지라고. 그런데 어떻게 나영원이 오갈 수 있었던 거지? 난 아무 짓도 안 했는데?"

각자의 사무실은 그 주인만 옮길 수 있다. 이 진료실의 시스템을 손본 갑21도 자기 사무실은 옮겨도 이 진료실은 안 된다. 중앙관제센터조차 이곳을 움직일 수는 없다. 갑3과 갑21이 무슨 말인지 알아듣지 못해 어리둥절해하다가, 뒤늦게 소리쳤다.

"나영원이 오갔다고? 어디를? 저승을?"

"삼도천을 지났다는 말이냐?"

심오가 앉으면서 대답했다.

"그래! 나영원이 이 진료실에 있는데, 갑자기 저승으로 왔다가 이승으로 돌아갔어."

갑3이 현실을 부정했다.

"무슨 말도 안 되는 소릴 하고 있어? 농담도 지나치면 짜증난다."

하지만 갑21은 진지하게 받아들였다.

"영혼만 오고 간 거?"

"아니, 영혼이 들어 있는 육신 그대로. 핵폭탄 맞지?"

"그건 죽었다가 살아난 거야, 아니면 살았다가 살아난 거야? 뭐라고 해야 해?"

"삼도천을 건넜으면 일단 죽었었다고 봐야지. 근데 이 경우는……, 모르겠다. 진짜 모르겠다!"

심오가 그제야 정신을 차리고 이번에는 갑1을 다그치기 시작했다.

"혹시 네 짓이야? 네 노크 소리에 진료실이 움직였잖아."

"내가 더 놀랐다. 갑자기 문이 열렸는데 살아 있는 인간이 있어서. 그것도 저승에!"

"문도 네가 연 거 아니었어?"

"저절로 열렸다! 내가 한 짓이 아니야."

"와! 미치고 환장하겠네."

갑3이 어처구니가 없다는 듯 말했다.

"삼도천이 노망났나 보군."

갑자기 진료실이 흔들리고 불빛이 깜빡거리다가 잠잠해졌다. 갑21이 말했다.

"삼도천 이 포악한 것. 이렇게 성질이 나쁜데 한 번 저승으로 건너온 영혼이 이승으로 돌아가는 걸 왜 막지 않았지? 아무리 육신을 지니고 있었어도, 삼도천은 그런 거 안 따지잖아. 영혼만이 중요하지."

"내가 사체 토막을 들고 저승을 오가 봐서 아는데, 잠시라도 나영원의 모든 생체 기능이 멈췄을지도 모른다. 그게 어떻게든 영향이 갈 거야."

"전혀 이상 있어 보이진 않았는데……."

저승에서도 전혀 이상을 보이지 않았다. 이승으로 넘어가서도 멀쩡했었다. 정말 문제가 생겼을까? 갑자기 갑1의 마음이 조급해졌다. 어서 가서 영원의 안부를 확인해 보고 싶었다. 잠시 정적이 찾아왔다. 그렇다고 그들의 머릿속도 정적인 것은 아니었다. 더욱 맹렬히 시끌벅적거렸다. 갑21이 말했다.

"이게 너무 메가톤급이라 말 꺼내기 정말 미안한데……. 근데 우리도 만만치 않아서. 오빠들 괜찮겠어?"

"우리 머리 지금 한도 초과야. 미룰 수 있으면 미뤄."

"못 미뤄. 미루면 큰일 나."

"그래, 말해라. 듣자."

갑21이 갑3을 보면서 말하라는 눈짓을 했다. 갑3은 나영원의 다른 정보는 전혀 모르기에 자신이 가진 정보는 이전에 들은 것과 비교하면 메가톤급까지는 아니라고 생각했지만, 우선 말을 시작해 보았다.

"내가 100년 정도 전에 결핵요양원에 잠시 근무했었거든. 그땐 의사가 아니었지만……."

심오도 영원의 다른 정보는 듣기 전이었다. 그래서 왜 갑자기 100년 전의 상관없는 시대를 꺼내는지 이해할 수 없었다.

"나영원 이야기에 집중해. 엉뚱한 말 하지 말고."

"나영원 이야기야."

갑1과 갑21은 나영원의 다른 정보도 알고 있었다. 그래서 다음에 나올 말의 놀라움을 미리 짐작하고 사색이 될 수밖에 없었다.

그즈음, 이 땅에 서양 의학이 들어오기 시작했다. 그러자 한의원은 점점 도심에서 밀려나 양의원이 생기지 않은 시골 외곽에서 명맥을 유지하게 되었다. 이에 갑3은 100년 전부터 양의학을 다시 배우기 시작했다. 처음에는 내과, 그중에서도 결핵을 중점적으로 공부했다. 그 당시 결핵은 '천재와 미녀의 병'으로, 마음에서 기인한 거라는 속설이 있었기 때문이다. 몸을 나른하게 하고, 의욕을 빼앗고, 게을러지게 하고, 우울증을 동반하는 전염병이라는 낙인이 찍힌 병이었다. 결핵은 마음이 아닌 육체의 병이었을 뿐이지만, 그 당시의 인식은 달랐다. 심지어 상사병으로 오인하는 경우도 있었다. 그래서 결핵에 걸리면 병원이 아닌 굿으로 치료하려는 경우가 많았다. 결핵은 급속히 퍼져 나갔고 많은 사망자를 만들었다.

갑3은 당시 정식 의사가 아닌 의학전문학교 의생이었을 뿐이지만, 결핵요양원에서 자원봉사를 했다. 전염병이라 다른 의생들은 꺼렸지만, 저승사자인 그는 인간의 병이 전염되지 않는 이점이 있었다. 그곳에서 만난 환자 중에 '김분이'라는 여자가 있었다. 더 정확하게는 만났다기보다, 한두 번 스쳐 지나갔다는 표현이 맞을 것이다.

"김분이, 당시 33세였다. 폐결핵 환자였는데, 한두 번 지나친 게 전부지만, 그때마다 하얀 벽만 보고 있었지. 내가 그 여자한테서 이상함을 느낀 건 그 여자가 사망할 때였어."

갑3은 잠시 말을 끊고 갑1과 갑21을 번갈아 보았다. 이상하리만큼 집중하고 있었다. 그것도 기괴한 분위기로.

"왜? 내 말에 뭔 문제가 있나?"

갑1이 재촉했다.

"계속 말하기나 해. 뭐가 이상했는데?"

"그 당시는 우리 염라국 시스템이 지금과 달랐잖아?"

지금처럼 이승 체류 시간이 10분 내외로 줄어들기 이전으로, 시범 단계인 30분 내외로 체류할 때였다. 게다가 그때까지는 장소 대기가 아닌, 사망 예정자를 따라다니던 시스템이었다.

"그런데 없었다."

이번에는 심오가 집중하고 들어왔다. 다른 정보는 몰라도 지금까지만으로도 심상치 않은 느낌이 들어서였다.

"뭐가 없었는데?"

"저승사자. 그 여자를 데리러 온 저승사자가 없었어."

"뭐어? 어떤 저승사자였는지는 모르겠지만, 널 피해 숨어다 닌 거겠지. 다들 그렇게 하잖아."

"나도 지금까지 그렇게 생각했었다. 그래서 문제 삼지 않았 고. 다른 저승사자가 근처에 오면 느껴지거든. 그런데 거기는 사망자가 많았던 요양원이라 저승사자도 자주 들락거렸지. 게 다가 김분이가 사망하는 그 순간에 내가 그 자리에 있었던 것 도 아니고. 그래서 헷갈렸나 보다 했다."

"그런데 지금 그 얘기를 꺼낸 이유는? 나영원과 뭔 관련……, 어? 어? 야! 아니지?"

심오가 사색이 되어 갑1과 갑21을 번갈아 보았다. 그들은 뭔 가 감을 잡은 듯했다.

"김분이, 그 여자가 나영원으로 환생해 있었다."

"잘못 본 거 아니고?"

"나 사자청의 월직이다. 영혼을 착각하진 않아."

"나영원이 그러니까, 나이가 대략 33살인데……, 계산하면 죽은 지 66년 만에 환생했다는 거야? 야! 너야말로 농담하지 마! 지나치면 짜증 나니까."

"더 놀라운 건, 내가 혹시나 해서 바로 관련 자료를 찾으러 왔는데……."

갑1이 제 머리를 짚으면서 한숨처럼 말했다.

"없었지? 김분이의 염라부명장!"

"그래."

가볍게 대답했던 갑3이 뒤늦게야 다시 화들짝 놀랐다.

"응? 어? 넌 그걸 어떻게 알아?"

갑3이 놀라는 것보다 더 크게 심오가 놀랐다. 갑21은 놀라움을 넘어선 기운 빠짐으로 인하여 소파에 깊숙하게 몸을 기댔다.

"큰일이다. 진짜 큰일이야."

심오가 말했다.

"지금 이 상황 좀 설명해 줘. 너희들은 뭘 더 알고 있는 거야?"

갑1이 말했다.

"나영원도 염라부명장이 생성이 안 돼. 산국의 점지부에서도 점지한 적 없고, 옥황국의 공과격 기록도 없다. 무의 눈인데, 우리 저승의 것만 봐. 천상에 해당하는 산국과 옥황국의 것들은 못 보고."

그의 억양은 그의 심정과는 달리 더없이 기계적이었다.

"나영원의 염라부명장이 생성 안 되는 건 어떻게 알았어?"

"지하철 사고 때. 나영원이 타고 있던 칸은 전원 사망이었거든."

갑3이 물었다.

"지금은 어떻게 살아 있어?"

"내가 살려 줬다."

"뭐? 그런 짓을 왜?"

"날 보는 바람에 내려야 하는 역을 지나쳤다. 무의 눈이랬잖아. 그런데 염라부명장이 없었고. 염라부명장도 없는 인간을 그냥 죽게 뒀어야 했나?"

갑3이 대답했다.

"나였어도 우선 살린다. 수습은 뒤에 하더라도. 그게 옳다. 판단 잘했어."

육신이 죽어 버리면 뒷수습조차 할 수가 없다. 나중에 잘못 죽은 영혼으로 밝혀져도, 한번 죽어 버린 육신에는 돌아갈 수 없기 때문이다. 심오도 소파 등받이에 몸을 기댔다. 그의 한숨이 깊었다.

"아⋯⋯, 그래서 그날 그 지경이 돼서 병원에⋯⋯."

이번에는 갑1이 눈동자만 움직여 심오를 보았다.

"병원에?"

"원래부터 우리 병원 환자야. 이승기피증 3인방 치료에 도움될까 해서 비슷한 증상을 보이는 이승의 환자들을 관찰 중이거든. 그중에 샘플1이야. 외출기피증이 있어서 외출을 안 하고, 해도 스트레스를 많이 받아."

갑3이 제 턱을 긁적거리면서 말했다.

"지하철 사고. 전원 사망 칸. 목격자일 수도 있겠군, 나영원은. 범인을 본 유일한 목격자."

"지금 이승의 일이 중요해?"

"중요해! 우린 지금 죽은 시신을 조각조각 퍼즐 맞추기 하고 있다! 나영원이 목격자라면 물어봐도 되잖아. 그녀는 인간이니까 나한테 대답해 줘도 아무 문제 없어!"

"어차피 오빠하고 상관없는 사건이잖아. 수사권도 없고. 그건 문제지. 그런 쓸데없는 얘긴 접고, 김분이에서 나영원으로 환생하기까지 비어 있는 66년은 어떻게 해석할 건데? 이것도 중요해."

갑1이 말했다.

"그동안 영혼은 어디에 숨어 있었지? 저승사자가 데리러 가지 않았다면, 빠져나온 영혼은?"

심오가 소파에 기댄 채로 진료실 천장을 보면서 힘없이 말했다.

"그것도 난제구나. 저승으로 들어오지 못한 영혼은 악귀가 되는데……."

갑21이 심오의 말을 되풀이하듯이 말했다.

"잠깐만 지체해도 악귀로 쉽게 변질되는데……."

갑3도 중얼거리듯이 말했다.

"그런데 우리는 김분이를 데려온 기록이 없고……."

아직까지 영원을 직접 만난 적 없는 갑21이 말했다. 모두가 힘이 빠졌기에 그녀의 성량도 중얼거리는 정도였다.

"악귀인가, 나영원은?"

만약에 영원이 악귀라면, 환생이 아닌 빙의 상태라는 뜻이다. 악한 귀신으로 변질된 영혼은 저승에서 정화를 시키지 않는 한 환생 자체가 안 되기 때문이다. 잠시 대화가 끊겼다. 이번엔 더욱 심각하게 머릿속이 돌아갔다.

"그렇게 사랑스러운 악귀도 있나?"

갑1이 무심코 툭 뱉어 낸 본심이었다. 하지만 말을 한 갑1도,

들은 다른 월직들도 알아차리지 못했다. 그들의 눈치는 그 정도밖에 되지 못하기에. 심지어 자신의 마음조차 눈치채지 못하는 정도기에. 그래서 그들의 해석은 하나였다.

"선한 영혼이란 거지?"

갑1이 고개를 끄덕였다.

"뭐, 그렇다는 거지. 산국의 삼신과 옥황국의 선인도 선한 영혼이라고 했고."

"악귀가 본성을 숨기고 있을 가능성은?"

갑3의 물음에, 심오가 기댔던 소파에서 몸을 일으켜 바로 앉으면서 대답했다.

"난 나영원의 담당 의사다. 계속 관찰해 온 나의 안목으로 보증한다. 그 영혼은 선하고, 심지어 강해. 본인은 믿지 않겠지만. 제아무리 본성을 숨겨도 우리 월직들이 악귀를 못 알아보는 건 말도 안 되고. 게다가 악귀라면 내 앞에서 그렇게 진료받을 순 없지."

심오는 이래 봬도 명색이 지옥의 사자다. 악귀는 그 앞에선 고통스러워서 앉아 있을 수가 없다.

"더 골치 아프네. 영혼이 악하면 악귀라고 억지로라도 해석할 수 있는데."

"그래도 혹시 모르니 진료하면서 내가 한 번 더 자세히 관찰하도록 하마. 악귀가 빙의한 건지 아닌지."

"직업은?"

갑21의 질문이었다. 심오가 대답했다.

"만화가."

"으악! 창작 직업군에 속한 직업명이잖아! 갑25 오빠가 많이 힘들었겠구나."

심오가 고개를 크게 끄덕였다.

"응, 힘들었다. 그들이 구사하는 언어의 조합은 우리가 이해하기 제일 어려우니까. 게다가 나영원은 영리하기까지 해서."

"하필 직업도 우리가 제일 꺼리는 종류라니."

갑1이 깊은 한숨으로 말했다.

"그래서 대화가 그리도 힘들었구나."

거기다가 정신과 환자이기도 했으니, 그때의 갑갑하던 대화가 비로소 이해가 되었다.

"어디서부터 어떻게 정리를 하지?"

심오가 갑1의 말을 받았다.

"일단 나영원에게 한시라도 빨리 설명해 줘야 해. 그쪽도 혼란스러운 상황이야. 당장 정리해 주지 않으면 병이 악화될 거다."

갑3이 말했다.

"난 김분이 건만 보고하면 되는 거였다. 여기까지 하고 난 빠진다. 알아서들 해."

"이야! 법의관 오빠 진짜 의리 없구나?"

"이게 의리와 무슨 상관인데? 보니까 애초에 너희들이 좇던 문제구먼. 사공이 너무 많아도 안 돼. 난 김분이 정보 제공한 걸로 끝!"

"협력자는 많을수록 좋지. 무엇보다 오빠는 이승에 있잖아.

우리보다 이승에서의 활동도 자유롭고."

"싫다! 귀찮아."

갑3이 소파에서 일어나서 문으로 걸어갔다. 그의 뒤통수를 향해 갑21이 외쳤다.

"골치 아픈 문제니까 발 빼려는 거잖아!"

"난 유학을 빙자한 휴가 중, 아니, 휴가를 빙자한 유학 중이 던가? 암튼, 이승에서의 일이 한 무더기다. 나는 간다."

갑3이 문을 열었을 때였다. 갑1이 말했다.

"나영원과 만나서 지하철 사고 범인에 대해 물어볼 기회를 주마."

갑3이 다시 문을 닫았다. 그리고 소파로 얌전하게 돌아와서 앉았다. 이승에 거주 중인 갑3은 그들 가운데 이승의 사회 체계와 인간에 대한 정보를 가장 잘 알고 있는 사자였다. 김분이를 직접 본 것도 갑3뿐이다. 절대적으로 그의 참여가 필요했다.

갑1이 그에게 물었다.

"김분이에 대한 정보를 더 찾아낼 순 없을까?"

"현재로써는 가능성 제로. 죽은 지 99년 가까이 된 사람의 정보가 이승에 남아 있을 리는 없어. 그 요양원도 없어진 지 오래되었고. 게다가 김분이는 그 당시 흔한 이름이어서 어려울 것 같은데……. 흥신소는 가능해?"

"우리도 불가능해. 아무리 우리 업무가 남 뒷조사라고 해도. 그래도 시도는 해 볼게."

갑1이 갑21에게 물었다.

"산국과 옥황국 쪽은 기록이 있을까? 나영원은 없어도 그 전생인 김분이는 있을 가능성이 있는데. 그럼 뭔가 실마리가 잡힐지도?"

"있어도 법의관 오빠가 아는 정보만으로는 그쪽에서도 검색이 쉽지 않을 거야."

산국은 태어난 시간과 장소, 옥황국은 주로 산 행적, 염라국은 죽은 시간과 장소로 최종 기록이 남는다. 갑3이 가진 정보로는 염라국에서만 검색이 용이하다. 옥황국 쪽에서도 하려고만 들면 아예 가능성이 없지는 않겠지만, 그들 습성상 세월아 네월아 하느라 오래 걸릴 것이다.

"그래도 산국과 옥황국에 협조 공문은 보내야지. 조사할지 안 할지는 그들이 알아서 할 일이고."

심오가 말했다.

"절대 있을 수 없는 일이 나영원한테만 몇 번이나 일어난 건지, 원."

영원은 거실 바닥에 엎드려 볼을 대었다. 떨어진 머리카락도 없었고, 먼지도 보이지 않았다. 청소기를 두 번 돌렸다. 물걸레질도 두 번을 했다. 부엌도 이제껏 사용한 적 없는 근육까지 써 가며 정리를 마쳤다. 몸 여기저기가 쑤시는 것만 제외하면 만족스러운 청소였다. 이번에는 잡동사니를 넣어 둔 창고방을 열었다. 잠시 눈으로 스캔만 하고 살포시 문을 닫았다.

"여긴 날 새우겠다. 여기까지 볼 일은 없겠지?"

갑1은 이미 봤다. 하지만 영원으로서는 알 길이 없었다. 작업실도 열어 보았다. 대충 정리는 된 듯했다. 여긴 민아와 경민의 책상도 있어서 더 이상 건드릴 수가 없었다. 잠자는 방은 열어 보지 않아도 되었다. 이불만 접어 두면 정리가 필요 없다.

거실의 시계를 보았다. 봐 봤자 의미 없는 짓이었다. 시간 약속을 하지 않았기 때문이다. 따지고 보면 약속 자체를 한 적이 없었다. 영원이 일방적으로 오라고 했을 뿐이다. 아무리 되짚어 봐도 그의 대답을 들은 기억이 없었다. 그가 했던 말은 설명해 주러 오겠다는 거였을 뿐, 오늘 오겠다는 말은 포함되어 있지 않았다.

"시간 약속까지 받아 놓고 나왔어야 했는데!"

다시 거실 시계를 보았다. 병원에 전화를 해 볼까도 생각했지만 그러기에는 늦은 시간이었다. 냉장고를 열어 보았다. 그가 오면 대접할 마땅한 것이 없음을 알아차렸다. 민아가 백화점에서 사 온 것들은 이미 초토화가 되었다. 과일이 있기는 했지만, 아무래도 단둘이 오붓한 분위기에서 먹기에는 케이크가나을 것 같았다.

영원은 스마트폰을 들고 어플을 눌렀다. 케이크 특성상 늦은 시간인 지금은 품절인 곳이 많았다. 그래도 겨우 한 가지는 찾아냈다. 딸기롤케이크였다. 맛은 모르겠지만 모양은 제법 로맨틱했다. 새로운 것에 모험을 잘 안 하는 영원이었지만, 이번엔 과감해졌다.

"이 시간까지 남아 있는 걸 보면 인기가 없는 거려나? 뭐, 맛

없으면 어쩔 수 없고. 케이크는 맛보다는 모양이지. 단둘이 있는 컷에서의 예쁜 코디라고 생각하자."

어플에서 주문을 하고 결제까지 마쳤다.

영원의 머릿속은 갑1과의 투샷뿐이었다. 그 어느 장면에서도 둘 이외의 다른 건 없었다. 갑1이 왜 여기에 오는지에 대한 이유도 영원의 머릿속에는 없었다. 그녀에겐 그저 데이트 약속, 그 이상도 그 이하도 아니었다. 기다리는 동안, 정리를 마저 할 생각으로 작업실로 들어갔다. 작업실 문은 열어 두었다.

책상 위를 정리하던 중, 책 더미 속에서 민아가 선물해 준 마스크팩을 발견했다. 새삼 눈이 번쩍 뜨였다. 이건 당장 사용할 필요가 있었다. 그 아래《예지몽 해석법》책도 보였다. 남의 책이다. 그러니 이것도 빨리 읽고 돌려줘야 하는 것이다. 나비 관련만 대충 훑어보고 그 후로 한 번도 들춰 보지 않았다.

차례 부분을 우선 펼쳤다. 소제목에서부터 굉장히 세세하게 나뉘어 있었다. 자연은 기본이고, 각종 동식물부터 시작해서 신분이나 직업, 영적인 존재도 있었다. 감정과 관련된 것, 행동, 색깔 등 차례만 보고 찾아내는 것도 일이겠다 싶었다. 책 편집 순서에 이상이 있는 건지 차례 다음에 책 활용법이 있었다. 요약하면 꿈에서 본 것을 조각조각 나눠서 해당 페이지를 읽고 짜 맞추라는 내용이었다. 친절하게 예시도 있었다.

영원은 다시 차례로 돌아왔다. 자세히 보니 연한 연필 자국들이 보였다. 민아의 외할머니라는 분이 체크해 둔 거라고 짐작했다.

영원이 궁금한 건 역시 죽음이었다. 어찌 되었건 저승사자는 꿈도 아니고, 환각도 아니고, 현실일지도 모르니 제쳐 놓고, 가장 두려운 팔다리가 잘리는 꿈의 의미를 알고 싶었다. 책 활용법에 따르면 나의 죽음, 피살, 팔, 다리, 절단, 결박, 기계 도구, 두려움, 공포, 밀폐된 방 등으로 나눠서 찾으면 될 것 같았다. 제일 먼저 나의 죽음 부분을 폈다.

그런데 거기에도 오래되어 빛바랜 연필 자국이 있었다.

"누구나 자기가 죽는 꿈은 꾸나 보다, 하하하."

내가 죽는 꿈은 좋은 의미였다. 막혀 있던 모든 일이 풀린다고 되어 있으니. 그런데 피를 흘리면 더 좋다고 되어 있었다. 어릴 때는 피까지 보았던 것 같은데, 최근에는 거기까지 진행되기 전에 억지로 깨어나곤 했다.

"피를 봐야 좋은 거였네. 다음에 또 꿈을 꾸게 되면 끝까지 버텨 봐? 흐흐."

팔, 다리, 절단 부분에는 연필 자국이 없었다. 이 책의 주인은 그런 꿈은 안 꾼 모양이었다. 민아가 찾아준 나비 부분도 연필 자국이 없기는 했다. 사람마다 비슷한 꿈은 꿔도 똑같은 꿈은 꾸지 않나 보다고 생각했다.

문득 최근에 꾼 불에 타서 죽는 꿈이 궁금해졌다. 지하철 사고로 인해 나타난 꿈이 아니라는 건 영원이 더 잘 알았다. 그건 어릴 때부터 지금까지 종종 꾸던 것으로, 비행기 사고 때 불타는 시체를 본 게 원인인 꿈이다. 해당 페이지를 펼쳤다. 그런데 그곳에도 연필 자국이 있었다. 그리고 그 옆에 흐릿한 글자가 쓰여 있었다.

'나병'.

이번에는 질병과 관련된 페이지를 펼쳤다. 그곳에도 연필 자국이 있었는데, 나병과 폐병에 체크가 되어 있었다. 영원은 나병에 집중했다. 그리고 스마트폰으로 나병을 검색해 보았다. 예전에는 문둥병으로, 요즘은 한센병으로 불리는 병이었다. 증상도 읽어 보았다.

"나병, 불에 타서 죽는 꿈, 내 꿈과 너무 비슷한데?"

영원의 꿈에서 보이는 손은 짓뭉개져 있었다. 부드러운 나무 껍질을 벗겨 돌멩이로 찧어서 연하게 한 다음, 곪아 터진 손과 팔을 감는 장면이 보이곤 했다. 그러다가 사람들에게 뒤쫓겼다. 그들의 모습은 잘 보이지 않았지만, 그들이 손에 들고 있는 긴 막대기들은 또렷했다.

사람들은 막대기로 가축 몰듯이 꿈속의 영원을 이리저리 몰아서 구덩이로 빠뜨렸다. 그리고 그곳으로 불을 던져 넣었다. 손과 팔에 먼저 불이 붙었다. 꿈이라 그런지 불의 뜨거움은 느껴지지 않았다.

스마트폰으로 검색한 나병 설명에는 피부 괴사가 이뤄진 나병은 신경조직 손상으로 통증을 느끼지 못한다고 되어 있었다.

도구 페이지에서 막대기도 찾았다. 거기에도 연필 자국이 있었다. 다음으로 구덩이에 빠지는 장면을 찾아보았다. 애석하게도 구덩이는 찾을 수 없었고, 대신 빠지는 꿈은 찾을 수 있었다. 거기에도 연필로 체크가 되어 있었다.

나병, 불에 타서 죽는 꿈과 같은 선상의 체크인지는 알 수 없었다. 각각 다른 꿈에서 본 걸 체크해 둔 것일 수도 있다. 하지만 막대기와 빠지는 꿈은 제외시키더라도, 이 책의 주인도 나병과 불에 타서 죽는 꿈을 같은 꿈속에서 본 건 확실했다. 책 모퉁이에 글자가 보였다. 책을 완전히 덮고서 글자를 맞췄다. '이정희'.

딩동.

"헉!"

영원은 마스크팩 상자를 손에 든 채 밖으로 나갔다. 비디오 폰에 검은 옷이 얼핏 보였다. 그다! 영원은 망설이지 않고 문을 활짝 열었다. 아, 헬멧! 영원은 숨이 턱 막혔다. 낯선 배달원이었다. 그는 케이크 상자가 든 비닐 쇼핑백만 건네주고 바쁘게 갔다. 영원은 얼른 문을 닫고 걸쇠로 걸었다.

"바보! 환각 씨는 거실에 바로 나타나잖아."

영원은 케이크를 꺼내 모양을 확인하고 냉장고로 직행시켰다. 그리고 욕실로 가서 부랴부랴 세수를 마쳤다. 또 의미 없이 거실 시계를 확인했다.

"너무 늦었네. 오늘 안 오려나? 시간에 상관없이 오려나?"

영원은 마스크팩을 꺼내서 얼굴에 붙였다. 그리고 소파에 가서 누웠다.

"15분 안에는 안 오겠지? 이거 떼어 내면 와라, 제발."

4

심오가 일어서면서 말했다.

"대충 할 말 다 했으면 일어나자. 보충할 거 있으면 다음에. 난 내 환자한테 빨리 가 봐야 할 것 같다. 심각한 사태가 벌어지면 안 되니까."

비록 겉으로는 감정 없이 앉아 있지만, 갑1도 초조한 상태였다. 갑3이 말했다.

"이 이상 심각할 것도 없으리라 생각했는데 그 문제가 남았군. 정작 그 여자가 당사자잖아."

갑자기 갑21이 스마트폰을 들고 일어나 소파에서 멀어져 통화를 했다. 심각한 분위기였다. 갑1이 심오에게 물었다.

"본인한테 어디까지 알려 줘야 하지? 염라부명장 문제는 절대 안 돼."

"전생인 김분이도. 본인이 전생을 기억하면 설명 가능해도, 전혀 기억 못 하면 알려 줘선 안 돼."

갑3의 말이었다. 여기서도 문제가 있었다. 저승사자가 데려오지 않았다는 건, 염라국으로 영혼이 들어오지 않았다는 것이고, 이것은 기억 추출을 하지 않았다는 의미였다. 전생의 기억 추출 없이 환생을 한 케이스가 되는 것이다. 지금의 영원이 얼마나 기억하고 있는지 예상할 수가 없었다. 갑1이 말했다.

"알려 줄 수 있는 게 거의 없군. 삼도천 건은?"

심오가 대답했다.

"본인이 직접 겪은 상태라 어느 정도는 설명해 줘야 하지 않을까?"

갑21이 통화를 끝내고 말했다.

"난 급한 일이 생겨서 가 봐야 해. 오빠들끼리 다녀와."

갑3이 말했다.

"어디서 인간한테서 나쁜 것만 배워 가지고. 통화 핑계 대고 슬쩍 빠지는 건 인간들 종특이거든."

"진짜야! 기억보관소 지금 비상이래."

"거긴 또 왜?"

"오빠들 탓이야! 그렇게 메모리카드로 바꾸자고 해도 나 몰라라 하더니. 기억상자가 더 들어갈 공간이 부족하대."

월직들이 나 몰라라 한 게 아니다. 인간 영혼들의 반대가 심해서 어쩌지 못하는 것이다. 게다가 거기 담당 직원 전부가 인간 영혼이다. 그들이 만들어 내는 시스템이다. 그래서 그들이 반대로 버티는 한에는 월직들도 방법이 없다. 묵살하고 밀어붙이는 건 염라국의 질서에도 위배된다.

갑1이 문을 나가려는 갑21에게 말했다.

"우린 나영원한테 다녀오마. 넌 기억보관소 확인한 후에 청장들 쪽에 나영원 문제 설명 좀 해라."

"에? 제일 어려운 일을 나한테 맡기면 어떡해! 그나마 우리 네 명만 모인 덕분에 이만큼 이야기가 진행된 거야. 그 오빠들을 어떻게 이해시켜?"

"해!"

"하다가 안 되면 갑1 오빠 호출할 거야."

갑21이 나간 후 문이 닫혔다. 갑1이 말했다.

"우린 이승으로 이동."

"너도 가려고? 갑1 사자까지 굳이 안 가도……."

"나영원은 나를 기다린다."

확신에 찬 말투였다. 갑3의 표정이 일그러졌다.

"뭐지? 인간 남자들이나 가지는 이 근자감은?"

"내가 가 주기로 했다. 그러니 가야겠다. 나영원, 지금쯤 울고 있을지도 모른다."

저번에도 우는 걸 보았다. 그런데 이번에는 저승까지 다녀갔으니. 괜찮은지 두 눈으로 확인해야 안심이 될 것 같았다.

"하긴 저승사자를 인지한 인간은 대체로 공포에 바들바들 떨지."

갑3의 추측에 이어 심오도 제 추측을 말했다.

"이미 미쳤을지도 몰라."

누구의 추측도 갑1의 마음을 어지럽히지 않는 게 없었다. 진료실이 이승으로 이동하기 시작했다.

세 명의 사자가 삼각으로 등을 맞댄 채로 동시에 나타난 곳은 영원의 아파트 거실이었다. 갑1의 정확한 공간 이동이었다. 깊은 밤이었다. 하지만 거실은 밝았다. 갑1이 영원의 모습을 찾았다. 그리 수고하지 않아도 보였다. 영원은 울고 있지 않았다. 공포에 바들바들 떨고 있지도 않았다. 더군다나 미쳐 있지도 않았다. 더없이 편한 자세로 거실 소파에 누워 있었다.

"나영원?"

갑1이 그녀의 이름을 부르자 영원이 벌떡 일어나 앉았다. 이에 세 명의 사자가 동시에 끔쩍 놀라 두어 발 뒤로 물러났다. 그녀의 얼굴에 양 눈과 입만 빠끔히 뚫린 허연 것이 덮여 있었다. 하얀 얼굴이 말을 했다.

"왜 이제 왔어? 얼마나 기다렸는데."

별다른 말이 아니었다. 그런데 갑1의 마음이 갑자기 무너져 내렸다. 그와 동시에 그의 무릎도 바닥으로 떨어졌다. 어디서부터 오는 감정인지 알 수 없지만, 그를 이 현실에서 떼어 내 어디론가 아득하게 끌고 가는 느낌이었다. 갑1의 의식이 영원에게서 멀어져, 그저 하얀 얼굴에만 가까워졌다. 갑3이 웃음을 터뜨렸다.

"하하하, 이거 인간 여자들이 즐겨하는 마스크팩이란 거다.

놀랄 거 없어."

하지만 갑1의 눈에서 초점은 돌아오지 않았다. 속이 텅 빈 인형의 형태였다. 심오가 그를 의심스럽게 쳐다보았다. 전두엽 손상은 아닌 게 확실하다고 판단했었다. 하지만 이건 또 다른 의심을 불러일으켰다. 당황한 영원이 마스크팩을 떼어 내 탁자에 던지고 갑1 앞에 앉았다.

"환각 씨, 저승사자라면서. 그런데 이런 거 보고 놀라?"

내내 소식 없다가 하필 이러고 있을 때 나타나는 건 뭐람. 아니면 초인종이라도 누르고 들어오든가. 영원이 그의 볼에 손을 대었다. 그러자 갑1의 의식이 스르르 돌아왔다.

"나영원? 하얀 거⋯⋯, 죽은 게 아니었구나."

"얼굴에 잠깐 붙인 거야. 스킨 케어."

"그 뒤로 괜찮았나?"

"난 괜찮은데, 환각 씨가 안 괜찮아 보여."

"난 괜찮다. 너는⋯⋯, 기다렸나, 나를?"

"당연하지. 기다린다고 했잖아. 너무 안 와서 또 환각을 본 거라고 생각하던 참이야."

그 기다림으로 인해 울 눈물도, 두려움에 떨 시간도, 미칠 정신도 없었다. 그저 다시 만난다는 기대감에 설레서 다른 감정들은 영원의 마음을 침범하지 못했다. 언제나 곁을 맴돌던 공포조차 접근하지 못했다.

"저기, 우리도 있는데⋯⋯."

심오의 목소리였다. 영원이 뒤늦게 다른 사자들도 발견했다.

갑1 혼자만 온 것이 아니었다. 갑1만 오리라고 생각한 것이 멍청한 거였다. 그는 시간 약속만 안 한 것이 아니라, 혼자만 오겠다는 약속도 하지 않았었다.

"아, 원장님도? 어떻게 오신 거예요? 그런데 이쪽은……."

영원은 낯선 자에 대한 경계로 잠시 어깨를 움츠리고 주춤했지만, 조심스럽게 갑3을 쳐다보았다. 그리고 그를 알아보았다.

"낯익은 분이네요."

세 사자가 동시에 긴장했다. 영원이 전생에서 본 걸 기억하는 걸까? 그렇다면 김분이에 대한 것도 말해 줘야 하나?

"아까 낮에 지나쳤는데. 그쪽은 기억 못 하시겠지만."

"나도 기억한다. 또 기억나는 건?"

"네? 낮에……, 음……, 달리 뭐 없는데요? 그냥 지나가기만 해서. 그런데 누구시죠? 왜 한꺼번에 이렇게……."

갑1이 일어섰다. 멀쩡해 보였다. 그가 두 월직에게 말했다.

"몸에 이상 있는지 체크해 봐."

영원이 외쳤다.

"잠깐! 뭐 하려는지 모르겠지만……."

"두려워할 것 없다. 건강만……."

"신발부터 벗으라고요! 원장님도 슬리퍼 벗고, 처음 뵙는 분도 그 구두 벗어요. 아까 길에서 신고 있던 거잖아요. 여긴 신발 벗고 들어오는 곳이라고요."

얼마나 열심히 청소했는데! 심오와 갑3이 얼른 신발을 벗어 옆에 나란히 놓았다. 갑3이 소곤거렸다.

"저 영혼 강한 거 맞다. 센데?"

영원이 갑1의 구두를 손가락으로 가리켰다. 갑1이 말했다.

"난 이승의 땅을 밟지 않았다. 그러니 벗을 이유가 없다."

제법 그럴싸하게 둘러댔지만, 갑1의 옷과 신발이 벗겨지거나 훼손되면 즉시 중앙관제센터에 비상 사이렌이 울린다. 그래서 벗을 수가 없었다. 영원이 대뜸 말했다.

"키높이구두네. 그래서 안 벗는 거야."

갑3은 느끼기 시작했다. 이 여자는 창작 직업군이다! 심오에게 복화술처럼 귓속말을 했다.

"넌 익숙해졌겠다?"

"아니. 사적인 대화는 나눠 본 적 없어서. 그래도 힘들어."

갑1이 다시 재촉했다.

"건강 체크!"

심오를 제치고 갑3이 나섰다.

"네가 저승을 다녀왔다고?"

"네? 그런 덴 안 다녀왔는데요?"

갑3은 바지 뒷주머니에서 지갑을 꺼내, 그 안의 명함 한 장을 영원에게 주었다.

"난 이런 사람."

명함에는 '국립과학기술원 법의학센터 법의관 강삼'이라고 적혀 있었다.

"잠깐 실례."

갑3이 영원의 손목을 손끝으로 잡았다. 진맥을 하는 것이다.

다음으로는 눈을 벌려서 동공을 확인하고, 혀를 내보라고 하여 혓바닥도 확인했다. 양 손바닥까지 유심히 살폈다. 그러는 동안 영원은 내내 법의관에 대해서만 생각했다. 법의관이란 게, 시체를 검시하는 의사가 아니었나? 저승사자 두 명과 법의관? 설마?

"저기, 저 지금 시체인가요? 죽었어요? 설마 검시하는 건 아니죠?"

"검시? 재미있군."

"그쪽도 손이 차갑네요? 환각 씨처럼."

"시체는 내가 만져도 손이 차갑다느니 하는 불평은 안 하지."

갑3이 영원의 머리카락 밑으로 손가락을 넣어 두피까지 꼼꼼하게 눌러 보았다.

"저기, 진짜 왜 이러는지 설명 좀……."

이렇게 만지는데도 성희롱 같다는 느낌은 들지 않았다.

"너한테 지금 열이 조금 있어서 내 손이 더 차갑게 느껴지는 거다. 우리도 체온이 있긴 하지. 인간보다는 낮지만. 너희와는 평균 체온이 6~10도 정도밖에 차이가 안 나."

"우리? 우리라면 누구……."

영원의 질문이 다 나오기도 전에 갑1이 먼저 물었다.

"이상 있어?"

"아니. 열은 아파서가 아니라 흥분해서 살짝 오른 거니까 걱정할 것 없다. 놀랍게도 건강해. 아무 이상 없어. 이건 아주 흥미로운 결과야. 삼도천을 건너갔다가 와도 신체 활동은 이어진다. 할 수만 있다면 이에 대한 논문이라도 쓰고 싶다."

"저기요! 제 질문에 대한 건……."

갑3이 정식으로 인사했다.

"나도 저승사자다."

머리카락부터 짙은 색이 물씬 풍겼다. 이 명함에 쓰인 글자는 무엇이고, 저승사자라는 건 무엇이지? 이 두 가지가 합쳐지면 뭐가 되는 거지? 방금 진맥 잡은 건?

"저기, 저 지금 귀신인가요? 저승이 어쩌고 한 게 그래서……."

"나영원! 간 기능이 약간 떨어진다. 밀크시슬이라도 챙겨 먹어. 어깨도 많이 뭉쳤어. 지금 침통이 없어서 아쉽군. 침 몇 대만 맞으면 풀릴 텐데. 허리 쪽도 약해. 책상 앞에 앉아만 있지 말고 근육운동 좀 해. 나머진 좋다. 신체적 병리 소견이 없는 정신장애 케이스의 전형이군."

영원은 갑갑함을 넘어 어이가 없었다.

"뭐야, 당신들! 뭔 짓을 하더라도 설명부터 해 주고 난 뒤에 해야 할 것 아니야! 한꺼번에 우리 집에 나타난 것만으로도 정신없어 죽겠는데!"

갑1이 그녀의 어깨에 손을 올리고 말했다. 서늘한 손의 감촉이 너무도 다정해서 영원의 혼란을 가라앉혔다.

"너의 건강 체크가 가장 급한 사안이라서 그랬다. 안심해라. 다행히 건강하단다. 나도 무척 안심이 된다."

심오도 정신이 없는 기분이었다. 나영원을 대하는 갑1의 태도가 여간 이상한 것이 아니었다. 평소의 그의 눈빛은 찾아볼 수가 없었다.

"그다음 급한 것. 지하철 사고 때 범……."

퍽!

심오가 갑3의 가슴팍을 거칠게 밀치며 말을 중단시켰다.

"그게 어떻게 더 급하냐? 어휴! 진정부터 시켜야 대화가 될 거 아니냐."

그러고는 영원을 소파에 앉히고 그도 옆에 앉아서 차분하게 대화를 시도했다.

"영원 씨, 영원 씨는 오늘 저승을 다녀왔던 거다."

이젠 심오도 굳이 높임말을 하지 않았다.

"저승을 다녀왔다고요? 아니, 저승이 그리도 쉽게, 자신이 느낄 사이도 없이 다녀올 수 있는 곳인가요?"

갑3이 영원 옆의 소파에 앉으면서 대꾸했다.

"의외로 예리하군. 그럴 수 없는 곳이지."

심오가 흘겨보았지만, 그는 신경 쓰지 않았다.

"영원 씨, 아까 진료실 변하는 거 봤지? 이승에 있다가 저승으로 가서, 여기 시커먼 옷 입은 사자를 태우고 다시 이승으로 넘어온 거야. 이해하기 어렵겠지만, 그게 사실이다. 그런 장치를 해 뒀거든. 거기 진료실에 있던 비상문같이 생긴 건 평범한 사람들 눈에는 보이지 않아. 내 장갑도 그렇고. 영원 씨 눈이 특별해서 이런 일이 벌어진 것 같다."

"전 저승은 관심 없고요, 제가 지금 살아 있으면 됐어요. 제가 무서운 건 죽음이지, 저승이 아니거든요."

갑3이 중얼거렸다.

"두 개가 다른 건가? 인간에게는 그런 건가?"

심오가 다시 갑3을 흘겨본 뒤에 물었다.

"영원 씨가 궁금한 거 있으면 물어봐. 가능하면 설명해 줄게."

영원이 우두커니 선 갑1을 쳐다보면서 말했다.

"저 남자요! 저 남자가 환각이 아닌 게 확실한가요? 전 그게 가장 중요해요. 저는 그에 대한 답을 듣기 위해 지금까지 기다린 거예요."

또다시 갑3이 불쑥 말했다.

"쓸데없는 궁금증이구나. 환각은 아니지만, 그와 크게 다르지 않다. 어차피 저승사자니까."

아……, 그래. 그렇구나. 환각은 아니다, 그렇지만 그와 다르지 않다? 영원은 갑1을 올려다보았다. 그와 눈이 마주쳤다. 짙은 눈썹 아래의 눈동자는 그녀를 무심하게 내려다보고 있었다. 아무리 눈을 맞추고 그를 바라보아도 바뀌는 것은 없는 셈이다. 그녀가 미친 거라면 그는 환각이고, 미치지 않았다고 해도 환각과 다름없는 존재니까. 환각이 아닐 수 있다는 생각에 왜 그리도 들떴을까. 멍청하게.

'이 남자가 진짜 저승사자라면, 그것이 사실이라면, 그 지하철 사고의 영혼들도, 비행기 사고 때 우리 엄마 아빠의 영혼도 이 남자가…….'

갑3이 슬쩍 일어나서 부엌 쪽으로 갔다.

"어이, 먹을 거 없나? 손님이 왔는데 뭐라도 좀 내와 봐."

영원이 갑3을 가리키면서 심오에게 물었다.

"저 사람 정말 저승사자 맞아요?"

"애석하게도 그렇다. 우리도 종종 안 믿길 때가 있지. 야! 영원 씨 헷갈리게 굴지 마라."

"저승사자한테 저승사자인 척하라는 거냐?"

갑1이 식탁 주변을 어슬렁거리는 그를 보면서 말했다.

"너는 조금 그럴 필요가 있다."

결국 영원이 대화를 중단하고 일어서서 부엌 쪽으로 왔다. 세 명 모두 손님인 것은 사실이다. 저승사자니까 더 극진히 대접해야 하는지도 모른다.

"저승사자는 뭘 주로 먹나요?"

"각자 다르지. 나는 다양하게 즐기는 편. 맛은 느끼니까."

그러고 보니 갑1도 라면을 먹었다. 그럼 그날 라면을 다행히도 한 봉지만 먹은 게 되는 것이고, 뱃살에 대한 죄책감도 한 봉지만큼 덜어지게 된다. 영원은 갑3의 명함을 식탁 위에 두었다. 그리고 갑1을 향해 말했다.

"거기, 가빌? 가빌이라고 했지?"

"아니라고 했다."

"원장님은 이심오, 여기 법의관님은 강삼이라는 이름이 버젓이 있는데, 그쪽은 왜 없어?"

갑3이 설명해 주었다.

"이심오나 강삼은 이승에서 임의로 사용하는 이름. 저 녀석은 이승에 주민등록을 하지 않았으니 없어도 되지. 애초에 우리는 이름 자체가 필요 없으니."

"주민등록이요? 그런 것도 해요?"

"그럼. 편의상. 물론 약간의 조작은 하지만."

"조작?"

심오가 더 이상의 천기누설은 잘랐다.

"영원 씨, 그 이상은 알 것 없어. 다들 쓸데없는 말은 삼가라."

영원의 입이 삐죽했다. 셋 중에서 제일 깐깐한 놈임이 분명했다. 제일 오래 알고 지냈는데도, 감쪽같이 속았다.

"그럼 내 맘대로 부를게. 이제부터 난 너를 가빌이라고 할 거야."

"마음대로."

귀찮은가? 뭐만 말하면 마음대로 하라니. 영원이 손가락으로 소파를 가리키면서 말했다.

"가빌! 거기에 좀 앉아 주면 안 될까? 그렇게 서 있는 거 불안해. 금방이라도 가 버릴 것 같아서."

갑1이 소파에 얌전하게 앉았다. 어차피 그도 바로 가 버릴 마음은 없었다. 영원은 냉장고에서 롤케이크 상자를 꺼냈다. 미리 사 두길 잘했다. 하마터면 당황할 뻔했다.

"제가 손님 접대를 거의 해 본 적이 없어서……."

"괜찮다. 커피도 좋다. 믹스커피면 더 좋고."

"밤인데 괜찮아요?"

"우린 카페인은 상관없거든."

심오는 그만 고개를 절레절레 저었다. 갑3을 데려온 게 큰 실수였다. 여기서는 제대로 된 상담은 어렵다고 판단했다. 그래서 입고 있던 의사 가운을 벗어서 옆에 놓았다. 그리고 넥타이도 느슨하게 풀었다. 하루 종일 너무 정신이 없었다. 지쳤다.

"갑3 사자! 너 그거 실례다."

"어쩔 수 없어. 난 지금 아주 기분이 좋거든. 인간 앞에서 내가 저승사자인 거 굳이 숨기지 않아도 된다는 것이. 족쇄를 푼 느낌이랄까?"

영원이 커피믹스를 꺼내면서 말했다.

"지금 이대로 행동해도 안 들킬 것 같네요. 절대로."

영원은 커피믹스를 든 채로 우뚝 멈췄다. 그러고 보니 높임말과 반말에 문제가 있었다. 갑1과는 처음부터 환각으로 착각하여 반말로 시작했고, 심오와는 의사와 환자로 만나서 높임말로 시작했다고 치지만, 이 남자한테는 어째서 일방적으로 반말을 당하고 있지? 처음부터 저승사자로 출발해서 그런가? 그럼 갑1한테 지금부터라도 높임말로 바꿔야 하나? 아니, 그는 반말해도 상관없다고 했는데. 그럼 이 법의관 사자는?

"저기, 보아하니 이승에서는 저와 비슷하거나 어린 것 같은데……."

"곧 쉰이다."

"네?"

"이승의 주민등록에는 내가 49살로 되어 있다고."

"에에에? 그, 그 외모로?"

"어쩔 수 없다. 이 상태로 유지되니까."

커피포트에 물을 넣고 전원을 켜는 것까지는 갑3이 했다. 진짜 사람처럼 자연스러웠다.

"아니, 제 말은, 사람들이 그걸 믿어요?"

"믿고 안 믿고가 어딨나? 그렇다면 그런 거지. 요즘은 다 동안이라 문제없어."

"젊어 보이는 것과 진짜 젊은 것은 달라요. 인간들이 그렇게까지 어리석지는 않아요. 그럼 옷이라도 좀 노티 나게 입든가."

청바지에 재킷만 걸쳤을 뿐인데도 너무 세련됐다. 몸매도 열일했지만.

"우린 그런 거 몰라. 매장 가서 마네킹에 입혀 놓은 걸로 그냥 입는다."

"아……, 세상에서 가장 옷 잘 입는 방법인데……."

영원은 커피 잔을 꺼냈다. 그러면서 갑1을 계속 쳐다보았다. 그는 소파에 앉아만 있었다. 마치 여기 오기 싫은데 강제로 끌려온 사람처럼. 영원이 오라고 난리 쳐서 억지로 와 있는 것처럼.

"그러니까 너도 나한테 갑1한테처럼 얼렁뚱땅 말 깔 생각 하지 마. 버릇 없단 소리 들을 테니까."

"예."

심오가 말했다.

"영원 씨, 우리 정체 다른 사람한테는……."

"물론 얘기 안 합니다. 안 그래도 정신병원 다니는 환자인데, 그런 말 했다간……."

영원은 분위기가 너무 썰렁해질 것 같아 말을 삼켰다. 괜히 사족을 붙였다고 생각했지만, 세 남자는 전혀 신경 쓰지 않았다. 인간들과는 확실히 비슷한 느낌은 아니었다.

"나영원! 지하철 사고 때 거기에 있었다며?"

갑3이 갑자기 여기까지 따라온 용건을 꺼냈다. 그의 머릿속은 온통 그 생각뿐이었는데, 지금이면 방해받지 않을 거라는 계산에서였다.

"네, 어쩌다 보니."

"거기서 수상한 사람 본 적 없나?"

영원이 커피 잔을 식탁 위에 올린 후에 대답했다.

"범인 안 잡혔어요? 전 당연히 잡혔을 거라고 생각했는데."

그 뒤로 TV도 의도적으로 안 틀고, 뉴스도 보지 않았다. 민아와 경민도 영원 앞에서는 되도록 사고에 관한 대화를 피했다. 그래서 전혀 모르고 있었다.

"아직 범인이 정확하지 않다고 들었다. 2호선은 이용률이 높은 순환선인 데다, 곳곳이 환승역이라 특정하기 쉽지 않다고 하더군. 사소한 거라도 본 거 있나?"

"수상한 거……, 마약 거래일지도 모르는 건 봤는데……."

"마약?"

"검은색 가방이었는데……. 아! 혹시 이번 폭발 사고, 폭탄 같은 거였나요?"

"맞다. 사제 시한폭탄으로 추정하고 있다."

"그럼 그게 마약이 아니라……. 가방 세 개를 한꺼번에 가지고 있던 남자가 있었어요. 배낭 두 개를 앞뒤로 메고, 한 개는 손에 들고. 제가 보기 전에 더 들고 있었는지도 모르고요."

커피포트에서 물이 끓기 시작했다. 하지만 갑3은 커피에 대한 생각은 잊었다.

"세 개! 맞아!"

"제가 있던 칸 선반에 가방 한 개를 올려 두고 다른 칸으로 이동했어요. 그런데 제가 내린 역 바로 전 역에서 그 남자가 내린 걸 봤는데, 가방을 하나도 안 들고 있었어요. 전 마약 거래인 줄로만 알고……."

"어떻게 생겼지? 기억나?"

영원의 목소리가 떨리기 시작했다.

"검은색 모자를 쓰고 검은색 마스크를 하고 있어서……. 검은색 항공 점퍼, 바지는 청바지. 아! 모자에 빨간색으로 H가 있었어요. 앞이 아니라 옆에. 귀 위. 맞다! 그 항공 점퍼, 양면으로 입는 유명한 제품이었어요. 속에는 카키 컬러가 보였고. 경찰들이 아직까지 발견을 못 한 거라면 옷을 뒤집어 입어서 그럴지도……. 모자도 어쩌면 지하철 안에 들어와서 쓴 걸지도……."

갑3이 다급하게 거실로 나와 전화를 걸었다. 갑1과 심오는 영원에게로 달려왔다. 목소리에서 시작된 바들거림은 영원의 온몸으로 퍼져 나갔다.

"그 남자가 설마 범인? 바로 내 뒤를 지나갔는데. 바로 내 뒤에서 뭐라고 했는데. 목소리도 들었는데……. 그렇게 가까이에……."

심오가 영원의 옆에서 손을 아래로 내리는 시늉을 했다.

"괜찮아. 호흡을 깊게 들이켰다가 천천히 내쉬어. 머릿속에 있는 그 상황에서 피하려고 하지 마. 회피하면 안 돼. 정면으로 맞서도 아무 일 없어. 영원 씨는 안전해. 그 남자가 영원 씨 뒤에서 지나가. 전부 떠올려. 목소리도 들리면 들어. 전부 지나간 일이야. 과거는 현재의 영원 씨를 해칠 수 없어."

영원의 떨림이 서서히 안정되었다. 갑3이 자기 신발을 들고 서서 말했다.

"이상한 인간이구나."

모두가 갑3을 쳐다보았다. 그가 거실에서 구두를 신으면서 말했다.

"우리 저승사자를 무서워하지 않다니. 인간은 무서워하면서. 보통은 그 반대다. 넌 결코 흔한 경우가 아니야."

세 명의 저승사자가 집을 가득 채웠는데도 영원은 그들의 존재로 인한 두려움은 느낀 적이 없었다. 오히려 편안했다. 첫 대면인 사자가 있었음에도 그랬다. 갑3이 구두를 신은 채로 뚜벅뚜벅 걸어와서 영원 앞에 섰다.

"너는 알고 있는 거다. 우리, 즉 저승사자는 안전하다는 걸."

"살인을 하는 건 저승사자가 아니잖아요. 사람이 사람을 너무 쉽게 죽이는 거지."

"보통의 인간들은 우리를 원망하고 저주해."

갑3이 스마트폰을 꺼내 들고 말했다.

"전화번호."

"네?"

"네 번호 알려 달라고. 종종 전화하마."

영원이 얼떨결에 휴대폰 번호를 알려 주었다. 바로 그녀의 폰에서 전화벨이 울렸다.

"내 번호도 넣었다. 난 너와의 대화가 아주 마음에 든다. 바쁘지 않으면 놀러 오마. 지금은 급한 일이 생겨서 가 봐야겠다. 친구들과 함께 있을 때 나한테 전화 한번 해라. 환각이 아님을 확인하는 가장 좋은 방법이니까."

갑3이 사라지자마자 이번에는 갑1의 폰에서 전화벨이 울렸다. 갑1이 전화받는 모습을 확인한 영원은 탁자에서 얼른 자신의 스마트폰을 집어 올렸다. 갑1이 전화를 받자마자 폰 너머에서 센터장이 소리치는 소리가 들렸다.

— 대체 흥신소가 지금 무슨 소릴 하고 있는 거야! 어떻게 그런 일이 있을 수 있어! 다들 미친 거 아니야?

극도의 흥분 상태였다. 갑1이 심오를 바꿔 주었다. 심오는 진정하라는 몇 마디만 하고 끊었다. 센터장은 매뉴얼과 질서에 어긋나는 일이 발생하면 병적으로 히스테릭해진다. 심오가 폰을 건네주면서 말했다.

"우리도 가 봐야겠다. 저쪽 상담이 더 시급한 것 같다."

아! 이대로 가 버리는 건가? 오늘 갑1과는 아무 대화도 나누지 않았다. 지금까지 영원이 대화한 건 그가 아니었다. 이전에도 그는 그저 환각으로만 만나 엉뚱한 얘기만 했다. 물론 나누고 싶은 대화가 있는 것은 아니다. 그래도 이건 너무 서운하지 않나? 겨우 제대로 만났는데…….

"영원 씨, 다음 주에 상담 예약 잡아. 우린 그때 찬찬히 대화하자."

갑1이 심오의 어깨에 손을 올렸다. 심오가 사라졌다. 그런데 갑1은 그 자리에 그대로 있었다. 그가 심오만 보내고 혼자 남은 것이다. 영원이 폰을 손에 꼭 쥐고 갑1 앞에 한 발짝 다가가 섰다. 그는 물러나지 않았다. 무체화로 변해 도망치지도 않았다. 아무 말 없이 영원만 바라보았다. 눈동자는 더 이상 텅 비어 있지 않았다.

5

"저기, 휴대폰 번호……."

밑도 끝도 없는 영원의 말에 갑1은 눈썹만 찡그렸다. 의미를
묻는 것처럼 보였다.

"우리도 종종 통화하고 그러면 참 좋을 텐데."

"난 이승폰이 없다."

"방금 그건? 우리 쪽의 최신 폴더블폰이잖아."

"저승의 것이다."

"아니, 그래도 번호만 서로 알면 어떻게든……."

"통신망이 달라서 연결이 안 된다."

"방금 통화한 건 그럼 뭔데?"

"이승에선 딱 한 곳만 연결돼."

"옛날의 전화교환소 같은 건가? 거기 전화해서 바꿔 달라고

하면……."

"될 턱이 있겠나? 이승과 저승인데."

그렇다. 새삼 짜증 나는 거리가 아닐 수 없었다. 갑1에게 영원의 시무룩함이 보였다

"정신과 이심오 휴대폰 번호는 아나?"

"아니."

"그 녀석 번호 물어봐."

이 경우는 그러니까 삐딱하게 생각하면, 폰 번호 알려 달랬더니 다른 남자 번호나 따라는 상황인 거지?

"됐어."

영원은 폰을 식탁에 두고 꺼내 놓은 커피 잔을 정리했다.

"앗! 그렇다고 가라는 말은 아니야. 식탁 세팅만 조금 할게. 기다려."

"급한 일 생기면 거기로 연락해라."

영원이 식탁에 내려놓았던 폰을 다시 들어 올렸다. 그리고 갑1 앞에 보여 주면서 말했다.

"이 폰이란 건 말이야, 단순히 연락을 주고받기 위한 도구가 아니야. 번호도 그렇고. 일종의 빨간 실이랄까?"

"무슨 말인지 모르겠군."

"연애 필수품이란 뜻이야. 급한 일뿐만 아니라 시답잖은 일로도 문자를 주고받는."

"그런 필수품이 너와 나 사이에 필요한가?"

폰을 든 영원의 손이 식탁 위로 툭 떨어졌다. 이건 뼈를 때리

는 수준을 넘어, 부러뜨리는 공격이었다.

"그래, 피, 필요 없는 사이지."

실망은 했지만, 케이크는 예쁘게 잘라서 접시에 담았다. 그리고 커피믹스는 원래대로 돌려놓고 블랙커피를 커피 잔에 채웠다. 케이크와도 어울리고, 갑1과도 블랙커피가 어울릴 것 같아서였다. 영원이 저번에 그가 앉았던 의자를 가리켰다. 갑1이 앉았다. 그제야 그녀의 마음도 조금 안심이 되었다. 그가 서 있으면 계속 불안했다. 영원이 케이크 접시에 포크를 각각 놓고, 그와 마주 보고 앉았다.

"정말로 폰 번호 교환은 무리인가?"

"네 번호는 기억했다."

"어? 언제?"

"좀 전에."

갑3에게 알려 줄 때였다. 그들은 한 번 들으면 잊지 않는다.

"내 번호를 기억하는 건 내 전부를 기억하는 거야."

"너의 전부? 난 너에 대한 그 어떤 것도 모른다. 너는 수수께끼투성이야."

"미스터리한 여자가 아름다운 법이라고 했어. 내가 좀 신비주의이긴 하지."

"너와 나는 여전히 제대로 된 대화가 안 되고 있다."

고개를 저으며 퉁명스럽게 말하긴 했지만, 갑1은 웃고 있었다. 웃는 건 영원도 마찬가지였다.

"나는 의미가 통하든 안 통하든 말을 주고받고 있는 것만으로도 즐거운데."

갑1이 케이크를 떠서 한 입 넣었다. 그리고 말했다.

"나도."

"응? 방금 뭐라고 했어?"

"맛있다, 이거."

영원도 한입 먹었다. 사실 맛을 느낄 수가 없었다. 들떠서 지금은 어떤 걸 먹어도 다 맛있을 것 같았다.

"딸기와 생크림의 조합은 실패율이 낮아."

"지난번 라면도 맛있었다."

"그건 내가 잘 끓인 거."

갑1은 갑자기 나트륨과민증이 걱정되었다. 여기서 또 눈물이 흐르면 상당히 곤란하다.

"여기에는 소금이 없겠지?"

"아니. 약간이지만 소금은 들어가."

"이렇게 단데?"

"소금 없이는 맛을 내기 어려워."

갑1이 포크를 내렸다.

"왜?"

"소금은 먹기가……."

"맞다! 소금은 귀신이나 저승사자 쫓는 거잖아! 안 돼! 어서 뱉어!"

영원이 화장지를 뽑아서 그의 입에 갖다 대었다.

"아니, 그게 아니라……."

갑1이 화장지를 든 영원의 손목을 잡았다. 당기지도 않았고 밀치지도 않았다.

"그때 라면 먹고 어떻게 됐어? 막 고통스럽고 그랬어? 내가 미처 거기까지는 생각을 못 했어."

고통스러웠나? 아니었다. 눈물이 흐를수록 가슴속의 응어리가 떨어져 나가는 기분이었다. 그래서 당황했었다. 애초에 그의 가슴에는 응어리가 있을 이유가 없기에.

"걱정 마라. 그런 증상이 아니라, 단지 조금 볼썽사나운 모습을 보일 뿐이니까."

"형체가 막 변하나? 괴물 같은 걸로?"

"아니, 눈물을 좀 흘려."

"눈물이 왜 볼썽사나워? 나도 우는데. 그런 거면 먹어. 만약에 눈물이 흐르면 내가 닦아 줄게."

갑1이 영원의 손목을 놓고 다시 포크를 들었다.

"괜찮겠어?"

"응, 네가 닦아 준다면 눈물쯤은 흘려도 좋을 것 같다."

갑1이 다시 케이크를 먹기 시작했다. 영원의 얼굴은 새빨갛게 달아올랐다. 인간과 인간의 대화였다면 이건 100% 그린라이트 사인이었다. 그런데 상대는 저승사자다. 확실하게 확인해 볼 필요가 있었다.

"그 말의 뜻은……, 그러니까……, 나한테 호감이 있다. 뭐, 이런 뜻?"

"그래."

"진짜?"

"나는 인간한테 특별히 나쁜 감정을 가지지는 않으니까."

"그런 의미 말고! 내가 눈물을 닦아 준다면 눈물 흘려도 좋을 것 같다며? 내가 눈물 닦아 주는 게 좋다는 뜻 아니야?"

"네가 볼썽사납게 생각 안 한다면 이걸 먹어도 괜찮겠다는 뜻이다."

"하! 그런 거였어? 우린 여전히 대화가 제대로 안 되고 있었구나. 보통은 남자와 여자 사이에 이런 대화가 오가면 좋아한다, 사랑한다는 말의 완만한 표현이야."

"우리가 보통의 남녀 사이인가?"

특별히 나쁜 감정을 안 가진다는 건, 특별히 좋은 감정도 안 가진다는 건가? 저번에 성욕이 없다고 했었다. 그렇다는 건 사랑의 감정도 없다는 의미인가?

"너희는 사랑이라는 감정을 못 느끼나?"

"불필요한 감정으로 본다."

"왜 여기 남은 거야? 특별한 호감은 아니면서."

"특별하다. 너는 나한테."

"당신을 볼 수 있고, 저승까지 다녀온 인간이라서?"

"음……, 그렇다고 할 수도 있지."

"당신뿐만 아니라, 다른 저승사자한테도 나는 특별하겠네?"

"그렇다. 요주의 인물이다."

이제 대화가 좀 된다. 그에게서 사사로운 감정이 없다고 생각하고 들으니 아주 쏙쏙 이해가 된다. 젠장!

"그런 의미로 특별……, 좋아. 여기 남은 이유는?"

"걱정되어서."

"저승을 다녀왔으니까?"

"그렇다."

영원은 머릿속에서 갑1의 말들을 요약했다. 그의 입에서 나오는 그 어떤 설레는 말도, 그것이 100% 그린라이트로 해석 가능한 말일지라도, 그는 사사로운 감정 하나 가지고 있지 않은 것이다.

"당신은 나에 대한 감정이 아예 없구나."

"그렇지 않……."

영원이 씁쓸하게 웃으면서 말했다. 목소리는 더없이 담담했다.

"알아. 괜찮아. 어차피 짝사랑이라도 해 봐야겠다고 결심했었거든. 뱃살 타파를 위해서. 당신 같은 사람이 상대라면 짝사랑도 사치지. 나 그거 아주 잘할 자신 있어. 혼자서 삼킨 공포가 얼만데, 그깟 감정쯤 못 삼킬까. 그러니까 자주 와. 요주의 인물이라 감시하는 의미라도 좋으니까."

더 설레게 해서 약해 빠진 이 정신을 갈기갈기 찢어 놓아도 좋으니까. 환각이라도, 환각과 다름없더라도 설레는 건 자유다. 그 감정만 환각이 아니면 된다. 그런데 눈물이 떨어졌다. 영원이 흘린 눈물이 아니었다. 갑1의 눈에서 떨어진 눈물이었다.

"진짜 눈물을 흘리는구나. 타이밍도, 참. 이러면 꼭 당신이 나 대신 울어 주는 것 같잖아. 착각하고 싶게."

영원이 약속대로 그의 눈에서 눈물을 닦아 주었다. 그가 이전에 했던 것처럼 손끝으로. 촉감은 사람의 눈물과 다르지 않았다.

"자주 와도 된다고 했지?"

이것도 감정 없는 말일 테지. 영원이 다시 씁쓸하게 대답했다.

"그래. 아! 대신 초인종은 좀 눌러 줄래? 나도 사생활이 있어서."

"초인종은……, 문밖에서 누르는 거 말이지?"

"응."

"문밖에 모습을 드러내는 것은 곤란하다. 요즘은 곳곳이 CCTV라서."

"그렇지만 오늘 같은 일이 또 일어나거나, 더 심하게 내가 헐벗고 있거나 하면, 나는 쪽팔리고 당신은 눈 버리는 사태가 발생할 거야."

"알았다. 무체화 상태에서 누르도록 하마."

"투명한 걸 무체화라고 하는구나. 그 상태로 가능해?"

"그래."

굳이 신체를 이용하지 않고 염력으로 누르면 된다. 갑1의 눈물이 그쳤다. 케이크도 한 조각만 먹었고, 소금의 양도 많지 않아서인지 눈물은 쉽게 말랐다.

"아까 법의관이란 분은 이승 음식 즐긴다며? 그 저승사자는 이런 경우 어떻게 대처한대?"

"그는 눈물을 거의 안 흘린다고 들었다."

"왜? 저승사자들마다 다 달라?"

"대체로 비슷한데, 그 녀석은 하품하는 수준 정도고, 나는 과하게 흘린다. 나트륨과민증이라고 하더군."

"저승사자도 병에 걸리는 건가?"

"육체의 병은 없다. 정신병만 있지."

"그럼 나트륨과민증도 육체의 반응이 아니라……, 정신의 반응인 거야?"

"그런……, 그렇군. 그렇게 생각하는 게 옳겠군."

영원이 커피를 마셨다. 갑1도 따라서 마시다가 놀란 눈으로 내려놓았다.

"뭐야, 이거? 써!"

"커피. 싫어?"

"이런 맛없는 걸 왜 마시지?"

"맛있는 쓴맛이야. 음미하면 신맛도 나면서 고소하기도 해. 케이크가 달아서 믹스커피보다 궁합이 맞는다고 생각해서 이걸로 준 건데. 다른 걸로 줘?"

갑1은 영원이 마시는 모습을 곰곰이 보았다. 그리고 다시 천천히 마셔 보았다. 그리 못 먹을 만한 것은 아니라는 생각이 들었다.

"됐다. 이걸로 마셔 보마."

영원은 그가 인상을 쓰면서 마시는 모습을 보았다. 저승사자라도 표정을 짓는 방식은 인간과 다르지 않다는 생각이 들었다. 웃을 때, 화났을 때, 당황했을 때, 그리고 이렇게 쓴 것을 마실 때, 모두 인간과 같은 표정을 했다. 인간과 같은 감정을 공유하면서, 어째서 사랑이라는 감정은 그들에게 불필요한 것이 되어버렸을까? 유전자를 남길 필요가 없어서? 단지 그것 때문에? 진화론적인 관점에서 해석하면, 필요가 없어서 퇴화된 것뿐일까?

"난 연애를 해 본 적이 없어. 그래서 남녀가 이렇게 만나면 뭘 하고 노는지 잘 몰라. 내 만화 속의 주인공들은 잘만 노닥거리는데."

"여기서 뭘 더 해야 하는지 모르겠군. 난 지금도 좋다. 딱 좋다."

"어떻게……, 어떻게……, 이런 말이 아무 의미가 없을 수가 있지? 정말이지, 내 멋대로 해석하고 싶다."

갑자기 갑1의 폰에서 벨이 울렸다. 그도 귀찮은 듯한 표정으로 폴더블폰을 열었다. 영원은 이 표정이 단둘의 시간을 방해받아서 나온 거였으면 좋겠다는 생각을 했다.

"왜?"

센터장의 짜증스러운 목소리가 들렸다.

— 대체 지금까지 뭐 하느라고 여태 안 돌아오는 거냐?

"정신과한테서 못 들었어?"

— 들었어. 그래도 와라. 얘기 좀 하자. 너 이승에 나가 있으면 불안하다.

"왜?"

— 왜긴, 정돈이 안 된 느낌이라서 그렇지. 제자리에 있어야 하는 물건이 엉뚱한 곳에 있으면 불안하잖아.

"강박장애, 그거 진짜 못쓰겠다."

갑1이 폴더블폰을 접고 일어났다. 영원도 따라서 일어났다.

"가는 거야?"

"그래야겠다."

갑1이 사라져 갔다. 영원이 다급하게 외쳤다.

"잠깐! 할 말이……."

갑1의 모습이 바로 다시 나타났다.

"무슨 말?"

"그 뭐냐……, 네가 가고 난 뒤에, 난 당신이 환각이 아니라는 걸 어떻게 확신하지? 법의관이란 분도, 정신과 원장님도 다 확인 가능한데, 당신은?"

"글쎄, 나로서도 방법이 없는데?"

"신데렐라처럼 신발이라도 벗어 놓고 가. 다음에 돌려줄 테니까."

"내가 지닌 건 아까 그들과는 달리 전부 저승의 물건이라 놓고 갈 수 없다."

영원이 갑1의 목을 감고 있는 검은색 스카프를 당겼다.

"스카프 정도는 잠깐 풀어 놓……."

당겨진 스카프 아래로 그의 목덜미가 조금 드러났다. 목의 옆쪽에 찢어진 흉터 같은 것이 얼핏 보였다. 영원이 스카프에서 손을 놓았다.

"아, 미안. 마음이 급해서 그만."

갑1이 잠자코 서 있었다. 스카프를 정돈할 줄 몰라서였다.

"이거 원상 복구시켜라."

"아, 알았어. 미안해."

영원이 스카프를 적당히 펴서 목을 전부 가리고 나머지 끝부분을 베스트 속으로 밀어 넣었다. 스카프 때문에 훨씬 클래식한 느낌이 들었을 뿐, 코트 속은 완벽한 슈트 차림이었다. 넥타이였어도 상관없었을 것 같지만, 굳이 스카프로 가린 건 흉터 때문이었나?

"다 됐……."

갑1의 얼굴이 다가왔다. 한 손으로는 영원의 한쪽 볼을 감싸고, 다른 손으로는 영원의 한쪽 어깨를 잡은 상태였다. 이것은 누가 뭐래도 키스 각이었다. 영원은 눈을 감았다. 이럴 때는 염치 불고하고 무조건 감고 보는 거다. 갑1의 서늘한 볼이 영원의 볼을 스쳤다. 그런데…….

"아악!"

목덜미 쪽이었다. 영원은 예고도 없이 갑자기 닥친 통증에 비명을 지르고 말았다. 갑1이 느닷없이 그녀의 목을 깨문 것이다. 살짝 문 것도 아니었다. 목덜미 어딘가에 구멍이라도 뚫렸을 정도의 강도였다. 흐, 흡, 흡혈귀었어? 저승사자가 아니라? 그러고 보니 옷차림은 흡혈귀 쪽이 더 어울리는 것도 같았다. 그가 가까이에서 속삭였다.

"다음에 또 와도 되나?"

영원은 정신을 차리지 못한 채로 얼떨결에 대답했다.

"무, 물론. 자주 오라고 했잖아."

그녀의 억양은 귀신에 홀린 사람과 비슷했다.

"용건이 없어도?"

"응, 없어도……."

"왜 여기 오고 싶은지 이유를 몰라도?"

"응. ……뭐? 방금 뭐라고……."

"네가 원한 대로, 내가 환각이 아니라는 증거. 자기 목에 잇
자국을 낼 수는 없을 테니."

갑1이 사라졌다.

"잠깐! 안 돼! 방금 말의 의미가 뭐야! 돌아와, 가빌!"

영원이 아무리 불러도 이번에는 다시 돌아오지 않았다. 다리
에 힘이 풀려 바닥에 털썩 주저앉았다. 저승을 다녀온 것은 그
때가 아니었다. 영원이 죽음의 문턱을 넘은 것은 지금 이 순간
이었다. 심장이 터져서 죽을 것만 같았다.

"이게 정말 아무 의미가 없는 거라고? 지금까지 했던 행동과
말들도 전부? 아, 너무해. 이건 환각보다 더 잔인하잖아."

"우와! 작가님, 웬일로 집이 번쩍번쩍 윤이 나는 거죠? 청소
를 얼마나 열심히 하셨기에."

영원은 민아와 경민을 두고, 현관을 잠그는 것도 잊고 식탁
의자에 털썩 앉았다. 날이 밝도록 여전히 정신을 차리지 못했
다. 그래서 한숨도 자지 못했다. 빠르게 뛰는 심장 박동은 가라
앉을 기미조차 없었다.

"작가님 얼굴도……."

"잠을 또 못 잤더니. 푸석하지?"

"아니, 혈색이 좋다는 건데요? 작가님 얼굴에서도 윤기가 나요."

"어, 그래?"

경민이 탁자 위에서 명함을 발견했다.

"어? 이건 뭐예요? 법의관? 혹시 취재 다녀오셨어요?"

민아도 경민의 옆에 찰싹 붙었다.

"법의관이라고? 진짜?"

영원이 경민의 손에서 명함을 빼앗아서 확인했다. 정말로 아직까지 명함이 남아 있었다. 사라지지 않은 것이다.

"너희들도 이거 보여?"

"작가님, 이런 사람이랑 어떻게 연결된 거예요? 편집부 쪽에서 소개받은 거예요?"

"이런 직업이면 우리도 데리고 가시지. 서운하게."

"아니, 경황도 없이 바로……. 아! 너희들도 저번에 병원 갔었지? 그때 원장님 봤잖아?"

"네, 봤죠."

"너희들이 보기엔 어때?"

"뭐가요?"

"원장님……, 뭐랄까, 사람이 어때 보였어?"

"천사 같아 보였어요. 등 뒤로 하얀 날개가 보이더라니까요."

"전 왕자님 같아 보였고요. 머리 뒤로 광채가 쫙!"

응? 저승사자가 천사나 왕자님 같았다고? 하얀 날개? 광채?

이건 또 뭔 귀신 씻나락 까먹는 소리지?

"그런 만화적인 표현 말고 좀 더 구체적으로."

민아가 정신을 바짝 차렸다. 그녀 안에서 큐피드의 사명이 깨어났다.

"엄청 멋있었어요! 그런 남자를 다른 여자 손에 들어가게 놔두는 건, 내 안의 여자에 대한 가장 큰 직무 유기라고 확신합니다!"

"어? 아니, 그런 것보다, 사람 같았지?"

"네! 사람이 정말 인간미가 아주……. 아! 작가님이 말씀하신 것처럼 결벽증은 아니더라고요. 작가님은 결벽증 있는 남자와는 안 맞을 것 같았는데, 어찌나 다행이던지."

"혹시 장갑을 말하는 거니?"

"네. 우리가 봤을 땐 안 끼고 있던데요? 뭘 만지는 걸 전혀 꺼리지도 않았고."

"그래, 결벽증이 아니었어. 그런 거와는 상관이 없었어."

영원은 의자에서 일어났다. 어떻게 밤이 지났는지도 몰랐지만, 이들이 오기 전까지 세수하는 것도 잊었다. 영원이 욕실로 들어가는 걸 보고 경민이 민아를 손짓으로 불렀다.

"선배, 거실에 웬 남자 슬리퍼가. 현관에 내놓아야 하지 않나요?"

"뭐지? 어? 저건 또 뭐야?"

민아가 이번에 발견한 것은 소파에 던진 듯 놓여 있는 하얀색 가운이었다. 자세히 보지 않아도 의사 가운이었다. 가슴 포켓 쪽에 글자도 보였다. '이심오'였다. 어젯밤 심오가 벗어 두었다가, 미처 챙길 새도 없이 저승으로 이동 당한 바람에 남은 것들이다.

"뭐, 뭐, 뭐야? 이게 무슨 일이야?"

민아와 경민이 놀라고 있는 동안, 욕실 안의 영원도 놀라고 있었다. 거울 속 그녀의 목덜미에 붉은 자국이 뚜렷이 남아 있었기 때문이다.

"이, 있어! 진짜 남아 있어!"

영원이 밖으로 뛰쳐나갔다. 그리고 민아 앞에 자신의 목덜미를 보이면서 물었다.

"미, 민아야! 이거 보여? 붉은 거, 잇자국 보여?"

"잇자국까지는 모르겠고, 물린 멍 자국 같은 건……. 헉!"

영원이 두 주먹을 불끈 쥐면서 외쳤다.

"예스! 됐어! 확실해! 그는 진짜였어!"

그리고 욕실로 다시 들어갔다. 민아가 욕실 문과 심오의 가운을 번갈아 보다가, 두 주먹을 불끈 쥐면서 외쳤다.

"예스! 됐어! 확실해! 건담은 내 거야!"

"작가님과 선배, 두 분은 영혼의 단짝 같아요. 조상 한번 알아보세요. 몇 대 올라가지 않아도 합쳐지는 분이 있을 겁니다."

"야! 쓸데없는 소리는 집어치우고 건담이나 내놔. 이건 퍼펙트한 빼박이야."

"근데 좀 이상하지 않아요?"

"뭘 또 시비 걸려고?"

"저도 두 분 진도가 급진전되고 있다는 데 80%쯤 넘어가긴 했습니다. 그런데 보세요. 여친 집에 오면서 의사 가운, 즉 작업복을 입고, 거기에 슬리퍼를 신은 채로 옵니까? 의사 가운은 일반 작업복과는 또 다르잖아요. 그냥 병원에서 살짝 걸치기만 하는 건데, 그걸 여친 집까지 왜 입고 와요?"

"병원과 여기가 가깝잖아. 진료하다가 잠깐 들렀겠지."

"말도 안 돼! 그럼 갈 땐 뭘 신고 갔죠? 맨발로 갔나?"

"그건……, 아! 저번에 작가님이 그 병원 슬리퍼 신고 왔잖아. 그거 현관에 있었는데 없어졌어. 그거 신고 갔겠지. 너야말로 이 가운은 그럼 왜 여기에 있는 건데?"

"그건……, 저도 모르죠."

"팩트만 봐. 깨끗하게 청소된 집. 상대에 대한 주변의 평가 모니터. 놓고 간 옷. 무엇보다 목덜미의 자국! 크! 드디어 우리 작가님한테도 뜨거운 봄이!"

"진짜 이상한데……."

"너 추리만화 지망생이었어? 무협만화 아니었어?"

"그게 지금 무슨 상관이에요?"

"명탐정 코난이 아니면 자꾸 태클 걸지 말라고. 확실하니까. 우리 작가님 은근 대어에 강하셔. 어떻게 그런 남자를 잡았을까?"

"내 말이요. 우리 작가님이 무슨 수로 그런 남자를 잡겠습니까? 연애를 해 봤어야 스킬도 있는 건데. 턱도 없지."

"나의 코디가 먹혔나?"

"그건 더 턱도 없고요."

영원이 세수를 마치고 나오고 있었다. 민아가 경민과 함께 부리나케 부엌으로 이동하면서 말했다.

"우린 모르는 거다. 모른 척해."

"선배 표정에서 이미 히죽거림이 나와요."

영원의 표정도 못지않게 히죽거리고 있었다.

"커피? 나도 커피. 블랙으로."

영원이 창고방으로 들어가 대충 스킨과 로션을 찍어 바르고 나왔다.

"민아야, 요즘 립스틱이나 아이섀도 같은 건 어떤 컬러가 유행이지?"

"갑자기 왜요?"

"오늘 점심때 근처 화장품 멀티숍에나 다녀올까 하고. 화장품 사 본 지 5년도 넘었더라. 뭐가 뭔지 알 수가 있어야 말이지."

"저하고 같이 가요! 저도 살 거 있는데, 도와 드릴게요. 아! 그보다 작가님, 우리 화장품 사러 나가는 김에 옷도 좀 보면 안 될까요? 작가님도 이제는 옷에 신경 좀 쓰셔야죠. 완연한 봄인데. 계절도, 인생도."

"그럴까, 그럼? 스케줄이 빠듯해서 후딱 보고 들어와야 하는데⋯⋯."

"제가 최선을 다해서 빨리 찾아 드릴게요."

"알았어."

영원이 고개를 끄덕인 뒤 작업실로 들어갔다. 민아가 경민을 향해 입으로만 '봐, 확실하지?'라고 했다. 이 정도의 변화라면 경민도 더 이상 반박할 수가 없었다.

커피 잔을 들고 민아가 작업실로 들어오자, 영원이 《예지몽 해석법》 책을 들고 물었다.

"민아야, 이거 좀 더 빌려도 돼?"

"그냥 가지셔도 돼요. 이번에 외가댁 정리하면서 재활용 폐지로 내놓은 거였어요."

"고맙다. 그럼 내가 할게. 그런데 이 책 누구 거야?"

민아가 의자에 앉으면서 대답했다.

"몰라요. 외할머니 건가?"

"여기 이름도 쓰여 있어. 이정희. 외할머니 성함이야?"

"우리 외할머니 성함 엄청 촌스러워요. 최술자였든가, 최둘자였든가 그래요."

"그럼 이정희는 누구야?"

"이정희? 이정희가 누구지? 잘 모르겠는데요?"

"근데 외할머니 성함도 정확하게 몰라?"

"외가에 잘 안 갔거든요. 외할머니 정신이 온전치 못하셔서. 치매인 줄 알았는데 치매는 아니고, 해리성 기억상실이라고 그러나 봐요. 저도 자세히는 모르고요."

"그래?"

"어릴 때 놀러 가면 할머니가 자꾸 절 밖에 못 나가게 가두려고 해서 무서워서 잘 안 갔어요. 그래서 안 친해요. 이번에도 치매요양원으로 모시면서 오랜만에 뵌 거였어요. 연세가 엄청 많으셔서. 어쨌든 이정희라는 이름은 모르겠어요. 우리 엄마

350

이름도 아니고요. 헌책방에서 사셨을 수도 있어요."

영원이 두 손으로 책을 잡고 모퉁이에 쓰인 이름을 다시 보았다. 그런데 얼핏 한 장면이 지나갔다. 볼펜으로 이정희라는 이름을 쓰고 있는 손이었다. 영원이 고개를 저으며 눈을 비볐다.

"내가 졸리나 보다. 눈 뜨고 꿈을 꾸다니."

우선 책을 옆으로 밀치고 커피부터 마셨다. 그리고 오늘 일을 훑어보았다. 민아의 카톡이 울렸다. 수신자는 신님이었다.

〈우리 영원이 요즘 약 안 먹나 봐?〉

〈그런 것 같아요. 어떻게 아셨어요?〉

〈최근에 올라온 웹툰 보니 정신 차린 것 같아서.〉

영원이 열심히 자판을 누르는 민아에게 말했다.

"내 앞에서 대놓고 우리 이모와 문자 중이니?"

"윽! 들켰어요?"

"하여간 우리 이모 고집은. 나하고는 인연 끊으시겠대?"

"인연을 끊으시는 게 아니고, 작가님이 제주도 찾아가실 때까지 보고 싶어도 꾹 참으시는 거죠. 신님도 서울 올라오고 싶으셔서 미치겠대요."

민아는 이렇게 대꾸하면서 손가락으로는 문자를 눌렀다.

〈재미있어졌죠?〉

〈내 의견이 뭐가 중요해. 내 감각은 이미 구닥다린데. 어린 너희한테 재미있냐가 중요하지.〉

"작가님, 신님이 이번에 올라온 회차 재미있으셨나 봐요."

"대놓고 재미있다는 말은 안 하셨겠지."

"맞아요, 하하하. 순정만화계에서 신계에 계신 분이 이모라니. 작가님 가계는 어떤 의미론 대단해요. 사기급이랄까?"

이모뿐만이 아니다. 영원의 모친도 순정만화 쪽에선 전설과도 같았다. 그리고 부친은 무협만화계의 대성大星으로 불렸다. 미완성으로 남은 작품은 아직까지 회자되고 있을 정도였다. 그래서인지 순정만화를 그리고 있는 영원의 만화 속에도 언뜻언뜻 무협만화의 액션감이 드러나곤 했다. 어릴 때 보았던 부친의 만화가 기억에 남은 덕분이었다.

"우리 작가님도 알고 보면 만화계의 서러브레드죠. 혈통 좋은 종마. 아무도 가계를 몰라서 그렇지."

경민은 영원의 부친 만화 마니아였다. 그래서 처음 영원을 만났을 땐 신을 영접한 기분에 사로잡혀 그녀의 손을 꽉 잡았다. 영원이 겁을 먹고 물러나는데도 감동을 주체할 수가 없었다. 그때 민아가 그의 뒤통수를 때리지 않았다면 눈물까지 흘렸을지도 모른다.

"그러면 뭐 하니. 그분들 명성에 똥칠 중인데."

민아는 카톡으로 영원의 연애 소식을 알릴까 계속 고민했다. 분명 기뻐하실 거다. 어쩌면 한달음에 여기로 오실지도 모른다.

민아도 신님을 실제로 만난 적은 없었다. 자신이 소장한 만화책에 사인을 받을 기회가 올지도 모를 일이다. 하지만 아직은 신중해야 할 때라고 생각했다. 잘 나가다가 주변의 설레발로 엎어지는 커플들 여럿 보았다. 그래서 뉘앙스만 슬쩍 뿌렸다.

〈요즘 우리 작가님 기분 엄청 좋으세요. 컨디션 짱〉

영원이 눈에 인공 눈물을 넣었다. 이름을 쓰는 손이 보인 후로, 뭔가 이상한 것이 자꾸만 보이는 기분이었다. 보이는 위치는 눈앞이 아니라 머릿속이었다. 아무래도 진짜 잠이 부족한 모양이었다. 일어나서 작업실을 나갔다.

식탁으로 걸음을 옮기는 중에 무언가가 얼핏 보였다가 사라졌다.

아름답게 나부끼는 긴 머리가 칠흑보다 더 짙은 어떤 사람이었다. 온몸은 옛날의 갑옷 같은 것을 입고 있었다. 얼굴은 빛으로 인해 잘 보이지 않았다. 환각 같은 것이 아니었다. 평소 밤에 꾸는 꿈과도 같은 느낌이었다.

1초 정도씩 깜박깜박 잠이 드는 것일까? 잠을 쫓기 위해 식탁 위의 피로 회복제를 먹었다. 그때 작업실 안에서 경민의 목소리가 들렸다.

"선배, 속보! 지하철 사고 유력한 용의자가 검거됐대요."

"와! 진짜? 자기는 살아 있었어?"

영원도 작업실로 달려가 스마트폰으로 뉴스를 검색해 보았다. 비록 모자와 마스크로 얼굴을 가렸지만, 그때 지하철에서 보았던 그 남자 같았다.

"아……, 맞나 보다."

영원은 화면을 닫지 않고 노려보았다. 이제는 피하지 않았다. 회피하면 두려움은 더 커지고, 공항으로, 비행기로, 이모에게로 가는 길은 더 멀어지게 된다. 공포를 바라볼수록 마음속 어딘가가 단단해지는 기분이 들었다.

  민아는 집으로 가는 길이면 언제나 머릿속에 스토리를 구상
하며 걸었다. 아직 자신의 작품은 시작하지 않았지만, 꾸준히
구상은 하고 있었다. 퇴근 후에는 방에 틀어박혀 자신만의 캐
릭터를 만들고 그리는 연습을 했다. 요즘 그녀의 스토리 노트
를 채우고 있는 건, 정신과 의사와 환자의 사랑 이야기였다. 경
민은 걸크러시가 트렌드인 시대에 정신장애 여주 스토리를 누
가 보냐며 타박하지만, 민아는 포기하지 않았다. 물론 많은 스
토리가 버려졌듯이 이것도 쓰레기통행이 될 가능성이 컸다. 그
렇지만 상상하는 과정의 재미는 포기하고 싶지 않았다. 상상을
쌓아 두면 나중에 진짜 작품을 시작하게 될 때 양분이 된다는
영원의 충고도 잊지 않았다.
  그녀의 집인 아파트로 들어가려던 때였다. 갑자기 섬뜩한 기
분이 들었다. 이상한 시선이 느껴져서였다. 뒤돌아서서 주변을
두리번거렸다. 수상한 건 보이지 않았다. 민아는 갸우뚱하다가
기분 탓이려니 생각하고 들어갔다.
  멀리서 벙거지 모자를 눌러쓴 수상한 남자가 팔을 내렸다. 그
의 손에는 망원렌즈가 달린 카메라가 쥐어져 있었다. 그리고 그
의 손목뼈 근처에는 담뱃불에 지져진 듯한 작은 흉터가 있었다.

IV
염라국의 수문장

갑2가 심오의 진료실로 들어왔다. 저승의 진료실이었다. 그녀의 몸은 여전히 오래전의 철비늘 갑옷을 두르고 있었다. 심오가 손으로 소파 쪽을 가리켰다. 이승의 문이 보이지 않는, 등지는 자리였다. 갑2가 소파에 앉으면서 늘씬한 다리를 꼬았다. 앉은 자세부터가 거만하기 이를 데 없는 여신의 포즈였다.

"왜 여태 그 갑옷이야?"

"그게 참……."

월직은 별다른 취향이라는 게 없기에 월직 지원실에서 주는 대로 입는 편이었다. 그런데 그녀의 담당 직원이 아름다운 옷을 입히겠다는 의욕이 지나치게 높았던 것이 문제였다. 직원이 준비한 옷은 천 쪼가리 면적이 별로 없는, 이승의 개념에서 본다면 하나같이 섹시한 옷들뿐이었다. 그것이 가장 잘 어울린다는 판단에서였다. 갑2는 비록 여성의 모습이긴 하나 월직이었다. 그래서 미적인 개념도 없지만, 섹시함에서 우러나오는 과시성이나 수치심도 없었다. 그럼에도 불구하고 그 옷들은 그녀가 입을 수 있는 것이 아니었다. 야해서가 아니라 맨살이 너무 많이 드러나서였다. 안전복으로서의 역할을 하기 힘든 디자인이었던 것이다. 그래서 담당 직원이 기운 빠진 상태로 현재 다시 제작 중이었다. 심오가 맞은편 소파에 앉으면서 말했다.

"적당히 좀 입어 주지 그랬어? 직원들 재밋거린데."

"안전복으로서의 가치가 없는 건 걸치지 말아야지. 어떻게 배를 드러낸 옷을 입으라고 할 수가 있지? 허벅지도. 그게 안전복이야?"

안전복은 일직이나 시직한테는 필수지만 월직한테는 그저 형식일 뿐이다. 그만큼 월직은 강하다. 그럼에도 불구하고 현대의 안전복을 자꾸만 거부하는 것은 심리적인 영향이 크다고 밖에 볼 수가 없었다.

"요즘 잠은 잘 자?"

"아니, 도통."

월직은 먹지 않아도 배고픔을 모르고 죽지도 않는다. 능력도 떨어지지 않는다. 하지만 잠은 필요했다. 인간만큼 많은 시간은 아니더라도. 아예 안 자도 죽지는 않지만 능력이 떨어지기 때문이다. 인간의 잠도 여전히 미스터리한 영역이지만, 월직의 잠의 역할도 인간과 비슷하지 않을까 추측하고 있다. 인간과의 차이점은 그들은 꿈을 꾸지 않는다는 것이다.

"안 자면 힘이 빠질 텐데."

"일도 안 하는데, 뭘. 사용하지도 않는 힘이 비축되어 있으니 안 자도 상관없어."

일을 못 해서 다들 정신장애가 심해지고 있는 건지도 모른다. 청장은 휴가를 받은 뒤에 오히려 우울증이 더 깊어졌다. 그나마 청장직을 계속 수행하도록 하는 편이 낫지 않았나 생각하지만, 이 또한 견뎌야 할 일이었다. 양극성장애인 청장의 조울증 주기를 정리하면, 확실히 일과 관련이 깊었다. 이승 업무가 막히거나 이승을 자유롭게 드나드는 다른 월직들을 대할 때나, 이전과 같은 사고가 발생했을 시에 청장의 우울 삽화기는 심화되었다. 반면에 이러한 문제에서 자유로울 때 조증 삽화기로 들어선다. 결국은 청장도 이승기피증을 고치지 않고서는 양극성장애도 치료할 수가 없는 것이다.

난제는 여기 앉은 갑2였다. 이승기피증 외의 많은 증상이 있었다. 공황장애나 불안장애 등이었다. 이 모든 증상도 전부 이승기피증에서 비롯되었다. 평소에는 어떠한 발작도 없었다. 이러한 부분들은 외출기피증이 있는 나영원과 꽤 비슷하지만, 차이가 있는 것이 있다. 나영원은 외상 후 스트레스장애로 인해 외출기피증이 발생했다. 부모를 죽음으로 보낸, 그리고 본인도 죽음을 넘나든 비행기 사고라는 핵심 사건 이후에 공포를 느꼈기 때문이다. 공포의 계기가 있다는 것이다. 그런데 이승기피증 3인방은 공포라는 것을 느낄 이유가 없었다. 공포를 느낄 만큼 약하거나 섬세하지가 않았다.

인간은 해리성 기억상실증과 같은 장애가 비교적 쉽게 일어난다. 심하거나 덜하거나의 차이가 있을 뿐 누구나 겪는다. 가볍게 지나가는 건 인지하지도 못한다. 고통스러운 사고를 겪게 되면, 도마뱀이 살기 위해 꼬리를 자르고 도망치는 것처럼, 인간은 자신의 기억을 자르고 삶으로 도망을 친다. 기억 조작은 인간이 가진 큰 초능력이라고 할 수 있다.

하지만 월직은 그런 능력이 없다. 자신의 기억을 삭제하지도 조작하지도 않는다. 완벽한 기억력이기 때문이다. 그런데 이승기피증 3인방은 누구도 이승을 기피할 만한 어떠한 일도 겪은 기억이 없다고 했다. 공포의 계기가 없다는 것이다.

개중 가장 의심스러운 일이라고 하면 뇌제와의 전쟁 정도인데, 이것은 이승에서 일어난 것이 아니었다. 언제나 염라국 입구에서 치러졌다. 이승에서 그의 공격을 받은 적도 없다고 했다. 시기도 맞지 않았다. 뇌제와의 마지막 전쟁은 2천 년 전이었다. 하지만 이들이 이승기피증 증상을 최초로 나타낸 건 대충 1천 년 전부터였다. 그 이전에는 의심스러운 증상이 발현된 바가 없었다. 1천 년 전의 염라국은 이승의 전쟁으로 인하여 바쁘기는 했으나, 평화로운 시절이었다.

"갑2 사자, 여기가 어떤 곳인지는 아나?"

"진료실이라며? 다른 사자들도 여기서 상담받는다고 들었다."

"이승과 가장 가까운 곳인 것도 알아?"

"뭐? 이승과 가장 가까운 곳은 입출국장 아니었나?"

"거기보다는 여기가 조금 더 가깝지."

갑2가 벌떡 일어섰다. 그리고 진료실 안을 두리번거렸다. 그녀의 눈이 이승의 문을 찾아냈다.

"저 문은 뭐지?"

"지금까지 편안하게 있었잖아? 그걸 잊지 마."

심오의 말은 소용이 없었다. 갑2의 온몸에서 검은 기운이 뿜어져 나오기 시작했다. 공포! 그녀가 느끼고 있는 건 인간과 다름없는 공포라는 감정이었다.

"어째서 월직이 그런 감정을?"

"저 문이 뭐냐고 물었잖아!"

"이승의 문이다. 하지만 여기서는 괜찮아. 제멋대로 이동하지 않……."

갑자기 진료실 안의 가구들이 공중에 떠올랐다. 그것들은 곧장 이승의 문을 파괴시킬 듯이 날아가 차곡차곡 쌓였다. 문을 막아 버린 것이다.

"진정해! 여기는 저승이다! 이승이 아니라고!"

하지만 갑2는 심오의 외침이 들리지 않는 듯 저승의 문을 나가려고 했다. 심오가 그녀의 팔을 잡았다. 그런데 팔이 떨어져 나갈 듯 고통스러운 건 심오였다.

"그만해, 갑2 사자!"

이번에는 갑2가 심오의 어깨를 잡았다. 그냥 잡기만 했을 뿐인데도 심오의 온몸에서 모든 에너지가 방출되어 갔다. 심오의 다리가 힘을 잃고 바닥으로 쓰러졌다. 힘으로는 도저히 사자청의 월직을 당해 낼 수가 없었다. 이렇게나 크게 차이가 나는지 미처 몰랐다. 심오가 사라져 가는 힘을 끌어모아 갑2에게서 오는 대미지를 돌려보냈다. 하지만 역부족이었다. 그의 공격은 그녀의 갑옷 일부만 건드렸을 뿐이다. 갑2의 어깨 쪽 견갑이 떨어져 나갔다. 흉갑의 철비늘도 뿔뿔이 떨어졌다. 그리고 그 아래의 천 조각도 먼지처럼 흩어졌다.

갑2가 기어이 심오를 뿌리치고 저승의 문으로 달아났다. 심오는 바닥에 쓰러진 채로 열린 문만 바라보았다.

"아……, 저 어깨에……, 흉터가 왜……."

흉터는 청장의 팔뚝에도 있었다. 그는 어느 날 낙인처럼 새겨진 거라고 했다. 왜, 무엇으로 인해 생겨난 것인지는 모른다고 했다. 그런 흉터가 갑2의 몸에도 있었던 것이다. 우연일까? 심오는 더 이상 생각을 할 수 없었다. 의식은 남아 있지만, 몸은 형체를 완전히 잃어버린 것만 같았다. 육체 어디도 움직여지는 부위가 없었다. 그럼에도 불구하고 공포가 느껴지지 않았다. 죽지 않는다는 걸 알기 때문이다.

'그들은 어째서 공포를 알아 버린 거지?'

인간이 느끼는 모든 불안과 공포의 기저에는 죽음이 있다. 외출기피증의 나영원도 궁극적으로는 외출로 인해 닥치게 될 죽음이 무서운 것이다.

'죽지도 못하는 그들이 설마 죽음의 공포를 느꼈던 것일까? 어떤 계기로…….'

심오는 다시금 자신의 마음을 느껴 보았다. 조금의 공포도 없었다. 죽지도 않는 그가 공포를 느끼는 건 불가능했다.

남편인가, 저자는? 얼굴도 무엇도 흐릿하여 잘 보이지 않았다. 그는 언제나 한 여인과 키득거렸다. 그 여인도 마치 주인인 양 거들먹거렸다. 그들을 문틈으로 바라보던 손이 문을 닫았다. 상처 하나 없는 고운 손은 가락지도 하나 없었고, 마음의 상처도 하나 없었다. 그들에 대한 질투도 없었다. 남편에 대한 애정이 없었기 때문이다. 그냥 이대로 살고 싶은 마음뿐이었다. 그들은 그들끼리, 이 안방에서 독수공방 중인 이 몸도 혼자서, 이렇게 따로따로 살면 더 좋을 것 같았다.

뒤에서 누가 목에 새끼줄을 걸었다. 줄을 풀기 위해 발버둥을 치며 목을 긁었지만, 새끼줄은 끝끝내 잡히지 않았다. 뒤에서 줄을 건 자가 누군지 알았다. 남편인 듯한 남자였다. 목이 위로 끌려 올라갔다. 몸도 따라 올라갔다. 발이 바닥에 닿지 않았다. 다리를 바동거렸다. 한복 치마 아래로 공중에 둥둥 뜬 버선발이 보였다. 숨이 더욱 막혀 왔다.

문 너머로 여인이 보였다. 흐릿하여 잘 보이지 않아도 남편의 여인인 건 알 수 있었다. 이대로 살아도 되었는데, 너희들을 미워하지도 않았는데, 왜……. 멀어져 가는 의식 속에서 생각했다. 살고 싶어. 죽고 싶지 않아. 죽으면 안 돼.

"헉!"

영원이 공포에 질린 눈을 떴다. 동시에 목을 쥐고 컥컥거리며 마른 숨을 뱉어 냈다. 갑자기 꿈이 선명해진 것 같았다. 저승을 다녀오고부터인 것 같았다.

"뭐지? 왜 이렇게 생생하지? 마치 진짜 내가 겪은 것처럼……."

영원이 몸을 일으켜 방문으로 갔다. 떨리는 손으로 스위치를 켰다. 매트리스와 이불이 전부인 현실의 집이었다. 밖으로 나가서 거실 불을 켰다. 그리고 욕실로 가서 불을 켜고 거울 앞으로 갔다. 목에 새끼줄 자국은 없었다. 갑1이 남겨 준, 깨물어 멍든 잇자국만 아직도 남아 있었다.

"이것만이 현실이야. 다른 건 꿈일 뿐이야. 공포에 떨지 마. 가빌만이 진짜라고. 잇자국만 믿어!"

영원은 욕실 불을 끄고 나갔다. 거실의 시계는 6시를 가리키고 있었다. 그래도 이번엔 네 시간은 잔 듯했다. 작업실로 들어갔다. 일하기 위해서였는데, 그녀의 눈에 먼저 들어온 것은 《예지몽 해석법》이었다.

이번에 꾼 꿈을 머릿속에서 조각을 내 보았다. 우선 목이 매달려 죽는 꿈, 남편, 남편의 애첩, 새끼줄, 버선 등으로 나뉘었다. 도구 카테고리에서 새끼줄을 찾았다. 그런데 이번에도 연필 자국이 있었다. 버선도 찾았다. 거기에도 체크가 되어 있었다. 남편과 남편의 애첩은 체크가 되어 있지 않았다. 그런데 이건 영원도 애매했던 부분이다. 꿈속에선 남편이지만, 실제 남편은 아니기 때문이다. 꿈에서 나타난 게 현재의 진짜 남편이 아니면 이것으로 찾으면 안 될 것 같기도 했다.

마지막으로 제일 중요한 목이 매달려 죽는 꿈을 찾았다. 여기는 제법 여러 버전이 제시되어 있었다. 목매달려 죽은 시체를 보는 꿈부터 시작해서, 목을 매달고 자살하는 꿈, 누군가 나를 목매달아 죽이는 꿈까지 있었다. 해석은 전부가 길몽이었다. 그런데 여기도 연필로 체크가 된 부분이 흐릿하게 남아 있었다. 여러 가지 중, 누군가 나를 목매달아 죽이는 꿈이었다. 영원과 이번에도 정확하게 일치했다. 온몸에 소름이 쫙 돌았다. 책을 밀쳤다.

"이 책 주인은 대체 누구였을까? 어째서 계속 나와 비슷한 꿈을? 이것도 우연인가?"

"참 취미도 요상하군."

갑21은 고층 빌딩 옥상의 헬리콥터 이착륙장에 테이블을 놓고 마주 앉은 옥황국의 공과격 기록부 선인이 영 탐탁잖았다. 하고많은 실내 장소들을 두고 굳이 이곳으로 할 게 뭐란 말인가. 선인이 서운한 표정으로 말했다.

"왜 자네가 온 겐가?"

"내가 이 사건 담당자니까."

"그때 나왔던 그 잘생긴 사자는? 머리카락 색깔이 희한했던."

"그자 못지않게 희한한 머리카락을 가진 내가 나왔으니 관심 끄는 건 어때?"

불타는 듯한 붉은색 머리카락의 여자 사자. 오버사이즈 선글라스로 얼굴을 반쯤 가리듯 했지만, 상당한 미인임은 드러나 보였다. 갑1이 올 줄 알았던 선인은 난감했다. 뇌제가 내려오기 용이하도록 이 높은 곳을 약속 장소로 잡았는데 소용없어진 것이다.

옥황국은 경계 대상이었다. 평소 이승의 옷을 걸쳤던 갑21이 이 자리에는 염라국의 안전복으로 무장하고 나왔다. 긴 코트의 상체 부분이 전부 비즈로 한 땀 한 땀 장식된 것이지만, 이 또한 전부 갑옷에 있던 철비늘과 다르지 않았다.

"나를 부른 용건은?"

"너를 부른 건 아니었는데, 쩝. 이왕 이렇게 된 거 어쩔 수 없지. 용건을 말하겠네. 공과격 기록에서 여러 이상이 발견되었다네."

"98년 9개월여 전에 죽은 김분이 말이야?"

"아니, 그건 아직 못 찾았네. 이제 막 접수가 되어서."

"이제 막? 그 자료 요청한 지가 언젠데, 쭛. 그럼 나영원 말인가?"

"그것도 그렇고, 이승에 주민등록을 만든 자네들 공과격."

"무슨 헛소리를 하는 거지? 우리 월직들은 공과격이 없어. 이곳에 주민등록이 있을지라도!"

"성격이 급한 저승사자로군. 지금 그 얘기를 하려는 걸세. 공과격 기록이 안 된다고 하여도 자네들은 인간들과 관계를 맺고 지내고 있지. 그런 인간들의 공과격에 자네들은 어떻게 기록될 것 같은가?"

"인간의 공과격에도 우리의 기록은 남지 않는다."

선인의 기분도 썩 좋지는 않았다. 그것은 표정에 훤히 드러났다.

"그렇지. 그런데 나영원도 똑같더라고, 자네들과."

"뭐?"

인간이 인간을 만나면, 공과격에는 '누구'를 언제 만났다고 정확하게 기록이 된다. 반면에 이승에 나와 있는 저승사자와 만나면 '누구'는 생략되고 만났다고만 기록되는 방식이다. 예를 들면, A라는 직원이 평범한 B 의사의 개인병원 직원으로 일하게 되면, A가 B에게 고용됐다, A가 B에게 어떤 감정을 가졌다, 등으로 기록된다. 반면, 심오의 병원에 근무하는 직원들은 그저 고용되어 일한다는 기록만 남는다. 심오를 짝사랑하는 직원들은 사랑하는 마음을 가졌다는 기록조차 남지 않는다.

"나영원은 두 명의 인간과 긴밀하게 연관되어 있는데, 두 인간의 공과격에 나영원이란 존재는 전혀 기록이 되지 않는다네. 누구에게 고용되었는지, 누구의 집을 드나들었는지는 없고, 그저 출근하여 업무를 수행했다는 기록뿐이지."

"그럴 리가."

"가장 큰 문제는 나영원의 부모일세. 그녀의 모친과 부친의 공과격에도 그녀의 기록은 없었다네. 모친도 부친도 무자식으로 죽은 걸로 되어 있지. 현재 너희 쪽에 그들의 공과격 사본이가 있을 터이니, 확인해 봐도 좋으이."

"나영원은 부모에게서 태어났어. 그것은 내 쪽에서 이미 조사를 마친 것으로 명명백백하다. 그런데 어떻게 무자식으로 기록될 수 있지?"

"그래서 우리 옥황국도 골치가 아파 죽을 지경일세. 같은 인간들에게 나영원은 환각과 다름없는 존재니까."

"그건 공과격 기록에 기인한 해석일 뿐이야. 엄연히 존재하는 영혼을 두고 환각이라고 하지 마라. 농담이라도!"

"우리 공과격 기록은 그 인간 자체일세. 염라국의 심판도 그렇게 하지 않았던가? 나영원은 환각, 그 이상도 이하도 아닐세!"

갑21의 붉은 머리카락이 더욱 맹렬한 빛깔을 내었다.

"너희가 뭔가 착각을 하고 있군! 우리 염라국은 인간의 기억을 폐기하지 않는다. 문제가 발생하면 공과격 기록을 밀치고 인간의 기억을 불러내지. 지금이 그때인 것 같구나."

갑21이 일어섰다. 선인이 함께 일어서면서 말했다.

"이승에 나와 있는 저승사자들의 록은 염라국에서 걸어 둔 것. 다른 인간에게 영향을 미쳐도 우리 옥황국에선 어찌할 수조차 없는 아주 강력한 잠금장치! 나영원도 너희와 비슷한 양상을 보인다면, 우리 옥황국에서 추측할 수 있는 건 딱 한 가지일세. 이 사건은 염라국 측의 실수에서 비롯된 것일지도 모른다는 것! 합리적 의심 아닌가?"

"아직은 섣부른 판단이다. 아무튼 정보는 고마워. 김분이 건도 속히 확인해 보길."

갑21이 사라졌다. 심부름센터로 이동하려던 것인데, 그녀가 나타난 곳은 엉뚱한 장소였다. 다급하게 중앙관제센터로 전화를 걸었다.

"센터장 오빠! 나 길 잃었어."

— 뜬금없이 전화해서 뭔 개 풀 뜯어 먹는 소리냐?

"오늘 옥황국 쪽과 약속 있어서 나온 건 알지? 순간 빡침 받은 상태에서 공간 이동을 했더니 모르는 곳으로 왔지 뭐야. 여기 좌표 확인해 줘."

— 아이고, 덤벙이. YD39.

"오빠, 나 여기서 바로 입출국장으로 이동할게. 혹시 모르니까 잘 받아 줘."

— 야! 안 돼! 모험하지 마.

갑21이 다시 사라졌다. 그리고 다행스럽게도 염라국의 입출국장에 나타났다.

"꺄오! 성공! 힘은 좀 빠지긴 했지만."

— 두 번 다시 이러지 마라. 깜짝 놀랐다.

"마음이 급했어. 그럼 난 청장실로 갈게."

패스트트랙이 열렸다. 갑21이 그곳을 통과하여 바로 청장실로 달려갔다. 가는 동안 갑21이 제일 먼저 한 일은 재판부로 전화하여 아직까지 진행 중이던 나영원 부모의 재판을 즉시 중단시킨 거였다. 누락된 사실이 발견된 상태에서는 재판을 진행해서는 안 되기 때문이다.

다음으로는 기억보관소로 전화하여 사정을 이야기했다. 연락을 받은 기억보관소에서는 속히 그들의 기억상자를 찾아냈다. 두 개 모두 나비의 기억이었다. 그리고 기억감별사를 지정하여 그들의 기억 중에 나영원과 관련된 부분에서 팩트만 추려내는 작업에 들어갔다. 인간 스스로 조작한 기억과 뒤섞여 있기에 이것도 제법 시간이 필요했다.

갑21은 청장실에 도착하기까지 모든 지시를 끝마쳤다. 그리고 청장실에서는 결과 보고만 했다. 그녀의 보고를 먼저 들은 건 갑2와 청장이었다. 갑2는 부서진 갑옷을 벗고, 현대화된 안전복을 입고 있었다. 피부가 드러나지 않는 여성용 바지 슈트였다. 모두가 그녀가 일으킨 발작을 알고 있었다. 이로 인해 심오가 심한 부상을 입었다는 것도 알고 있었다. 하지만 여기에 대해 군이 거론하지 않았다. 보고를 다 들은 갑2가 말했다.

"난 사실 이 사건은 도통 이해가 가지 않아. 설명해 줘도 모르겠다. 내가 아직 여기에 적응이 덜 되어서 그런가?"

청장이 대꾸했다.

"너만이 아니야. 나도 모르겠다."

"알았어. 그럼 갑1 오빠와 다시 얘기해 볼게. 우선 청장이라서 보고해 두는 거야."

갑2가 다시 말했다.

"그런데 말이다, 그 선인이라는 자의 말이 무척 거슬려."

"어떤 말? 우리 측 실수일 거라는 거?"

"환각이라는 말! 옥황국에서 멀쩡한 영혼한테 그런 말을 입에 담았다는 것 자체가 불쾌한데?"

"우와! 갑2 언니도 나와 의견이 같구나? 나도 그 말 듣자마자 빡 돌았어."

"진짜 거슬려. 그 말을 들으니 옥황국에서 이 문제 해법을 어떻게 내놓을지 심히 걱정되는군."

"하긴, 그들의 해결책과 우리의 해결책이 반드시 같으리라는 보장은 없으니까."

"내가 비록 이 사건에 대한 이해는 부족하지만, 예의 주시하고 있으마. 사건 해결에 있어서도 우리의 철칙은 단순하다. 무조건 영혼은 지킨다는 것. 이 틀 안에서라면 네 마음대로 움직여도 좋다. 언제든 도움 요청……."

쾅!

느닷없이 청장실 문을 열어젖히는 자가 있었다. 심오였다. 드물게 저승의 안전복을 입고 있었다. 갑2의 폭주로 인하여 이승의 옷은 흔적도 없이 사라졌기 때문이다.

"갑25 오빠! 기운 차렸구나."

심오는 곧장 갑2에게로 다가갔다. 갑2가 고개를 숙였다.

"미안하게 됐다. 이성을 잃었어."

"그것보다, 너의 몸에 관해 물어볼 것이 있어."

심오가 덮칠 듯이 몸을 가까이하여, 그녀의 슈트 단추를 하나씩 풀었다. 그리고 그 안의 셔츠 단추도 풀기 시작했다. 인간들 눈에는 에로틱한 장면일지 모르지만, 갑21이나 청장의 눈에는 무덤덤한 장면일 뿐이다. 갑21이 별다른 감정 없이 말했다.

"정신과 오빠, 이승에 오래 있더니 갑자기 인간들의 행위까지 흉내 내고 싶어진 거야?"

심오의 손이 갑2의 셔츠를 젖혀 어깨를 드러나게 했다.

"내 몸에 관해 뭘 묻고 싶은 거지?"

"여기 흉터."

심오가 흉터를 손끝으로 만져 보았다. 인간들의 일반적인 흉터와는 달랐다. 보통 인간은 베이거나 하면 상처가 벌어졌다가 붙기 때문에 그 틈이 메워진 흔적이 남는다. 그런데 이 흉터는 벌어졌던 자국이 아니었다.

"티도 안 나는 걸 용케 봤군."

"언제 어떻게 생긴 거지?"

"몰라. 어느 날 갑자기 생겨 있더군."

"언제부터?"

"그 전에 좀 떨어져 줄래? 지나치게 가까워."

심오가 떨어져서 소파에 앉았다. 갑2가 단추를 채우면서 말했다.

"언제부터 있었는지는 모르겠다. 우리는 인간과 달라서 자신의 몸을 잘 살피지 않잖아."

"감안하고 들으마. 첫 발견은?"

"진짜 모른다. 난 최근에 발견했어. 아마도 그 전에 있었으리라 추정할 뿐이야."

"이전의 그 갑옷은 언제부터 입은 거야? 이 정도의 흉터라면 갑옷이 파괴되었을 테니까."

"그 갑옷은 1천 년 정도 전. 그 후로 지금까지 망가진 적이 없었다. 어쩌면 1천 년 전에 생긴 걸 수도 있겠군."

"어떻게 흉터가 생긴 걸 모를 수가 있지? 청장도 그렇고."

"자연 발생 되었을 확률은 없는 건가?"

"그럴 리가 있나! 갑갑하군."

"내가 다쳤던 적이 없으니, 당연히 자연 발생이지."

우울감에 사로잡혀 웬만한 대화는 하지 않던 청장이 말했다.

"흉터라면 갑1 사자도 있는데?"

"뭐?"

"갑1 사자도 목에 자그마한 흉터 있다고."

"그래서 언제나 목을 감싸는 옷을 입혔군, 지원실에서."

월직들은 별로 신경 쓰지 않지만, 지원실 담당 직원들은 그에 맞춰서 안전복을 챙겨 입혔다. 이승기피증 3인방 중에 두 명이 흉터가 있으니 혹시나 연관이 있을지도 모른다고 생각했는데, 갑1이 튀어나온 순간 이 가능성은 희석되었다. 갑1과 이승기피증은 너무나 먼 관계였다.

"센터장은 흉터 없나?"

"글쎄."

심오가 바로 전화를 걸었다. 바쁜지 한참 만에 연결이 되었다.

— 용건만 간단히.

"혹시 네 몸에 흉터 있어?"

— 없다.

통화는 바로 끊겼다. 뒷말은 물어보지도 못했다. 청장이 말했다.

"혹시 궁금하면 지원실 직원한테 물어봐라. 그편이 더 정확해. 본인조차 모를 가능성도 있거든. 내가 그랬던 것처럼."

갑21도 거들었다.

"알아야 하는 거야?"

"알아 두면 참고가 될 것도 같아서."

"그럼 혹시 모르니까 다른 월직들도 전부 직원들 통해서 조사해 봐. 우리는 모르고 있어도 그들은 잘 알지 않겠어?"

갑1도 흉터가 있다면 크게 상관없는 것도 같지만, 물어는 봐야겠다고 생각했다. 하지만 한 가지 의문은 남았다. 안전복보다 더 튼튼한 이들에게 어떻게 흉터가 생길 수가 있는 거지? 흉터가 생기기 위해서는 그 전에 상처가 생겨야 하는데, 이들의 몸은 그 정도로 허술하지가 않았다. 갑2의 말대로 진짜 자연 발생으로 생겨난, 흉터와 비슷한 흔적이라고 생각하는 게 더 적절했다.

갑21이 스마트폰을 귀에 대면서 일어섰다. 또 다급한 전화였다. 그래서 손으로만 인사하고 청장실을 나갔다. 통화가 계속될수록 그녀의 표정은 심각해졌고, 달리는 두 다리는 더 빨라졌다. 갑21이 달려가서 도착한 곳은 임시 의무실이었다. 그 안에는 시스템관리소 직원 세 명이 침대에 누워 있었다. 세 명 모두 심각한 부상을 입은 상태였다.

"이게 대체 무슨 일이야! 영혼은 다쳐선 안 된다고 내가 누누이 말했잖아!"

"죄송합니다."

"어떻게 이렇게나 다쳤어? 위험한 게 있을 리가 없는데."

"저희도 원인을 모르겠어요. 기억보관소 확충을 위해서 혹시 남는 공간이라도 있나 찾으러 다니다가……."

"그놈의 기억! 그냥 메모리카드로 바꾸자니깐 왜들 그렇게 고집이 센 거야? 기억을 폐기시키자는 게 아니잖아. 보관하는 부피만 줄이자는 건데. 그럼 이렇게 고생 안 해도 되잖아.”

“싫어요. 그냥 고생할래요. 우리의 기억이 메모리카드로 저장되는 건 끔찍하다고요.”

“말하는 꼬락서니 봐라. 이렇게나 다친 주제에.”

“그보다 공간을 발견했습니다! 아니, 공간일지도 모르는 곳을 발견했습니다. 그러니까 메모리카드는 제발…….”

“공간일지도 모르는 곳이라니?”

“그게 아직은 확실하지 않은데, 기억보관소 아주 깊은 지하에 설계도에도 없는 한 층이 더 있지 뭐예요.”

“거긴 암흑의 감옥이잖아.”

기억보관소 아래에는 암흑의 감옥이 있다. 그곳은 저승사자들이 죄를 짓게 되면 일정 기간 감금해 두는 곳이다. 단순한 감금에 불과하지만, 그 감옥은 공포의 대상이었다. 암흑 이외에는 아무것도 없는 곳, 아무리 어둠에 익숙해져도 어스름한 빛조차 느낄 수 없는 곳, 자신의 손조차 보이지 않는 곳, 자신이 영원히 소멸되어 의식만 남은 건지 아닌지 가늠할 수조차 없는 곳, 그래서 끊임없이 자신의 몸을 더듬어야 아직도 존재함을 느낄 수 있는 곳이다.

시직과 일직은 월직과 달리 인간의 몸에 빙의가 가능하다. 영혼들이 이승에서 느끼는 가장 강한 유혹이 빙의다. 그럼에도 불구하고 그들은 그 죄를 짓지 않는다. 여기에 감금되고 싶지 않기 때문이다. 사관생도 시절에 이곳의 사전 체험이 이뤄진다. 암흑의 감옥에 단 한 시간만 갇혀도 충분한 예방 효과가 있다. 반면에 월직에게는 암흑의 감옥이 별 효과가 없다. 그들은 죽음의 공포를 모를뿐더러, 혼자 남는 것에 대한 공포도 모르기 때문이다. 그저 모처럼 휴식을 취하는 정도의 편안함만 느낄 뿐이다.

"감옥보다 더 아래예요. 최근에 그 아래에서 진동이 관측되어서 검사해 봤더니……."

"설계도에도 없는데 한 층이 더 있다고? 설계도가 잘못된 건가?"

"저희도 그 부분을 수소문해 봤는데, 설계한 직원들은 이미 오래전에 죄다 환생해서 더 이상 알아낼 수가 없었습니다."

"너희들은 그럼 왜 다친 거야? 세 명 다 동시에 계단을 구른 거야?"

"아니요. 그게……, 분명히 지하로 더 내려가는 계단이 있었어요. 너무 어두워서 불빛도 소용이 없었고요. 몇 계단 안 내려갔는데 강한 기운 같은 게 우리를 이렇게 만들었어요. 그래서 더 내려가진 못하고 돌아왔지만, 분명 한 층이 더 있었어요. 확실해요!"

"너희들 뭐라고 하는 거니? 인간 영혼을 공격하는 기운이라니? 그런 기운은 우리 염라국에선 용인하지 않아. 그런 걸 기억 보관소 지하에 왜 놔둬?"

"그건 저희도 모르죠. 갑21 사자님이 한 번만 확인해 주세요. 제발요."

"아, 알았어. 다음에 시간 나면 한번 가 볼게. 대신 몸조리 잘해!"

"예! 빠른 시일 내로 부탁드려요."

갑21은 다들 말은 제대로 하는 걸 보고 한시름 놓았다. 인간들의 기억 외견에 대한 집착은 그녀로서는 도무지 이해하기 힘든 것이었다. 그래도 이들이 발견한 공간은 살펴볼 필요가 있다고 생각했다. 갑21조차 그곳은 금시초문이었다.

2

'싸늘하다. 비수가 아닌, 시선이 날아와 꽂힌다.'

병원 대기실에 앉은 영원은 심상치 않은 직원들의 시선에 적잖이 당황했다. 마침 오늘은 화장도 하고, 머리도 고데기로 말아서 제멋대로 자른 부분을 최대한 감추고, 옷도 트레이닝복을 벗어 던졌다. 처음에는 그들의 시선이 자신의 변화에 맞춰진 것으로 추정했다. 그래도 이 시선은 너무나 비정상적이었다.

이윽고 영원은 일전에 있었던 소동을 기억해 냈다. 다른 사람들은 갑1의 존재를 모른다. 그러니 그날 영원의 말은 누가 봐도 심오와의 대화로 보였을 것이다. 그 상황을 떠올리면 떠올릴수록 얼굴은 점점 더 시뻘겋게 달아올랐다.

영원의 머릿속이 급속히 돌아가기 시작했다. 만화가였다. 마감이 닥쳐서야 스토리를 구상한다는 각오로 그날의 상황을 짜 맞춰야 한다! 개연성이 조금이라도 삐끗하면 더 이상한 사람이 되고 만다. 혼자서 독단적으로 스토리를 전개해도 곤란했다. 심오가 이들에게 어떻게 해명을 했는지도 알아볼 필요가 있었다. 대기실이 바늘방석이었다. 어서 이런 시선에서 도망치고 싶다는 생각뿐이었다.

진료실에서 환자가 나오자마자 모니터에 영원의 이름이 떴다. 영원은 얼른 일어나 도망치듯이 진료실로 들어갔다.

"원장님, 직원들한테 어떻게 해명하셨어요?"

문을 닫고 바로 던진 질문이었다. 하지만 심오는 질문의 뜻을 이해하지 못한 채 눈만 동그랗게 떴다.

"아니, 이전에 제가 원장님께 진료실에서 쫓겨나던 날, 밖에서 본 직원들이 있었는데, 뭐라고 하셨냐고요."

심오가 그녀 앞에서는 이제 굳이 쓸 필요가 없어진 안경을 벗어 책상 위에 올리면서 대답했다.

"아무 말도."

영원이 심오의 책상 너머, 환자용 의자에 앉으면서 또 질문했다.

"질문도 안 하던가요?"

"어떤 질문? 아! 나영원 씨와 친하냐고 물어보는 직원은 있었는데."

"뭐라고 하셨어요?"

"아니라고 했지. 예전부터 그런 질문을 받으면 그 답이 제일 정답이더라고. 내가 이승 생활한 지가 몇 년째인데, 그 정도 눈치는 있다."

"그 정도 눈치라도 있어서 천만다행입니다. 그 이상의 해명은요?"

"어떤 해명을 해야 되지?"

"그럼 원장님은 제 남친 대용이었던 걸로 합의 보죠."

"응?"

"직원들이 오해하는 것 같아서요. 제가 알아서 거짓말로 둘러댈게요. 원장님은 그렇게만 알고 계세요."

"그냥 놔둬도 알아서 정리가 되던데."

"그 정리가 저한테 불리해서 그래요. 그리고 이거."

영원이 쇼핑백을 건넸다. 심오가 두고 간 가운과 슬리퍼였다. 심오가 재킷을 벗어 옷걸이에 걸어 두고, 가운을 꺼내어 즉석에서 입었다. 평소 두 벌로 번갈아 입는데, 한 벌은 갑2가 소멸시켜 버렸다. 새로 주문해 뒀지만, 아직 도착 전이라 현재는 어쩔 수 없이 재킷으로 연명하던 중이었다. 옷 갈아입는 사이에 영원은 슬그머니 일어나 저승의 문 쪽으로 다가갔다. 오늘도 혹시나 갑1이 나타나 주지 않을까 하는 기대가 있었다.

"앗! 영원 씨, 가까이 가지 마!"

"잠깐 구경만……."

"안 돼! 또 그때 같은 사고가 생기면 진짜 큰일이라고."

한 번은 우연이라고 우길 수 있지만, 두 번째부터는 의정부에 보고해야 할 만큼 중대 사안이 된다. 어쩌면 이곳도 폐쇄될지 모를 일이다. 영원은 마지못해 의자에 다시 앉았다.

"원장님, 오늘 기운이 없어 보여요."

"영원 씨 눈에는 보이는구나. 부상을 입었는데, 아직 회복이 덜 됐거든."

"다치셨어요?"

"인간들의 일반적인 부상과는 달라. 곧 괜찮아져. 영원 씨야말로 컨디션 어때? 별 기이한 일을 다 겪었잖아."

"큰 이상은 없는 것 같아요. 단지 조금……, 꿈이 보다 선명해진 느낌? 꿈이 실제 같고 실제가 꿈 같고 그래요."

심오도 이제 모니터를 보는 척하는 연기는 더 이상 하지 않았다. 그의 머릿속에 영원의 정보는 다 있었다.

"영원 씨의 그 꿈 말인데, 어떤 식이야? 시체를 보는 꿈, 시체가 되는 꿈, 이렇게 간단하게만 말하지 말고. 불타는 꿈은 뭐지?"

"길몽이래요. 예지몽 해석으로는요."

"또 이런 식으로 회피한다. 이젠 터놓고 말해도 되지 않나?"

영원은 고개를 숙이고 어깨를 움츠렸다가 저승의 문을 한번 쳐다보았다.

"저게 다른 사람들 눈에는 안 보인다는 거죠? 저렇게 또렷한데."

공과격 기록으로만 따지자면, 이 여자도 이승에서는 저 문과 크게 다르지 않다. 존재하지만 존재하지 않는.

"영원 씨는 악몽을 말하는 것에 대해 심리적인 거부감이 있군. 원인이 뭘까?"

"주변 사람들에게 민폐니까요. 제가 악몽을 꾼다고 말하지 않았다면, 무섭다며 밤마다 울지 않았다면, 하는 식으로 생각하다 보니까 말하는 게 두려워지더라고요.”

“만약에 악몽을 꾼다고 말하지 않았다면 어떻게 되는데?”

영원의 어깨가 더욱 작아졌다. 목소리도 그랬다.

“부모님이 돌아가시지 않았겠죠.”

“그게 어떤 연관이 있지?”

“어려서부터 악몽이 심했어요. 지금과 다름없는 꿈을 꾼 것 같아요. 그 당시 병원에도 갔었지만, 7살 이하여서 제대로 된 진단조차 안 나왔던 것 같아요. 저는 깨어나서 꿈을 기억했기 때문에 야경증도 아니었고요. 그래서 부모님이 미국에 최면치료라도 받게 해 주려고 갔다가 돌아오는 길에……, 최면치료도 실패했다고 그랬는데…….”

심오가 화장지를 뽑아서 영원에게 건네주었다. 어느새 그녀의 눈에서 눈물이 쏟아져 내리고 있었다.

“죄송해요. 이래서 말 안 하려고 했던 건데.”

“이러니까 말했어야지. 정신의학과의 가장 중요한 기재는 화장지거든.”

영원은 화장지로 눈물을 닦았다. 아무리 끊으려고 해도 멈춰지지가 않았다. 하필 화장을 하고 온 날 눈물이라니. 심오가 혼잣말을 했다.

“낭패로군.”

“죄송해요. 그치도록 노력해 볼게요.”

“그게 아니라……. 눈물은 흘려도 돼. 더 흘려도 되고. 우리는 지금까지 외상 후 스트레스장애로 인해 악몽을 꾼다고 판단하고 치료해 왔지? 그런데 영원 씨 말대로라면 외상 후 스트레스장애 이전에 악몽장애가 있었다는 의미가 되는 거야."

"다른가요?"

"원인과 결과가 뒤바뀌는 거지. 사고가 딱 7살에 발생했군. 애매한 나이야. 진단 기준점이 7살부터…… . 불타는 꿈은 어릴 때도 꾼 건가?"

"아뇨. 어릴 땐 팔다리가 잘려서 죽는 꿈을 제일 많이 꿨어요."

신체 절단 꿈은 또 7살 이하라면 귀신 꿈만큼이나 많이 꾸는 꿈 패턴이다. 최근에 토막 살해니 뭐니 하는 얘기를 너무 많이 듣는 기분이었다. 밤손님들인 일직들이 요즘 죄다 그 얘기뿐이기 때문이다.

"어릴 때 또 어떤 꿈을 꿨지?"

"정확하게 말씀드리기가 어려워요. 사실 비행기 사고 전에도 꾼 꿈인 것 같은데, 사고 후 꾸기 시작한 것도 같고, 막 헷갈리거든요. 최근에 와서 꾼 꿈인데, 익숙한 느낌이라 어릴 때도 꿨던 것 같을 때도 있고…… . 익숙하다는 것도 지극히 제 개인적인 생각일 뿐이고요."

심오는 꿈을 안 꾸기 때문에 이 부분은 정말 어려웠다. 상상력 결핍 때문인지 가늠조차 되지 않았다. 인간 꿈의 패턴을 최대한 공부해 두긴 했지만, 역시나 벽에 부딪히는 느낌은 어쩔 수가 없었다. 익힌 지식 안에서 판단하면, 꿈이라는 게 대체로 이렇기 때문에 영원이 특별히 이상한 케이스는 아닌 것 같았다. 악몽이 일상이라는 부분만 제외하면.

"그리고 보면 영원 씨는 본인이 우리나 귀신을 볼 수 있다는 것도 인식을 못 하고 살았지?"

"그것도 어쩌면 어릴 때 봤을 수도 있어요. 근데 꿈이라고 생각했을지도. 비행기 사고 때 저는 가빌, 나비, 영혼들을 다 봤는데도, 제 기억에서 영혼만 싹 지웠더라고요. 전 오히려 가빌과 나비를 만들어 낸 기억이라고 생각해 왔거든요. 지하철 사고를 겪지 않았다면 영혼을 봤던 것도 각성하지 못했을 거예요. 그런 식으로 무의식중에 기억을 삭제하면서 살아왔는지도 몰라요. 현재로썬 확인은 불가능하지만요."

"대학을 졸업한 걸로 되어 있는데, 방송통신대가 아니라면 밖에서 생활했을 텐데, 이상 징후는 못 느꼈어?"

"네. 초중고도 그랬고, 대학도 집에서 도보로 다닐 수 있는 데로 진학했어요. 버스나 지하철이 무서워서. 그때는 지금보다 심하지는 않았지만 그래도 친구들과 어울려 다니지는 못했어요. 수업 끝나면 곧장 집. 길에서도 고개를 숙이고만 다녔고요."

"부모님이 돌아가시고 누가 돌봐 줬지?"

"이모요."

"친인척과 생활하면서 어려웠던 점은?"

"없었어요."

"악몽의 원인이 될 수도 있는 정신적인 고립감이나……."

"이모도 우리 엄마와 같은 직업이었어요. 그래서인지 생활이 변한 느낌은 안 들었어요. 이모가 독신이어서 부딪히는 사촌도 없었고. 고아로 남은 아이에 대한 학대도 없었고요. 진짜 엄마보다 잘해 주셨어요. 부모님 보험금이나 기타 남긴 재산도 전부 제 앞으로 묶어 두셨거든요. 전 이모가 번 돈으로 생활했어요. 이모 일 도와 드리면 알바비라는 명목으로 용돈도 넉넉하게 주셨고. 사랑받고 자랐다는 느낌이 제 안에 강하게 있어요."

몇 년 전에 병원에 다닐 때는 정말 곧 고쳐질 것만 같았다. 그래서 이모의 소원이었던 제주도 살이를 계획하고 실천에 옮겼다. 준비할 게 많았기에 이모가 먼저 제주도로 떠났다. 조만간 만나자는 약속을 하고 헤어졌다. 다음으로 영원도 제주도로 가기 위해 김포공항으로 갔다. 그런데 공항에 도착하자마자 발작을 일으켰고, 그게 시발점이 되어 병은 훨씬 악화되었다.

심오는 여러모로 어려운 환자라는 생각이 들었다. 비행기 사고 외에는 특별한 외상은 없던 걸로 판단되었다. 그런데 그녀가 공포로 느끼는 대상은 지나치게 다양했다. 그래서 학대를 당한 건 아니었을까 의심했던 것이다. 그런데 그것도 아니었다.

그렇다면 전생이었던 김분이의 기억이 남은 것일까? 중간의 66년의 시간을 거치고, 지금의 33년 가까이의 현생을 살면서 기억은 거의 소멸되었을 것으로 추정하지만, 인간의 기억은 그리 획일화된 유지 기한을 가지고 있지 않았다. 과거 인간의 외상은 가슴 깊이 새겨졌다가 다음 세대의 유전자로까지 이어진다. 100년 전의 지나간 과거라 하여 현대의 자손이 그 외상에서 자유롭지는 않다는 의미다. 그런 것처럼 100여 년 전의 김분이의 외상이 지금의 영원에게서 발현되지 않으리라는 보장은 없었다. 이것도 김분이의 삶을 모르고서는 예단할 수 없는 부분이었다.

무의 눈에다가 저승에서 여러 이상이 감지된 인간이라 더 복잡해진 것 같았다. 지금으로썬 악몽장애를 좀 더 깊이 있게 파고들 필요가 있다고 판단했다. 외상 후 스트레스장애보다 앞선다면 말이다.

"여전히 수면 부족인가?"

"전 악몽 꾸는 게 무서워서 잠을 제대로 못 자는 케이스 같아요. 잠들려고 하면 저도 모르게 깨어난다고나 할까요? 꿈을 꾸는 도중에도 자각하고 깨어나려고 애쓰고요."

"꿈을 자각한다고? 자각몽?"

영원이 고개를 끄덕였다. 심오는 열심히 생각했다. 영원이 아닌 평범한 환자였다면, 인간 의사라면 이럴 때 어떻게 했을까로 고민했을 것이다. 최대한 배운 지식 안에서 움직였을 것이다. 하지만 영원은 달랐다. 인간의 의학 외에 저승사자로서의 판단도 포함시켜야 한다.

"우리 병원에 수면클리닉이 있는데, 한번 받아 보겠어? 물론 비용은 청구할 거지만."

"할인 없나요? 저승사자 커밍아웃 찬스."

"내가 좀 빠듯해. 병원 임대료 내고, 각종 기자재 할부에 직원 월급까지 지급하고 나면, 내 손에 떨어지는 게 얼마 안 돼. 그나마 다행인 건 대학 학비는 저승에서 장학금 명목으로 줘서 학자금 대출은 없다는 거."

"저 웃기려고 그러는 거죠?"

영원은 눈물을 그치게 하려고 농담하는 거라고 생각했지만, 아니었다. 심오는 진지하게 있는 그대로를 말한 것이다.

"사실이다. 나한테 적선한다 생각하고 수면다원검사 받아. 이전부터 권하려고 그랬는데, 영원 씨가 가난한 것 같아서 얘기 못 했거든. 들어 보니 제법 잘 벌더군."

"저도 재료비와 어시비 지급하고 나면 빠듯해요."

"영원 씨도 수면장애는 체크해 볼 필요가 있어. 노출치료도 중요하지만, 악몽의 원인부터 살펴봐야 할 것 같다."

"수면다원검사 받으러 온 날, 하필 악몽을 안 꾸면요?"

"다음에 또 받으면 되지. 그땐 내가 특별히 할인 30% 넣어 줄게."

"저승사자가 영업도 잘해. 알았어요."

심오가 차트에 새 내용을 기입하는 동안 영원은 저승의 문을 쳐다보았다. 자꾸만 시선이 가는 건 어쩔 수 없었다.

"제가 다른 건 이해를 하겠는데, 나비는 도무지 모르겠어요. 그건 뭐죠?"

심오가 차트 기입을 마치고 영원을 쳐다보았다. 그녀의 눈이 호기심으로 번쩍이고 있었다. 기억이라고 있는 그대로 말하는 건 곤란했다. 그렇다고 말할 수 없다며 딱 자르기도 애매했다. 못 본 것에 대해서 굳이 덧붙여 말해 줄 필요는 없지만, 본 것에 대해서는 약간의 이해를 도울 필요가 있었다. 이 인간은 상상력으로 먹고사는 직업이다. 말하지 않으면 엉뚱한 결론에 도

달할지도 모른다.

"옛날에 가문마다 그 가문을 상징하던 문장이 있는 건 알지?"

"네."

"나비는 네가 가빌이라고 부르는 저승사자의 문장이라고 생각하면 돼. 상징."

"그럼 다른 저승사자들도 각각 다 상징이 있는 건가요?"

아! 역시 대화는 이렇게 흐르는 건가? 당연히 나올 질문 같기도 했다.

"그렇지. 더 이상 여기에 대한 질문은 안 했으면 좋겠는데."

"원장님도 있어요?"

심오는 고개를 끄덕였다. 갑25도 월직이기에 당연히 상징이 있었다. 지옥청의 사자라서 한 번도 사용해 본 적이 없어서 그렇지만. 그래도 혹시 모를 비상사태를 대비해 한 번씩 예비 훈련은 받는다. 사자청 상황을 보면서 어쩌면 조만간 사용하게 될지도 모른다는 생각은 하고 있었다.

"원장님 상징은 뭐예요?"

"알려 줄 수 없다."

"그럼 그 법의관이라는 분도 있겠네요?"

이번에도 고개만 끄덕였다. 영원도 다행히 더 이상의 질문은 하지 않았다. 심오가 곤란해하는 걸 알아차렸기 때문에 호기심을 꾹 눌렀다. 게다가 머릿속은 갑1에 대한 질문이 더 많았다. 영원이 저승의 문을 또 쳐다보았다.

"보지 마라. 또 저승으로 넘어갈까 봐 조마조마하다."

"가빌은요……."

"질문 금지! 저승에 대해서는 더 이상 질문받지 않겠다."

"가빌에 관한 건데요?"

"그에 대한 질문이 곧 저승에 대한 질문이다."

순간, 겨우 그쳤던 눈물이 또다시 왈칵 쏟아질 뻔했다. 그가 환각이 아니라고 인지했다고 해서, 저승사자임을 강제 인지 당하는 건 속상했다. 그의 정체는 이제 충분히 알고 있었다.

"직원들한테 원장님이 저승사자라고 확 다 말해 버릴까 보다."

"믿을까?"

"안 믿겠죠. 저도 안 믿었을 테니까. 어쩜 그렇게 감쪽같이 숨길 수가 있죠?"

"그 말은 내가 하고 싶군."

"저승사자가 왜 이승에서 이러고 있어요? 정신과 의사에, 법의관에……."

"인간에 대해 공부 중이라고나 할까? 그 정도로 이해해 줬으면 좋겠군."

"두 명 외에 또 있어요?"

조만간 만나게 될지도 모르기에 굳이 숨길 필요는 없다고 생각했다.

"있어."

"그럼 언제부터……."

"질문 그만! 영원 씨, 여기는 내 진료실이야. 나는 의사, 영원 씨는 환자. 질문은 내가 하고, 대답은 영원 씨가 하는 게 이치에 맞는 것 같은데?"

"환자도 의사한테 질문할 수 있죠, 뭐."

"오늘은 여기까지. 그래도 오늘은 우리 제법 대화를 나눴어. 이런 제대로 된 대화는 처음이다."

"가빌은 제대로 된 대화가 안 된다고 자꾸 그러는데……."

"당연하지. 그는 이승에서 생활 중인 우리와는 달리, 이승의 산 자에게 익숙하지 않다. 너희 인간끼리도 같은 언어를 사용한다고 하여 대화가 잘 통하는 것은 아니잖아? 나도 여전히 어려운걸. 그에게는 특히 더 어려울 수밖에."

"가빌이 너무 최신형으로 생겨서 거기까지는 생각이 미치지 않았네요."

심오가 책상 옆에 둔 스마트폰을 들고 자판을 눌렀다. 그러자 가방 속에 든 영원의 폰에서 벨이 울렸다.

"내 번호 넣었어. 그가 영원 씨한테 내 폰 번호 알려 주라고 하더군."

"원장님도 내 번호 외우는구나."

인간에게는 상대의 휴대폰 번호를 외운다는 건 상당한 의미가 있다. 하지만 저승사자들에게는 아무런 의미가 없는 것이다. 갑1이 그녀의 폰 번호를 외우고 있다고 하여 특별한 의미가 없는 것처럼.

"우린 들으면 잊지 않거든. 난 영원 씨 번호 오래전부터 기억하고 있었어."

"전 지금까지 원장님이 참 차갑다고 생각했거든요. 그래서 냉미남 캐릭터로 설정했는데. 저승사자인 걸 알고 나니까 원장님은 굉장히 살가운 캐릭터였어요. 환자한테 친절하고, 성실하시고. 진찰할 때도 밀어낸 건 저였지 원장님이 아니었는데. 신기해요. 어째서 저승사자가 이렇게 편하게 느껴지죠?"

"그건 우리가 더 궁금하다. 그래도 법의관은 무섭지?"

"아뇨. 성격 좋은 분이라는 생각이 들던데요?"

"그건 진짜 이상하군. 인간 영혼들은 다들 그 녀석을 본능적으로 무서워하는데. 아직 그 녀석 꼬라지 부리는 걸 못 봐서 그럴 거다. 하하하."

"저승도 가빌도 아닌, 원장님한테 딱 한 가지만 더 질문해도 되나요?"

심오가 가만히 쳐다만 보았다. 질문에 따라서 대답할지 안 할지를 결정하겠다는 뜻이었다.

"원장님은 이승에서 한창 청춘이 불타는 나이대의 청년들과 시간을 보낸 거잖아요? 그동안 연애를 한 적은 없었나요?"

"없었다."

"꼭 사귀는 데까지 가지 않았더라도 이성으로 끌렸다거나 한 적은 없으셨나요? 약간이라도 관심이 갔던 이성은요? 하다못해 동성이라도."

"영원 씨가 뭘 묻는지는 알겠어. 그에 대한 답을 하자면, 없었다. 단 한 번도. 우리는 기본적으로 인류에 대한 자애심은 있어. 그것이 개개인에 대한 사적인 사랑으로 발현된 케이스는 보고된 바가 없다."

"아……, 네. 그렇군요."

확인 사살 당했다. 정말 아팠다. 한편으로는 부아도 치밀었다.

"원장님을 짝사랑하는 여자도 많았을 거 아니에요? 그럼 그 여자들 다 어떻게 대했는데요?"

"최대한 피해 다녔지. 솔직히 성가시거든."

결국 영원은 책상을 힘껏 내리치며 일어나 고함을 지르고 말았다.

쾅!

"피해 다녀? 성가셔? 진짜 이 저승사자들 보자 보자 하니까! 그럼 그렇게 생기질 말든가! 친절하질 말든가! 성격이라도 더럽든가! 세상 달달한 짓은 다 하면서, 왜 선량한 인간 여자들을 고문하는 건데? 왜! 왜!"

"법의관 녀석은 성격 더러워도 여자들한테 쫓기던……."

"생긴 게 그따윈데 안 쫓기고 배겨? 우리가 그렇게 성가시면 얼굴에 똥칠이라도 하고 다니라고!"

영원이 진료실을 나가려다가 다시 휙 돌아보면서 말했다.

"가빌한테 제 말 전하세요. 피해 다니지 말라고. 성가시게 하지 않을 테니까."

영원이 진료실 밖으로 나갔다. 그녀의 기세에 쫄아 있던 심오가 겨우 말했다.

"부, 분노조절장애도 있었나?"

책상을 내리치고 고함을 지르는 건 분명 선한 행동은 아닌데, 영원에게서 악귀의 기운은 보이지 않았다. 갑1의 말대로 사랑스러운 영혼이라는 표현이 어울리는 선함이 있었다. 악귀로서 빙의한 것이 아닌, 환생이 분명했다.

영원이 수납을 위해 카운터로 갔다. 신용카드를 내밀었다.

"오늘은 상담이 꽤 오래 걸리셨네요?"

다시금 직원들의 시선이 느껴졌다. 영원은 심호흡을 하고 거짓말을 시작했다.

"저번에 많이 놀라셨죠? 제가 안 하던 짓을 해서. 원장님이 자신을 상대로 남친한테 표출할 감정을 내지르라고 하시지 뭐예요. 속에 쌓아 둬서 상태가 더 나빠진 거라고. 덕분에 조금 나아진 것 같더라고요."

"어머, 그러셨구나. 나아지셨다니 다행이네요."

직원들의 표정이 밝아졌다. 영원은 그녀들을 보면서 참 죄 많은 저승사자라고 생각했다.

"그런데 수면클리닉 오더 나왔는데, 예약하시겠어요?"

"저도 스케줄 확인해 보고 전화로 예약 상담 드릴게요."

결제를 마치고 신용카드를 받아 든 영원은 인사만 하고 병원을 나갔다. 뒤이어 심오가 진료실을 나왔다.

"어? 원장님 가운 입으셨네요? 아직 주문한 거 도착 전인데."

"다행히 영원 씨가 가져왔더군요."

직원들의 표정은 다시 굳어졌다. 가운을 왜 나영원 환자가 가지고 오지? 그것이 어디에 있었기에? 차마 물어볼 수가 없었다.

"나영원 씨 수면검사 예약했나요?"

"스케줄 확인해야 한다고 해서 전화로 예약하기로 했습니다."

심오는 수면클리닉실 예약 상황을 머릿속에 띄워 보았다. 목요일과 금요일은 한동안 공석이 없었다. 수면클리닉실과 영원의 스케줄도 맞춰야 하지만, 갑3의 스케줄도 고려해야 한다. 그도 참석시키고 싶어서다.

"영원 씨와는 제가 따로 연락을 해서 예약 잡을게요. 그리고 영원 씨가 마지막 환자일 때는 이렇게 기다리지 마시고 다들 퇴근하세요. 우리만 있는 게 더 좋으니까."

그러면 갑3도 불러들이기가 훨씬 용이해질 것이다. 심오는 다시 진료실로 들어갔다. 밖에 남은 직원들은 모두 어이가 없는 표정이었다. 영원이 애써 해 놓은 거짓말이 눈치 없는 심오로 인하여 무용지물이 된 것뿐만이 아니라, 더 큰 오해를 불러들이고 말았다. 정말 죄 많은 저승사자가 아닐 수 없었다.

3

갑1이 입출국장의 환전소에서 이승 돈으로 환전하고 있었다. 이승의 물가를 몰라서 우선 한도액에서 최대치를 했다. 소지하기 편하도록 전부 5만 원권으로 받았다. 폰에서 벨소리가 울렸다. 확인해 보니 센터장이었다.

— 환전은 왜 하고 있지?

"지금 이승에 다녀오려고."

갑1이 통화를 하면서 걷기 시작했다.

— 요즘 부쩍 자주 나가는 것 같다?

"그건 그렇군. 왜지?"

갑1의 발길은 입출국장이 아닌, 긴 복도로 향하고 있었다.

— 네가 물으면 어쩌겠다는 건지, 원. 어쩔 수 없는 상황인 거 알면서도 쓸데없이 한번 물어본 건데.

"오늘은 상관없이 이승 음식 사러 나가는 거다."

— 뭐? 네가? 왜 안 하던 짓을?

"우리 팀 녀석들 관심 없는 줄 알았는데, 내가 이승 드나드는 거 부담 안 주려고 참았던 거라고 들어서."

— 애들도 네 걱정을 해 주는데 이승에는 웬만하면 나가지 말지.

갑1의 걸음이 멈춘 곳은 심오의 저승 진료실 앞이었다.

"그래서 진료실을 통해서 다녀올 거다. 갑25 사자와 할 얘기도 있고."

— 거기라면 겸사겸사 괜찮군. 잘 다녀와라. 대신 빨리 돌아와. 네가 저승에 없으면 정리가 안 된 기분이니까.

갑1이 노크를 했다.

"정리 안 된 상태에 적응하는 훈련이라고 생각해라. 그보다, 내 옷 비상 사이렌 작동 꺼 주면 안 되나?"

— 안 돼! 모든 저승사자 필수다. 예외는 없다.

비상 사이렌은 감시가 아니라 안전을 위한 것이다. 갑1은 별 수 없이 통화를 끊었다. 진료실 안에서 심오의 목소리가 들렸다.

"들어와."

문을 열고 들어가자마자 심오가 말했다.

"갑1 사자가 먼저 진료 예약을 할 줄은 몰랐다."

"안 되나?"

"아니, 반가워서. 아니어도 내가 먼저 보자고 했을 텐데."

갑1이 심오가 가리키는 소파에 앉았다. 이승의 문을 바라보는 위치였다. 심오는 마주 보는 소파에 앉았다.

"요즘 갑1 사자, 뭔가 즐거워 보여. 마치 좋은 일이 있는 사람처럼."

"그래? 나도 요즘 상쾌해."

"어떤 부분을 상담받고 싶은 거지?"

"나트륨과민증."

심오가 어리둥절한 표정을 지었다. 이건 예상치도 못한 증상이었다.

"나영원 말로는 육체의 반응이 아니고 정신의 반응일 거라고 해서."

"나트륨을 섭취하면 눈물을 과하게 흘리는 편인가?"

"그래. 심한 편이다. 그래서 이승 음식은 안 먹었는데, 최근에 먹을 일이 자꾸 생겨서 고쳐 볼까 하고."

"왜? 갑1 사자가 눈물 흘릴 일이 뭐가 있지?"

"이승 음식을 먹었으니까."

"아니! 가슴속에 슬픈 일이 있어야 눈물은 흘러. 나트륨만 섭취한다고 다 흘리는 건 아니라고. 갑3 사자는 그렇게 먹어 대도 병아리 눈곱만큼 흘리는 게 고작이야. 나도. 현재 월직들 중에 나트륨으로 눈물을 흘리는 건 이승기피증 3인방뿐……."

"나도 그게 이상해서 이렇게 온 거다."

이건 또 뭐지? 가장 문제가 있는 건 이승기피증 3인방인데, 왜 자꾸 갑1도 끼어드는 거지? 가장 큰 문제가 이승기피증이어서 그의 증상들이 눈에 띄지 않았을 뿐인가? 아니다. 그의 능력이 너무 뛰어나서 아무도 그의 문제를 봐 주지 않았던 것이다.

"목에 흉터 있다며? 잠깐 봐도 돼?"

갑1이 흉터가 있는 부위를 심오 앞으로 디밀었다. 심오는 살짝 일어나 목에 두른 스카프를 당겨 확인해 보았다. 약 4cm 길이의 흉터였다. 만져 보았다. 갑2와 청장의 흉터와 동일한 거였다.

"이거 언제부터 있던 거지?"

"1천 년 전부터 발견되었다."

또 1천 년 전인가? 혹시 세 명 모두 비슷한 시기에 이 흉터가 생긴 것인가?

"그때부터 크기는 변하지 않았고?"

"나타났을 때부터 지금까지 아무런 변화가 없다."

심오는 흉터를 다시 가려 주고 원래 자리로 돌아갔다.

"갑1 사자는 이승으로 나갈 때, 거부 반응, 그러니까……, 가기 싫은 마음을 참으면서 나가나?"

"아니, 전혀. 이승에 나가는 건 즐겁다. 지금도 그렇고, 예전에도. 언제나."

언제나 결정적인 포인트에서는 교집합에서 벗어난다. 우선 그들과는 상관없이 갑1은 단독으로 살펴보면 될 터이다.

"평소에 보면, 갑1 사자는 멍때리기를 한다고 해야 하나? 혼자서만 따로 있는 느낌이 있거든. 대화 중에도. 물론 매번 그랬던 건 아니고, 영원 씨와 함께 있을 때는 그런 느낌이 완전히 사라지긴 하지만. 본인도 알고 있나?"

"알고 있다. 하지만 불편함은 없어. 일할 때 그런 증상이 나타난 적도 없고."

"어떤 느낌인지 설명할 수 있나?"

"글쎄……, 이런 설명은 자신이 없는데……."

"정확한 설명이 아니어도 돼. 대충이라도."

곰곰이 생각하던 갑1이 말했다.

"영원이 나한테 물었다. 나 자신이 현실 같냐고. 나는 아니라고 대답했다."

"뭐? 그 부분을 좀 더 자세하게 말해 볼래?"

"가끔씩 나는 내 주변이 현실 같지가 않아. 어떨 땐 나만 현실 같지가 않아. 내가 아닌 다른 자가 내 입을 빌려서 말하고, 내 몸을 빌려서 움직이는 기분이야. 형체도 의식도 없는 느낌일 때도 있고."

"언제부터 그런 느낌이 있었지?"

"모르겠다. 내가 그런 걸 느끼고 있다는 것도 최근에 깨달았다. 영원을 만나고 나서부터 내가 뚜렷해진 느낌이 들었거든. 그녀와 있으면 난 나 같아. 주변도 명확하게 느껴져. 나를 떠났던 현실이 내 안으로 들어온 느낌이다. 비로소 내 몸이 나의 의지로 움직이고, 내가 내 입을 통해서 내 생각을 말하는 느낌. 그래서 예전의 내가 더 불명확했던 느낌. 알아듣겠나?"

"잘 모르겠……."

"그렇겠지. 나도 내가 뭐라고 하는지 모르겠으니까."

"아, 아니, 내 말은 그게 아니라……, 왜 갑1 사자한테 그런 증상이……."

심오는 충격으로 말문이 막혔다. 그동안 관찰한 부분과 갑1의 방금 말을 종합해 보면, 이건 인간들의 '이인증장애'와 상당히 유사했다.

"그보다 나트륨과민증을 해결해 주면 좋겠다. 물론 눈물을 닦아 주면 기분은 좋아지지만, 불편한 건 사실이니까."

"갑1 사자가 슬플 일도 있었나? 잘 생각해 봐. 1천 년 전 일이라도."

"전혀."

"나트륨은 보통 눈물을 흘리고 나면 해결되는데……."

보통은 그랬다. 스트레스나 슬픔이 흘러나오고 나면 마음이 치유되는 것처럼, 눈물도 해결이 된다. 그런데 여기에 예외적인 인물들이 있었다. 이승기피증 3인방이었다. 가슴속에 마르지 않는 슬픔의 샘이 있는 것처럼, 그들의 눈물은 마르지를 않았다. 이승의 음식이 그들에게는 밑 빠진 독에 물 붓기와 같았다.

"그럼 어느 순간에는 괜찮아지는 건가?"

"보통은 그렇지."

"알았다. 이승으로 이동해라."

"지금?"

"그래. 여기를 통해서 다녀오겠다고 했다."

"어디를?"

"먹거리 사러. 우리 팀에 제공하려고."

심오는 다음 예약이 없었기에 잠시라면 이승에 다녀오는 것도 괜찮을 것 같았다. 그리고 갑1이 시직과 일직들에게 세세하게 신경을 써 준다는 건 건강한 변화라는 생각도 들었다. 공간이 변하기 시작했다. 곧 소파가 사라질 것이기에 둘 다 자리에서 일어섰다.

"뭐 살 건데? 이승에 익숙하지 않을 텐데, 내가 따라가 줘? 아! 모자와 마스크는? 음식 사러 갈 때, 그건 필수잖아."

"괜찮다. 영원한테 갈 거니까."

"나영원? 아! 영원 씨의 전언이 있다. 피해 다니지 말란다. 성가시게 하지 않겠다고."

"뜬금없군. 난 피해 다닌 적 없다. 성가신 적도 없었고. 도리어 내가 영원을 성가시게 하지. 왜 그런 말을 했지?"

"글쎄, 내 말 때문인 것 같긴 한데. 영원 씨한테 갈 거면 나도 같이……."

갑1이 눈앞에서 감쪽같이 사라졌다. 같이 가는 게 싫어서 도망친 것 같기도 하지만, 심오로서는 눈치챌 수가 없었다.

"하! 뭐가 그리도 급하기에……."

심오는 책상 의자에 앉았다. 굳이 불을 켜지도 않았다. 그리고 이승기피증 3인방과 갑1의 증상을 하나하나 분리하여 생각해 보았다. 이승기피증은 결국 어떤 대상에 대한 공포증이라고 할 수 있었다.

"이승기피증에 너무 매몰되어 있었나? 정작 이것도 여러 증상 중의 하나일 뿐이고, 이보다 앞선 어떤 장애가 있어서, 더 큰 범주에 갑1까지 묶을 수 있다면……. 너무 무리한 생각인가? 이들 네 명에게 어떤 공통적인 '문제'가 1천 년 전에 발생했을 가능성은 진짜 없는 것일까?"

기질성 정신병이 아니면, 계기가 없는 정신장애는 없다. 저 승사자에게 신체적인 병리는 없다는 갑3의 연구 결과를 전제한다면, 정신장애를 일으키게 된 어떠한 계기는 분명 존재할 것이다. 노출치료니, 사회적 리듬치료니 하는 것은 부차적인 것이다. 우선 치료보다는 장애의 원인이 되는 '계기'에 더 집중할 필요가 있다고 판단했다. 지금까지 진단에서 가장 중요한 원인을 등한시한 건, 그들의 말과 기억을 신뢰했기 때문이다.

"그런데……, 왜 먹을 걸 사러 영원 씨한테 가는 거지?"

딩동.

밤 9시, 택배일 리는 없었다. 영원은 두려운 마음으로 비디오폰을 보았다. 밖에는 아무도 없었다.

"누, 누구세요?"

대답도 없었다. 영원은 공포를 밀치듯 뒤로 한 발짝씩 물러났다. 그런데 등 뒤에 서늘한 어떤 것이 닿았다. 돌아보지 않아도 누구인지 느껴졌다. 영원을 덮치려던 공포가 흔적도 없이 사라졌기에. 갑1이 등 뒤에서 영원의 어깨를 살포시 끌어안았다.

"시키는 대로 초인종 눌렀다."

귓가에 겨우 머물 정도로 작은 소리였다. 그래서 마치 사랑을 속삭인 듯한 착각이 들었다.

"누, 눌렀으면, 내가 누구냐고 물어볼 때 가빌이라고 대답을 해야지."

"그런 거였나?"

갑1이 영원을 품에서 놓고 거실로 들어갔다.

"자, 잠깐, 좀 더 이렇게 있어도 되는데……. 근데 가빌은 왜 이렇게 스킨십이 자연스러운 거지?"

"응?"

"아니, 방금 백허그도 이 이상이 없을 만큼 너무……."

거실에 서서 영원을 바라보는 갑1의 표정은 이전과 다름이 없었다. 사적인 감정이 느껴지지가 않았다. 그래서 두루뭉술하게 말을 끝맺었다.

"……적절하고 좋았다고."

"왜 갑자기 시무룩해지지?"

"인류에 대한 자애심이 어디까지가 공적이고, 어디까지가 사적인지에 대한 탐구 자세랄까?"

"무슨 말인지 모르겠군."

"쉽게 말하자면, 방금 가빌이 등 뒤에서 안아 준 거 굉장히 좋은 행동이었다고. 아! 나한테만 좋은 행동이야. 다른 인간에게는 그런 짓 하면 안 돼!"

"다른 인간에게는 안 한다."

"어? 방금 백허그, 인류에 대한 자애심 아니었어?"

갑1이 영문을 모르겠다는 표정을 했다. 그래도 입가에 웃음기는 맴돌았다.

"등 뒤에서 왜 나를 안은 건데?"

"네가 앞에 있었으니까."

"그냥 우연히?"

"우연? 우연······인 것 같긴 하군. 다음부턴 안 하마."

"아니, 해! 그런 건 막 해도 돼! 하지 말라는 의미가 아니야. 가빌의 스킨십에 좀 더 사적인 감정이 담겼으면 좋겠다는 뜻이야."

갑1이 알아들었다는 듯이 웃으면서 고개를 끄덕였다. 정말 알아들은 걸까? 그가 소파에 앉으면서 말했다.

"일전에 먹었던 케이크, 사 가고 싶은데 어디서 사야 하지?"

영원이 그의 옆에 찰싹 붙어 앉았다. 의도하고 그렇게 앉은 것이 아니었다. 갑1처럼 그녀도 자신의 행동을 의식하지 못할 만큼 자연스러웠다.

"지금은 시간이 늦어서 문 닫았을 거야. 잠깐만. 확인해 볼게."

영원은 스마트폰에서 어플을 눌렀다. 가게는 아직 배달을 하는 것 같은데, 케이크들이 전부 품절 표시가 되어 있었다. 영원이 갑1에게 화면을 보여 주었다.

"품절. 그럼 뭐 사 가지?"

"뭐가 필요한데?"

"열두 명가량이 먹을 수 있는 음식."

"그 정도 인원이 호불호 없이 먹을 수 있는 건 치킨 정도일걸? 가져가기도 편하고."

"그건 되나?"

"치킨은 돼. 주문해 줄까? 여기로 배달시키면 되거든."

"그래."

"몇 마리 주문하면 돼?"

"음……, 열두 명이니까 열두 마리면 되겠군."

"아무리 1인 1닭 시대라도 그건 과해. 대충 네 마리면 되지 않을까? 소금도 많이 들어 있을 텐데."

시직과 일직은 먹으려고 들면 무한정 먹을 수도 있을 것이다. 어차피 치킨이 담기는 건 위장이 아니니까. 그래도 치킨양을 모르니 영원이 시키는 대로 하는 것도 괜찮을 것 같았다. 갑1이 코트 주머니에서 돈뭉치를 꺼내 영원에게 주었다.

"치킨값."

뭉칫돈이 눈앞에 디밀어졌는데도 탐이 나기는커녕 갑1을 걱정하는 마음이 앞섰다.

"가빌, 다음에 또 먹을 거 사러 오거든, 꼭 나하고 같이 다니자. 우리 집으로 배달시켜서 가져가든가."

영원이 돈뭉치에서 5만 원권 두 장만 빼고 나머지는 그의 코트에 다시 넣어 주었다.

"이거면 충분하거든. 이승에서 먹을 거 외에 뭐 살 거 있어도 꼭 나하고 같이 다니자. 알았지?"

"알았다. 같이 다녀 준다면 나는 더 좋다."

"종류는 어떤 걸로 해 줄까?"

"나는 모른다. 인간이 좋아하는 걸로 하면 돼."

"그럼 내가 알아서 시킨다."

인기 있는 신제품부터 다양한 맛의 치킨과 사이드 메뉴인 치즈볼까지 넣어서 10만 원에 맞춰 주문했다. 결제까지 마쳤다.

갑자기 영원의 입에서 미소가 삐죽하고 나왔다.

"왜 웃지?"

"우리 가빌이 쫄따구였는지 몰랐거든. 갑자기 귀여운 느낌이 들어서, 하하."

영원이 그의 머리를 쓰다듬었다.

"에구, 고생이 많구나. 이렇게 순한 녀석한테 치킨 셔틀을 시키다니, 어디에나 꼰대 상사는 있기 마련이지."

쫄따구는 아니지만, 쓰다듬는 그녀의 손길이 무척 마음에 들어서 잠자코 있었다. 영원도 손에 느껴지는 갑1의 머리카락이 무척 마음에 들었다. 단정하게 다듬은 머리카락은 인간의 머리카락보다 더 부드러웠다. 컬러도 탈색이 아니라 자연색인 듯했다. 머리색과는 다르게 눈썹은 왜 이렇게 진한 건지. 속눈썹도.

"나도 조금 전까지는 마스카라 하고 있었는데. 화장 지우고 나니까 올 게 뭐람."

기껏 세 블록 떨어진 병원에 가면서 갑갑한 화장까지 한 건 갑1과 만나고 싶어서였다. 그런데 다녀와서 세수를 마치자마자 타이밍 나쁘게 갑1이 온 것이다. 시간 아깝게 화장은 왜 했나 싶었다.

"신발……."

"응?"

"신발, 옷. 나도 네가 시키는 대로 벗고 싶은데, 규칙에 어긋난다고 거절당했다."

"신발이나 코트 정도는 벗게 해 주지. 진짜 꽉 막힌 상사구나."

"꽉 막힌 건 맞다. 융통성이라고는 없지. 그래도 그 덕분에 각종 사건 사고가 준 것도 사실이어서 항의할 수가 없다."

영원이 쓰다듬던 손을 거둬 갔다. 뒤늦게 머쓱해진 탓이었는데, 아쉬운 마음이 강하게 든 건 갑1이었다. 그 마음이 투영된 눈빛이 영원의 마음을 파고들었다.

"아⋯⋯, 그, 그럼 배달이 올 때까지 TV라도 볼까?"

"나는 너를 보러 왔다. 그런 걸 보러 온 것이 아니라."

이거야말로 순도 높은 그린라이트 대사가 아닐 수 없었다. 평범한 인간과의 대화였다면 말이다. 하지만 사적인 감정이 없다는 사실 안에서 이 말도 해석해야 한다. 요주의 인물, 감시라는 단어들이 떠올랐다.

"감시하러 왔어도 TV는 볼 수 있지."

"감시하러 온 거 아니다."

"그럼?"

"그냥 온 거다."

"왜?"

"이유 없어도 와도 된다고 하지 않았나?"

"이유 없⋯⋯지 않잖아. 먹을 거 사러 온 거라며?"

"그건 너 보러 오는 김에 겸사겸사."

"하! 내가 조금 전까지 거울을 보면서 절망만 하지 않았더라도, 인류에 대한 자애심이니 뭐니 깡그리 무시하고, 네 말 무조건 사적인 감정으로 해석했을 거야."

갑1이 말을 이해하지 못하겠다는 듯이 고개를 갸우뚱했다.

사적인 감정이 아니면 어떠랴. 감시인들 어떠랴. 이유가 없어도, 이유가 없는 이유를 몰라도, 그가 지금 눈앞에 있으면 된 거다. 그 이상 뭐가 필요한가. 그의 감정? 그건 정말 지옥에 떨어져도 할 말 없을 만큼 과한 욕심 아닌가? 그를 볼 수 있는 눈을 가지고 있다는 거, 그것에라도 감사해야 한다.

"우리 다음에는 약속하고 만날까?"

"지금의 만남과 다른가?"

"약속하고 만나면, 내가 준비를 할 수가 있어. 화장도 하고, 이 추리닝도 안 입고. 가빌 눈에 좀 더 예뻐 보일 수 있도록 노력할 시간이 생겨나."

"그런 시간이 없어도 내 눈에 너는 어여쁘다. 사랑스러운 영혼이지. 우리에게 외견은 중요하지 않아."

이건 확실히 공적인 감정으로 들렸다. 역시 그는 저승사자였다. 심장뿐만이 아니라 뼛속 깊은 곳에서도 통증이 느껴졌다.

"나는 방금 나의 심장이 어디에 있는지, 골수가 어디에 있는지 느꼈어. 이런 것들의 위치는 아플 때만 확실하게 알 수 있구나."

"무슨 말인지 모르겠다만, 네가 슬퍼 보인다."

"이건 슬픈 게 아니야. 그런 감정과는 달라. 근데 가빌도 다른 사람 눈에 보여? 법의관 사자님이나 원장님처럼?"

"나도 그들과 같다. 지금처럼 유체화 상태일 때는 보여. CCTV에도 찍히고."

"그럼 나와 함께 밖에 나가면 사람들이 다 쳐다보겠구나."

이 실물이 밖을 나다니면 엄청 눈에 띄겠다는 생각이 들었다.

"그건 허락하지 않을 거다. 우리가 사람들 눈에 띄는 건 최소화해야 하니까. 특히 나는."

"무체화 상태일 때는 괜찮은 거지?"

"그건 괜찮다."

"알았어! 다음에는 우리 밖에서 놀자. 내가 만반의 준비는 다 할게, 너는 몸만 와."

이렇게 말하고 보니 들떴다. 어릴 때도 소풍은 들뜨는 행사가 아니었다. 낯선 장소에 가야 한다는 것 자체가 어린 영원에게는 스트레스였다. 그래서 주로 결석을 하곤 했다. 하지만 지금은 달랐다. 그와 함께라면 어디든 다 설렐 것 같았다. 갑1이 웃었다.

"좋다, 네가 슬퍼 보이지 않아서. 네가 지금 같을 수 있다면 뭐든지, 네 맘대로."

"그런 말 함부로 하는 거 아니야. 진짜 내 맘대로 하면 너 험한 꼴 당해. 나 그렇게 순진한 심성은 아니거든."

갑1이 자세를 틀어 소파 등받이에 슬며시 팔을 올리면서 물었다.

"험한 꼴이란 게 뭐지?"

팔만 올렸을 뿐인데, 공기와 함께 절반가량은 안긴 느낌이 들었다. 영원이 노려보면서 말했다.

"혹시 지옥에 사람 부족해?"

"언제나 넘쳐서 탈이야. 왜?"

"그럼 지옥으로 함정 놓지 마. 이건 정말 사악한 덫이야."

"노려보는 건가? 이 눈매도 귀엽군."

"아, 진짜! 희망고문 좀 하지 마. 아무도 내게 귀엽다는 말은 안 해."

"귀여워서 귀엽다고 하는 건데……, 인간들끼리는 다르게 말하나?"

"우리 가빌은 자애심이 너무 넘치시네. 그렇지 않다면 나까지 귀여울 리는 없……."

갑1의 얼굴이 다가왔다. 이번에도 목인가? 그렇다면 눈을 감지 않아도 되려나? 가까워지고서야 알았다. 저승사자의 얼굴에도 모공이 있고 솜털이 있다는 것을. 그리고 그녀보다 피부가 더 곱다는 것을.

딩동.

영원이 벌떡 일어나서 비디오폰으로 갔다. 공동 현관의 배달원이었다. 오픈 버튼을 누르면서 짜증스럽게 말했다.

"배달이 왜 이렇게 빠른 거야? 아무리 우리 민족성이 빨리빨리가 몸에 뱄다곤 해도 이건 아니지!"

소파에 혼자 앉은 갑1은 자신의 입술을 가리고 중얼거렸다.

"내가 방금 뭘 하려고 했던 거지?"

초인종이 울리지 않았다면 어떻게 되었을까? 아마도 지금쯤 입술이 겹쳐졌을 것이다. 대체 왜 그랬을까? 입술을 겹치는 건 인간들이나 하는 행위인데. 무의식중에 움직인 것이 아니었다. 그건 분명 자신의 의지였다. 그럼에도 왜 그랬는지 알 수가 없었다.

초인종이 다시 울렸다. 이번은 현관 앞이었다. 문 너머에 낯선 사람이 있어도 두려운 마음은 없었다. 집 안에 저승사자가 있는데 무엇이 두려우랴. 영원은 주춤거림 하나 없이 현관문을 열었다. 헬멧을 쓴 배달원이 크고 묵직한 비닐 쇼핑백 두 개를 건네주고 갔다. 영원이 그것을 거실로 가지고 들어올 때까지도 갑1은 자신의 행동에 대해 이해를 못 하고 있었다.

"치킨 왔어."

"어? 어, 그래."

영원이 식탁 위에 비닐 쇼핑백을 올리고 내용물을 눈대중으로 확인했다. 빠진 건 없었다.

"이대로 들고 가면 돼. 식기 전에."

"저승으로 넘어가면 더 이상 식지는 않지만……."

"눅눅해지기 전에."

"눅눅해지지도 않지만……."

"여기서는 식고 눅눅해지잖아."

"그래. 여기서는 그렇지. ……오늘은 이만 가야겠다."

"그, 그래. 늦었으니까."

성인 남녀에게 지금 시간은 늦은 게 아닌데. 비닐 쇼핑백 손잡이를 만지작거리는 영원에게서 서운함이 물씬 나왔다. 갑1도 같은 마음이었다.

"다음에는 약속하고 만나기로 했지? 언제가 좋을까?"

"나도 일이 있어서, 내 일을 등한시할 수는 없어. 가빌은? 갑자기 일이 생기거나 해?"

"나는 그렇지 않다."

"다음 주 토요일, 하루 종일 나와 함께 있어 줄 수 있어?"

"있어."

"밖으로 나가도 되고?"

"되고. 단, 난 무체화로 다녀야 해."

"응."

갑1은 비닐 쇼핑백을 잡으려다가 집 안을 둘러보았다. 바깥에서 간간이 들어오는 소음을 제외하곤 쓸쓸한 공간이었다.

"언제나 혼자 있나?"

"낮에는 어시들이 있어."

"밤에는?"

"매번 일하느라 바빠."

"인간은 혼자 남으면 죽는다고 그랬는데……."

"누가 그런 말을 해? 하하하."

"나는 그렇게 배웠다. 인간이 무리 생활을 하는 건 위험으로부터 자신을 지키기 위한 본능에서 출발했다고, 혼자 낙오되면 각종 위험으로부터 쉽게 공격을 받아 더 쉽게 죽음으로 이어졌던 공포가 인간의 유전자에 기억되었다고, 그래서 외롭다는 죽는다에서 파생한 언어라고, 인간의 유전자에는 '외롭다=죽는다'로 새겨져 있다고, 외로움의 공포와 죽음의 공포는 같은 무게라고, 그렇게 배웠다."

"요즘은 혼자 있어도 SNS가 발달되어 있어서 괜찮아."

"그런데 왜 넌 지금 외로워 보이지?"

"그건 가빌이 가니까. SNS의 인간들보다 저승사자인 네가 더 현실이야, 나한테는. 그런데 이렇게 가 버리면 통신망으로도 만날 수가 없으니까……."

갑1이 손등으로 영원의 얼굴을 쓸어내렸다. 눈물은 없었다. 그래도 닦아 주고 싶었다.

"영원, 죽으면 안 돼. 그러니까 고립되지 마. 외로우면 안 돼."

"난 외롭지 않아……,"

갑1이 사라졌다. 식탁 위의 치킨들도 사라졌다.

"……네가 있으면. 네가 있어야 나는 외롭지 않아."

혼자 남은 영원의 고개가 떨어졌다. 다음에 만날 약속을 했다. 기약 없는 헤어짐이 아니었다. 그럼에도 불구하고 보고픈 감정을 컨트롤할 수가 없었다. 언제나 외로웠는데, 그래야 공포에서 멀어지는 것 같았는데, 지금까지는 외로웠던 것이 아니었다. 갑1을 보내고 혼자 남은 지금에서야 진정한 외로움을 깨닫게 되었다.

"아……, 이 감정을 앞으로 어떻게 다 감당하지?"

영원은 힘껏 고개를 저었다. 그리고 기합을 넣듯 제 양 볼을 찰싹 때렸다.

"아니야! 벌써부터 약한 소리 하면 안 돼. 어떻게든 감당해야만 해. 계속 사랑하고 싶……."

갑자기 눈앞이 캄캄해졌다. 불이 나간 것도, 세상이 어두워진 것도 아니었다. 시커멓고 차가운 사람의 품속으로 들어갔기 때문이었다. 두려움이 사라지고, 외로움마저 사라졌기에 누구의 품인지 느낄 수 있었다.

"가, 가빌? 왜 다시 온 거야?"

갑1이 힘주어 안으면서 속삭였다.

"도저히 갈 수가 없었다, 너를 혼자 두고는."

영원이 팔을 둘러 그를 마주 안았다. 그리고 떨리는 목소리로 말했다.

"나를 살려 주고 싶었구나, 외로움에서."

갑1은 자신의 품으로 영원의 외로움을 달래 주었다. 죽음을 달래 주었다.

"영원, 오늘 밤 함께 있고 싶다."

"응, 나도."

영원의 눈이 번쩍 뜨였다.

"응? 오늘……, 밤? 함께?"

4

펼쳐진 상자 안에 각종 양념에 버무려진 치킨들이 들어 있었다. 그 치킨들을 에워싸고 열두 명의 갑1팀 사자들이 있었다. 그리고 이들을 또다시 시커먼 사자들이 빼곡하게 에워싸고 있었다. 모두의 시선은 치킨에 쏠려 있었다.

보통 다른 팀의 월직들이 제공하는 이승의 음식이라고 해 봤자, 마트에서 사 온 과자가 고작이었다. 좀 세련된 음식이라고 하면 붕어빵, 호떡, 김밥, 튀김, 순대 정도였다. 예전에 통닭도 있긴 했다. 그것만 해도 사자청이 들썩거릴 만큼 인기가 있었다. 그런데 현재 눈앞에 펼쳐진 건 무려 최신 버전의 양념치킨이었다. 이승 교육용으로 시청각실의 TV 화면으로만 보던 거였다. 지금까지 이것을 사 온 월직이 없었던 이유는 그들의 센스가 신제품 양념치킨까지는 미치지 못했기 때문이다.

갑1팀 사자들이 한 조각씩 집어 들었다. 그리고 거의 동시에 한입 베어 물었다. 아무도 말을 하는 자가 없었다. 바삭한데도 촉촉하고, 짭짤한데도 달콤한, 그것은 그냥 감동이었다. 매콤한 것은 매콤한 대로 다양한 맛이 났다. 그 어떤 양념도 맛없는 것이 없었다. 심지어 치즈볼까지 천지개벽하는 맛이었다. 나트륨이 스트레스와 반응하는 게 아니었다면, 눈물이 펑펑 쏟아졌을지도 모른다. 그런데 큰 문제가 있었다. 모여든 사자들이 너무 많아서 한 조각씩 돌릴 수가 없었기 때문이다. 난감한 상황이 아닐 수 없었다.

영원이 주문해 줬던 치킨은 갑1의 부탁으로 심오가 이곳까지 가져다 놓은 것이었다. 그는 임무를 완수한 뒤에 청장실에 있었다. 갑2와 청장도 함께였다. 그런데 청장실까지 바깥의 소란이 전해져 왔다. 이윽고 청장실을 들이닥친 건 다른 팀의 월직들이었다.

"갑1팀의 저거, 어디서 사 왔어?"

갑1이 아닌, 영원이 주문해 주었으리라 미루어 짐작한 심오가 대수롭지 않은 투로 말했다.

"아마도 폰으로 주문했을걸? 요즘엔 다들 그렇게 하니까."

"확실하게 말해! 우리 팀 애들 때문에 급하다고!"

우울증으로 기진맥진해 있던 청장이 물었다.

"대체 이승에서 뭘 가져온 거야?"

"그냥 치킨이라던데?"

월직이 소리쳤다.

416

"그냥 치킨이 아니야. 뭔가 이상한 양념들이 되어 있어."

그러면서 비닐 쇼핑백 속에 치킨과 함께 들어 있던 메뉴 전단지를 내보였다. 그것을 본 청장이 분연히 일어났다.

"뭣이! 이 치킨들을 여기서 먹을 수 있단 말이야?"

그의 눈이 불타고 있었다. 조금 전까지 우울증이 심하다고 징징거리고 있었던 것이 믿기지 않을 만큼의 격렬한 눈빛이었다. 청장의 눈빛과 아울러 월직들의 눈빛까지 심오를 포위하고 압박했다. 이에 짓눌린 심오가 가까스로 말했다.

"주, 주문해 줄게. 이승의 병원으로 넘어가서……."

심오가 월직들에 둘러싸여 끌려가다시피 청장실을 나섰다. 갑2가 그를 향해 외쳤다.

"뭔지 모르겠지만, 우리 갑2팀 애들 것도 챙겨 줘!"

같이 나가던 청장이 대답해 주었다.

"오케이!"

심오는 그렇게 이승의 진료실로 가서 정신없이 치킨들을 주문하는 신세가 되었고, 늦은 밤 그 일대의 모든 치킨 가게가 거의 동시에 품절 사태를 맞고 말았다.

"가빌……, 이, 이건 아닌 것 같아."

소파에 웅크리고 앉은 영원의 목소리는 기어들어 갈 듯이 작았다. 부끄러워서가 아니었다. 무척이나 절망스러웠기 때문이다. 오늘 밤 함께 있고 싶다는 갑1의 말이 떨어지기가 무섭게 매트리스의 이불을 바꾸고, 양치와 샤워까지 마친 그녀 앞에,

갑1의 검은색 코트에 무수히 달린 단추는 중세 시대 여성에게 채워졌던 정조대보다 더 굳건하게 채워져 있었던 것이다. 영원은 코트와, 오늘 밤따라 유독 매력적인 갑1의 얼굴을 번갈아 보다가 물었다.

"만약에, 정말 만약에 내가 당신의 그 코트 단추를 풀면 어떻게 되는 거지?"

갑1에게도 오늘 밤의 이 안전복은 여간 거슬리는 것이 아니었다.

"나도 정확하게는 모르지만, 아마도 단둘의 시간을 방해하는 놈들이 들이닥치겠지."

"방해……, 그건 더 싫긴 하지만, 그래도 이건……. 진짜 단추 한 개도 안 돼?"

갑1은 자신의 마음을 억누르며 힘겹게 고개를 끄덕였다.

"문제 생기는 건 곤란하다. 난 우리 둘만 있고 싶거든. 오늘 밤과 같은 시간이 또 오리라는 보장도 없으니."

갑1의 말이 설레는 만큼 속상함도 깊어졌다. 영원은 하늘을 향해 있는 힘껏 욕이라도 퍼붓고 싶은 심정이었다. 저승사자가 있으니 하늘에 신이 있을 가능성도 크다는 생각에, 혼잣말을 가장하여 하늘을 향해 크게 소리 높여 따지듯 말했다.

"나는 정상적인 성인 여성일 뿐이야. 물론 정신은 정상에서 다소 비켜나 있긴 하지만, 육체는 더없이 건강해. 그런데도 늦은 밤에, 아무도 없는 집에, 미성년자도 아닌 성년의 나이도 훨씬 지난 남녀가, 심지어 심하게 섹시한 남자를 눈앞에 두고 아무 일 없이 잠만 자라는 건, 어마어마하게 비정상적인 거라고. 이럴 순 없어. 이건 전 인류의 저항을 받을 일이야!"

"왜 천장을 보고 대화를 하지? 나를 봐."

갑1과 영원은 소파에 나란히 앉았지만, 몸을 틀어 서로를 마주 보고 있었다. 영원은 갑1의 얼굴을 보다가 그의 가슴팍에 이마를 박다시피 기댔다. 슈트빨이 좋다고만 생각했었다. 그것은 헛것이 아닌 듯했다. 코트 아래에서부터 느껴지는 단단함이 이마로 전달되었다. 영원의 한숨이 깊어졌다.

"독자들의 지탄을 받을 거야, 이게 내 만화였다면."

"무슨 말인지 모르겠군. 또다시 대화가 안 되는 건가?"

"괴로워서 그래."

"나와 함께 있는 것이?"

영원이 고개를 번쩍 들었다.

"그럴 리가! 이건 너무 행복해서 괴로운 거야."

"행복과 괴로움은 매칭이 되지 않는 단어다."

"돼! 좋아 죽겠다는 말은 알지?"

"그건 안다. 정말 좋다는 의미."

"그것과 같은 경우야."

"음……, 행복해서 괴롭다? 그렇다면 나도 지금 괴로운가 보다."

"내 말의 의미는 보다 동물적이긴 하지만……."

갑1이 손가락으로 영원의 머리카락을 쓸어 넘겼다.

"아직 덜 말랐다."

바쁘게 나오느라 그렇게 되었다. 촉촉하게 젖은 머리카락이 더 섹시하게 보인다고 하지만, 갑1 앞에서는 말짱 소용없는 데이터다. 그의 손길을 느끼는 영원의 얼굴만 불그스름하게 변해 갔다. 갑1도 변화가 없지는 않았다. 비록 얼굴에 드러난 것은 아니었지만, 몸속에서 소용돌이치는 따뜻한 기운을 깨닫고 있었다. 갑1이 느닷없이 영원의 볼에 자신의 볼을 갖다 대었다.

"왜, 왜, 왜……."

"당신 볼에 올라온 열을 식혀 주려고."

확실히 시원했다. 그렇다고 열을 내려 주는 것으로 이것은 결코 괜찮은 방법이 아니었다. 영원의 볼에 닿은 건 그저 그의 볼에 지나지 않지만, 서로의 피부가 맞닿은 거였다. 그러니 영원의 심장은 더 분주하게 피를 펌프질했고, 그로 인해 열은 더 올라갈 수밖에 없었다. 갑1이 볼을 떼어 서로의 다른 쪽 볼로 옮겨 갔다. 그 과정에서 서로의 입술이 스치듯 지나갔다. 볼이 절대 식지 않는 상황이 계속되고 있었다.

"왜 더 열이 오르지?"

"내가 건강하다는 증거야. 여기서 열이 나지 않으면 정말 큰 병이 있는 거지. 정신적으로나 육체적으로나."

갑1의 얼굴이 멀어졌다. 아쉬운 표정이 된 것은 둘 다 마찬가지였다.

"나 아직 열이 많이 나는데……."

"나도 열이 나는 것 같아서."

영원이 손을 뻗어 그의 볼을 만져 보았다. 여전히 서늘한 온

도였다. 하지만 그의 볼에 붉은빛이 올라온 것은 보였다. 기분 탓일지도 모르지만.

"밤이 깊었다. 이제 그만 잘까?"

액면 그대로의 잠을 의미하는 발언일 것이다. 알고는 있지만, 심장이 꿈틀했다.

"싫어. 이 밤을 잠으로 보내기에는 너무 아까워."

"나도 계속 이렇게 있고 싶지만, 당신이 편하게 자는 모습도 보고 싶어."

"이따가 잘 테니까 조금만 더 이렇게 있자. 당신을 더 보고 싶어."

갑1이 미소를 지으며 영원의 손을 잡았다. 그리고 그녀의 손가락 사이사이에 자신의 손가락을 밀어 넣어 깍지를 끼었다. 스스로도 의식하지 못할 만큼 자연스러웠다.

'사랑해.'

영원은 갑자기 이 말이 튀어나오려는 것을 꾹 삼켰다. 그가 다정하게 대해 준다고 해도, 마치 연인을 바라보는 눈빛으로 봐 준다고 해도, 그녀는 인류에 지나지 않았다. 들떠서 실수할 뻔했다. 그를 당황스럽게 만들어 이 분위기를 깨고 싶지 않았다.

영원은 깍지 낀 손에 힘을 주어 꽉 잡고서 그의 눈빛에 취해 들어갔다. 연인 같은 기분이 들었다. 설레서 갓 시작하는 연인 같기도 하고, 편안해서 오래된 연인 같기도 한, 묘한 느낌이었다.

모두가 퇴근하고 아무도 없는 병원이었다. 평소 같으면 냉큼 저승으로 넘어갔을 심오였다. 그는 저승에서 쉬는 걸 훨씬 선호하기 때문이다. 그런데 오늘은 이곳에서 더 쉬고 싶었다. 지금 가 봤자 치킨을 주문해 달라며 줄 서 있는 월직들이 있을 것이다. 직접 나가서 사 올 수도 있다고 했지만, 배달의 편리함을 알아 버린 지금은 말릴 재간이 없었다. 직접 이승으로 나가 가게에서 사 오는 것보다, 진료실을 통해 배달을 받아서 넘어오는 편이 체력 소모가 적었다. 그러다 보니 중앙관제센터에서도 이 방법을 은근히 권하는 눈치였다. 이승폰에서 벨이 울렸다. 갑21이었다. 심오가 전화를 받았다.

　"미안. 네 쪽으로 월직들 몰렸지?"

　— 응. 지금 주문만 받아서 나 혼자 나온 참이야. 굳이 전부 이쪽으로 나올 필요는 없겠더라고. 오빠는 며칠 동안 힘들었다며? 대체 이 난리는 누가 촉발시킨 거지? 마트의 과자로 충분하지 않았나?

　"범인은 갑1 사자."

　— 평소 안 하던 짓을 한꺼번에 거하게 했구나.

　"그 녀석이라고 이렇게 될 줄 알았겠나. 이렇게 한번 물꼬 터 놓으면 쉽게 잦아들진 않을 것 같은데……."

　— 그래서 내가 센터장 오빠와 논의 중인 게 있어. 우리 공간을 한 곳 더 만들어서 배달 음식만 전문으로 이동시키는 거야. 솔직히 시직과 일직들도 고액 연봉자잖아. 굳이 월직들이 사다 주는 음식만 기다릴 필요는 없지.

"이승 돈은 어떻게 충당하려고? 전부 환전하기 시작하면 모자랄 텐데?"

— 그 부분에서 지금 막혔어. 그와 관련해서 인간 영혼들이 아이디어 모으고 있어. 이거 잘하면 월직들한테도 편할 거야. 솔직히 불필요하게 이승 오가는 거 줄일 수 있어. 그래서 갑2 언니나 센터장 오빠도 적극 찬성이야.

"그렇게 되면 월직들 이승 나가는 거, 업무 외에는 완전 차단할 수도 있겠구나. 괜찮군."

— 그러니까 오빠도 조금만 참아. 해결해 줄게. 인간 영혼들이 적극 참여하……, 이……, 속……속결…….

"여보세요? 어? 뭐, 뭐지?"

갑자기 통신이 두절되었다. 그와 동시에 심오의 옷이 바뀌고 있었다. 심오가 스스로 바꾸고 있는 것이 아니었다.

"가, 갑자기 왜 비상 안전 센서가?"

심오의 몸에서 이승의 옷이 사라지고 저승의 안전복이 나타났다. 긴 코트가 온몸을 감싸고, 후드가 머리 전체를 다 덮었다. 그리고 얼굴에는 철가면의 현대식 버전인 검은색 마스크가 덮였다. 완전한 전투복 차림이었다. 이승에서 위험한 상황이 도래했을 때, 자동으로 무장하도록 설정된 프로그램이 작동된 것이다.

심오는 저승의 문이 있는 곳을 보았다. 이미 그 문은 사라지고 없었다. 저승으로 적이 침입할 수 없게끔 미리 차단한 것이다. 심오는 등 뒤에서 빛을 느꼈다. 그래서 책상을 뛰어넘어 가 창문을 향해 섰다. 창문도 사라지고 없었다. 창문이 있던 벽면은 더 이상 진료실 공간이 아니었다. 완전히 다른 공간과 이어져 있었다.

하얀빛 속에 화려하게 장식된 기다란 소파가 있었다. 거기에 다리를 꼬고 거만한 자세로 비스듬히 앉은 자가 있었다. 뒤의 벽이나 비치된 가구들은 이승의 것들이지만, 소파에 앉은 남자는 아니었다. 긴 검은 머리. 현신한다고 해도, 평범한 인간의 눈에는 빛으로 인하여 하얀색으로만 인식한다는 머리카락. 하얀 비단 천으로 만들어진 듯한 슈트. 직접 대면한 것은 처음이지만, 심오는 그자의 외모만 보고 정체를 알아차렸다. 옥황국은 대체로 외모가 젊은 형태는 드물었다. 더군다나 잘생긴 외모는 더 드물었다. 그런데 눈앞의 인물은 젊고 잘생겼다. 여기에 해당하는 신은 딱 한 명뿐이었다.

"여기는 정식으로 인가받은 염라국의 영역입니다. 뇌제께서 침범하시는 건 협약에 맞지 않습니다."

"침범하지는 않았다. 난 거기로 갈 생각이 없어. 단지 대화만 조금 나누고 싶을 뿐이다. 이런, 그리 경계하지 않아도 되는데."

옥황국에서도 최상급의 신이다. 게다가 이자의 특기는 염라국의 지옥털이가 아닌가. 그러니 이 이상으로 경계해도 과하지 않았다. 그런데 심오의 몸이 자꾸만 뒤로 밀려났다. 그가 아무 짓도 하지 않았음에도, 그가 가진 힘만으로도 심오의 몸은 버틸 수가 없었다. 갑2에게서 입은 내상과 누적된 피로가 없었다고 해도 버티는 건 한계가 있었을 것이다. 그나마 다행인 건 심오는 고통을 덜 느낀다는 점이다. 숨이 막혀 왔다.

"보아하니 지옥의 사자로구나. 그러면 더 잘 알겠군. 내가 찾는 영혼……."

갑자기 심오의 숨이 편안해졌다. 눈앞에 검은색의 사자가 나타난 덕분이었다. 비록 심오와 같이 긴 코트에 후드까지 덮어쓴 뒷모습이지만 누군지 알아차렸다. 그가 손에 들고 있는 긴 장검 덕분이었다. 긴 장검을 자유롭게 사용하는 월직사자는 갑3이었다. 그는 심오와 똑같은 검은색 마스크도 착용하고 있었다. 언제나 이승의 옷을 입고 있던 그가 모처럼 저승의 전투복 차림을 한 것이다.

"오호! 이건 2천 년 전에 나의 군대를 엿 먹인 5인의 사신死神 중 한 명이 아닌가. 오랜만이군."

"이봐, 뇌제. 우리가 엿 먹인 건 너의 군대가 아니라, 너였다."

심오의 진료실을 파고들던 뇌제의 하얀빛이 갑3의 검은빛에 밀려났다. 심오의 몸도 정상으로 움직일 수 있었다. 심오는 문득 깨달았다. 옥황국에서 사자청 월직을 일컫는 또 다른 말은 사신이라는 것을. 그들 스스로 자신을 가리켜 특별한 존재로 칭하지 않았기에, 힘으로 군림을 하지 않았기에 그저 월직으로만 불려 왔을 뿐이다. 그들은 무엇으로 불리는가보다는, 무엇을 하는가를 더 중요하게 생각하는 존재들이었다. 힘의 레벨에 따라 수많은 서열이 있는 옥황국에서는 이해하기 힘든 존재이기도 했다.

"그때의 5인은 여전히 건재한가?"

"아무렴."

"나는 그자가 참으로 궁금하더군. 우리 옥황국에선 그를 염라국의 수문장이라고 부르곤 했는데 말이야. 1천 년 전부터 도통 관측이 되지를 않아."

"뇌제, 너의 말을 쉽게 풀이하자면, 염라국의 수문장이 무서워서, 네가 찾는 영혼을 구하고 싶어도 우리 염라국에는 얼씬도 하지 못한다 이거지?"

"예나 지금이나 시건방진 건 변함이 없구나."

"시건방진 걸로 따지면 뇌제 너도 남 말 할 처지는 아니지."

심오는 다시 생각하지 않을 수 없었다. 지금 여기는 옥황국의 꼴통과 염라국의 꼴통이 대치하고 있는 셈이다.

"저승사자들이 이승에서 살고 있는 저의가 뭐지? 예측한 바로는 휴식은 아니고."

"인간 연구. 이 이상 알 필요는 없다."

"한 가지는 알겠군. 너희들의 경계를 보아하니, 내가 찾는 영혼은 아직도 지옥에 있구나."

"우리는 알려 줄 수가 없다."

"용건은 이것으로 되었다. 염라국의 수문장에게도 안부를 전해 다오. 그 칠흑 같은 긴 머리카락만 봐도 제일 앞번호라 믿어 의심치 않지만, 정확하지는 않으니 인사를 전할 수가 없더군."

갑3은 뇌제의 말을 이해하지 못했다. 그래도 대답은 했다.

"전하도록 하지."

뇌제가 갑3과 심오를 유심히 번갈아 보면서 고개를 기울였다. 그의 눈이 놀라움으로 커다래졌다.

"너희도 모르……는가? 오, 이런! 누가 나쁜 장난을 쳐 놓은 게로군."

뇌제가 공간을 닫았다. 진료실은 사라지고, 그가 이승에 잠시 체류 중인 호텔의 거실만 남았다. 뇌제가 소파에서 자세를 바꿔 앉았다.

"수문장은 없어졌다? 그런데 저들도 그 사실을 모른다? 어떻게 된 노릇이지? 그는 어디로 사라진 거지? 아니, 그보다 어떻게 사라진 거지? 월직들은 죽지 않을 텐데……."

선인들이 다가와 뇌제 앞에 고개를 숙였다. 걱정스러운 눈빛이 역력했다.

"이거 염라대왕이 아시면 또 시끄러울 텐데……."

"알 게 뭐냐. 조금 시끄럽다가 말겠지."

뇌제가 두려운 건 염라대왕이 아니었다. 진짜 두려운 존재는 월직들이었다. 애초에 저승의 원주민은 월직들이었다. 그들이 자신의 땅으로 원래 옥황국의 신이었던 염라를 받아들여 심판의 업무를 맡기고, 인간 영혼도 받아들인 것이다. 그들이 선량한 심성을 가지고 있지 않았다면, 그들의 능력은 큰 위협이 되었을 것이다.

"그 월직들에게 염라는 감히 장난을 칠 수가 없어. 그들 스스로거나, 아니면 사자청 밖의 연직들이 아니고서는……."

갑3과 심오는 창문을 계속 바라보았다. 뇌제의 빛에 둘러싸인 하얀 공간이 사라진 후에 창문이 있는 벽으로 돌아와 있었다. 바깥은 캄캄했다. 어느새 저승의 문도 새로 돌아와 있었다. 심오의 옷차림도 이전으로 돌아왔다. 갑3도 하얀 가운과 수술복 차림으로 돌아왔다. 뇌제의 기척이 완전히 사라지고, 안전해졌다는 의미였다. 갑3이 비틀거리면서 책상을 짚었다.

"괜찮아?"

갑3이 책상에 걸터앉으면서 대답했다.

"괜찮다. 뇌제를 혼자 상대하는 건 역시 힘에 부치는군. 너는?"

"나도 기운이 떨어진 것 외에는. 뇌제가 강하긴 강하구나. 우리의 방어벽을 이렇게 가볍게 뚫어 버리다니."

"뇌제는 현재 이승에 체류 중인 것 같다. 당분간 계속 긴장해야겠는걸."

"넌 어떻게 알고 왔어?"

"여기로 급히 가라는 안내 전화가 떠서."

전화를 받자마자 이쪽으로 이동했다. 그런데 이동 중에 예고도 없이 무장 차림으로 변하는 바람에 갑3도 놀랐다. 누가 이걸 설계했는지 저승으로 가서 따지고 싶었다. 심오가 물었다.

"그나저나 방금 뇌제 말은 뭐야? 그가 말하는 긴 머리의 수문장은 누구지?"

그때는 월직들 대부분이 긴 머리였다. 그중 뇌제와 전투를 벌였던 다섯 명도 다 긴 머리였다. 갑3도 묶기는 했지만, 길었다. 뇌제 말의 뉘앙스를 보면, 묶은 머리는 아닌 것 같았다.

갑3이 긴가민가해서 말했다.

"칠흑 같은? 갑2 사자를 말하나?"

"갑2 사자도 1천 년 전부터 이승에 안 나오고 있긴 하지."

"하지만 옥황국에서 수문장이라고 부를 만큼 수훈을 세운 건, 우리가 아는 한, 아니, 적어도 내가 아는 한은 갑1 사자일 텐데……."

갑1도 그때는 긴 머리였다. 하지만 칠흑 같은 검은색은 그때도 아니었다.

"뇌제가 착각했나? 아니면 혹시 우리를 떠본 건가?"

사자청의 월직들 중에는 전투조라고 불리는 5인방이 있다. 갑1, 갑2, 갑3, 청장, 센터장, 즉 앞번호 다섯 명이었다. 뇌제와 그의 군대가 지옥털이에 나서면, 전투조 5인방이 방어에 나섰다. 모두 갑옷을 입었고, 눈만 보이는 투구를 착용했다. 그리고 각자의 무기를 사용했다. 그중 갑1은 투구 뒤로 색이 사라진 머리카락을 휘날리며 앞서 나갔다. 갑자기 그 부분이 일그러지는 느낌이 들었다.

"잠깐, 뭔가 머릿속이……."

심오의 저승폰에서 벨이 울렸다. 중앙관제센터인 줄 알았는데 아니었다. '의정부' 직통 전화였다. 의정부는 염라국을 총 관할하는 3정승이 있는 곳이었다. 아직까지는 3정승이라고 부르지만, 옛날에는 3대신大神이라고 부르기도 했다. 그리고 이 세 명이 연직이었다.

"네, 25입니다."

— 괜찮은가 보군.

"마침 갑3 사자가 와서."

— 그럴 땐 쓸모있는 녀석이지. 유학 나간 일은 잘돼 가고 있나?

"그게, 좀 막힌 것 같습니다. 아무래도 병이 발병하게 된 계기가 있을 듯한데, 그것부터 분석을……."

— 이봐, 갑25! 너에게 명한 건 분석이 아니라 치료다. 이를 벗어나지 마라.

"치료는 진료가 선행되어야 합니다. 진료가 곧 분석이고요. 그것이 없다면, CT도 안 찍어 보고 개복수술부터 하라는 것과 다르지 않습니다."

— 분석할 거리가 있으면 우리도 하라고 했겠지. 갑갑하게도 없다. 시간 낭비야. 그것보다, 왜 요즘 갑1 사자가 이승에 자주 들락거리지? 특히 그곳을 통해서.

심오의 폰이 갑3의 손으로 날아가 붙었다. 갑3이 자신의 입술 위에 검지를 세워 보였다. 조용히 하라는 거였다. 갑3이 폰에 대고 말했다.

"어이, 안녕들 하신가?"

— 아이고, 꼴통 녀석이로군.

"내가 조금 궁금한 게 있어서 말이지. 갑1의 경우에는 예전부터 이승에 오가는 공포증이 본인에게는 없는데, 왜 정작 거기 계신 분들이 노이로제 증상을 보이나 몰라?"

— 시답잖은 소리 하는 건 여전하구나.

"문젯거리는 이승기피증 세 녀석이지, 갑1 사자가 아니라는 거다. 그 녀석은 이승 음식 배달하느라 바쁜 거니까. 뇌제를 차단해 줄 능력이 안 되면, 여기는 신경 끄시지. 정 심심하면 방바닥이나 긁든가."

— 너는 어찌 한마디를 해도 곱게 하는 법이 없느냐?

"사자청은 독립자치지구와 마찬가지. 이 이상의 간섭은 월권 행위로 간주하겠다는 뜻이다."

— 알았다, 끊으마. 무사한 거 확인했으면 됐다.

통화는 끊어졌다. 사자청의 월직 중 전투조에 해당하는 앞번호 다섯 명은 연직과도 맞먹는다. 그래서 절대로 높임말을 하는 법이 없었다. 갑3이 폰을 돌려주면서 말했다.

"네가 비록 지옥청 소속이라고 해도, 우리 사자청의 일을 의정부에 사사건건 보고하는 건 삼가기를 바란다. 특히 갑1 사자는."

아주 잠깐이지만 갑3에게서 강압적이 분위기가 나왔다. 그것은 참으로 묵직했다.

"왜지?"

"그들의 간섭이 불쾌해. 감시 같아서. 정작 갑1 사자는 별생각이 없는 것 같다마는. 그리고 우리 사자청이 독립된 자치지구인 건 맞잖아."

"그렇긴 하지. 그리고 보니 갑1 사자에 대한 언질이 있긴 있었어."

"어떤?"

"별건 아닌데, 유학 나오기 전부터 갑1 사자는 잘 챙겨라, 혹시 이상이 있거든 보고해라, 계속 그랬거든. 난 과보호라고만 생각했었다. 뭐, 사자청 내부에서도 과보호 중이잖아? 그래서 지금껏 별생각 없었다."

"우린 과보호, 의정부는 감시. 구별해라."

"진짜 감시라고 생각해?"

갑3이 고개를 한 번 끄덕였다. 근래 들어서 그 생각이 강해졌다. 이유는 아직 모른다. 그저 기분 탓일 수도 있었다. 이승에 나오는 월직의 수가 늘어나서 의정부 쪽에서 예민해졌을 수도 있다.

"뇌제의 빛이 너무 강했다. 머릿속이 자꾸 이상해져서……."

"힘들면 저승으로 넘어갈까?"

"아니! 좀 더 이렇게 있자. 저승으로 넘어가면 지금 이 복잡한 머리가 깔끔해질 것 같은 기분이 들어. 난 이 헝클어진 머릿속이 마음에 든다."

심오가 갑3을 두고 책상으로 돌아가 의자에 앉았다. 그리고 고민하다가 어렵사리 말을 꺼냈다.

"그런데 말이야, 나 한 가지 물어봐도 되나?"

"뭐를?"

"나도 최근에 이상하다는 생각이 들기 시작했는데……."

월직은 보통 번호 한 개를 두 명의 사자가 공유해서 사용한다. 뒷번호로 갈수록 세 명이 공유하는 경우도 많다. 뒷번호일수록 능력과 체력이 떨어지므로 그만큼 자주 로테이션을 해 줘야 하기 때문이다. 갑3의 번호를 예로 들면, 이승에서 법의관으로 있는 갑3 사자와, 현재 사자청에서 근무하고 있는 현 갑3 사자가 공존하고 있다. 갑2도 임시 청장인 갑2 사자와, 불새를 상징으로 사용하는 갑2 사자가 공존하고 있다. 지금은 본의 아니게 둘 다 휴식기이다 보니 갑2번은 비어 있기는 해도 그렇다. 물론 상징은 제각각 다르다. 달라야 한다. 그들을 구분하는 건 번호가 아니라 상징이기 때문이다.

"뭐가 이상한데?"

"갑1 사자는 왜 혼자야?"

"무슨 말이냐?"

"번호 한 개를 혼자서만 사용하고 있는 건 갑1이 유일하잖아. 왜지?"

"이상할 것도 많다. 갑1 사자와 번호를 공유할 만큼의 실력이 없잖아."

"단순하게 그뿐?"

"당연하지. 인위적으로 번호를 부여한 게 아니니까."

갑1의 실력은 확실히 독보적이긴 했다. 뒷번호는 세 명도 공유하고 있었다. 중간은 두 명, 그럼 제일 앞은 그래프상으로 혼자인 게 이치에 맞았다.

같은 번호를 공유하고 있다고 해도, 갑1, 갑2, 갑3, 청장, 센터장, 이 다섯 명은 다른 월직들과 구분이 된다. 그들은 모두 전투에 보다 특화된 능력을 가지고 있었다. 같은 번호라고 해도 그 부분의 능력 차이는 있었다. 그런데 이들 중에 네 명이 정신에 문제가 발생한 셈이다.

"갑3 사자, 넌 1천 년 전에 어디서 뭐 하고 있었지?"

"이승에서 방랑 중이었다. 휴식기였거든. 난 휴식기는 언제나 이승에서 보내니까. 팔자에 역마살이 있어서."

"사주도 없는 저승사자 주제에 팔자타령은, 쯧쯧. 언제 저승에 복귀했어?"

"900년 전에. 그런데 그때 좀 이상했지. 녀석들이 달라져 있었거든. 사자청도 많이 변해 있었고."

"어떻게 달라졌는데?"

"글쎄, 설명은 못 하겠다. 그 이전엔 보다 자유분방했다고나 할까? 큰 차이는 아니었지만, 뭔가 행동 제약이 많아진 느낌? 예전엔 제약 없이 자율에 맡겨 둔 편이었거든. 우리가 문제를 일으킬 성향들은 아니니까. 사자청은 만약에 문제가 발생하면 그 뒤에 금지 법규를 만드는 방식이라서. 최근에 금칙이 많이 생긴 것처럼 느껴지지만, 솔직히 전산시스템이 정비되고 나서 그전에 미뤄 뒀던 금칙이 한꺼번에 시작되는 바람에 더 그렇게 보이는 것뿐."

이승의 법도 현대로 오면서 차츰 더 세분화된 것처럼, 이들의 체계를 배워서 사용하는 염라국도 근래 들어 이런저런 금지 법규가 생겼다고 봐도 무방했다. 옛날에는 아주 단순한 금칙만 있었고, 이조차도 몇 가지 되지 않았다.

"네가 원흉이라고는 생각 안 해?"

갑3이 어깨를 으쓱해 보였다.

"뭐, 아니라고는 못 하지만. 안전복 문제도 그래. 굳이 이승에서 못 벗게 할 이유가 없어. 특히 우리 월직은. 파손이라면 모를까 탈의까지 비상 센서가 작동하는 건 지나친 금칙 아닌가?"

안전을 위해서라고 해도 과한 제약이라는 생각은 들었기에 심오도 고개를 끄덕였다.

"너희 다섯 명은 다른 월직들에 비해 친하다고 했었지? 뇌제가 돈독하게 만들어 준 면이 있다고."

"업무상 겹치는 게 많다 보니 아무래도."

"그렇다는 건, 이승에 나와 있었던, 즉 무리에서 떨어져 있던 너를 제외한 네 명 모두 어떤 사건에 휘말렸다는 가설을 세워도 억지는 아니겠지?"

"네 명? 세 명이 아니라?"

"갑1 사자에게서도 이인증장애 의심 증상이 발견되었다. 진단까지 갈 정도로 확실한 건 아니고. 뭔가 접점이 있을 것 같아서."

이번에는 갑3도 웃지 않았다. 가능성이 커 보였다. 심오가 이어서 말했다.

"이 네 명에게 어떤 사건이 발생했다는 가설은, 우리의 기억도 완전하지는 않다는 가설 위에 세워진 거다."

"가설 위의 가설이라. 그건 엉터리가 될 확률이 무지하게 높은데, 하하하."

"그래서 사실 자신이 없다. 우리의 기억이 완전하지 않다니, 하하하."

갑3이 팔을 뻗어 심오의 어깨를 잡았다.

"네 가설에 나도 표를 주고 싶은데, 어쩌지?"

"다른 놈들도 아니고, 대책 없는 네 녀석 표까지 받으니 심란해지는구면."

"우리 같이 심란해지자. 그 가설, 무르지 마라."

"그렇다면……, 난 지금 저승으로 넘어가서 센터장 옷을 홀딱 벗겨 봐야 한다."

갑3의 얼굴이 심오에게로 바짝 다가왔다. 그가 소곤거렸다.

"지옥청의 사자를 끌어들인 내 작전이 주효했다. 우리 사자청은 애들이 힘만 세지 단순 무식 해서 그놈의 가설이란 걸 만들어 내지 못하거든."

"그럼 그때의 수술실 사건은 네 작전이었나?"

"아니, 그건 진짜 사고. 법의관으로라도 이승에 남았던 게 내 작전. 그리고 내 대타로 지옥청 사자를 요청한 것까지도 내 작전."

"은근 지능파였어?"

"진짜 지능파였으면 오래전에 나 혼자 해결했다."

"정말 오랫동안 이승에서 혼자 고군분투했구나."

결핵이 육체의 병에 불과하다는 것을 알게 된 갑3은 새로 개설된 정신과에서 다시 공부하기 시작했다. 85년여 전의 일이었다. 그가 들어간 곳은 ㅅ대학병원이었다. 그런데 또 문제가 발생했다. 그 당시 정신의학은 ㅅ대학병원과 ㄱ대학병원의 두 파로 나뉘어 있었다. 그런데 국가 시책이라며 ㅅ대학병원의 정신과를 폐쇄하고 ㄱ대학병원의 정신 치료 형태만 인정하게 된 것이다. 갑3은 졸지에 갈 곳을 잃었다.

그렇다고 바로 ㄱ대학병원으로 옮길 수는 없었다. 대학은 달라도 협소한 인간관계였기에 새로운 신분으로 새롭게 시작할 수가 없었다. 새 신분을 만들 수는 있어도, 새 얼굴을 만드는 능력은 없었다. 마지못해 인간의 기억에서 잠시 잊힐 때까지 몇 년을 기다리기로 했다.

새 신분으로 다시 이승에 내려갔을 때는 해방이 지나 있었다. 그런데 이전과는 다른 조선의료령이 이미 시행되고 있었다. 새 자격증이 필요하게 된 것이다. 가짜 자격증을 만드는 건 어렵지 않았다. 그런데 갑3이 잠시 이승을 비운 사이, 의학은 비약적인 발전이 이뤄져 있었다. 2차 세계대전의 영향이었다. 인간의 짧은 시간 동안 이뤄진 발전이었는데, 갑3은 따라잡지를 못했다. 그래서 다시 대학부터 시작하게 되었다. 대학을 다 마치기도 전에 또다시 이 땅에 대형 전쟁이 발발했다. 사자청의 긴급 요청으로 인해 갑3은 저승사자로 돌아갔다.

그다음에 다시 나온 이승에는 또 법이 바뀌어 국민의료법이 시행되고 있었다. 게다가 주민등록법도 시행되었다. 교통의 발달로 지역과 신분을 속이는 것도 쉽지 않아졌다. 이승에 머무르기가 상당히 복잡해진 것이다. 이런저런 문제들을 다 해결하고 난 뒤에 그를 기다리고 있었던 것은 말 그대로, 입시와의 전쟁이었다.

"그간 나의 고생이 헛짓거리가 아닌 게 되려면 네가 중요해."

심오는 그의 노력이 새삼 대단하게 느껴졌다. 물론 그들의 150년은 인간의 시간과는 달라서 짧디짧았다. 그렇다고 하찮은 시간은 아니었다. 인간들에게 1분 1초가 소중한 것처럼.

"샘플1, 아니, 나영원이 말했다. 얼굴에 똥칠하고 다니라고.

너와 우리."

갑3이 몸을 일으켜 심오에게서 멀어졌다.

"에? 뭔 말이냐? 그 여자도 괴상해."

"그 괴상한 여자 수면검사 할 건데, 네 스케줄도 맞추고 싶다."

"난 거기선 빼 줘. 진짜 바쁘다."

"네가 표를 준 그 가설, 영원 씨 덕분이기도 해. 그러니까 도와줘. 우리한테 도움 되는 게 또 나올지도 모른다."

"의논할 일이 생기면 전화 통화하는 방향으로 가자."

"이승 일에 너무 관여하지 마라. 그래서 언제나 바쁜 거다."

심오의 저승폰이 울렸다. 센터장이었다.

"일찍도 전화한다. 의정부 쪽이 더 빠르면 안 되지."

— 그 갑갑한 양반들한테 잡혀서 지금까지 통화하느라 늦은 거다. 그곳이 그렇게 쉽게 뇌제한테 뚫리나?

"우리 쪽으로 넘어오진 않았다."

— 넘어왔으면 넌 지금 말도 못 할 지경이었겠지. 한동안 뇌제 안 봐서 살 만했는데, 쯧. 짜증 나!

갑3이 입 모양으로 의정부와 무슨 대화를 했는지 물어보라고 지시했다. 심오가 그의 신호를 받아서 말했다.

"3정승과 무슨 대화를 그리 오래 했나?"

— 개구멍을 한 군데 더 뚫는 문제. 우리 편할 대로 하란다. 갑1 사자가 이승에 안 나갈 수 있다면 더 좋지 않냐고 그러더군.

이쪽은 뇌제로 인해 곤욕을 치렀는데, 세월 좋게 그런 대화나 하고 싶냐고 따지고 싶었지만 참았다. 뇌제가 처음 공약한

대로 대화만 하고 물러난 건 사실이었다. 문제 삼기엔 애매한 감이 없지 않았다.

"3정승이 월직들이 아니라, 갑1 사자가 이승에 안 나갈 수 있다면이라고 했어?"

— 그래. 그게 그거 아니냐?

"응. 그게 그거다. 나 곧 저승으로 넘어간다."

심오가 통화를 끊고 갑3에게 말했다.

"네 말대로 노이로제일 수도 있겠다. 가설 한번 잘못 세우고 나니까 이상한 게 한둘이 아니구나?"

갑1을 보호하겠다는 측면에서는 사자청의 누구나, 의정부의 누구나 전부 같은 마음일 수도 있었다. 현재 사자청에서 갑1의 중요도를 보면 쉽게 예단할 수 있는 부분이 아니었다.

갑3이 말했다.

"그러고 보니, 센터장도 긴 머리군. 예전에도 그랬지만, 지금까지도."

센터장과 마찬가지로 청장도 긴 머리였다. 하지만 긴 머리가 귀찮다며 땋고 다니다가, 근대에 들어서 이들 중에 제일 먼저 짧은 머리로 잘랐다. 그전엔 자르고 싶어도 그들의 튼튼한 머리카락을 자를 기술력이 없었다.

"센터장은 뇌제가 수문장이라고 할 만했나?"

"어쩌……면? 그 녀석은 거대한 언월도를 사용하기 때문에 시각적인 위협감이 장난 아니거든. 우리가 전투 복장으로 뒤엉키면 구분이 안 되기도 하고."

뇌제가 던진 돌멩이는 제법 컸다. 그것은 갑3과 심오의 머릿속에 계속해서 파장을 일으켰다. 둘이 함께 나눴던 대화들도 그랬다. 모든 대화들이 꼬리에 꼬리를 물고 계속 돌아갔다.

"그나저나 뇌제가 전하라는 안부 인사, 대체 누구한테 해야 하는 거지?"

5

"강 선생님은 화장실에서 대체 뭐 하시지? 너무 오래 걸리네. 또 깜박하시고 집에 돌아가신 건가?"

"퇴근 시간이 훨씬 지나서 불안한데요?"

갑3이 '강삼'이라는 이름이 붙은 자신의 사무실로 들어왔다.

"나 아직 귀는 밝다. 험담은 건물 나가서 하도록."

수사관 두 명이 엉겁결에 소파에서 일어서려다가 다시 앉았다. 굳이 일어설 필요는 없었는데도 자동으로 엉덩이가 올라간 것이다. 이상하게 이 사람 앞에서는 주눅이 들고 긴장이 되었다. 낼모레 쉰이라는데 30대와 40대인 자신들보다 훨씬 젊어 보이는 것도 영 불편한 게 아니었다.

40대의 수사관은 자신의 휑한 머리털을 쓰다듬었다. 갑3의 빼곡한 머리숱이 거슬렸다. 흰머리가 한 올도 없었다. 평소에 뭘 먹는지 두피조차 보이지 않았다. 생긴 것을 두고도 여러 번 욕했었다. 짜증 나게 실력까지 좋았다. 갑3을 둘러싼 많은 스토리도 그를 다시 보게 만드는 요소였다.

법의관으로 오기 전, 뛰어난 뇌신경외과 의사였던 갑3, 수술실에서 환자가 죽는 바람에 다시는 살아 있는 환자의 몸에 칼을 댈 수 없는 트라우마가 발생, 심지어 그 환자의 생사 확률은 50:50이었음에도 죄책감으로 좌절한 마음 여린 남자, 이를 극복하지 못하고 어쩔 수 없이 사체에만 칼을 대는 이곳으로 왔다는 다소 작위적인 드라마 같은 스토리였다. 저승에서의 사실이야 어쨌든, 이승에서는 인간들의 입과 입을 통해 이렇게 정리가 되었다. 사연이 있는 남자는 매력적이다. 그래서 같은 남자인 그들의 눈에도 갑3은 매력적이었다. 괴짜에다가 무섭긴 해도 말이다.

갑3은 화장실에 간다고 나갔다가 이렇게 늦게 온 이유에 대해 아무런 변명도 하지 않고, 탁자 위의 사진으로 용건을 넘겼다.

"그거 다시 조사해 봐."

사진 속에는 부패가 심하게 진행된 사람의 팔뚝과 손이 있었다.

"이 사진은 뭔가요?"

"8년 전에 발견된 사체 토막."

"이걸 왜……."

"너희가 문의한 아랫다리 토막과 절단면이 거의 동일한 사건이다. 아직 미제로 남아 있고. 거기 파일 안에 사건 내용 있으니까 읽어 보고."

"이걸 어떻게 찾으셨어요?"

찾은 게 아니라 기억하고 있었던 것이다. 이번에 들어온 아랫다리 토막은 사람들이 드문 버스 정류장에 버젓이 놓여 있었다. 마치 자랑이라도 하듯이. 문제는 딱 2년 전, 똑같은 장소에 똑같은 아랫다리 토막이 놓여 있었다는 것. 물론 다른 사망자의 것이다. 두 사체 모두 아직 실종자 유전자 데이터베이스에서 검색이 되지 않았다. 이번에 재발견되고서야 부랴부랴 CCTV를 설치했지만, 범인이 다음에 또 그 정류장을 이용할지는 미지수였다. 주변 CCTV를 전부 뒤졌는데도 의심스러운 사람을 찾을 수 없었다는 보고만 들었다.

"8년 전에 그 사체가 발견되었을 때, 뉴스에도 나왔다. 짧게 지나가는 뉴스였지만."

그때는 산에 길을 잘못 든 사람이 우연히 발견하고 신고한 거였다. 팔뚝만 있었다면 모르고 지나칠 뻔했지만, 연달아 손까지 발견되는 바람에 신고로 이어진 케이스였다. 발견된 부위만 다를 뿐 세 가지 사체는 유사한 점이 있었다. 절단면만 유사한 게 아니고, 절단 부위 나누는 것도 유사했다. 죽이고 토막을 낸 사건들은 대부분 사체를 유기하기 용이하도록 절단을 하는 경향이 있었다. 그러다 보니 손과 팔뚝을 굳이 자르는 수고는 생략하는 경우가 대부분이다. 다리도 마찬가지다. 그런데 세 사건 모두 사체 유기가 아닌, 절단을 위한 절단 같은 느낌을 지울 수가 없었다.

8년 전 사체는 부패가 심한 상태에서 발견되어 정확히 알 수는 없었지만, 최근에 발견된 사체는 비록 토막뿐이기는 하나, 시반이 잠깐이라도 형성되었다가 혈액 소실이 이뤄진 흔적이 관찰되지 않았다. 죽자마자, 혹은 살아 있을 때 절단했을 가능성이 크다는 소견들이었다. 8년 전, 사체가 발견되었는데도 잡히지 않은 데서 오는 자신감이었을까? 도중에 어떤 심리적인 변화라도 있었던 것일까? 일부러 사체가 발견되게끔 놓아두기 시작한 게 갑3의 심기를 건드렸다.

"8년 전 사건은 너희들 옆 관할이더라."

"동일범일 확률이 진짜 높아지네요."

"비슷한 사건을 좀 더 찾을 수 없나? 8년 전, 2년 전, 이번 연도. 뭔가 더 있을 것 같은데? 8년 전과 이번 연도까지 세 사건 모두 절단 처리 방식이 고착되어 있어. 텀이 있는데도 불구하고. 발전이 없다는 뜻이야. 보통 이런 건 성장을 하거든. 그런데 8년 전도 이미 완성형인 셈. 그렇다는 건 그 이전에 시행착오를 겪고 발전이 이뤄졌을 가능성이 커. 8년 전과 2년 전의 사이가 비어 있는 것도 찝찝하고. 사체가 발견되지 못한 것뿐이겠지?"

역시 무섭다. 말투에서 느껴지는 섬뜩함이 있었다. 아마도 분노를 참으면서 한 글자씩 씹어 내느라 더 그렇게 느껴지는 것일 수도 있었다.

갑3이 손짓으로 모두 나가라고 했다. 용건은 끝났다는 것이다. 기다린 시간보다 대화를 한 시간이 더 짧았지만, 수사관들의 손에 들어온 정보는 결코 짧지 않았다. 그들이 인사를 하고 사무실을 나갔다.

갑3이 뇌신경외과를 관두고 법의학교실에서 다시 공부를 시작할 때만 해도 적당히 이승에서 개길 목적이었다. 한편으로 인간의 사체는 저승사자가 자세히 볼 기회가 없는 종류였다. 그들이 접하는 건 인간의 영혼이지 이승에 두고 떠나는 사체는 아니기 때문이다. 여기에 흥미가 있긴 했다. 월직들을 해부해 볼 수 없기에 대체제로서의 의미도 있었다.

그런데 이곳에 근무할수록 그의 분노는 높아졌다. 잔인하게 죽임을 당한 사체가 들어오면 그 분노는 한층 높아졌다. 사체가 발견되지 않은 사건도 그의 분노를 자극했다. 죽고 죽이는 건 인간들끼리의 문제다. 갑3은 그런 것에 분노하는 것이 아니었다.

"그리 죽이고 싶거들랑 곱게들 죽여라, 제발. 우리 착한 일직사자들 영혼에 스크래치 내지 말고. 그러잖아도 부족한 일손인데, 앞번호 일직사자들까지 문제 생기면 큰일이란 말이다."

그랬다. 그가 분노하는 이유는 인류에 대한 자애심 같은 것이 아니었다. 살해 장소에 망자를 인도하러 가는 일직사자들을 염려하는 마음에서 비롯된 것이다.

사체가 발견되지 않으면 이승에서는 그 사건이 발생하지 않은 것과 마찬가지다. 하지만 저승에서는 다르다. 그 사건은 기정사실이고, 살해 장소에 파견된 저승사자는 그 장면을 볼 수밖에 없다. 이승에서 아무도 목격한 자가 없다고 하여 끝인 문제가 아닌 것이다. 이 범인이 다시 살인을 저지르지 않도록 반드시 잡아야 한다. 그다음 살해 현장을 또 일직사자들이 목격

하지 않도록 막기 위해서는.

"설마 벌써 한 녀석이 한 건 이상 목격한 건 아니겠지? 그럼 너무 대미지가 클 텐데……."

심오는 저승으로 넘어와 바로 월직 지원실로 향했다. 그런데 거기에는 갑1이 먼저 와 있었다.

그는 담당 직원과 실랑이 중이었다.

"이런 걸 요구하실 거면 차라리 저를 내쫓아 주세요! 다른 담당자를 두시면 되잖아요."

"그런 항의는 과하다. 나는 단지……."

심오가 둘 사이에 끼어들었다.

"무슨 일이야? 왜 담당 직원을 화나게 했어?"

직원이 심오에게 하소연을 했다.

"갑25 사자님, 이걸 보세요. 세상에나, 이런 끔찍한 걸 만들어 달라니. 어떻게 이런 걸 갑1 사자님께서 입으시겠다는 건지 모르겠어요."

심오는 직원이 내미는 사진을 보았다. 거기에는 트레이닝복이 있었다. 갑1이 대수롭지 않은 투로 말했다.

"편해 보여서."

"편하긴 하지."

심오가 잠시 생각하다가 직원에게 말했다.

"이것도 안전복으로 만들어서 드려라. 설마 사자청에 입고 나오시겠느냐. 집에서 입으시려는 거지."

"진짜 그런 건가요?"

심오가 갑1에게 눈치를 주듯이 말했다.

"집에서만 입을 거지?"

갑1이 마지못해 고개를 끄덕였다. 어차피 영원의 집에 갈 때 입으려던 거였으니, 집에서만 입겠다는 말과 크게 다르지 않다고 봤다. 거기서는 옷을 벗을 수가 없었다. 그래서 저승에서부터 편하게 입고 나가면 괜찮을 것 같았다. 트레이닝복은 그녀와 구색도 맞았다. 그런데 담당 직원의 완강한 반대에 부딪혀 난감하던 차였다. 직원도 떨떠름하게 승낙했다.

심오가 갑1을 끌어당겨 속삭였다.

"너 사자청에 있었으면서 코빼기도 안 내비쳤나?"

"어딜?"

"조금 전에 이승의 진료실 쪽에 뇌제가 나타났었잖아."

"뭐? 난 연락 못 받았는데?"

"어? 왜?"

다른 누구도 아닌 뇌제가 나타난 사건이었다. 게다가 이승에서였다. 뇌제와 대적할 수 있는 5인 중에 현재 이승에 나가 있는 갑3을 제외하면, 당장 여기서 이승으로 지원 나갈 수 있는 건 갑1밖에 없지 않은가. 그런데 갑1은 전혀 모르고 있었다? 이 비상 체계는 뭔가 크게 잘못되었다. 심오는 급히 센터장에게 전화를 걸었다.

— 저승으로 넘어왔나 보군.

"비상 체계 이상 있나? 어째서 이승 진료실에 뇌제가 나타난 걸 갑1 사자는 모르고 있지?"

— 뭐? 그럴 리가! 뇌제 관련한 비상은 우리 사자청 관할이
아니어서 당장 뭐라고 대답하기가…….

"의정부 관할이었나?"

— 그래. 뇌제는 사자청만의 문제가 아니니까.

"알았다."

심오가 통화를 끊었다.

의정부가 뇌제 비상 체계에서 갑1을 의도적으로 누락시켰다
는 건가? 왜지? 갑1을 보호하기 위해서? 오늘 정도면 갑3만으
로 충분하다는 판단에서? 아니면, 설마 갑1과 뇌제가 마주치지
못하도록? 이건 정말 이해가 되지 않았다.

갑1이 물었다.

"다쳤나?"

"아니, 아무 일도 없었다. 그래, 아무 일도 없긴 했지만……."

갑자기 갑1의 담당 직원이 화색이 되어서 소리쳤다.

"갑1 사자님! 이건 어떠세요? 추리닝보다 이쪽이 훨씬 편하
고 어울리실 듯한데요. 집에서 입기엔 이것만 한 게 없지요."

직원이 펼쳐서 보여 준 페이지에는 실크 파자마 사진이 있었
다. 갑1이 고개를 저었다. 파자마가 뭔지, 그 용도가 무엇인지
는 모르지만, 트레이닝복보다 편해 보이지는 않았다. 무엇보다
영원과 비슷한 옷이 아니었다.

"갑자기 왜 옷에 대한 취향이 생기신 거죠?"

"편한 옷을 원한다."

심오가 거들었다.

"이거 네가 원하는 옷보다 훨씬 더 편해. 인간들이 잠잘 때 입는 거야."

"그래? 그럼 이걸로."

"네! 그럼 목 부분만 좀 더 올려서 잠글 수 있게만 바꾸도록 하겠습니다. 이거 준비되는 데 2주 안팎 예상됩니다."

"알았다. 수고해라."

"수용해 주셔서 감사합니다."

심오가 큰 소리로 직원들을 향해 말했다.

"모두 들어라! 각자가 담당하고 있는 월직들 중에 몸에서 흉터를 발견한 자는 손을 들도록 해라. 작은 거라도 좋다."

월직 지원실 안이 술렁거리기 시작했다. 처음에는 아무도 손을 들지 않았다. 그러다가 한 명이 손을 들었다.

"저 청장님 담당인데요."

"아! 손 내려도 좋다. 다음!"

"전 갑2 사자님."

"좋다. 손 내려라."

옆의 갑1 담당자도 살짝 손을 들었다. 심오가 알았다는 표정으로 손을 내리라고 했다.

"전 갑3 사자 담당자는?"

한 직원이 앞으로 나왔다.

"제가 담당자인데요, 그분은 평소 행동과 다르게 아무 상처도 없으십니다. 티끌 하나 없어요."

갑3이 예외적인 게 아니라 월직이라면 작은 티끌이라도 있는 게 정상이 아닌 것이다. 또 한 명의 직원이 손을 들었다.

"넌 누구 담당이지?"

"중앙관제센터장님 담당입니다. 센터장님은 등에 작은 흉터가……."

역시! 무언가가 손에 잡힌 기분이었다. 그래도 더 찾아볼 필요가 있었다. 다시금 직원들을 독촉했다. 하지만 더 이상 손을 드는 직원은 결국 나타나지 않았다. 심오가 갑1과 함께 월직 지원실을 나오면서 다시 센터장에게 전화를 걸었다.

— 왜 이렇게 자꾸 전화질이지?

"아무리 바빠도 진료실로 와라."

— 다음에. 인간의 사망이 밤낮을 가리는 거 봤나?

"안 오면 내가 거기까지 쳐들어간다."

— 쳇! 조금만 더 있다가 가마. 딱 5분만 있을 거다.

"그거라도 어디냐. 기다리마."

통화를 끊고 갑1에게 말했다.

"난 진료실로 가 봐야겠다. 너는 이제 한동안 이승에 나갈 일은 없지?"

"아니. 토요일에 약속 있다."

"약속? 이승에서?"

"그렇다. 나영원과."

"아! 너한텐 아직 영원 씨 문제가 남았지. 그런데 이번은 무슨 일로 나가는 거지?"

"영원이 집 밖으로 나가자고 해서. 나와 함께. 아! 물론 나는 무체화로."

심오가 뭔가 번쩍 떠오른 표정으로 집게손가락 한 개를 세웠다.

"노출치료! 조력자 찬스구나! 내가 왜 그 방법을 적용할 생각을 못 했지? 역시 영원 씨는 영리하단 말이야."

조력자 찬스란, 공포를 느끼는 대상에 대해 노출을 시도할 때, 다른 이의 도움을 받는 걸 말한다. 결국은 다음 시도에서는 혼자서 맞서야 하지만, 처음 한두 번의 도움은 나쁜 선택이 아니다. 지하철 사고가 큰 충격이었고, 다음으로 삼도천을 건너갔다 온 직후라, 다시 노출치료를 권하지 못하고 있었다. 그래서 수면검사부터 하려던 거였다. 그런데 영원은 중도 포기를 하지 않고 최적의 조력자, 즉 무체화 상태의 저승사자를 골라서 노출 치료를 계속하려는 것이다. 물론 이 부분은 심오의 착각이긴 했지만, 조력자 찬스는 당장 청장에게 적용해 봄 직했다.

"어디로, 어떤 식으로 움직일 거야?"

"난 모른다. 영원이 알아서 한다고 그래서."

"그렇지. 노출 단계는 영원 씨가 알 테니까. 그럼 그날 나도 같이……."

"싫다."

갑1이 노골적으로 인상을 찌푸리며 한 걸음 뒤로 물러났다. 이것도 안심이 안 되는지 그의 발은 다시 두 걸음 더 멀찍이 물러났다. 긴 다리의 보폭이었기에 거리가 상당히 멀어졌다. 그날 세 명이 한꺼번에 영원의 집에 들이닥쳤을 때, 그녀와 제대로 마주 앉지도 못했다. 다시 생각해도 귀찮기만 했다.

"방해할 생각 마라. 우리는 둘만 갈 거다."

이렇게 귀찮다는 표정이 온몸에서 확 나오다니. 예전의 무표정일 때와 비교하면 획기적인 변화이기는 했다.

심오는 잠깐 생각에 잠겼다. 노출치료에 여러 명이 따라나서는 건 분명 방해가 될 것이다. 하지만 그녀의 노출을 참고용으로 모니터할 필요는 있었다. 갑1은 다녀와서 제대로 설명해 줄 역량이 되지 않는다. 그렇다면 방법은 한 가지뿐이다.

"방해할 생각은 없다. 영원 씨한테도 둘이서만 움직이는 게 훨씬 도움이 될 테니까. 아! 그날 나도 저승에서 이승으로 출근인데, 같이 넘어갈까? 내 진료실로 나가는 게 너도 편하잖아?"

"그렇지. 그럼 그날 부탁하마. 우리도 아침 일찍부터 만나기로 했거든."

심오는 갑1과 인사를 하고 진료실로 돌아왔다. 그리고 곧장 이승으로 나갔다. 심오가 어두운 진료실 안에서 이승폰으로 전화를 걸었다. 또라이시끼였다.

— 왜 아직도 이승이냐?

"잠깐 다시 넘어온 거다. 너한테 급히 할 얘기가 있어서."

— 뭐가 그렇게 급해서?

"영원 씨가 무체화 상태의 갑1 사자를 조력자로 해서 외출을 할 예정인가 봐."

— 조력자라니?

"노출치료."

— 오호! 아이디어 좋은데? 나영원도 제법이군. 갑1 사자를 이용할 생각을 하다니, 감히. 갑1 사자가 해 준대? 싫어할 텐데?

"해 주긴 하는데 귀찮은가 보더라. 관찰 대상이니 어쩔 수 없겠지."

갑1이 귀찮아한 건 영원이 아니라 심오였다. 하지만 심오는 알지 못했다. 노출치료가 아니더라도 사자청 입장에서는 영원을 밖에서 한번 관찰해 볼 필요가 있었다. 그런데 자진해서 나와 준다니 다행이 아닐 수 없었다.

— 그런데 그게 급한 일이냐?

"우리 둘이 따라다니면서 모니터하자. 이거 제대로 참고하면 청장한테 바로 적용 가능할지도 모른다."

— 괜찮군. 환자인 나영원한테는 비밀로 해야 되고. 그래야 효과 검증이 가능하니까. 갑1 사자한테는 미리 언질을 해 놔야지?

"방해하지 말라고 딱 잘라 말하더라. 우리가 괜히 건드리면 그것도 귀찮다고 안 한다고 할 것 같아서. 그리고……."

왠지 단둘이 있고 싶어 하는 분위기였다. 그것은 저승사자로서는 참으로 낯선 모습이라, 갑1의 차가움에서 비롯된 착각이라고 심오는 생각해 버렸다.

"아니다."

— 그런데 왜 나도 가야 하는 거지?

"청장 조력자로 너를 생각 중이거든. 나는 안 돼. 청장 폭주하면 내 힘으론 못 막으니까. 그래서 너도 모니터해야 돼."

— 알았다. 그런 일이라면 없는 시간도 만들도록 하마. 언
제지?

"이번 주 토요일."

— 난 괜찮은데, 너는? 토요일에도 병원 오픈하지 않아?

"오전만이라서. 일정 조율해야지, 뭐."

— 알았다. 어떻게든 참석할게.

전화를 끊자마자 저승의 문에서 노크 소리가 들렸다. 심오는
즉시 저승으로 이동했다. 공간이 넓어지고 내부도 다시 밝아졌
다. 밖에는 센터장이 서 있었다.

"들어와."

문이 벌컥 열렸다. 안으로 워커화가 성큼 들어왔다.

센터장이 진료실에 들어서자마자, 조금씩 어긋나 있던 가구
들이 순식간에 움직여 각을 맞췄다. 책상 위의 자료들도 깔끔
하게 정돈되었다. 센터장은 섬세한 이목구비를 가진 남자였다.
아름답기로 치면 여자인 갑2에게 조금도 밀리지 않았다. 오히
려 갑2가 더 강한 외모로 보일 정도였다. 그렇다고 그가 사내
답지 않다는 건 아니다. 센터장은 말투에서부터 드러나듯 거친
성격이었다. 단지 정신장애에서 오는 문제가 그의 성격을 가로
막은 격이다.

센터장의 긴 코트는 단추 하나조차 흐트러짐 없이 말끔하게
채워져 있었다. 긴 머리는 높게 묶어 똥머리처럼 틀어 올렸다.
그리고 거기에는 절대 부러지지 않는 저승의 나뭇가지 두 개가
엇갈려 비녀 대용으로 꽂혀 있었다. 이것은 유사시에 무기로도

사용한다고 들었다. 이 나뭇가지 외에 그의 머리에는 한 가지가 더 꽂혀 있었다. 꽃문양이 조각된 머리꽂이였다. 청동으로 만들어진 이것은 저승의 물건이 아니었다. 이 모습은 평상시의 헤어스타일이었다. 전쟁이 일어나거나, 이승에 망자들을 데리러 갈 때는 장식을 빼고 머리를 풀었다고 한다.

센터장이 소파에 앉았다.

"앞으로 4분. 그 안에 용건 끝내라."

"옷 벗어."

"미친 소리라는 내 욕을 듣기 전에, 이유를 말할 기회를 주마."

"담당 직원 말로는 네 등에 흉터가 있단다."

"그래?"

센터장은 더 이상의 말은 않고 일어서서 코트 단추를 풀었다. 코트 안은 민소매 티셔츠가 전부였다. 그래서 팔 근육이 훤히 드러나 보였다. 그가 등을 심오에게 보이며 돌아섰다.

"자! 확인해 봐."

심오가 티셔츠를 아래에서 위로 들어 올려 등을 살폈다. 직원의 말대로 5cm가량의 흉터가 있었다. 다른 사자들과 똑같은 형태였다.

"있다."

"여태 몰랐군."

"눈에 잘 띄지 않아. 더군다나 등이니까."

"무슨 흉터지?"

"나도 모른다. 흉터라기보다는 그냥 흔적 같아."

센터장은 옷을 다시 갖춰 입었다. 코트까지 말끔하게 정비하는 데 짧은 시간만 사용했다.

"네 흉터다. 네가 기억해 봐."

"모른다. 우린 부상을 입어도 다치는 경우는 극히 드물잖아. 군이 원흉을 찾아본다면 뇌제밖에 더 있겠나? 그때도 금방 아물었는데……."

"1천 년 전에는?"

"그땐 편안했다. 무료했을 만큼. 뇌제로 인한 체력 낭비도 없었을 때라, 이승의 전쟁으로 인해 바빴어도 지금처럼 인력이 부족하지도 않았고."

"음……, 알았다. 너도 지금처럼 자주 밖으로 나와라. 이승 기피증이 아니라, 외출기피증 같잖아."

"제자리를 벗어나면 불안해서 견딜 수가 없어서. 용건은 끝났나?"

"뭐, 대충."

"아! 비상 체계 다시 한번 검토해 달라고 의정부에 건의했다. 여기도 다시 정비받아."

용건만 끝낸 센터장은 1초의 지체도 하지 않고 문을 나갔다. 이대로 곧장 중앙관제센터로 직행할 것이다. 심오는 간단하게 정리했다. 흉터가 있는 네 명에게는 전부 정신장애가 있다. 아직은 여기까지만 팩트일 뿐이다.

6

영원은 연습장 몇 장을 썼다가 구겨 버리고, 썼다가 구겨 버리기를 연거푸 하고 있었다. 머리를 쥐어뜯어 가면서 고민을 하는 걸로 보아 콘티가 꽉 막힌 듯했다. 민아와 경민은 심상치 않은 분위기로 인하여 끽소리도 하지 않고 열심히 작업만 했다. 영원은 결국 포기했는지 연습장을 밀치고 종이 원고를 펼쳤다.

오늘은 만화책인 《훔치고 싶은걸》을 작업 중이었다. 종이 원고는 연필로 데생된 그림과 잉크 선으로 나눈 칸까지만 진행되어 있었다. 영원은 펜대에 스푼펜을 끼우고 잉크병에 담갔다가 꺼냈다. 그리고 펜촉의 등 부분을 화장지로 닦아 내고 연필 밑그림 위를 펜선으로 완성시켜 나갔다. 그녀의 펜촉은 중간에 종이에서 뜨는 법 없이, 한 번에 쓱쓱 달렸다. 그녀가 긴 한숨을 내쉬면서 고민을 토로했다.

"요즘 사람들은 데이트를 어디로 가서 뭘 하지?"

그녀의 손은 계속 움직였다. 경민이 되물었다.

"웹툰 쪽이에요, 만화책 쪽이에요?"

"응?"

"고교생이냐 성인이냐에 따라 데이트 코스를 다르게 설정해야 하니까요."

여기서 사실대로 말할 수는 없었다. 열심히 펜션을 그려 가면서 어물쩍 대답했다.

"마, 만화책. 성인."

민아가 흥분해서 말했다.

"이야! 잘 생각했어요. 솔직히 만화 쪽 커플들 진짜 너무 진도 안 나갔다. 이참에 획기적으로 확 빼시죠."

"그래. 진도를 확 빼면 나야 좋지. 어디 좋은 데 있어?"

"요즘 성인들 데이트 코스는 바로 호텔 아닌가요?"

영원의 펜이 경기하듯 멈칫했다. 다행히 선은 흔들리지 않았다. 호텔! 가 봤자 어차피 단추 하나 풀지 못하고 두 손 꼭 잡고 건전해 마지않은 자세로 잠만 잘 것이다. 함께했던 그날 밤도 어처구니없게 정말 잠만 잤다! 서른 넘은 여자한테 그게 할 짓인가? 잔인한 놈 같으니!

"그, 그건 좀 과하지 않을까? 개연성도 좀 그렇고. 뭔가 단계를 밟아 가야……."

"요즘은 저질러 놓고 스토리 전개도 하잖아요."

민아의 과감함을 경민이 차단하고 들어왔다.

"우리 주인공들 캐릭터와는 안 맞죠!"

영원이 사심을 보태서 경민의 말에 힘을 실어 주었다.

"마, 맞아. 상황 때문에 캐릭터 붕괴시키는 건 상상력 부재에서나 나오는 거지. 상황이 캐릭터를 잡아먹으면 안 된다, 이건 기본이야."

"그보다 데이트는 무조건 남주의 매력을 확 살리는 계기가 되어야 해요."

"내 매력, 아니, 여주의 매력을 확 살릴 계기가 더 좋을 것 같은데……."

"민아 선배와 다른 의미로 저도 호텔이 나쁘지 않아요. 요즘 호텔은 잠자는 개념만 있는 게 아니니까. 호캉스 아시죠? 수영장부터 시작해서, 호텔 안의 각종 시설을 이용하거든요. 올 인클루시브라고나 할까요? 여주의 수영복 차림에 남주가 심쿵하는 장면도 넣기 좋고."

"수, 수영장?"

영원은 자신의 뱃살부터 잡아 보았다.

"심쿵은 절대 일어나지 않을 거야. 10년 빡세게 운동만 해도 무리야."

순간, 허리에 무거운 것을 매달고 물속으로 끊임없이 빠져들어 가던 꿈속의 공포가 영원을 엄습했다. 민아의 조언이 들어왔다.

"여주의 수영복 보고 심쿵하는 건 90년대 소년만화 스타일이고. 요즘은 욕먹어. 오히려 남주의 수영복 차림은 오픈할 필요가 있어요. 복근 빡!"

"나도 벗기고 싶지만 안 돼. 절대 못 벗는대. 진짜 환각이었으면 내 노력으로 가능했는데, 쯧!"

"남주가 내내 슈트로 몸을 꽁꽁 싸고 있으면 뭔 재미로 봐요?"

영원이 깊은 한숨으로 대답했다.

"그러게 말이다. 나도 환장하겠다."

"조금은 벗겨요. 작가님은 남자 몸 진짜 예쁘게 그리시잖아요. 다들 기다린다고요."

"그래, 그쪽은 여주가 위험에 처했을 때 남주가 옷을 벗고 구하는 걸로 스토리 짜 볼게. 자연스럽게 맨살 스킨십까지 가는 걸로. 맨살 스킨십 참 좋겠다, 쳇!"

영원이 갑자기 펜을 든 손을 번쩍 들어 올리고 소리쳤다.

"그래, 결심했어! 이번 권의 컬러 표지는 개연성 상관없이 남주 몸매 반오픈이다! 한풀이를 표지에다가 하겠어!"

"우와! 대찬성! 이야, 드디어 우리 남주도 갑갑한 슈트에서 탈출이구나."

"호텔이나 수영장은 패스하고 다른 덴 없을까?"

"남주가 전세기 띄워서 해외 어때요? 우리 남주 재력 제대로 한번 뽐내 봅시다."

"내 재력이 형편없어서……."

"아니 대체 만화 내용인데 작가님 재력과……."

민아가 정신을 차렸다. 어쩌면 만화 스토리가 아닐지도 모른다. 그렇다는 건 병원 원장님과의 데이트? 민아가 얼른 경민에게 카톡을 보냈다.

〈이심오 원장님과의 데이트인가 봄. 적극 엄호 바람.〉

경민의 눈이 번쩍 뜨였다. 각종 공포증을 안고 있는 사람이 외출해서 데이트? 그래서 지금까지는 절대 영원의 데이트라고는 짐작조차 하지 못했다. 이게 가능하다는 건 상대가 담당 의사이기 때문이리라.

"아, 건담 날아갔네!"

그런데 데이트 코스를 왜 여자 쪽에서 고민하고 있지? 이것도 금세 납득했다. 영원에게 여러 문제가 있지 않은가. 그것을 피하려면 본인이 고민하는 게 맞을 것이다.

"실익을 겸해서 국립중앙박물관 가 볼까 하는데, 어때? 자료도 필요하고⋯⋯."

"그거 재밌겠는데요? 문화재 관련해서는 여주, 남주 전부 박식하니까, 진지하게도 풀 수 있고, 코믹한 에피도 가능하⋯⋯."

말하다가 말고 민아는 제 머리를 때리면서 소리쳤다.

"아니야! 정신 차려, 민아! 넌 할 수 있어!"

이건 만화 속이 아니라 진짜 데이트다. 헷갈리면 안 돼! 다시 머릿속을 정리하고 말했다.

"삑! 절대 반대! 데이트와 일은 구분하셔야죠. 노친네들도 아니고 박물관이라니. 한창 썸을 타고 있을 때는 심장을 의도적으로라도 뛰게 만들어 주는 장소로 가셔야죠. 박물관은 뛰던 심장도 차분해지겠다. 구름다리 효과를 노리셔야 합니다!"

"내 심장은 여기서 더 뛰면 사망 각인데."

한동안 작업실 내에는 펜촉이 종이를 긁는 소리만 가득했다. 제각각 머릿속에는 오만 가지 장소들이 들락거렸다. 경민이 슬그머니 말했다.

"역시 한 군데뿐이겠죠? 연애 초반, 구름다리 효과 다 충족하는 곳은."

민아가 말했다.

"너무 뻔하잖아."

"뻔하다는 건 그만큼 보편적이라는 것이고, 또 그만큼 실패율이 적다는 의미라서……."

영원이 두 사람에게 물었다.

"뻔해도 좋아. 거기가 어디야?"

민아와 경민이 서로 쳐다보고 난 후, 영원의 눈치를 슬쩍 살폈다. 그리고 동시에 대답했다.

"놀이공원."

놀이공원은 꿈과 희망, 즐거움이 가득한 곳이다. 일반인들에게는 말이다. 그래서 그곳에 가기만 해도 심장이 두근거려서 구름다리 효과는 즉각 발생하기 시작한다.

하지만 영원에게 그곳은 공포 종합 선물 세트였다. 사람도 많은 데다, 각종 놀이기구는 쳐다만 봐도 발작을 일으키기 충분했다. 그 공포가 영원에게 회피를 위한 핑계를 만들어 내게 했다.

"너, 너무 유아틱하지 않나?"

"그래도 거기는 모든 연인의 필수 코스인데……."

"덜 무서운 데로 더 생각해 볼게요. 거긴 좀 그래요. 시끄럽고, 그죠?"

딩동.

초인종이 울렸다. 그 소리에 영원이 펜을 놓고 제일 먼저 밖으로 나갔다. 문과 더 가까운 민아보다 빨랐다. 비디오폰에는 택배 기사가 있었다.

영원은 섭섭함을 참아 가며 현관문을 열어 주었다. 택배 상자를 받아서 거실로 오다가 문득 깨달았다. 더 이상 초인종 소리가 무섭지 않았다. 갑1이 딱 한 번 눌러 준 초인종이었다. 그런데 이제는 반갑고 설레는 소리가 되었다.

"난 개였구나. 파블로프의 개."

영원은 작업실 쪽을 슬쩍 살핀 뒤에 창고방으로 택배 상자를 가지고 들어갔다. 그곳에서 테이프를 뜯고 내용물을 확인했다. 다양한 디자인의 브래지어와 팬티 세트였다. 자그마치 여섯 세트.

태어나서 이렇게 많은 속옷을 한꺼번에 구입한 건 처음이었다. 평소에는 편한 것이 최고였다. 그런데 이것들은 평상시에는 불편해서 절대 입을 수 없을 것만 같은 디자인이다. 보는 것만으로도 창피하여 얼굴이 화끈거렸다.

"아무짝에도 쓸모없는 걸 거금을 주고, 힝! 난 정말 이걸 왜 주문한 거야. 뭔가에 씌었어. 성욕 없는 놈을 상대로 이딴 게 무슨 소용 있다고. 내가 여자도 인간도 아닌, 그냥 인류로 보인다는데. 아, 씨. 짜증 나."

말로는 이렇게 좌절의 발언들을 쏟아 내면서도 소중하게 챙겨서 구석에 숨겼다. 민아가 퇴근하고 난 뒤에 몰래 입어 볼 예정이었다.

"이게 수영복이 아니니까, 호텔 수영장은 무리."

영원은 태연히 작업실로 돌아왔다. 그리고 책상에 앉으면서 말했다.

"놀이공원으로 낙찰."

또다시 파블로프의 개가 된다고 생각하면 그만이다. 혼자 가는 것이 아니다. 갑1과 함께 가는 것이다. 그와 함께라면 놀이 공원도 무섭지 않으리라. 무섭다고 한들, 죽음의 공포가 또 덮친다고 한들, 함께 있는 건 저승사자다. 죽음의 끝이 그에게 닿아 있다면, 더 이상 두려워하고 싶지 않았다.

영원이 책상 위의 원고를 집어서 민아에게 넘겼다. 주인공들의 펜션까지 완성된 원고였다. 영원은 주인공들의 펜션 마무리까지는 직접 자신의 손으로 마쳤다. 아무리 바빠도 그것만큼은 어시스턴트의 손을 빌리지 않았다. 그렇게 배웠기 때문이다.

"엑스트라들 펜션 넣어 줘. 그리고 이번에 훔칠 문화재 소품은 건드리지 마. 내가 전부 해야 하니까."

"우리와 대화하면서 다 끝내신 거예요?"

"입과 손은 따로 움직인다, 우리가 갖춰야 할 가장 중요한 스킬이지."

원고를 받아 든 민아가 비명을 질렀다.

"꺄아! 우리 남주다! 이 페이지는 특히 더 섹시한데요? 이 시니컬한 눈매 좀 봐."

민아는 손으로 남주의 얼굴을 슬쩍 만져 보았다. 영원의 펜선으로 완성된 남주는 물 흐르듯 유려한 아름다움을 가졌다. 아직 먹칠과 스크린톤 작업은 하지 않았지만, 민아는 이 얼굴에 음영까지 넣은 걸 상상해서 보고 있었다. 흑백으로만 이루어져도 완성도 면에서는 컬러에 비할 게 아니었다.

"작가님, 진짜 너무해요. 2D의 남자를 사랑하게 만드시다니. 내가 우리 남주 때문에 현실의 남자들이 눈에 안 들어온다니까. 연애는 글렀어."

영원이 한숨을 쉬면서 속으로 중얼거렸다.

"나도 연애는 글렀다. 만화 속의 남주나 저승사자나, 다 거기서 거기니까."

경민이 자신의 원고를 영원에게 넘겼다.

"다 됐는데, 봐 주세요."

영원이 원고를 살펴보다가 책상에 올리고 펜대를 잡았다. G펜이 꽂힌 거였다. G펜은 스푼펜보다 좀 더 탄력 있는 굵은 선을 그릴 수가 있었다.

영원은 지금까지 경민이 일일이 곡선자를 대고 그렸던 중앙 집중 효과선 부분을 오직 손으로만 휙휙 그었다. 직선이건 곡선이건 그녀의 손은 자보다 더 정확했다. 그녀의 선이 보태진 효과선은 좀 더 액티브한 느낌을 주었다. 그리고 건물 배경에서 테두리 몇 군데도 펜을 대었다. 잠깐 손을 본 건데도 원고에서 볼륨감이 살아났다. 관록이란 건 이런 단순한 데서 나오는 거였다.

"이건 됐어. 좀 더 말리고 난 뒤에 지우개질하고 먹칠하면 되겠어."

손이 많이 가도 만화책 원고는 먹칠까지 전부 수작업으로 완성했다. 그녀가 최근 타협한 것은 스크린톤 작업이었다. 예전에는 이것도 손으로 직접 붙여서 잘라 내고, 깎아서 효과를 내었지만, 지금은 스크린톤 구하기가 어려워져서 부득이하게 컴퓨터 안에서 처리했다. 민아가 아직도 두 눈에 하트를 켜고 바라보고 있는 남주의 얼굴과 눈동자에도 스크린톤으로 음영을 넣게 되면 지금보다 훨씬 입체감이 느껴질 것이다.

영원은 잡고 있던 펜으로 연습장에 크게 '놀이공원'이라고 적어 두었다. 힘주어 그리듯이 쓴 글자는 G펜의 탄력으로 인하여, 가는 부분과 굵은 부분이 자유롭게 오고 가서 마치 중세의 필기체처럼 되었다. 영원의 필체는 샤프나 볼펜보다 잉크 펜으로 쓴 것이 더 예뻤다. 어려서부터 펜촉과 잉크와 더불어 살아왔기 때문이다.

갑21은 직원들이 설명해 준 길을 따라서 내려갔다. 마치 거대한 첨탑이 지하에 거꾸로 처박힌 듯한 계단이었다. 암흑의 감옥이 있는 층에 다다랐다. 갑21이 들고 있던 손전등의 불빛은 어둠에 먹혀 더 이상 앞을 가늠하는 기능은 하지 못했다. 계단도 여기가 끝이었다. 오른쪽으로 돌벽을 더듬어 걸었다.

"다섯 발짝 정도 걸어가면 계단이 새로 시작되는 문이 있댔는데⋯⋯."

직원들의 설명과는 다르게 한참을 걸어서야 손바닥에 철문이 닿았다. 거기서 미세한 진동이 감지되었다.

"어떻게 이곳을 발견했지? 인간들의 집착이란, 하하하."

인간 영혼들은 암흑의 감옥 근처에 오는 것도 두려워했다. 메모리카드에 대한 압박만 아니었어도 그들은 이곳까지 올 생각조차 하지 못했을 것이고, 이 공간이 발견되는 일도 없었을 것이다.

"이미 환생하고 없는 인간들이 설계한 공간이라……, 재밌겠는걸?"

갑21은 손바닥에 힘을 집중하여 염력으로 문을 열었다. 빗장이 스스로 움직여 잠금을 풀고 옆으로 젖혀졌다. 그리고 철문도 스스로 앞을 내주었다. 여기도 충분히 어두웠다. 앞의 손전등 불빛도 보이지 않고, 손조차 보이지 않았다.

그런데 열린 문 안쪽은 어둠이 한층 깊었다. 앞으로 걸음을 내디뎠다. 발은 한 계단 내려가서 디뎌졌다. 발끝으로 어둠을 더듬어 다음 계단으로 내려갔다. 통증을 잘 느끼지 못하는 갑21이었다. 그럼에도 불구하고 어둠이 온몸을 뜯어 먹을 듯이 파고드는 게 느껴졌다.

"여긴 대체 용도가 뭐지? 왜 이렇게 지독해?"

이대로는 안 될 것 같았다. 그래서 정신을 집중하여 지옥을 떠올렸다. 거기서 불을 빌려 올 생각이었다. 이윽고 거대한 횃불 같은 불덩이 세 개가 공중에 생겨났다. 그것은 손전등과는 다르게 어둠에 먹히지 않고 계단을 비춰 주었다.

"나 이래 봬도 지옥의 사자라고. 이런 건 껌이지."

갑21은 지옥의 불이 몸을 압박하던 어둠을 쫓아 준 덕분에 수월하게 계단을 내려갔다. 어느덧 계단이 끝났다. 그리고 돌로 벽이 형성된 복도가 시작되었다. 망설임 없이 걸음을 옮겼다. 구둣발 소리가 울렸다. 빛도 소리도 새어 들어오지 않고, 새어 나가지 않는 공간이었다.

"어떤 놈이 설계했는지는 모르겠지만, 여긴 정상이 아니야. 인간 영혼이 들어왔으면 갈기갈기 찢어져서 소멸했겠어."

걸음을 옮길 때마다 갑21의 안전복은 칼에라도 베인 듯 군데군데 찢어지고 있었다. 몸에도 상처가 생겼다가 순식간에 아물기를 반복하고 있었다.

"젠장! 이러다간 발가벗고 나가겠네."

그 순간 문이 보였다. 복도가 끝난 지점이었다. 계단 입구의 철문보다 더 큰 철문이었다. 문에 손바닥을 대어 보았다. 진동의 진원지가 여기인 것 같았다. 염력을 넣어 보았다. 꿈쩍도 하지 않았다. 갑21은 문에서 조금 떨어져서 섰다. 그리고 온 힘을 다해 철문으로 염력을 넣었다.

어렵게 어렵게 문이 열리고 있었다. 그런 만큼 지옥의 불도 어둠에 점점 밀려 약해져 갔다. 문이 완전히 다 열렸을 때는 지옥의 불은 아주 희미하게만 남아 있었다.

갑21이 지옥의 불을 몇 개 더 가지고 오려고 정신을 집중했지만 실패하고 말았다. 지옥의 불도 약해졌지만, 그녀의 몸도 약해진 탓이었다.

"한시라도 빨리 이곳에서 나가야겠군."

어쩔 수 없이 흐린 빛에만 의지하여 안으로 들어갔다. 두어 발짝 겨우 뗐을 때였다. 앞에 뭔가가 부딪혔다. 뒤로 다시 물러났다. 세 개였던 지옥의 불이 여섯 개로 보였다. 숫자가 늘어난 것이 아니었다. 앞의 물체에 비친 것이었다.

"유리?"

유리벽이었다. 아니, 거대한 유리 상자였다. 이승의 유리가 아니었다. 저승에서 만들어진 깨지지 않는 유리였다. 이것은 주로 인간의 영혼에서 추출한 기억을 가둬 두는 용도로 사용한다. 그런데 어떻게 이렇게나 거대한 유리 상자가 여기에?

유리 안이 어렴풋이 보였다. 흐릿해진 불덩이 세 개를 합쳤다. 그것으로 유리 안에 든 형태를 따라 움직여 보았다. 암흑보다 더 검은 어떤 것이었다. 마치 헝겊 같기도 했다. 그것은 바람 한 점 없는 상자 속에서 바람에 흐느끼듯 힘없이 펄럭이고 있었다. 마치 여전히 살아 있는 것처럼.

문이 닫히려고 하고 있었다. 힘이 빠진 상태라서 지금 닫혀 버리면 다시는 문을 못 열지도 모른다. 나가야 한다. 그런데 실루엣이 보이는 듯했다. 극히 일부이긴 해도 갑21은 실루엣의 형체를 알아차렸다.

"……비?"

갑21은 가빠지고 있는 숨을 겨우 헐떡였다.

"갑1 사자, 대체 어떤 망자에게서 이토록 거대한 기억을 추출해 놓은 거지?"

문이 완전히 닫혔다. 갑21은 그 찰나, 아주 작은 틈을 가까스로 비집고 밖으로 나가는 데 성공했다.

흉터투성이 손이었다. 손톱은 닳아서 짤막했다. 손가락 마디 하나도 성한 데가 없었다. 주로 칼날에 베인 듯한 직선이 많았다. 찍힌 흉터도 있었다. 오른쪽 엄지손가락은 넓은 가죽 줄로 두툼하게 감아 두었다. 검지와 중지도 마찬가지였다. 왼쪽 손은 손가락보다는 손등에 치우쳐서 가죽들이 넓적하게 감겼다. 아! 이건 처음 보는 손이다. 처음 꾸는 꿈이어서 그런가 보다.

흉터가 많은 오른손은 등 뒤에서 기다란 무언가를 꺼냈다. 그리고 앞의 무언가에 걸었다. 왼손이 잡고 있는 것은 활이었고, 오른손이 잡은 것은 화살이었다. 화살을 활에 걸고 시위를 당기는 손은 무척이나 익숙한 듯했다. 오른손이 화살을 놓았다. 한 발만 쏘았을 뿐인데, 하늘로 올라가는 화살은 수없이 많았다.

옆에 다른 사람들이 있었다. 앞과 뒤에도 사람들이 있었다. 가죽 조각으로 얼기설기 엮은 옛날 갑옷을 입은 것으로 봐서는 병사들인 듯했다. 그렇다면 이 흉터 많은 손도 병사인가? 활을 들었다면 그중에서도 궁사인 모양이다.

모두가 한쪽 무릎을 꿇은 채로 하늘을 향해 활시위를 당기고 있는데, 갑자기 대열이 무너지기 시작했다. 먼 곳에서부터 크고 작은 바위들이 날아와서 궁사들을 덮치고 있었다. 바로 옆의 사람들이 처참하게 피를 뿌리면서 하나둘씩 바위 아래에 짓이겨졌다. 투명한 영혼이 빠져나오고 있었다. 여기저기서 계속 나오고 있었다. 그리고 그 영혼의 머리나 뒤통수 등에서 시커먼 무언가가 빠져나오고 있었다.

거무죽죽한 그것은 투명해서 검은 구름 같은 느낌이었다. 날 갯짓으로 날고 있는 걸 보면 새 같기도 했다. 바람에 휘청거리 듯이 나는 율동은 새보다 나비에 가까웠다. 날개의 모양새가 부드럽지 않고 뾰족뾰족한 걸 보면 나비는 또 아니었다. 아! 저 생김새. 팔락팔락 날고 있는 그것은 박쥐였다. 분명히 박쥐다! 그런데 왜 이 몸은 쉴 새 없이 죽음이 내리꽂히는 이곳에서 두 려운 마음을 가지지 않는 걸까? 어째서 반가운 마음만 가득한 걸까?

흙바닥에서 뿌연 먼지들이 날아올라 시야를 막았다. 살아남 은 병사들은 뒤돌아서 달렸다. 날아오는 돌과 바위를 이리저리 피하면서 달렸다. 땅에 떨어지면서 산산이 부서진 바위 조각들 이 병사들의 몸에 박혔다. 그런데 저 멀리서 칼과 창을 든 군대 가 시커멓게 몰려오는 것이 보였다. 매복해 있던 부대였다.

'아! 포위되었구나. 전멸이다. 드디어 나도 여기서 죽는구나.'

이미 무너진 대열은 질서라고는 없었다. 다시 뒤돌아 뛰기 시작했다. 뒤에서는 칼과 창이 따라오고, 앞에서는 돌과 바위 가 내려와 꽂혔다. 그 와중에도 화살을 활에 걸어 하늘로 쏘았 다. 돌과 바위가 날아오는 곳은 높은 성곽이었다. 화살도 그곳 을 향해 쏘는 듯했다. 하지만 태양이 빛을 쏘아 오는 방향은 성 곽 쪽이었다. 그래서 위에서 내리꽂히는 돌과 바위가 부신 눈으로 인하여 잘 보이지 않았다. 어디로 떨어질지 감도 잡지 못하고 본능적으로 달려야만 했다.

곳곳에서 영혼이 일어났다. 그리고 투명한 박쥐도 피어나듯이 영혼에서 빠져나와 성곽 쪽으로 날아가고 있었다. 잠깐 부신 눈을 감았다가 뜨니, 커다란 바위 하나가 이쪽을 향해 내려오고 있었다.

'저것이구나, 나의 숨통을 끊는 것은.'

그런데 한 남자가 바위를 가로막으며 이쪽을 향해 섰다. 나타났다는 느낌이 더 맞았다. 그는 처음에는 투명했다가 점점 불투명하게 변했다. 그의 뒤로 날아오던 바위가 공중에서 부서졌다. 산산이 부서졌다. 그리고 그것은 먼지조차 되지 못하고 사라졌다. 옆에는 박쥐들이 날아가고 있었다. 박쥐 떼들이 일관되게 날아가는 방향은 그 남자가 서 있는 곳이다.

남자는 철비늘로 엮은 검은색 갑옷을 입고 있었다. 그리고 칠흑보다 더 짙은 검은색 긴 머리카락이 아름답게 나부끼고 있었다.

아, 그런데 얼굴이 보이지 않았다. 태양을 등지고 서 있었기에 역광이 생긴 탓이다. 하지만 이 몸은 그가 누구인지 알고 있었다. 달리는 다리는 북받치는 그리움을 품고 그를 향하고 있었다.

남자가 손을 내밀었다. 그 손을 잡기 위해 흉터투성이의 오른손을 앞을 향해 뻗었다. 아, 안 돼. 깨어날 것 같아. 깨어나면 안 돼. 이 꿈에서 깨고 싶지 않아. 싫어!

눈을 떴다. 눈앞에 앞으로 뻗은 오른손이 있었다. 흉터도 없고, 가죽 끈들도 없었다. 그저 가운뎃손가락 끝마디에 굳은살이 박인 것이 고작이었다. 현실이었다.

"싫어……. 깨고 싶지 않았는데……. 계속, 계속……, 꾸고 싶었는데……. 계속 보고 싶었는데……."

눈에서 눈물이 흘러내리고 있었다. 그것은 점점 큰 울음으로 변해 갔다. 그저 꿈에 불과한데, 그저 꿈속의 사람일 뿐인데, 사무치게 그립고 처절하게 슬펐다. 영원은 흐느낌을 참아 가면서 일어났다. 그리고 스위치를 켰다.

"울면 안 돼. 이거 그쳐야 해. 오늘 가빌과 데이트 가는데 퉁퉁 부은 얼굴로 볼 수 없어."

영원은 곧장 욕실로 갔다. 거기서 연거푸 찬물로 세수했다. 눈물이 물에 섞여 떨어져 나갔다. 가까스로 울음은 잦아들었다. 수건으로 물기를 닦으면서 거울을 보았다. 눈이 충혈되어 있었다.

"정신 차리자. 공포의 왕국으로 입성하는 날이다. 가빌만 생각하자."

욕실에서 나와서 작업실로 가는 동안에 조금 전의 감정은 사라져 갔다. 그 슬픔을 갑1이 밀어냈기 때문이다. 대신 가슴속에 설렘이 차올랐다. 일어나면 바로 책상으로 가는 버릇 때문에 영원은 무의식중에 책상 앞에 앉았다. 책상 위는 깔끔하게 정리되어 있었다.

"아, 맞다. 청소했었지?"

영원은 다른 걸 건드릴 수는 없어서 제일 위의 책을 잡았다. 그러다가 다시 그 아래에 끼어 있는 《예지몽 해석법》을 빼내었다. 간단하게 오늘 꾼 꿈이나 찾아보고 데이트 준비를 시작하는 게 나을 것 같았다.

이번 꿈은 찾아야 하는 요소가 너무 많았다. 다른 사람들의 떼죽음도 있었고, 압사, 갑옷, 돌과 바위, 활과 화살, 칼과 창, 긴 머리의 남자, 그리고 박쥐까지. 영원에게 제일 강렬했던 것은 긴 검은 머리의 남자였지만, 그것보다는 박쥐를 더 찾아보고 싶었다. 삼국 시대부터 이것은 길한 동물로 숭상되곤 했기에, 느낌상 오늘 갑1과의 데이트에 대한 길몽으로 풀이해 줄 것 같아서였다.

영원은 잠시 고민했다. 박쥐라면 새 쪽인지, 쥐 쪽인지 헷갈렸다. 옛날 책이라고 해도 현대 교육이 이뤄진 1970년대 책이니까 박쥐를 새 쪽으로 분류하진 않았을 거라고 추측했다. 예상대로 박쥐는 쥐를 포함한 설치류에 있었다.

그런데 박쥐 부분에도 연필 자국이 있었다. 이번에는 한 줄이 아니었다. 여러 번에 걸쳐서 그은 흔적이었다. 그리고 앞의 빈 부분에는 별표까지 그려져 있었다. 아주 중요하다는 표시 같았다. 별표가 된 내용은 박쥐 떼가 날아다니는 꿈이었고, 해석은 전쟁이 일어날 징조라고 되어 있었다. 연필 선은 해석까지 그어져 있지 않았다. 원주인도 '박쥐 떼'까지만 중요했던 모양인지 그 부분에만 줄이 그어져 있었다.

영원은 어느새 책상 앞에 바짝 붙어 앉았다. 긴 머리의 남자를 찾아야 할지, 갑옷 입은 남자를 찾아야 할지 다시 고민했다. 이제 꿈 풀이에는 관심이 없었다. 그녀의 꿈과 같은 부분에 체크가 되어 있는지가 궁금했다. 머리카락은 털의 카테고리에 있었다. 그녀의 꿈과 가장 가까운 내용은 머리를 풀어헤친 남자 정도였다. 그곳에도 체크는 되어 있었다. 박쥐와 마찬가지로 별표였다. 해석은 고집 세고 오만한 이들의 간섭을 받게 된다고 되어 있었다.

갑옷도 찾아보았다. 군복은 있어도 갑옷은 찾을 수가 없었다. 대신 군복에 세모 표시가 되어 있었다. 애매할 때 주로 사용하는 표식이라고 가정하면, 갑옷을 뜻할지도 모른다.

이건 뭔가 부족한 느낌이었다. 중요한 건 박쥐도, 긴 검은 머리도, 갑옷도 아니었다. 가장 핵심은 그 남자였다. 찾으려면 그 남자부터 찾아야 한다. 단순한 군사는 아닌 느낌이었다. 갑옷의 위엄부터가 달랐다. 꿈속의 영원은 가죽 갑옷의 궁사 정도 되는 듯했으니 그 남자는 장군의 위치였을까? 갑옷을 입은 통치자 정도였을까? 투명했다가 불투명하게 변하는 모습은, 무체화에서 유체화로 변하던 갑1과 비슷한 느낌이었다. 설마 저승사자는 아니겠지? 그 남자는 어떤 카테고리에서 찾아야 할지 도저히 판단할 수가 없었다. 그러나 한 가지는 판단할 수 있었다.

"이 책의 주인은 나와 같은 꿈들을 꾼 사람이야."

아직 완벽하게 일치하는 것은 아니었다. 이 책의 주인이 체크해 놓은 것 중에 폐병과 관련한 꿈은 아직 꾼 적이 없었다. 그리고 영원의 꿈 중에 가장 빈도가 높은 나비와 신체 절단, 혹은 토막 살해는 이 책에 체크가 되어 있지 않았다.

"이정희, 당신은 누구지? 당신도 나처럼 자신이 죽어 가는 꿈을 끊임없이 꾼 건가?"

〈2권에서 계속〉